RACINE ROMAN

Écrivain et femme de théâtre, Anne Delbée a signé de nombreuses mises en scène : Schiller, Claudel, Pirandello, Hugo... Dès son adolescence, passionnée par l'œuvre de Racine, elle n'a cessé de mettre en scène et d'interpréter elle-même ses tragédies, sans oublier *Les Plaideurs*, ce pamphlet inégalé sur la Justice. Son adaptation de *Phèdre* à la Comédie-Française, en 1995, a été un triomphe.

Fondatrice et animatrice du théâtre Gô, elle dirige une cellule de création au Centre dramatique national d'Angers. Spécialiste de Claudel dont elle connaît parfaitement l'univers, Anne Delbée a monté, notamment, *L'Échange* au Théâtre de la Ville puis, en 1982, une pièce consacrée à Camille Claudel, la sœur du poète. Salué par une critique enthousiaste, cet admirable spectacle s'intitulait *Une femme*. Le livre d'Anne Delbée – *Une femme* – a obtenu le Grand Prix 1983 des lectrices de *Elle*. Traduit en vingt-cinq langues, il a sorti de l'oubli le nom et l'œuvre de l'élève géniale du sculpteur Auguste Rodin.

Anne Delbée est également l'auteur de *Elle qui traversa le monde* (1985) et de nombreux articles sur la culture.

Paru dans Le Livre de Poche :

UNE FEMME : CAMILLE CLAUDEL

ANNE DELBÉE

Racine
Roman

FAYARD

À Pierre B.

Chapitre premier

La grande neige qui tombe

Dans le commencement, il faut toujours prendre les choses au plus haut, parce qu'on se relâche toujours assez.

MÈRE ANGÉLIQUE ARNAULD

Père ! Quel est ce mot obscur qui tombe du ciel en larmes de lumière ? Jour trop pur pour un orphelin qui pleure.

L'enfant épie la clarté et s'amuse au plaisir secret, mais qu'il pressent obscurément interdit, de pousser jusqu'à l'aveuglement une telle contemplation.

Jusqu'à quand pourra-t-il résister à ce feu blanc ? Combien de temps la brûlure du regard consumera-t-elle le chagrin du cœur ?

Assourdissante lumière, comme les mots qu'il entend depuis trop longtemps : Mort ! Père ! Orphelin ! Dieu ! Il s'est contracté dans sa douleur et ses sabots. Il a trois ans. Peut-être quatre, mais y a-t-il un âge exact pour l'effroi ? pour résister au désir du ventre qui voudrait tout avouer sur la terre mouillée, comme une vomissure, une déjection, car il y a cet incendie qui maintenant lui lèche les membres, cette lame acérée qui frappe et taillade sans relâche ici ou là pour mettre à nu les nerfs ou quel écheveau de sang ? Il connaît déjà cette souffrance. Il regarde faire la main : c'est ainsi que les paysans retournent les lapins ou toute autre petite bête surprise dans les bois. Quelle différence, aujourd'hui, entre elles et lui, quelle forêt assez profonde pourrait le cacher, le protéger de cette agonie oubliée de tous ? Qui a armé ce bras terrible qui le fouaille, sinon celui que sa grand-mère appelle le Dieu Vengeur ? Qu'a-t-il fait de mal ?

Il est pris au piège de cette maison glacée. Sur la vitre, là, le sanglier s'est changé en rat, un énorme rat couvert de barbe blanche qui du dehors grignote le carreau. Les armes de la famille Racine. Toute couleur paraît avoir disparu. L'univers entier est semblable à un grand cygne immaculé qui ne peut plus prendre son envol, car il a trop tardé à se décider entre le bien et le mal – entre la terre que caressent ses pieds pesants et l'immensité du ciel où il faut entreprendre on ne sait quel transparent voyage.

Jean ! Il faut partir ! – mais l'enfant a perdu toute espérance.

Ils sont entrés, ils sont sortis et ils ont discuté, puis de nouveau se sont précipités dans la chambre où son père s'est endormi depuis tant et tant d'heures. Il les a tous vus. Pierre Sconin, l'aïeul maternel au visage sec comme une vieille écorce ; le grand-père paternel Jean Racine ; Marie Desmoulins, sa grand-mère au doux sourire, et enfin Madeleine Vol, sa belle-mère, qui ne l'a jamais vraiment regardé, ni hier ni aujourd'hui. L'enfant n'a pas encore compris quel fil liait cette femme à son père ; sa maman est morte depuis si longtemps que le souvenir même en est perdu. Seule Marie a passé sa main ridée sur le front de son petit-fils encore rêveur après la disparition de son père. Nuit éternelle.

Nuit d'épouvante, de torches allumées, de froid, de cris. Puis était-ce l'aube, le jour déjà avancé, la nuit non encore disparue ? Quelqu'un avait réveillé l'enfant, puis ils l'avaient oublié. Seul le vent gifle par rafales les battants de bois et les joues du gosse. Entre deux secousses, il écoute les pas, les voix. Quelque part au-dessus de sa tête, des hommes clouent à la hâte de mauvaises planches – son pourri de mots rauques !

Il entend les jurons graves que laissent échapper les rudes paysans qui ont envahi la maison.

Jean Racine, son père – son père qui vient de mourir : est-ce de lui qu'ils parlent tous ? peut-être même est-il déjà dans un autre monde ? Il aspire à quelque chose d'interdit et d'irremplaçable – fils lié par le même nom, le même regard gris, le même secret à ce visage de poussière qui déjà s'effrite entre les petits doigts de sa mémoire.

Il s'échappe, les murs maintenant sont ceux d'un vaste palais qui s'engloutit dans les vagues de son chagrin ; la mer bat le long de ses flancs. La Ferté-Milon accouche dans une aube diaphane de la tragédie. Le soleil n'a pas encore saigné, mais sa blessure s'entrouvre lentement et seul dialogue le Dieu avec l'enfant élu.

Moi, Jean Racine, la Mort vient de m'adopter à tout jamais, je ne le sais pas encore. Le voyage n'a fait que commencer et la maman patiente serre lentement la main frêle de son fils chéri, car les humains ne sont pas fidèles ! Elle seule, la Mort, veillera jusqu'à mon dernier instant. Quels chevaux ferrent-ils, là-bas, et pour la traversée de quel désert ? Bruits de guerre, armes que les guerriers fourbissent. Tout ici est hostile. Sanglots des femmes. Oui, cela doit être la guerre et, comme toujours, les enfants sont les derniers prévenus.

Jean !

On m'appelle. Les hennissements s'accentuent, mais tout est déjà déshérité. Mieux vaut se laisser glisser doucement dans le grand sommeil poétique où les larmes se transforment en joyaux de cristal, où l'amour et la haine enlacent leurs mains pour mieux accorder leurs pas, où les forêts galopent sous les chevaux indomptés. Alors, même le diable de l'ancienne église de Saint-Nicolas où ils ne se rendent qu'à Pâques se met à vous sourire.

Agnès s'est arrêtée près de Jean. Elle, mince dans sa robe sombre, le front haut, très large, a les mêmes yeux gris, flambés d'un secret où brûle une infinie douleur, que le petit Jean. Certains êtres sont ainsi faits que la connaissance innée des dieux les couronne de voiles impalpables ; âmes prédestinées qui meurent au monde. Elle ne se penche pas vers son neveu à ses pieds, elle prie en l'observant ; elle prie simplement et le recommande à Dieu. En cet instant, elle lui fait don de sa grâce, de la Grâce ; elle demande que sur sa tête l'Esprit descende : tour d'enfant, magie secrète qui lie à jamais deux êtres d'innocence répétant des signes qu'ils ne comprennent pas encore. Il faut que le Dieu qu'elle aime, elle, le choisisse entre tous, lui, l'enfant qu'elle protège, son petit Jean.

L'enfant détourné de son sommeil se blottit contre cette sœur, mais déjà elle l'a mis debout, le réchauffe d'une main vigoureuse. Puis le cortège s'avance vers la pénombre, le cercueil de bois passe et Jean Racine marche derrière, dans le froid, après s'être arraché des bras pleins de promesses de tendresse.

Qui l'a poussé là, solitaire, derrière ces hommes sombres, sur ce chemin où chacun s'enfonce ? La neige s'est remise à tomber, plus drue ; la rue monte, les gros pavés glissent sous les mauvais sabots qui par moments basculent de côté. Il sent des juges, des habits le presser, le frôler, l'encadrer, l'empêcher de verser dans l'oubli. Un pas puis un autre ; les pleurs ont envahi les yeux, le visage, le cou, la poitrine. Pourquoi se cacher ? Tout lâche : la neige et les jambes, la terre et le ciel. Il n'y a plus qu'à sangloter sur le monde, sangloter parce que dans cette boîte qui cahote devant lui il pressent que l'âme entière du siècle est en train de franchir la porte sacrée du salut ou de la perdition. Il n'y aura plus jamais de Père.

Soudain il se réveille, observe autour de lui. Ils vont tous mourir comme son père, celui-ci et celui-là ; il leur reste seulement quelques pas à faire dans cette impasse. Il vient de contracter un mal dont personne ne pourra plus jamais le guérir – un gosse seul a pris conscience que la neige tombe et vient effleurer vos doigts comme la poussière d'un grand corps incinéré.

Est-ce Dieu qui condescend ainsi à l'embraser ? Qui lui fera jamais oublier la brûlure de ses mains grattant ce néant blanc ? Qui lui fera jamais renier ce ciel indéfectible, ces flèches prophétiques ? Qui osera lui faire perdre la mémoire de cette nuit béante comme le ventre affamé d'une louve détruisant ses petits ? La neige, sa première compagne d'un inévitable enfer.

6 février 1643 : Jean Racine est né depuis trois ans et deux mois, son père est mort il y a quelques heures ou quelques jours. Tout n'a été qu'attente pour l'enfant trahi par la vie. Délaissé, étranger soudain aux choses, il se tient debout, petit bonhomme de neige sans balai, sans chapeau, victime consentante d'on ne sait quel sacrifice.

Pourquoi Agnès, sa tante, n'est-elle pas à ses côtés ? À gauche il aperçoit sous ses cils enfarinés le profil aigu de Madeleine Vol, la « femme » de son père. Discordance ! La nouvelle de son père... Mais voilà que le père n'est plus, et l'enfant se laisse emporter dans une suite inextricable de questions qui montent et descendent dans sa tête, escaliers de plus en plus sombres où son pied n'attrape bientôt plus que des vides sournois. Madeleine ! Elle n'a pas été sa mère ; il n'a jamais compris la présence de cette femme aux côtés du Père, mais il l'avait oubliée, elle était juste comme un détail, une habitude ni mauvaise, ni bonne, ni utile, ni nuisible. Comme un homme porte toujours le même habit et là, de sa manche, un long fil pend ; on le remarque, puis on oublie peu à peu et la manche du père reprend son bon aspect. Mais là, en cette journée pleine de poussière de mort, que faisait ce fil sur la manche de Père ? et la manche elle-même, où était-elle ? La manche de son père, ah ! oui, elle est là, dans la boîte, mais alors il fallait mettre le fil avec la manche, et Madeleine aussi dans la boîte ! L'enfant en devient fou, il court, court, tiré par ce fil sombre en quête d'une manche... Mais non, c'est une main qui le secoue, car il vient encore de rater une marche, non, l'escalier tout entier, et il tombe, il tombe...

– Petit Jean !

La voix méchante de son grand-père Sconin vient de le secouer. Le voici happé durement au bord du sommeil lisse où la neige et la page vierge de demain l'attirent dangereusement. Se perdre définitivement, s'enrouler étroitement comme son père dans le suaire silencieux...

Madeleine Vol, la marâtre, Pierre Sconin, l'aïeul, et lui, minuscule, entre eux deux.

– Arrête-toi !

La voix sèche a repris. Il n'aime pas trop ce grand-père maternel. Aucun lien avec le père de cette mère morte depuis si longtemps ! Il se sent ailleurs, loin d'eux déjà.

Seule Agnès, immobile sous les traits blafards qui la transpercent, Agnès Racine, son fin visage lisse tourné, intact, vers la clarté, ébauche un sourire qui tremble sous la caresse duveteuse des nuages. Elle semble regarder quelqu'un qui vient à sa rencontre. L'attente a été longue, mais la joie qui monte à ses yeux humides révèle l'ampleur de la secousse intérieure. Avec effort elle rejoint le groupe indécis. Jean s'est tourné quelques secondes pour l'apercevoir. Un désir irraisonné la prend d'enlever ce petit, de l'emmener loin de cette famille tristement semblable aux autres, de le rendre encore plus définitivement solitaire, le distinguant, comme on choisit sa mort.

Il ne faut pas qu'il devienne comme les Sconin, les Racine, les Vol, un homme résigné attendant à son crépuscule l'issue d'une maladie incolore. Il lui faut la passion, le sang qui saute au visage, les morts qui vous lancent un bonsoir abrupt sans même vous serrer la main, l'or des couronnes royales pour le fouler à ses pieds d'enfant libre. La mort est devenue sa chance, son avenir. Plus de mère, plus de père, il doit fuir très vite avant qu'ils ne le rattrapent, l'esprit ainsi préservé de toute mollesse. Il faut le prendre dès maintenant au filet de sa solitude. Seul Dieu sera face à lui. Il aura ses propres démons pour compagnons. Ainsi tenaillé, désavoué, perpétuellement sauvé, il s'arrachera de cimes en gouffres jusqu'à plonger ses mains fines dans les boyaux d'une mort récalcitrante.

Agnès reprend haleine. Quelle voix lui dicte ces folies ? Son imagination lui joue des tours tantôt tragiques, tantôt grotesques. Pourtant, la vision s'impose, nette et incisive. Fulgurance du Dieu qu'elle ne cesse d'interroger ! Heureusement, l'enfant tremblant qui vient de mettre ses deux menottes contre ses oreilles gelées semble bien loin de ses divagations.

L'église Notre-Dame de La Ferté-Milon se dresse devant eux comme un refuge après l'exode hâtif de cette famille chagrine ployée sous la condamnation de cieux meurtriers. Ils y pénètrent, comme poussés par une main menaçante.

Triste église, grotte humide qui ne réchauffe nullement l'enfant revêtu de tristesse. La neige fondue coule le long de son cou, de son dos. Devant lui, la boîte absurde occupe toutes ses pensées. Elle devient de plus en plus petite ; il va pouvoir l'emporter comme un voleur. D'ailleurs, ne s'agit-il pas de son unique trésor ? Père ! Il doit aller le cacher loin, l'enfouir sous terre. Il tient bien au chaud dans le creux de sa main l'écrin où sommeille son père, et personne ne le sait. Son père qui lui raconte à présent de merveilleuses histoires. Les planches de bois résonnent de pas, de rires, de cris. Semblable à un grand arbre couché, le cercueil frissonne de tant de souvenirs inventés ou non, qu'importe ! Jean s'est échappé au plus profond des forêts avec son père. Il entend le vent se plaindre, fuir on ne sait quelle malédiction. Le vent, son compagnon de jeu, seul comme lui, qui disparaît vers quelque contrée maudite dont il revient toujours, plus affolé, plus éperdu.

Le prêtre prononce des mots étranges et mélodieux ! Cela atténue la douleur. Tous chantent une même mélopée, famille pour un instant rassemblée et qui tangue doucement au rythme obsédant, sombre, de cette danse de mort. Plus de disputes ni de colères entre eux. Il n'y a plus que cette musique qui vous arrache les larmes aux yeux et un sourire aux lèvres. Ils sont tous à genoux sur les méchants petits bancs.

J'ai mal au cœur, à mes genoux, à mes doigts qui s'accrochent à la barre de bois où sont posés les livres noirs.

Tout est atrocement semblable : les habits, les regards, les signes couvrant les pages, corbeaux noirs piaillant sur la neige blanche qu'ils ont laissée à la porte de l'église. La neige ! Silence de cette feuille vierge qu'il avait ramassée, quelques jours auparavant, tombée on ne sait d'où, un peu jaunie. Il l'avait longtemps serrée entre ses mains, tournée dans tous les sens, puis il avait rêvé qu'il osait s'élancer dessus, y imprimer ses pas comme il avait vu faire aux chats insolents rôdant près des cuisines et y traçant leurs légères traces maléfiques. Longtemps il y avait promené ses petits doigts.

Il avait souvent observé sa grand-mère penchée sur de pareilles feuilles, balançant sa main ridée au-dessus du papier, et aussitôt celui-ci se couvrait de signes étranges, nocturnes et sonores. Ce mystère, l'enfant le contemplait à la dérobée. Pourquoi un papier couvert de signes se mettait-il à parler ? Il n'oublierait jamais l'instant où sa tante Agnès avait pris entre ses doigts la lettre que venait de caresser sa grand-mère avec cette longue plume d'oiseau. Elle lisait, et les mots s'élevaient un à un, emportés dans un même chant étonnant : celui de la voix d'Agnès et des signes noirs laissés par l'aïeule sur la feuille.

Pourquoi sa feuille à lui demeurait-elle intacte, muette ? Il avait pourtant couché dessus le petit oiseau endolori de froid qu'il avait ramassé ; cette bouffée de plumes aurait dû réchauffer la feuille séchée, et les mots faire s'envoler l'oiseau. Rien ne s'était produit. Il avait alors caché sa feuille comme un trésor, puis enterré l'oiseau. Parfois il la sortait de terre, un peu plus salie, un peu plus ridée, désespérément muette, mais il l'aimait chaque jour davantage pour sa fidélité, pour ce mystère qu'elle ne révélerait pas, semblable à une princesse silencieuse et lointaine appelée Écriture, comme ils disaient tous, ou encore à cette neige vierge aux yeux scintillants, silencieuse comme sa mère.

Ce soir, il ira encore une fois lui rendre visite ; il déterrera cette feuille toute bruissante de ses rêves, de ses sanglots, de ses abandons. Il lui racontera la disparition de son père. Il déposera à ses pieds de satin son cœur d'enfant, un peu plus petit depuis quelques heures. Qui va habiter désormais la maison abandonnée de son corps orphelin ? à quels fils se balancer, de quelle mémoire se prétendre issu puisque l'histoire vient de mettre un point au chapitre de sa naissance ?

Les voici tous debout. La boîte repasse devant ses yeux. La neige tombe maintenant en grosses boules de fleurs caressantes qui le couronnent comme d'une auréole. Agnès se dit qu'elle a peut-être été exaucée. Vers quel sacre cet enfant marche-t-il, déjà distant d'eux tous ?

Les habits sentent le terreau mouillé, retourné ; les porteurs se heurtent les uns aux autres. Moustache, le chat, se faufile entre les jambes puis disparaît, indifférent aux cahots humains. Il faut encore monter plus haut. Voici le trou réservé. La terre y est blessée en son milieu, meurtrie. Les hommes déposent avec lenteur le Père – son père. La clarté qui tombe des cieux découpe la scène : le cercueil, les assistants qui se taisent, arrêtés entre ciel et terre, entre vie et mort, ils se regardent, pour un moment réconciliés.

Il y a cette lumière menaçante que personne n'oserait maintenant traverser. Des ombres accomplissent le grave travail, ils ensevelissent avec lenteur. À part, l'enfant se tient, limpide, au bord du vertige. Jean Racine accouche de son nom cependant que la nuit dégorge enfin son encre obscure.

Chapitre 2

La colline d'Agnès

... Que les rois dans le ciel ont un juge sévère
L'innocence un vengeur et l'orphelin un père.

Athalie, acte V, scène dernière

Aube indécise. Difficile naissance d'un jour qui se cherche. Reflets changeants des nuages autour du visage de Jean. Avec Agnès, ils ont beaucoup marché depuis la maison, le neveu et la tante. Ensemble ils sont sortis. L'enfant n'a rien demandé ; silencieux, il est habitué à ne plus gêner personne et il a toute confiance en cette jeune tante qui prend soin de lui avec douceur.

Elle l'a réveillé de cette voix mélodieuse qu'il reconnaît entre toutes. Seule sa grand-mère Marie, la maman d'Agnès, a un peu la même avec, en plus, une sorte d'éraflure dans les mots. On dirait qu'un chat lui a délicatement gratté la gorge.

Le froid lui rougit les joues. Ils se sont un peu éloignés de La Ferté pour se diriger vers la colline que l'enfant devine à travers le brouillard du matin.

Il observe sa jeune tante. Il la trouve différente de Madeleine, sa belle-mère. Celle-ci semblait toujours mécontente envers son père.

Depuis quand ce père n'est-il plus là ? C'était hier, il y a longtemps. Elle, la Madeleine, est aussitôt repartie. Parfois, il l'aperçoit dans les rues de La Ferté ou dans ses cauchemars.

Le temps s'engloutit dans le cœur de l'enfant qui ne sait peser ni les jours, ni les mots, un peu les heures, parfois, quand il sent la soupe de grand-mère lui chatouiller les narines et que le soleil s'apprête à lui dire adieu. Ce dernier est devenu peu à peu le seul compagnon sur lequel il puisse vraiment compter. Plus ou moins habillé, blanc, or, jaune pâle, orange ou rose, il se tient là-bas, inaccessible et fidèle, et parfois, en attendant le soir, l'enfant reste immobile à contempler sa descente majestueuse jusqu'à ce que les grandes portes cotonneuses se referment sur lui sans bruit. C'est un roi qui disparaît une marche après l'autre, avec lenteur et solitude. Vers quel palais secret s'enfonce-t-il ?

Il semble à l'enfant que son roi lui fait signe, l'invite à le suivre dans sa retraite flamboyante.

Les petites jambes commencent à se fatiguer. Agnès fait de grandes enjambées faciles et l'enfant a du mal à suivre cette jeune tante de dix-sept ans qui se dirige vers le haut de la colline. Perdu dans ses pensées, il s'est quelque peu laissé distancer dans la neige haute et lourde. C'est comme la nuit, quand il patauge dans ses cauchemars, se perd dans des labyrinthes où, tout à coup, Agnès apparaît éclairée d'une manière surnaturelle, puis, de nouveau, les chevaux blancs emportent l'enfant au pays du silence afin de lui révéler des animaux effrayants qui finissent par se confondre avec les êtres familiers.

Le visage de Madeleine Vol resurgit ainsi parfois, mais peut-être le confond-il avec la chouette crieuse de La Ferté. Madeleine, qui avait voulu remplacer cette mère à la voix si douce qu'il ne l'a jamais entendue.

Agnès s'est arrêtée. Elle est arrivée. C'est là que ces « Messieurs de Port-Royal », comme on les appelait, avaient coutume de s'entretenir avec le Ciel. L'adolescente se parle à elle-même. Elle s'est agenouillée, insouciante de l'hiver. Elle presse l'enfant contre elle pour qu'il ait chaud. « Ici ils venaient prier, dit-elle, et toi, tu es venu au monde l'année suivante. » C'était durant l'été 1638. Elle-même avait douze ans et, depuis lors, elle n'a eu qu'un rêve : prononcer ses vœux à Port-Royal, car les trois hommes qui avaient logé à la maison cet été-là avaient donné l'exemple à l'adolescente.

Elle revoit leur arrivée à La Ferté, il y a maintenant presque cinq ans. Sa mère avait été secrètement prévenue. Son cousin Nicolas allait peut-être revenir et, avec lui, ces Messieurs de Port-Royal. Agnès avait écouté la nouvelle, plus excitée qu'anxieuse. Le cardinal de Richelieu s'acharnait ; il ne pardonnait pas les nombreux refus de Jean Duvergier de Hauranne, abbé de Saint-Cyran, compagnon de Jansénius lui-même, leur maître, de venir le servir, lui, le ministre, et se vengeait d'un prêtre qui osait mettre en cause sa politique : celui-ci avait refusé l'évêché de Bayonne et il avait été l'aumônier de la reine mère elle-même ! Tout cela devenait par trop dangereux ! En mai, il avait fait arrêter Saint-Cyran lui-même. Un mois après, le grand maître des requêtes Jean Martin de Laubardemont s'était rendu à l'abbaye de Port-Royal des Champs pour des interrogatoires. Enfin, il y avait eu l'ordre de disperser enfants et adultes. Il avait donc fallu trouver au plus vite un lieu d'asile pour les pourchassés.

À La Ferté, tout le monde ne parlait que d'eux. Agnès rêvait. Déjà, elle prenait fait et cause pour ces hommes poursuivis, d'autant plus que, parmi les enfants interrogés, il y avait eu non seulement son cousin Nicolas Vitart, mais aussi deux autres plus éloignés, Louis Grégoire et Antoine Dessaut. Sa mère n'avait donc pas hésité. C'est à La Ferté que tous ces messieurs trouveraient refuge, chez elle et chez sa sœur Claude.

Pour plus de sûreté, Antoine Singlin, le plus ancien compagnon de l'abbé de Saint-Cyran, les avait accompagnés. Il avait amené Claude Lancelot et deux des fils de Catherine Arnauld en personne ainsi que ses cousins.

Claude Lancelot, le plus jeune des trois Solitaires, n'avait alors que vingt-trois ans. Il avait pris la soutane à treize. À l'exemple de son maître Saint-Cyran, il était passionné par l'éducation des enfants. C'était lui, justement, qui avait la charge de Nicolas. Quel dommage qu'Agnès ne pût les suivre ! Son cousin avait le même âge qu'elle et déjà il lisait le latin et le grec. Elle se souvient encore de sa souffrance d'alors et retient plus fort l'enfant Racine qu'elle serre chaudement contre elle. Elle revoit son cousin Nicolas, ce fameux été, attentif à son travail. Par deux fois, Lancelot était tombé gravement malade et Antoine Le Maître l'ayant remplacé, Agnès avait pu assister à quelques leçons. Il lisait ou faisait lire à Nicolas des poètes, et les mots merveilleux chantaient dans la pièce. Jamais Agnès n'avait rien entendu de pareil. Souvent, Antoine Le Maître s'arrêtait, commentait un passage, essayait d'amener Nicolas à remarquer la beauté de telle phrase, la force du sens. Il lui apprenait à prononcer comme il faut les vers.

Quelle chance elle avait eue de rencontrer dès son adolescence un tel homme ! Sa mère lui avait longuement parlé de Monsieur Le Maître. Le plus célèbre avocat dont on eût mémoire, plus grand que ses aïeux Simon Marion et Antoine Arnauld. Lorsqu'il plaidait, les prédicateurs eux-mêmes abandonnaient leurs chaires, la Grand-Chambre devenait trop étroite pour accueillir le monde qui venait l'écouter. La nouvelle avait donc d'autant plus surpris, choqué : en pleine force de l'âge, Antoine Le Maître renonçait à tout et se confiait à Saint-Cyran.

Agnès avait souvent imaginé l'entrevue des deux génies de la spiritualité. On rapportait leurs paroles, et le souci de l'abbé. Déjà poursuivi par le Cardinal à qui il avait refusé tant et tant de hautes distinctions, Saint-Cyran s'inquiétait que le plus connu des avocats du Royaume suivît ses traces loin des hommes et des honneurs :

– Je prévois bien où Dieu me mène en me chargeant de votre conduite, lui confia-t-il, mais il n'importe : il Le faut suivre jusqu'à la prison et à la mort.

À cause de cela, notamment, Saint-Cyran avait bel et bien échoué en prison et ses disciples avaient dû s'exiler à La Ferté, se cacher chez leurs amis Vitart ou même pour certains fuir à l'étranger. C'est alors que la jeune Agnès avait rencontré le grand Solitaire Antoine Le Maître.

Agnès se souviendrait toujours de cet été trente-huit. Alors que tout le monde désespérait après vingt-trois ans d'un mariage stérile, Louis XIII avait eu enfin un descendant.

Agnès regarda l'enfant observer le lever du soleil et se réchauffer peu à peu, tout en écoutant distraitement son monologue. Elle songea au petit Roi, d'un an plus vieux seulement. Cinq ans, bientôt. Elle s'évertuait à entrevoir le futur monarque qu'il serait.

Deux enfants finalement aussi seuls l'un que l'autre, dans la gloire ou la pauvreté, ignorés des adultes qui décidaient pour eux sans se soucier de leur seul bien inaltérable, l'âme, cette force intérieure qui vous est donnée à la naissance, cette architecture secrète qui ne vous est que peu à peu révélée, plus essentielle que le fragile squelette.

On disait Louis XIII très malade. Agnès priait pour les deux enfants, Jean et Louis. Deux enfants, simplement. Pour le futur Louis XIV, elle ne pouvait que le recommander à Dieu, mais elle donnerait à Jean l'immensité des cieux qu'il aimait déjà, l'étendue blanche où déployer une liberté de pensée intacte. Il fallait lui faire quitter le cercle étroit de La Ferté. Il fallait que le petit rejoignît ces hommes d'une rare intelligence et animés de la plus haute des passions. L'abbé de Saint-Cyran n'avait-il pas inventé un nouvel enseignement et ne voulait-il pas élever des enfants recueillis par charité : les abandonnés, les orphelins ? Jean Racine correspondait exactement à ceux auxquels s'intéressaient ces grands professeurs.

Depuis toujours, Agnès avait été formée dans l'esprit de Port-Royal. Un an avant sa naissance, sa tante Suzanne, veuve à vingt-deux ans, était entrée au couvent. Agnès avait longuement parlé avec elle, devenue Suzanne de Saint-Paul. Au monastère de Paris, elle l'avait quelquefois accompagnée dans ses responsabilités d'économe. Sœur Suzanne la cellérière de Port-Royal, comme on l'appelait...

Peut-être qu'elle, Agnès, serait un jour abbesse à la suite de la grande Angélique, la fille aînée de Catherine Arnauld, justement ? La petite fille avait fait profession à neuf ans, mise en possession de son abbaye à dix ans et demi et dirigeait maintenant, à plus de cinquante ans, l'ensemble du couvent avec force et lucidité.

Oui, c'était de tradition : la famille Racine appartenait à Port-Royal. Il y avait aussi Anne Passart, ménagère aux deux couvents, et puis Marie Passart, la belle-sœur de Suzanne, qui, elle, avait fait ses vœux au Saint-Sacrement, si lié aux jansénistes.

Sur la colline, le soleil se lève avec gravité et cercle les arbres dénudés. La forêt devient peu à peu un palais resplendissant aux mille colonnes d'onyx et d'or que le givre rehausse d'éclats de cristal. L'enfant est si absorbé par cette vision que sa tante elle-même prend conscience de son étrange tension. Il semble regarder quelqu'un qu'elle ne saurait apercevoir.

En observant son neveu, elle se remémore l'attitude de Saint-Cyran, leur maître à tous, envers les enfants. Il leur témoignait une bonté qui allait jusqu'à une manière de respect pour honorer en eux, disait-il, l'innocence et le Saint-Esprit qui y habite.

Elle a bien fait d'entraîner le petit en haut de cette colline. Marie a raison : bientôt, ils quitteront tous La Ferté pour repartir à Port-Royal, emportant avec eux l'orphelin, leur plus précieux trésor. Puisque les disputes ne cessaient guère entre les familles Sconin, Racine et Vol, sa grand-mère et elle emmèneraient Jean. À défaut de père et de mère, ces familles se renvoyaient non pas l'éducation de l'enfant, dont elles ne se souciaient absolument pas, mais les dettes laissées à lui pour seul héritage. Déjà, il avait fallu vendre la charge de procureur du défunt au beau-père Vol : trois cent cinquante livres. Encore cela ne suffisait-il pas à payer les dettes à Madeleine. Agnès entendait les âpres discussions et les menaces de procès de chacun contre chacun.

Jean Vol, notaire à La Ferté, défendait Madeleine, sa fille. Qu'avait-elle obtenu, la pauvre ? À son mariage, elle avait dû prendre en charge les deux enfants du premier lit, de cette frêle femme Sconin morte en donnant le jour à la petite Marie. Jean et Marie étaient encore tout bébés, et voici que trois mois après la Madeleine était déjà veuve. Il était hors de question qu'elle continuât d'assumer ces deux orphelins. Au nom de quoi ? La famille s'interrogeait : qui élèverait Jean et Marie ?

Agnès les observait : rouges, leurs faces butées, disputant l'âme d'un enfant comme une botte de foin. Seule sa mère Marie ne disait mot. Elle venait de perdre son fils, âgé seulement de vingt-huit ans, qui laissait deux enfants ; elle cherchait la meilleure solution non pour elle, mais pour ces petits. L'autre grand-mère, Claude Jolly, seconde femme du vieux Sconin, ne proposerait rien. Remariée, elle n'avait aucun lien ni avec la mère, Sconin, ni avec le père, Racine. Elle suivrait l'avis général. Elle aurait bien pris la petite fille, Marie, mais cela revenait à séparer les deux enfants. D'aucuns se disaient que c'était la meilleure solution : Marie irait chez les Sconin, et Jean chez les Racine. La grand-mère Marie Desmoulins, elle, avait son idée, mais elle attendait avant de révéler que non seulement elle prendrait Jean et Marie, si on les lui laissait, mais qu'elle les conduirait aussitôt à Port-Royal. Elle ne voulait plus quitter sa sœur Claude, qui vivait là-bas avec son mari Nicolas Vitart, nommé receveur économe du groupe des Champs.

Marie surveillait Agnès. La grand-mère redoutait les éclats de passion de sa fille.

Celle-ci entend encore les voix dures se heurter autour de la grande table familiale. Peu à peu, elle avait laissé son esprit prendre son envol loin d'eux et de ces querelles stériles. Qui se souciait en vérité de Jean et de la petite Marie, quatre ans et un an à peine, le frère et la sœur, innocents liés dans la même infortune ? Agnès se fatiguait à les écouter. Comment pouvait-on perdre son âme à de telles querelles ? Elle rêvait au calme de Port-Royal, au désintéressement de ces Messieurs, à la sublime lettre d'Antoine Le Maître : « Je me retire dans une solitude pour faire pénitence et servir Dieu le reste de mes jours... » Il avait trente ans et renonçait à un avenir autrement brillant que celui du petit notaire Vol, de La Ferté-Milon !

Mais peut-être était-ce là le secret de tout : Antoine Le Maître pouvait renoncer à tout parce qu'il était capable de tout. L'aîné des Arnauld, frère de la grande Angélique, abbesse de Port-Royal, avocat au Parlement de Paris, appelé aux plus hautes fonctions d'État, avait osé se démettre de tout pour devenir Solitaire à Port-Royal sous la haute conscience de l'abbé de Saint-Cyran. Il ne voulait même plus parler au monde – « n'avoir plus de commerce ni de bouche ni par écrit ». Ah ! comme elle le comprenait, depuis l'autre soir, face à ce flot de paroles inutiles et malfaisantes ! Mais il ne fallait pas juger.

Elle avait eu ce privilège de rencontrer, toute jeune, des hommes tels que ces Solitaires, d'avoir eu une mère qui l'avait toujours exercée à de hautes pensées. Née dans la maison voisine, peut-être aurait-elle été semblable à sa belle-sœur. Agnès remerciait Dieu de la grâce qu'Il lui avait faite. Aujourd'hui, elle avait l'impression qu'il lui fallait absolument préserver à son tour le petit Jean.

Elle avait eu cette certitude l'autre soir : l'impression de déchiffrer le dessein de Dieu. Un doigt l'avait forcée à lire le magnifique message. Sa mère l'avait taquinée avec gentillesse : Agnès devrait moins se laisser aller à ses visions... La foi n'est pas une hystérie ! Mais on racontait que l'abbé Saint-Cyran lui-même ne se prononçait que dans certains élans de sentiment pressants. Alors, pourquoi pas elle ? Sa mère l'avait écoutée avec patience. Elle avait souri, puis lui avait rappelé que la grâce de Dieu ne se dirige pas aussi facilement, qu'il fallait être vigilant, que beaucoup tenaient leur directeur de conscience pour un fou et que le Cardinal l'avait même fait jeter en prison. Grâce au Ciel, il venait d'être élargi. Au bout de cinq ans, la nouvelle avait traversé le ciel gris de février. Le 6 février 1643, deux mois après la mort de Richelieu, Louis XIII avait fait grâce à l'illustre abbé.

Agnès tressaille. Elle a peur de ce qu'elle vient d'assembler. Le jour où le père du petit Jean mourait, Saint-Cyran sortait de prison... Pourquoi cet enfant ne serait-il pas déjà choisi ? Il ne s'agissait pas là de superstitions, mais de visions. De l'insondable hasard...

Déjà, l'autre soir, durant cette orageuse discussion, elle s'était évadée de son corps, resté sagement assis à la table familiale. Silencieuse, elle s'était levée, laissant là son double apparemment attentif à ce que disait Madeleine Vol. En passant, elle avait déposé une légère caresse sur l'épaule de sa mère Marie qui souriait à sa fille, toujours sagement assise en face d'elle, bras croisés, comme en méditation. Puis Agnès avait continué de s'échapper, elle s'était vue distinctement prendre Jean par la main. Il jouait au fond de la pièce avec une espèce de toupie rouge. La petite Marie dormait dans les bras de grand-mère Sconin. Elle avait alors ouvert la porte et emmené Jean jusqu'à la colline. Ce n'était pas un rêve, et pourtant c'était comme lorsqu'on dort : la seconde précise où l'on sent que le réveil est imminent. Il va peut-être nous falloir l'éternité pour revenir à la vie parmi les meubles usés. L'éternité : c'est précisément de cela qu'il s'agissait ; Saint-Cyran avait raison.

Et c'est à cause de l'autre soir qu'elle s'est levée dès l'aube, obéissant à elle ne sait quel ordre obscur.

Voici qu'elle est sur la colline des Solitaires, le petit Jean à ses pieds. Elle regarde Jean, mais Jean regarde le Ciel criblé de soleil. En l'observant dans cette clarté, il lui semble rayonner d'un éclat surnaturel. C'est comme si, en naissant, nous étions tous encore inspirés, avant de perdre peu à peu cette intelligence, cette faculté d'émotion, cette lucidité suprême, la dangereuse et fragile perception d'un cœur pur.

Agnès en a les larmes aux yeux. Elle connaît la réponse, maintenant. Elle n'oubliera jamais cette force de l'innocence. Avec toute la tendresse d'une mère, elle enseignera au petit Jean à la cultiver. L'innocence révélée, l'innocence massacrée. L'austère violence de l'innocence. Cet orphelin trop sérieux, planté dans le soleil, là, sur la colline, dans son face-à-face avec la lumière, comme dialoguant avec l'indicible.

Chapitre 3

Les petites plumes de cuivre

Le travail n'épouvante que les âmes faibles.

LOUIS XIV

Qui parle de renoncement ? Qu'est-ce qu'un monde, à côté du désir ? Un jour, Agnès avait entamé sa marche. C'était peut-être une sorte de pari, qu'importe ! La recherche était plus importante que la solution. Sa vie entière prenait un sens : elle savait qu'elle était appelée quelque part ; quelqu'un lui avait donné rendez-vous.

Renoncer à quoi ? Le monde avait depuis longtemps désabusé sa passion : ces disputes continuelles entre familles – Sconin contre Racine, Condé contre Lorraine –, les pays dévastés par la guerre, ces mariages aigris où chacun, déçu par l'autre, refuse de considérer sa propre démission, pour ne point parler de tous ceux qui attendaient leur agonie, rapetassés à la hâte, tels de vieux meubles, ayant fait leurs les pauvres attitudes d'une société décolorée.

Non, elle ne serait pas une feuille emportée par le vent d'ambitions affolées. Dans moins d'une heure, elle prononcera ses vœux. Alors la grille se refermera sur son feu intérieur, protégeant à tout jamais la clarté entrevue par son adolescence exigeante.

Dans le vacarme terrestre, où se cache la Pensée du monde ?

Agnès se retourne brusquement. Sur le seuil, son neveu est là. L'enfant a grandi, il va sur ses neuf ans.

Le moment est venu ; l'épreuve la plus dure : se séparer de Jean, qu'elle aime tendrement, pour entrer définitivement comme religieuse à Port-Royal.

Elle a tenu à prendre congé de lui avant de le quitter à la porte du monde.

Elle lui a servi de mère, elle l'a engendré en Jésus-Christ, comme elle aimait à le dire, et en choisissant le chemin de lumière elle accomplit le parfait amour. En le quittant ainsi, elle lui fait don d'une liberté, tandis qu'elle, repliée dans la prière, ne cessera plus jamais de l'accompagner, même au travers des labyrinthes les plus obscurs.

C'est presque un adolescent qui se tient là dans l'ombre, plus sombre encore dans ce costume noir.

Il y a un émouvant contraste entre la jeune femme de vingt-deux ans, toute de blanc parée, frappée de lumière, ses cheveux épandus prêts à être coupés, qui n'a pas encore revêtu le scapulaire, et l'enfant immobile, un peu en retrait par rapport au seuil de la porte, impressionné par cette jeune femme soudain trop solennelle qu'il lui semble découvrir. Elle arbore ce jour-là un autre visage. C'est le choc de deux innocences : l'une voulue, choisie ; l'autre immédiate, donnée, encore inconsciente de sa force.

Elle lui parle de cette voix mélodieuse qu'il aurait distinguée entre toutes, elle évoque La Ferté, la forêt où elle l'avait emmené, mais l'enfant imagine aujourd'hui à son gré. Il s'enfonce dans des bois obscurs et chauds – n'est-ce pas une clairière, cette tache de soleil sur le parquet ? Tous les souvenirs se brouillent ; la voix de sa tante ressemble maintenant au roucoulement de la rivière derrière La Ferté. Elle lui parle de ces Messieurs de Port-Royal qui étaient venus chez eux un an avant sa naissance ; d'Antoine Le Maître qui le traite comme son propre fils depuis cinq ans. Port-Royal est sa seule famille, il ne doit jamais l'oublier.

Pourquoi lui dit-elle tout cela maintenant ? Pourquoi est-elle si belle dans le soleil ? Peut-être est-elle la fille du Soleil ? L'enfant n'écoute plus qu'à demi, il invente, s'échappe : où est la réalité ?

Lui, l'orphelin, a été admis dans l'illustre famille des Arnauld. Elle-même, dès l'âge de treize ans, a eu l'honneur de remplacer la mère d'Antoine Le Maître au baptême d'Antoine Vitart, leur cousin. Est-ce qu'il se rend compte ? Elle a tenu le rang de Catherine Arnauld en personne. La sœur d'Angélique, la Grande ! Mais où veut-elle en venir ?

D'un coup, il comprend. Il reçoit le choc avant même qu'elle n'en fasse l'aveu. Aujourd'hui, Agnès rejoint les religieuses derrière la grille. C'est pour cela qu'elle l'a fait mander. Elle se sépare de lui. Pour jamais !

La voix continue, tragique comme cette croix rouge qui transperce le drap blanc. Jean regarde l'habit posé sur la couche austère. Jamais sa tante n'a encore revêtu le scapulaire à croix rouge ni le voile noir. Cette journée ne ressemblera à aucune autre.

D'une seule envolée, il se revoit avec Agnès sur la colline de La Ferté, dans la lumière. Tant de fois elle lui a raconté le village, les trois hommes – Claude Lancelot, Antoine Le Maître, Simon Le Maître de Séricourt – descendant du bois voisin après leur prière du soir et elle, cette adolescente de treize ans, qui les guettait. Ils surgissaient vers neuf heures, impressionnants, ombres d'un autre monde : ils revenaient après s'être entretenus des choses de Dieu alors que le ciel s'illuminait d'un dernier embrasement. Les habitants se levaient sur leur passage, touchés par on ne sait quelle grâce, leur visage effleuré d'une brise de bonheur venue de quel souffle divin ? Enfin le silence retombait sur les maisons dans le soir sournois que venait recouvrir la brume. Voilà la fin de l'histoire, comme maintenant : le silence, la brume, l'abandon.

Trop pâle, comme frappé par la foudre, Jean n'a pas fait un geste. Les larmes coulent avec lenteur sur son visage androgyne. Aucun bruit, rien ne bouge. Seulement ce chagrin irrépressible alors qu'il pressent la rupture, la blessure toute proche.

Il n'a pas encore appris l'amour, mais en sait déjà l'essentiel : l'absence. L'impression tacite, presque consentante, d'être atteint de toutes parts, de saigner de l'intérieur. Alors il se raccroche à n'importe quoi, s'absorbe dans la contemplation de la table de bois nu couverte de feuilles écrites.

Était-ce là-bas, à La Ferté ou il y a plus longtemps encore ?... Cette table lui fait l'effet d'avoir été toujours là, d'avoir traversé toutes les histoires, avec les mêmes feuillets posés dessus. Elle est devenue une amie sûre et, au cours de ces quatre ans, les mots se sont mis à confier à l'enfant tant et tant de secrets qu'il n'est plus jamais seul. Des secrets venus de si loin, d'un pays inconnu que tant d'autres semblent encore ignorer.

Cela aussi, il le devait à Agnès : la mémoire. Oui, avec elle il avait découvert cette malédiction du souvenir. Une telle souffrance que cette impatience à retrouver un même plaisir ! Avant neuf ans, jamais il n'avait ressenti le temps avec une pareille acuité, jusqu'au jour où, se promenant avec elle dans les jardins de Port-Royal, il avait défailli de bonheur et de désespoir à la fois : âcre, l'odeur des lys l'avait surpris ; il s'était senti pris de malaise, empêché d'avancer plus avant, et il avait brutalement pensé à sa mère, sa mère dont il n'avait pourtant aucun souvenir. Pourquoi cela était-il arrivé alors que la robe d'Agnès lui frôlait la joue ?

En ce moment même, je retrouve cette douloureuse jouissance en regardant la table de bois, et c'est comme si une voix, une figure cachée me murmurait : souviens-toi, souviens-toi ! Il suffit que tu me reconnaisses, et j'arriverai !

Mais c'est fini. La visiteuse est repartie. Une fois encore, j'ai manqué le rendez-vous.

Il en a mal au cœur de faillir à la révélation – c'est comme un mot qui vous chatouille la langue – et pourtant il ne peut déjà plus y échapper, voilà que cela recommence : l'intolérable absence de sa maman.

Il revoit exactement la même scène : sa tante comme en ce moment debout dans le soleil, tandis que lui-même se tient sur le seuil ; il plane cette même odeur de bois, et cette table, là-bas, avec du papier... Alors il se met à frissonner, il lui semble errer à tâtons à l'intérieur de son propre crâne, il est perdu, il marche là, tout petit, derrière ses yeux, enfermé par lui-même en lui-même.

Jean se passe lentement la main sur la tempe, il a mal. Sa tête ne supporte plus cette course effrénée, elle se heurte à son propre labyrinthe. Est-ce qu'il dort debout ? Non, il est sûr d'être éveillé. Mais il est si petit. Il questionne les pages noircies avec douceur. Agnès lui répond, mais sa grand-mère Marie se fâche parce qu'il a touché à ce qui est écrit : « Cela appartient à ces messieurs de Port-Royal ! »

Sa grand-mère s'arrête tout net dans son discours ; derrière elle, Lancelot, un de ces messieurs, vient justement d'entrer. Il parle :

– Ne soyez pas en colère contre lui. Bien au contraire : il a eu raison de s'approcher des papiers. Il faut respecter l'enfance. Les petits messieurs de Port-Royal ont la même dignité que tout adulte...

La grand-mère s'est mise à genoux et a baisé la main de l'homme à la voix feutrée. Non, il confond : c'est Agnès qui est à genoux, et c'est lui qui est là, contre elle, debout ; et son cœur chavire à cause des cheveux d'Agnès et de son odeur de lys, parce que le soleil vous chauffe le visage et que le ventre demande grâce, parce que la table supporte ces mêmes papiers qui parlent sans doute d'histoires magnifiques : ainsi cette mer qui se redresse pour laisser passer le peuple élu, le Dieu tonnant qui châtie les coupables, la vieille Athalie vaincue par un enfant – il n'a pas cessé d'apprendre depuis qu'Agnès, un matin de février, l'a emmené loin de cette terre de pleurs et d'aigreurs, la terre de La Ferté.

La cellule, blanche comme l'oubli, m'étourdit. Bientôt la dixième année. Est-ce si important ? D'après eux, les adultes, oui. D'après moi ? Tant d'images mêlées, resculptées par d'autres, peut-être inventées, non véridiques, en tout cas, puisque je les vois parfois dans mes rêves.

Jean ne sait rien au juste. Il a froid, c'est tout. Neige ou brume, qu'importe : la tache devant ses yeux est la même, blanche, comme est inchangée l'envie de s'y perdre. Au loin se détachent dans le ciel, avec de grands hoquets, les mêmes oiseaux noirs.

Jean n'écoute plus Agnès. Il pense à ces « hommes sombres », juges et magistrats, ainsi dénommés par son ami Pierre-Thomas du Fossé.

C'était en janvier, la veille des Rois. Il y avait des barricades. Les élèves de Port-Royal regagnaient l'impasse Dominique. La vie était réglée par les fêtes religieuses. Il aimait ce récit où les Rois viennent des quatre coins de la Terre saluer le Fils de Dieu : « Et voici que l'astre, qu'ils avaient vu à son lever, les précédait jusqu'à ce qu'il vînt s'arrêter au-dessus de l'endroit où était l'Enfant. » Mais eux, c'était une échauffourée qui les avait arrêtés. Les enfants avaient ralenti le pas, puis tout le cortège s'était immobilisé peu à peu. Les soldats se moquaient d'eux. Peur de ces hommes brutaux : il avait retenu le mot terrible de *soldats*. On murmurait partout qu'ils avaient quitté l'armée parce qu'ils ne touchaient plus leur solde. Oubliant quelques secondes le danger, Jean avait laissé se réverbérer le mot : soldats, soldes, sol, seul – oui, des hommes seuls. Dans leur regard se lisait une sorte de résignation semblable à celle des bêtes de La Ferté que des jeunes gens poussaient à l'abattoir.

Les mots douceâtres d'Agnès sont autant de pierres qui viennent lui flageller le corps.

Là-bas aussi, les pierres s'abattaient... Particelli d'Émery : Jean se souvenait de ce nom. Les mesures fiscales de Particelli d'Émery, l'Italien du Cardinal ! avaient mécontenté tout le monde : les inférieurs comme il les appelait, et surtout les officiers du Parlement dont il avait retenu les gages. Particelli d'Émery ! Les syllabes sonnent comme la pluie sur une toiture, mais il fait plein soleil et ce n'est que le sang qui cogne dans sa tête.

Agnès psalmodie presque. Il écoute. Il est question d'adieu, d'amour fou et de Dieu. Et toujours les visages de jeunes filles parlent d'agonie ou d'abandon. Pourquoi ? Peut-être sa mère était-elle ainsi. Elle qui s'en était allée aux bords que l'on passe sans retour, ainsi que marmonnaient les récits du livre grimaçant de démons, de barques funèbres, d'ombres infernales.

Il a envie de frapper, de la frapper. De malmener cette douceur, la faire souffrir. Ah ! oui, il comprenait les soldats, leur besoin de blesser. Au moins ils s'étaient moqués d'eux, de ces enfants stupides. Jean se rappellait l'impression désagréable qu'il avait ressentie, une espèce d'humiliation, la sensation de ne pas parler la même langue que ceux d'en face alors même qu'ils vous ressemblent. Aujourd'hui, il avait envie de la rejoindre, cette masse d'hommes apparemment heureux de s'être transformés en bestiaille heurtant à coups de boutoir un mur d'ailleurs promis à s'écrouler dans une belle indifférence qui renaît aussitôt.

Lui aussi fera s'écrouler les murs, ces murs égoïstes derrière lesquels Agnès croit s'abriter.

Agnès parle et Jean recule peu à peu comme s'il espérait se retrancher davantage, se préserver de tout contact à jamais, d'elle surtout, la miséricordieuse, elle toujours à genoux, qui a joint les mains et dont le long cou bat au rythme de sa voix. Il l'aperçoit maintenant de trois quarts. Un moment, elle l'a tenu contre elle, il a été saisi entre ses deux mains vierges et pudiques qui se sont refermées sur ses hanches maigres, mais à présent elle le rejette et il se retrouve acculé contre la table, au fond de cette cellule de plus en plus aveuglante. Il pressent qu'elle va bientôt lui porter un coup définitif, mais elle ressemble à ces colombes blanches qu'il a souvent vues au couvent : combien de fois n'a-t-il pas observé chez elles ce même frémissement, comme une coulure de la bouche, la gorge tendue vers le ciel, au cours de la fraction de seconde précédant leur envol, et ce tressaillement de tout le corps énervé d'attendre – puis, en quelques instants, les voilà qui s'arrachent de la terre pesante des hommes. Alors le ciel entier leur appartient.

Déjà il n'a plus de liens avec la jeune femme qui se tient là. L'orgueilleuse ! Il n'osera plus courir et se blottir dans ses bras. Entre eux la distance s'est créée. Et l'enfant hurle sans voix – cette sorte de pudeur ou de respect alors que l'on voudrait tellement que l'autre ait connaissance de ce qui n'est pas dit : seul je savais l'aimer, mais elle n'a rien compris ; elle est encore le seul être que je vénère, mais elle n'en saura jamais rien. Mon amour est mon silence et le cilice qui étranglera mes mots jusqu'à ma mort.

Agnès de Saint-Thècle. Elle sera désormais Agnès de Saint-Thècle. Ce nom parle d'une vierge jadis condamnée au feu et qui déchaîna la pluie – les bêtes censées la mordre se couchaient à ses pieds. Elle a visité saint Paul dans sa prison. Agnès, qui reprend ce nom bien des siècles après, a elle aussi visité, dit-elle, un saint dans sa prison : l'Abbé lui-même l'a bénie. Le grand abbé de Saint-Cyran s'est penché sur l'adolescente qu'elle était.

Elle parle et la table me fait mal ; j'y pose mes deux mains pour me retenir, me retenir de sangloter sur celle qui me quitte, emportant la beauté des forêts caressées par le soleil, elle et son odeur de lys et de terre mouillée, la terre de La Ferté. Pitié ! Je n'ai que neuf ans ! Ni père, ni mère, juste la lumière de tes deux yeux, et l'exigence d'une réponse claire à mes questions d'enfant. Elle me racontait tant de choses merveilleuses... Tout me manque désormais et bascule dans un monde d'apparences. Et qui ai-je moi ? Les mots ?

À cause de lui ? À cause de l'Abbé, continue-t-elle. Il y a cinq ans de cela. Ton père venait de mourir et, ce jour-là précisément, le grand Saint-Cyran sortit de prison, libre. Agnès y avait vu un signe. Elle lui avait si souvent parlé de l'Abbé qui aimait les enfants. Elle avait alors dix-sept ans et lui n'était encore qu'un petit gosse de la campagne. Elle avait fait le voyage et le saint l'avait bénie. Comme le grand saint Paul. On était en mars. À peine sorti de sa cellule, l'abbé de Saint-Cyran s'était rendu à Port-Royal des Champs où les enfants des Petites Écoles étaient regroupés.

Est-ce dès ce moment qu'elle avait pris Jean sous son aile ? Il l'écoute maintenant avec un certain détachement, presque une indifférence dédaigneuse de tout ce qui a pu les lier. L'enfant se souvient du silence qui planait entre eux deux, mais, aujourd'hui, trop de récits sont venus le troubler. Plus jamais il ne livrera à ce point son âme. Désormais, il se réservera.

J'avais quatre ans, froid et envie de dormir, et pourtant ces images sont restées gravées quelque part dans mon corps. Peut-être les ai-je rêvées ? Une lente mise en scène pareille à un sommeil bleu qui prend la mer, et j'étreins l'oreiller qui m'entraîne, pierre blanche qui m'engloutit au plus profond d'un abîme cotonneux.

Il y a toujours quelqu'un que d'autres enterrent, et des sœurs qui vous quittent. Les pleurs illuminent les visages, les femmes sanglotent, plus belles encore. Elles serrent un enfant dans leurs bras, seule tiédeur dans la nuit funèbre que je sonde sans fin.

J'aime ces lents cérémonials. Chacun semble savoir où il doit aller, comme si quelque raison secrète le dirigeait, et moi, l'enfant qui sait, je suis peut-être le Dieu qui indique sourdement aux hommes de prier, de s'agenouiller, d'aimer ou de chanter – et puis je glisse dans l'infini, je me fonds dans l'oubli, et qu'importe l'agitation qui perdure après ma disparition !

Mourir, pense-t-il. Jean a bientôt dix ans et se met à aimer la tragédie, la séparation. Il devient l'implacable spectateur des autres, et plus encore de lui-même. Il détaille maintenant chaque geste d'Agnès. Il découvre qu'il est libre, sans attaches ; elle lui a fait ce cadeau malgré elle, croit-il. Et la voici qui se relève, s'assied sur la mauvaise couche, prend contre elle le scapulaire poignardé de rouge et regarde une dernière fois, ses cheveux défaits, le petit garçon. Un regard terrible, entre désir et raison – l'amour ? Un meurtre.

Règne dans la cellule une étrange attente. Jean a blêmi. Il tourne la tête vers la jeune fille, puis, brusquement, pivote vers la table de bois. Agnès s'aperçoit qu'il a froissé rageusement une feuille dans ses petites mains. Alors elle prend son nouvel habit, se lève, hésite derrière le corps penché, ramassé sur sa violence, enfin sort. Il ne la reverra plus que sous le voile, derrière la grille. Il la hait de toutes ses forces.

Eh bien soit ! Il fera partie des hommes qui imposent leur loi, il exigera, il saura même retenir les colombes au creux de sa main. Jean a son mauvais sourire, disait-elle, mais il s'en moque désormais. Elle n'existe plus pour lui. Comme sa mère.

Personne. Il balance son bras avec colère, la table se vide ; il ne garde que les pages vierges et la plume. D'un geste prompt, farouche, il saisit cette plume, la regarde, brillante, coupante dans le soleil – l'une de ces petites plumes de cuivre inventées par les gens de Port-Royal, dangereuses comme des stylets –, il se penche et s'élance. L'encre l'éclabousse, il taillade l'ivoire des pages, écrit sans relâche, galope dans ses rêves et ses rages, il ne sait pas tous les mots mais peu importe, il veut, c'est tout, faire de cette page son esclave marquée par lui à son signe, et les marques s'impriment, les coups pleuvent ; puis il la caresse lentement, il s'amuse, l'embrasse, il a déjà tout oublié. Pour la première fois, il se sent heureux et puissant. Il a droit de vie et de mort. Il sait inventer des êtres, les tuer ou les aimer à sa guise.

Il est le maître absolu de son cœur.

La petite plume de cuivre resplendit dans la lumière, prête à tuer, pense l'enfant radieux. Il écrit.

Chapitre 4

La hurlance des chiens

Oui, on doit le plus grand respect à l'enfance.

JUVÉNAL, *Satires*, XIV, 47

L'heure. L'heure de l'Oiseau. Il disait « l'Oiseau » parce qu'il avait reconnu la plainte de son ami. Semblable à lui. Seuls tous les deux dans l'arbre ou la chambre. Parfois très tôt, comme ce matin, il s'essayait à chanter, l'Oiseau, trouant de sa voix puérile la profondeur des forêts nocturnes.

Fier de son éveil précoce, Jean goûtait le dialogue secret de son âme avec ce qu'il pensait être l'Autre – ce Dieu invisible auquel tout acte, toute pensée, lui avait-on appris, renvoyait, et dans le vertige du jour sur le point de naître, au milieu de ses compagnons et du maître encore assoupis, il s'évertuait à parcourir des espaces inconnus des hommes, du moins le croyait-il. Les autres, au nombre de six, respiraient doucement, et le maître, dont le lit était disposé de manière à tous les surveiller, ressemblait à un gisant.

Jean tourne doucement la tête et contemple le profil de Pierre Nicole, ses cheveux bruns, son nez un peu busqué ; il a vingt-quatre ans et déjà une renommée qui dépasse les limites des Petites Écoles. C'est un des maîtres les plus réputés.

On dirait qu'ils sont tous morts, pense Jean en les regardant dormir. Heureusement il y a l'Oiseau. Ce doit être cela, la grâce de Dieu : une présence qui tout à coup vous soustrait à la pesanteur. Durant une fraction de seconde, Jean en embrasse l'éternité. Tout en écoutant son ami, il sent peu à peu qu'il se rapproche du Dieu caché. Il y a comme un accord tacite entre eux deux. Jean aime ces réveils clairs, juste avant l'aube d'été, autant qu'il déteste les hâtes hivernales, le corps recroquevillé piqueté par le froid, le cerveau lourd qu'il faut dégourdir, l'eau plus glacée que jamais.

Il avait aimé se faire habiller par les plus grands, comme c'était la coutume pour les petits. Aujourd'hui, il lui faut se vêtir seul. Triste monotonie des gestes immuables. Il avait aimé qu'un aîné s'occupât de lui : encore enveloppé de sommeil, il pouvait s'abandonner à rêver, laissant des doigts étrangers l'effleurer d'une caresse troublante qui le tourmentait parfois jusque dans le cours de la journée. L'espace de quelques instants, il pouvait se prendre pour un prince autour duquel se préparait quelque grande cérémonie ; tout avait l'allure d'un rituel.

Maintenant il est parmi les grands. Il a dix ans passés, mais n'a pas désappris la solitude. Par-ci, par-là, il s'échappe, comme ce matin-là, se réveillant plus tôt pour user comme il le veut de son temps. Ils ont si peu d'espace à eux pour s'élancer hors de la réalité ! L'adolescent aime par-dessus tout ces fugues imaginaires loin du latin, du grec, de la rhétorique, de l'hébreu, de l'histoire, des mathématiques, de la civilité chrétienne et même de l'écriture ou du dessin.

L'Oiseau laisse maintenant sa voix se déployer et l'enfant suit sa mélodie, fermant les yeux pour mieux l'accompagner par la pensée, s'envolant au plus haut, buvant à gorge déployée le vent parfumé par la senteur des arbres. Est-ce que ses maîtres comprendraient la force qui l'habite, ce désir qui lui soulève le corps et arrache à son ventre de formidables tempêtes ?

Il y a autre chose que le monde clos de grandes personnes, il le sait depuis longtemps. Hier encore, lorsqu'ils ont fait entre eux un pari : à qui réciterait le plus grand nombre de vers de Virgile sans commettre de faute, il n'a point cherché à gagner, il s'est laissé soulever, emporter, exalter par la houle des mots. Une fois de plus, c'est Villeneuve qui l'a emporté. Plus âgé que lui de cinq ans, Jules Arnauld de Villeneuve, le neveu d'Antoine Le Maître, a une mémoire hors du commun. Il peut réciter des livres entiers sans guère se tromper. Mais Jean n'en est pas jaloux. Jules ne rêve que de la carrière militaire, quoiqu'il semble bien peu doué pour ce métier. Jean le trouve raide et lent dans leurs jeux d'enfants, lorsqu'ils s'amusent à la petite guerre. De surcroît, il y voit très peu : ils ont bien ri lorsque Jules a confondu la vieille sœur cellérière avec une vache.

Jean laisse son esprit vagabonder tandis que ses camarades dorment encore. Pauvre Jules ! Son père, Arnauld d'Andilly, s'oppose absolument à ce qu'il embrasse la carrière des armes. Étrange désir ! Mais lui-même, que fera-t-il ? Sans doute avocat, comme le souhaite Antoine Le Maître. Celui-ci est plus que son professeur, il est devenu pour lui comme un père. Jean a l'impression de l'avoir toujours connu. Il revoit Le Maître et sa tante s'entretenir... Sa tante ! Il ne veut plus y songer. Il ne l'aperçoit presque plus, forme blanche derrière le grillage. Et toujours cette odeur de lys, douce-amère, comme maintenant encore, qui envahit la chambre et l'emplit d'une triste griserie. L'ivresse des désirs. L'envie folle de s'ouvrir à quelqu'un de toutes ses pensées, des images qui le traversent de part en part. Le désir de s'enfoncer à nouveau avec Énée, le héros troyen, dans la forêt interdite. Il en revient au concours de la veille, ou plutôt aux histoires merveilleuses de *l'Énéide*. Grâce à Virgile, il s'est rendu au royaume des simulacres, il a embarqué à travers les algues glauques du Cocyte, conduit par Charon, le passeur des morts. Il entend encore les âmes des enfants en pleurs, arrachés trop tôt au sein de leur mère et enfouis dans la nuit ombreuse. Peut-être son ami l'Oiseau est-il venu ce matin-là lui rappeler ce voyage insensé ? Son chant le fait se ressouvenir de tout : des innocents faussement accusés, de Minos le dieu terrible, le Juge agitant l'urne. L'urne sombre, tel un dé noir lancé sous les pas des hommes, et malheur à celui qui trébuche !

Pourtant, il a osé continuer le voyage. Elles sont là devant lui, elles aussi en pleurs, celles que le mal d'aimer accompagnera jusqu'à leur mort : Phèdre, Ériphyle, Pasiphaé... Et elle, si tendre, si désarmante, avec sa petite tête fière penchée : Didon la Phénicienne. C'est comme si elle avait serré Jean dans ses bras blancs et tièdes. Mais elle est restée silencieuse et hostile tandis qu'il implorait de sa douce voix d'amour :

> *« Arrête ; ne te dérobe pas à mes yeux ! Est-ce bien moi que tu fuis ? »*

Elle a disparu. Il a eu une atroce envie de pleurer, mais les vers continuaient. Pierre-Thomas du Fossé, qui récitait, a alors hésité, faisant une faute, et Jean a repris contact avec la réalité : tous ces élèves qui débitaient sans émotion, simplement pour gagner un concours de mémoire... Aussitôt il est reparti ailleurs, reprenant la main glacée de la déesse, la sibylle aux terribles oracles :

> *« La nuit tombe, et nous, nous passons des heures à parler... »*

Jamais il n'oubliera le visage qui tout à coup a surgi à ses côtés et qui, la nuit dernière, est revenu le hanter. Tisiphone. Une face blessée,

> *« des tempes ravagées dont on avait arraché les oreilles, les narines mutilées d'une hideuse blessure »*

Ce sera désormais, pour l'enfant, le visage de la Guerre. Il a continué sa marche, hagard, malade ; ses jambes vont le lâcher. Ils sont au pied de l'énorme porte d'acier qu'aucune force humaine ne peut franchir ; la femme terrible, Tisiphone, l'insomniaque, se dresse devant eux. De jour comme de nuit, elle garde l'entrée sans jamais se laisser séduire... Pourtant, encore une fois, il a franchi tous les obstacles. Là, dans son lit, il refait le chemin, saisi par la même épouvante et la même attirance face à cette femme assise, sa robe sanglante relevée, qui le regarde avec une flamme noire dans les yeux.

Il a ainsi découvert et le crime et la guerre. Les portes gigantesques ont crié et se sont ébranlées, telles deux pinces monstrueuses qui menacent de le broyer. Il a fait connaissance avec l'Horreur.

Plus que tout ce qu'il a découvert, jamais il ne pourra oublier le tragique Thésée cloué pour l'éternité sur son siège. Mais la vieille déesse l'a poussé plus loin, vers la lumière pourpre qui couvre la plaine brillante. Quelqu'un l'y attend, il le sait ; le voici qui pénètre dans l'eau, un rameau d'or à la main ; son cœur se met à chanter comme l'Oiseau, là, près de lui. Le voici allégé de tout, il s'élance, les chevaux nus galopent à travers la poussière d'eau scintillante. On dirait de la neige, mais elle vous enveloppe d'étincelles diaprées. Il avance de plus en plus fébrilement vers cette ombre lumineuse qui, là-bas, lui tend les bras. Son père, les joues ruisselantes, l'étreint :

> *« Enfin, te voici ; ta piété, sur laquelle comptait*
> *ton père, a triomphé de l'âpre route... »*

Il tente vainement de le serrer dans ses bras : ses mains ne rencontrent que le vide.

« Donne-moi ta main, père ; donne-la-moi afin que je la serre, ne te dérobe pas à mes embrassements ! »

Il est encore si jeune, et personne n'est là pour le prendre, lui, dans ses bras avec l'affectueuse violence des hommes et le hisser dans les airs. Il suffoque, car il n'y a plus que le vent autour de lui, cependant que le sol s'effrite sous ses pas.

Il est réveillé avec brutalité, le visage baigné de larmes : le vent glacé a pénétré dans la chambre, mais personne n'a encore remué. Il essuie vite ses pleurs, comme la veille, quand, reprenant le texte de Virgile à Jules, il a si bien oublié ses camarades, la salle de classe, les tables et le maître, qu'il a fallu le secouer pour l'arracher à sa lecture. Non, ne pas pleurer, comme la veille, et pourtant on l'a félicité pour son émotion, même si Lancelot lui a reproché son excès de passion à dire les vers de Virgile.

Pierre, son meilleur ami, vient de bouger. Il l'appelle doucement, mais déjà Lancelot se réveille ; en quelques instants, les six élèves sont debout. Jean a du mal à suivre le rythme et à abandonner tout à fait sa rêverie solitaire. La cloche de l'église sonne cinq heures.

« Pater noster qui est in caeli... » Bref agenouillement. Ils murmurent tous d'une même voix les prières matinales. Jean aime cette mélopée à l'unisson. L'accord des voix, dans la chambrée claire ou sombre, suivant l'état du ciel, donne au jour à venir des allures de procession. Il imagine que tous les êtres dans le monde entier se mettent à la même heure, eux aussi, en marche vers la lumière : hommes, oiseaux, chevaux, et jusqu'à la petite souris qu'il aperçoit parfois au réfectoire et qu'il a surnommée Feronia, comme la déesse rustique de Virgile. Il regarde le grand crucifix devant lequel maître et élèves se sont assemblés. Ses branches deviennent d'énigmatiques chemins de forêt : quelle voie choisir ? Il lui semble qu'ils s'enfoncent dans le grand mur blanc, mais, derrière, qu'y a-t-il ? Lorsqu'il aura traversé toute cette blancheur, que trouvera-t-il ?

La prière est finie. Il est temps de regagner sa table où chacun travaille seul, étudiant ses leçons, exécutant ses travaux écrits. De loin, Lancelot le regarde, ce petit Racine. Étrange enfant, plus solitaire encore que les autres. Une intelligence vive, trop aiguë, méchante parfois, comme s'il se défendait de quelque chose ou de quelqu'un. Lancelot s'inquiète alors de la colère qui vibre aux coins des yeux gris fer, les colorant presque de violet, et de la tempête qui fait trembler ce corps bientôt adolescent, mais il redoute encore plus la brume qui voile par moments le regard d'eau nocturne.

L'enfant paraît dialoguer avec un monde inaccessible d'où montent secrètement vers lui des cris, des appels, des tentations mais, au lieu de l'assombrir, le rendent plus lumineux au milieu des autres.

Heureusement, il semble apaisé lorsqu'il se met à apprendre, concentré sur ses leçons ; assis avec l'élégance d'un prince sur son tabouret, il oublie enfin toute souffrance intérieure.

Lancelot devine quand l'enfant est froissé. Orphelin, élève aux Petites Écoles de Port-Royal grâce à l'appui et à l'amitié des Arnauld pour sa famille, il n'ignore pas qu'il est accueilli là en parent pauvre. Chaque élève doit payer au moins cinq cents louis depuis la première guerre de Paris en 1648. Lui, le petit de La Ferté, sait qu'il lui faut ne jamais oublier de montrer vis-à-vis de l'institution et de ses maîtres une déférente gratitude.

Peut-être est-ce pour cela qu'il se livre si peu mais, dans son orgueil, il a décidé de se distinguer par ses dons exceptionnels. Lancelot s'en est entretenu avec Antoine Le Maître.

Sept heures. La cloche au timbre perché se balance avec régularité dans l'air parfumé des jardins ; les élèves viennent un à un réciter leur leçon – de la prose – au maître. Bientôt le déjeuner viendra ; Jean a faim : presque deux heures déjà qu'il est debout. En travaillant, il a oublié cette tenaille, mais il éprouve maintenant une méchante envie de mordre à pleines dents dans du pain. Parfois, il en a assez de ces longues journées réglées tout au long de l'année selon un même rythme que tous respectent. Alors la forêt frémissante revient envahir son cœur. Là-bas, il pouvait se cacher, il pouvait courir comme il l'entendait, s'échapper vers les grands arbres rugueux au goût d'épices. Il y avait aussi la caresse féminine de leurs feuilles à la peau si douce, et les fougères où ses pas vierges s'enfonçaient...

Les six élèves ont fini de réciter ; ils descendent sagement derrière Lancelot vers le réfectoire.

Jean se demande ce qui est arrivé à Didon. La main aux doigts fins posée à côté du bol vide, les yeux baissés, il songe à la femme royale. Pourquoi la reine phénicienne s'est-elle fait brûler sur le bûcher lorsque Énée l'a quittée ? Il ne comprend pas bien le lien avec le héros troyen. Jamais il n'osera demander une explication. Pierre lui a soufflé à la dérobée : « Ils ont supprimé le passage des amours. » Deschamps de Boishébert, qui ne se tient jamais en repos, a posé la question du chagrin de Didon, mais n'a pas obtenu satisfaction. Les professeurs ont même paru furieux et n'ont pas répondu.

Jean en a retenu que la passion est plus effrayante que le démon lui-même. Elle tord votre âme de douleur, sans relâche, aiguillonne votre raison jusqu'à la faire exploser. Le temps s'arrête. Il n'y a plus ni ombre ni clarté. Rien que le soleil qui dessèche la pensée et vous ne cessez de tomber, la terreur aux entrailles, incapable de plus rien déchiffrer du monde et hurlant des propos incohérents.

Jean a écouté Lancelot. Son cœur s'est mis à battre plus vite, sa gorge palpite d'une manière nouvelle. Est-ce qu'il est possible de mourir d'amour ? Alors, qu'elle vienne rapidement, cette mort qui rôde autour de lui depuis sa naissance, mêlée à l'odeur de lys ; qu'il entende une fois encore la voix rauque et feutrée qui venait lécher sa nuque et y déposer une rosée apaisante comme l'aube, tout en enserrant ses poignets de deux bracelets bleutés !

Pourquoi Énée a-t-il quitté Didon si elle l'aimait ? On n'abandonne pas quelqu'un qui vous aime – c'est trop rare ! Il lui faut absolument prendre connaissance de ce passage. Comment faire ? Lui n'aurait jamais quitté une reine aussi belle ! Jamais ! Lui aussi a eu très mal quand les grilles se sont refermées sur Agnès.

Qui lui reste-t-il, à lui ? Il y a sa grand-mère Marie aux mains rugueuses – il y a ses professeurs – et il y a Dieu.

Déjà le déjeuner est terminé. Il doit se remettre à sa version latine, améliorer encore sa traduction de Cicéron.

Lancelot est un maître en latin. On raconte que la *Nouvelle Méthode latine* qu'il a lui-même écrite sert au Roi. Il est vrai que, première de son espèce à être rédigée en français, elle est beaucoup plus accessible que celles de Jean Despautère ou du jésuite Alvarez dans lesquelles les règles, exposées en latin et souvent en vers, rebutent les élèves. Celle de Lancelot, composée en octosyllabes français, reprend les tableaux du Père Charles de Condren et en devient presque attrayante.

Villeneuve aime les *Cartes*, ces cinq grandes feuilles imprimées en quatre couleurs qui résument, en français et en latin, les principales règles de la langue. Il prétend qu'elles ressemblent à des plans de batailles. Les batailles ! La guerre et le Roi ! À quoi celui-ci rêve-t-il devant ces mêmes cartes ? Le Roi, Jean pense souvent à lui, son aîné d'un an, qui étudie là-bas dans les mêmes livres que lui. La distance qui les sépare est aussi grande que s'ils étaient nés à des siècles de distance. Pourtant, ils lisent les mêmes mots. Bientôt, ce sera le Sacre. C'est seulement après le Sacre que le Roi devient vraiment le chef suprême – civil, militaire et aussi religieux. Car le Roi est le représentant de Dieu de par l'onction qui lui confère un caractère sacerdotal. Le Sacre est un mystère. Jean Racine rêve, il rêve au Roi et à ce Sacre qui fera de lui un être intouchable, à la Sainte Ampoule, à l'aiguille d'or avec laquelle on prélève une goutte du Saint Chrême pour en oindre cet adolescent si semblable à lui mais qui, bientôt, régnera au-dessus d'eux tous, tel l'astre titanesque décrit par Virgile, le soleil de son enfance.

Jean rêve au Roi qui lit les mêmes mots que lui. Le Roi qui a le droit de galoper et de chasser. Il doit apprendre à vivre, et Jean se dit tout à coup que lui, ici, apprend à mourir. Ne traduit-il pas en ce moment précisément une lettre de Cicéron à propos de la mort ? Cicéron reprenant les paroles de Socrate avant d'expirer :

> *« Une tenace espérance m'anime, juges, car être envoyé à la mort est un bonheur pour moi. De deux choses l'une, en effet : soit la mort nous enlève toute conscience, soit elle est un passage d'ici-bas vers un autre séjour... »*

La plume de Jean ne s'arrête plus. Il est avec le vieil homme face à ses juges. Aussi libre que Socrate, il ressent la vanité du pouvoir humain. Comme Socrate, comme Théramène, il lui échappe. Jeté en prison sur ordre des tyrans, il boit le poison, comme s'il avait soif, à la santé de ses tortionnaires. Il s'exprime avec une espèce de joie :

> *« S'il est vrai au contraire, comme on le dit, que la mort est un voyage vers les bords habités par ceux qui ont quitté la vie, le bonheur est encore bien plus grand. Avoir échappé à des gens qui se prenaient pour des juges, parvenir jusqu'à celui qui seul est digne de cette appellation, Minos, le Juge des pâles humains... »*

Jean rêve à ce voyage peu ordinaire. Ils sont tous là : Orphée, Homère, Hésiode.

« Je voudrais quant à moi mourir plusieurs fois pour avoir le loisir de visiter pareil séjour. »

Qui a donc la meilleure part ? Lui, ou le Roi ? Celui qui, au soir de sa vie, verra pour la première fois le visage de la mort ? Telle une inconnue, sans être invitée, elle s'assiéra au pied de votre lit et voici : vous ne serez qu'un benêt, ne sachant quoi faire de cette visite grandiose. Vous essaierez désespérément de la séduire, mais aucun mot ne sortira de vos lèvres. Et la voici qui vous fait un léger signe de la main ; vous voudriez qu'elle vous aime, mais trop tard : elle vous regarde à peine, distraite, prête à repartir vers d'autres amants. Mais celui-là qui longuement, lentement, aura préparé la chambre, telle Didon élevant son propre bûcher, soignant les moindres détails, celui-là pourra peut-être espérer le suprême enlacement. Le ciel entier s'embrasera au-dessus de cet ultime baiser qui aura demandé toute une vie à être attendu et préparé.

C'est donc par l'amour qu'il connaîtra la mort. L'enfant est soudain près de tout comprendre et de saisir la main qui le hélait depuis l'enfance :

> *« Mais il est temps de partir, moi vers la mort, vous vers la vie ; le meilleur sort des deux, les dieux immortels le connaissent, mais je ne crois pas qu'aucun homme puisse y parvenir... »*

La cloche à nouveau reprend son chant aigrelet et timide. Onze heures.

Aujourd'hui, c'est Pierre-Thomas du Fossé qui doit lire au cours du repas un passage du Nouveau Testament. Le réfectoire bruit des pas des enfants. Il fait chaud et la pénombre de l'endroit rappelle à Jean la clairière des forêts. Et puis la soupe sent bon. S'en exhale comme un parfum de fleurs et d'herbe coupée. Il remarque les roses un peu fanées au pied de la statue, mais déjà quelqu'un l'arrête par le bras.

Wallon de Beaupuis le réclame. L'adolescent se sent impressionné par celui qui exerce la haute direction des Petites Écoles. Vingt-huit ans seulement. Chacun sait qu'il a rencontré le grand Descartes. Envoyé par Arnauld, il a pu longuement parler avec le philosophe. Il n'a jamais oublié, raconte-t-il, l'accueil affable et la simplicité du génie. Il aimait raconter aux enfants que la très haute intelligence s'accompagnait, dans son cas, d'une extrême sobriété, comme si de tels hommes n'avaient plus à s'alourdir des manières précieuses dont se parent les cerveaux vides.

Pour la première fois, Wallon de Beaupuis le charge à la place de Pierre, malade, de lire le passage du Nouveau Testament. Normalement, cette lecture est confiée aux éléments confirmés. Wallon de Beaupuis le rassure : Jean est de ceux qui lisent le plus remarquablement, même s'il doit contrôler son âme. Il a trop tendance, selon ses maîtres, à se laisser emporter. La parole est celle de Dieu ; on doit rester humble devant ce don : « Nous ne sommes que les porteurs de la voix de Dieu. » Lourde mission...

> *« Votre œil est la lampe de votre corps. Si votre œil est simple et pur, tout votre corps sera éclairé, tandis que s'il est mauvais, votre corps aussi sera ténébreux. Prenez donc garde que la lumière qui est en vous ne soit elle-même de vraies ténèbres. »*

Boishébert, « le frisé », s'essayait à dissiper ses voisins, n'ayant jamais rien compris à l'Écriture sainte.

La voix de l'enfant s'est élevée, fragile, encore un peu féminine, déjà un peu masculine. Les élèves mangent en silence, mais écoutent la lecture mieux que d'ordinaire. Il y a dans cette voix comme un sanglot, une déchirure qu'aucun autre lecteur ne possède. L'enfant donne une intonation particulière à tout ce qu'il énonce. Chacun a l'impression que ce qu'il dit est d'une extrême urgence. Cela monte comme une prière qui s'agrandit dans un cri :

> *« Malheur à vous, pharisiens, qui aimiez à avoir les meilleures places ! »*

Des accents de colère gonflent maintenant la voix frêle. Les enfants ont terminé leur repas. Jean Racine mangera plus tard, pendant que les autres seront au jardin. Il est fatigué d'avoir lu seul devant eux tous. C'est comme s'il avait effectué un voyage au triple galop. Il est rouge, il a soif ; des larmes scintillent au bord de ses paupières.

Il est content de se retrouver seul dans le calme du réfectoire. Il ne sait même plus s'il a lu. C'est comme si lui-même avait inventé les mots. Ces mots se sont pressés l'un à la suite de l'autre, lui écorchant le cœur. Il n'a eu qu'à obéir.

L'obéissance s'accompagne ici d'une sorte de plaisir troublant. Les mots le giflent. Il aime leur tyrannie.

Il entend ses camarades jouer. Soudain, la cloche émet un son net. Une heure. Tous rentrent. Le cours d'histoire va commencer.

Jean se dépêche.

La veille, c'était géographie. Il préfère l'histoire : Hérodote, Thucydide, Plutarque, Salluste, Tite-Live, Tacite, Eutrope sont devenus autant d'amis. En général, le maître explique un texte ancien qui permet un contact direct avec les époques.

Dans quelques instants, il sera à Rome ou bien en Grèce. Les marches triomphales des empereurs. Les reines empoisonnées. Il est l'*Imperator* entrant sur son char au milieu des Romains victorieux. Non, il ne sera pas un vaincu, un esclave. Il voit les casques luire, les flambeaux, les aigles. Son cheval galope. Lui, le vainqueur aux yeux trop brillants, que fait-il là, assis sagement sur ce banc, alors que le monde entier l'attend ?

Tout à coup, il entend son nom. Il s'est encore échappé, mais tout est si excitant, si passionnant ! Comment se borner à écouter simplement toutes ces leçons ? Il veut vivre avec eux tous – avec César, avec Néron, avec...

Deux heures. Le temps est à l'orage. La cloche elle-même allonge sa plainte. C'est l'heure de remonter dans sa chambre pour travailler à la poésie. Que vont-ils étudier aujourd'hui ? Les *Fables* de Phèdre, *les Captifs* de Plaute ou les *Bucoliques* de Virgile ?

Pierre, qui a très mal à la tête, vient de s'effondrer. Lancelot écarte les autres enfants et les envoie dans la salle commune sous la conduite de Nicolas Fontaine. Ils y descendent, troublés.

« Prenez les cartes et faites les jeux d'histoire. »

Il n'est pas bon de les laisser seuls avec leur angoisse.

« Je peux leur faire travailler leur recueil personnel de mots, de sentences et d'idées », suggère Nicolas.

Jean n'aime guère montrer son recueil. À cette idée, il est mécontent. En effet, chaque jour, les élèves sont encouragés à recueillir des pensées, des exemples, et à les consigner dans ce que les maîtres appellent leur recueil personnel.

« Non. Il est préférable qu'ils restent ensemble. Prenez donc les cartes d'histoire et faites-leur réviser leurs connaissances. »

Jean et Jules sont satisfaits. Ces cartes contiennent l'histoire des six premiers siècles : les Papes, les Empereurs, les Saints, les Auteurs, les événements les plus mémorables du monde entier. Ils aiment à être les plus prompts à répondre sur les lieux et les temps où ont vécu les grands hommes.

Peu à peu, les enfants oublient Pierre et son corps allongé par terre. L'orage gronde de plus en plus fort. Soudain, les chiens se mettent à hurler. Ce sont des cris si poignants, si déchirants que les enfants se figent tous en même temps. Jean devient de plus en plus pâle. La scène lui rappelle un atroce souvenir.

Il y a un an ou plus, il se trouvait à Port-Royal des Champs avec sa grand-mère. Ils avaient rencontré Antoine Le Maître, puis couché chez les religieuses. Cette nuit-là, il avait eu du mal à s'endormir. Une sorte d'angoisse le tenait éveillé. Tout à coup, un cri effrayant, comme celui d'une fillette poignardée, avait lacéré la nuit claire. À plusieurs reprises, la même stridence avait arraché au ciel de grands lambeaux d'étoiles. Couché à côté de sa grand-mère, le petit Jean, paralysé par la peur, n'osait la réveiller alors que l'univers entier, au-dehors, se déchaînait. Le lendemain, il avait essayé de se renseigner. Sa grand-mère avait haussé les épaules : pas la peine de faire un tintouin pareil pour quelques chiens qui aboient ! Plus tard, elle l'avait repris sévèrement : il ne devait pas dire *hurlance*, le mot n'existait pas. Pourquoi ça ? On disait bien fragrance, délivrance, partance, souffrance... Jean s'en était reparti, n'en pensant pas moins, lorsqu'il avait entendu deux novices évoquer les cris de la nuit :

– Encore ces chiens ? C'est affreux. On les a cloués sur des planches et écartelés, oui, ouverts par le milieu !

Jean n'avait pas pleuré. C'était lui, à présent, qui hurlait de toute son âme, ouvert par le milieu.

Sacy l'avait trouvé, recroquevillé. Il avait fallu toute la patience d'Isaac Le Maître de Sacy pour calmer l'enfant. Il l'avait pris avec lui. Il venait de traduire les *Fables* de Phèdre en français. Soucieux de ne jamais heurter l'innocence des enfants, il s'était attaché à les traduire à leur intention. Il en avait lu plusieurs à Jean et les lui avait longuement expliquées. Peu à peu, l'enfant s'était apaisé et, tout d'une traite, lui avait raconté ce qu'il avait entendu. Alors Le Maître de Sacy lui avait expliqué un débat qui agitait l'époque et dont discutaient théologiens et philosophes : les animaux étaient-ils doués de sensibilité ou leurs fonctions ressemblaient-elles au mécanisme d'une horloge ?

La voix de Sacy était posée. Elle rassurait le petit. Le Maître de Sacy, comme l'abbé de Saint-Cyran, savait que les enfants ont besoin d'explications, pas de gestes évasifs ni de moqueries. Leur imagination intacte, ils nourrissent de cauchemars ou de rêves tout ce qui ne leur est pas analysé clairement. Celui-là plus qu'un autre cherchait à savoir. Il le connaissait bien. Tout le monde ici avait adopté le petit Racine, ainsi que la famille Desmoulins chez qui les Solitaires avaient pu jadis se cacher.

Les yeux gris le regardaient. Des yeux de brume, de ciel secret ; mais aussi des yeux compacts comme les pierres sous le soleil. Des yeux de tombe dans l'aube lourde de toutes les énigmes du jour. Celles du soleil et de la pluie, de la mort et de l'amour, de la folie et de la sainteté.

Sacy devait poursuivre son explication de la mise à mort des chiens aussi simplement que celle d'autres phénomènes, afin que les enfants comprissent la vie tout comme ils s'appliquaient à repasser de leurs mains balbutiantes les modèles d'écriture. La vie, si facile à s'effacer, ne cessait d'avoir besoin d'enfants qui en reproduisent le modèle.

– Pour les uns, l'animal n'est qu'une mécanique. Il ne vit point. Il n'est qu'un corps incapable de penser ou de sentir. Ses mécanismes, comme dans une horloge, ne sont que des rouages. Pour d'autres, dont je suis, les bêtes appartiennent au grand organisme vivant du monde. Elles souffrent. Gassendi, comme moi, défend cette théorie ; Pascal, comme Descartes, pense le contraire. C'est pour cela que certains les ouvrent en deux, encore vivantes : pour savoir comment cela fonctionne à l'intérieur. N'aie pas peur, mon enfant. Notre Seigneur aussi fut cloué, et le soldat le perça d'une lance pour voir si les anges viendraient le secourir.

L'enfant n'avait dit mot. Un jour, contre ce Monsieur Descartes, il prouverait que les chiens souffrent et ont droit à la justice, comme les hommes. Et puis, à son tour, il ouvrirait les hommes en deux pour disséquer leurs pensées, leurs cris de haine et d'amour !

C'est cela qui l'amusait plus que tout : il regardait vivre et s'entrecroiser les adultes, les observait mentir ; il les voyait de l'intérieur et déchiffrait leurs gestes, leurs pensées. Il ne s'ennuyait jamais ainsi et pouvait rester des heures à écouter et surveiller tel ou tel. Un, deux, trois, le tour était joué ! C'était parfois comme s'il était devenu celui qui les menait... Un, deux, trois ! Tiens, le petit Jules s'est retourné en colère, comme je l'avais deviné... Un, deux, trois...

Quatre ! La cloche danse. Je l'avais oubliée, cette petite personne à la voix trop haut perchée.

Quatre heures. L'heure du goûter. Les plus grands attendent leur leçon de grec.

Pierre maintenant est couché, isolé, victime d'une fièvre jaune ; il doit se reposer. Il pleut de plus en plus fort. Le ciel envoie mille fléchettes sonores et crépite comme un brasier. Impossible de sortir, d'aller dehors se détendre. L'enfant se dirige vers le jeu d'échecs. Jules l'a provoqué : échec et mat.

Plaisir secret de Jean : au billard, au jeu de dames, proposés dans la salle commune, il préfère les échecs. Assis en face de son adversaire, ou, seul, jouer contre lui-même en étudiant le recueil de Ruy Lopez. Ses maîtres le laissent faire. C'est comme de lire Virgile : il s'enfonce dans un monde noir et blanc – neige et nuit, soleil et boue. Il manie le cheval, il est la reine ou le roi, le fou, le pion sacrifié, avancé, pris, repris, il est à la fois le plus oublié et le plus regardé, le conseiller et le pouvoir. Il y a des lignes qui coupent le monde, et la foi ne sauve personne ici-bas. C'est mathématique. Il faut juste faire travailler son intelligence, disséquer le jeu comme ils le font des chiens, jusqu'au moment où tout autour de soi hurle à la mort – jusqu'à la mort, donc. Échec et mat.

Le soleil vient lentement éclairer le jeu. Lancelot surveille Jean : comment ralentir cette soif de connaître, cette lutte contre soi que mène déjà l'enfant ? Pierre malade, il craint maintenant pour Jean.

Heureusement, la cloche sonne les six heures, le souper, et puis, comme il fait beau à nouveau, il pourra envoyer les enfants jouer dehors, courir et se détendre un peu avant le coucher.

L'adolescent aux yeux gris respire l'air troublant où la pluie a laissé un goût sucré. Les fleurs vous tournent la tête et il sent la vie en lui s'énerver et piaffer. Lui aussi est cloué par les quatre membres, tandis que son cœur, qu'il entend, bat la cadence. Il aime ces mots-là : la fragrance des plantes, la danse des libellules, la puissance de l'intelligence, la hurlance des bêtes...

Il se les imagine et, malgré lui, prend plaisir à se les représenter écartelées, les yeux agrandis d'horreur, tels les damnés de Virgile. Il prend peur : il découvre qu'il aime la souffrance. La sienne ? Celle des chiens ? Il ne sait plus. Tout plutôt que ce silence en lui ! Son âme a besoin de cris, d'éclairs. Il est comme un ciel en colère, comme l'eau lorsqu'elle fouette le monde. Il est lui-même hurlance de chiens et souffre délicieusement, n'en déplaise à Monsieur Descartes.

Chapitre 5

Le casque d'Hector

> *... C'est grande pitié de toutes nos misères ; la guerre est un horrible fléau. C'est merveille que toutes les bêtes et les gens ne sont pas morts d'avoir été si longtemps enfermés les uns avec les autres... les granges étaient pleines d'estropiés et les lieux bas de la basse-cour pleines de bêtes. Enfin, sans le grand froid, je pense que nous eussions eu la peste.*
>
> « *Lettre de mère Angélique*, 27 janvier 1649 »,
> SAINTE-BEUVE, *Port-Royal*

Le régiment d'Apremont est arrivé. Tout le château fait le diable, dirait la vieille cellérière. Jean Racine n'a pas peur. Il se passe tant d'événements, depuis quelque temps. Il n'y a pas de place pour la peur. Les voici parqués au château de Vaumurier dans les chambres à demi faites, non carrelées. Ils couchent çà et là sur des matelas ou des paillasses jetées à terre. Le château n'a pas pu être terminé à temps, mais il fallait quitter Port-Royal des Champs, trop menacé par la guerre civile.

Les enfants questionnent, essaient de comprendre, mais il n'y a guère de réponses. Tous ces messieurs, habituellement en prières, ont repris l'épée mais aussi la truelle pour organiser la défense du château. Monsieur de La Rivière, Monsieur de Bessi, Monsieur de La Petitière, Monsieur de Beaumont sont étrangement habillés en soldats pour assister à la messe, mais Jean admire de loin les armes, les bottes, les gants durs qui donnent aux mains des allures d'oiseaux de proie. Des fusiliers sont recrutés. Il paraît qu'ils sont plusieurs centaines. Les enfants se renseignent. Il y a maintenant tant de visages étrangers, de va-et-vient, tant de cris et de cliquetis qu'il devient difficile de rester indifférent ou serein parmi les paysans qui apprennent à tirer, les maçons qui s'affairent, les religieuses qui soignent et les alertes. Monsieur de Sacy a été nommé préposé à la direction par Monsieur Singlin. Il ne cesse de bougonner. Voici quelques jours, le duc de Luynes en personne a failli être tué par un apprenti tirailleur, et maintenant certains soudards commencent à créer du désordre. Ils brûlent de se battre, ils veulent en découdre.

« Au cas d'attaque ou de rencontre, est-il permis de tirer sérieusement sur les coureurs ? » Monsieur de Sacy a fait rendre un décret : « Il n'est permis de tirer qu'à poudre, et seulement pour effrayer. »

Les enfants s'amusent. Les vieux soldats semblent furieux : les jeunes tirent pour un rien, un lapin qui saute gaiement à travers champs, un picvert trop bruyant. Cette guerre est décidément bizarre. C'est bien une guerre de gosses. D'ailleurs, il s'agit bien d'un jeu à eux, la fronde : quel enfant n'a pas pris un jour une petite fourche de bois, un morceau de cuir ou de n'importe quel tissu, une pierre, et hop ! l'ennemi reçoit son caillou en pleine tête ; même David l'utilise déjà, dans la Bible, contre le géant Goliath. Oui, c'est bien l'arme des Petits. Alors, pourquoi tous ces hommes affichent-ils parfois des mines sombres et sérieuses ? Même le cardinal de Mazarin, aujourd'hui éloigné de Paris, a, paraît-il, arboré, en prévision d'une rencontre avec le Parlement, au lieu du cordon habituel, une fronde autour de son saint chapeau. Étrange monde des Grands...

Jean Racine va avoir douze ans. La brume de septembre entoure le château. À cent pas de là, Port-Royal des Champs, un peu délaissé, se recueille. L'adolescent s'arrête un instant près de la fenêtre. Il est encore tôt. Au loin, comme des fantômes, des soldats s'agitent.

La discipline ne s'est pas relâchée malgré la guerre. Les élèves n'ont besoin ni de réprimandes, ni d'ordres. Au fond de leur cœur, une fois pour toutes et pour toute leur vie, ils ont assimilé la règle. Rien de plus difficile que de désobéir à soi-même. Ce n'était pas drôle ; cela devient tragique.

Je suis là, adossé à ce mur encore humide de la nuit ; je regarde ces hommes qui n'appartiennent pas à mon monde, qui se lèvent, se baissent, ramassent des fardeaux, tournent en rond, fourmis promises à la mort comme moi – mais, contrairement à eux, j'en ai conscience à chaque seconde, à chaque geste. Qui m'a empoisonné de cette connaissance ? Je brûle mais refuse toutes les mauvaises excuses.

L'adolescent rêve confusément à cette jeune femme si belle qui vient de mourir : Louise Séguier, duchesse de Luynes, âgée de vingt-sept ans, fille de Pierre Séguier, marquis d'O. L'enterrement a eu lieu quelques jours auparavant en grande pompe à Port-Royal. Elle était la filleule de la reine de Pologne. C'est elle qui avait poussé son mari à faire bâtir ce château de Vaumurier à quelques pas de Port-Royal, sur le terrain même du monastère. Elle avait hâte de se retirer du monde et d'habiter dans ce qu'elle comparait à une terre promise. À l'issue des obsèques auxquelles ils ont tous assisté, son corps a été inhumé dans le chœur de Port-Royal, car tel avait été son ultime désir.

Monsieur Singlin a parlé de cette grande âme ; il a longuement cité le livre préféré de la défunte, le petit *Traité de la Mortalité* de Saint-Cyran qu'avait traduit à son intention Monsieur Le Maître.

Jean songe à elle. Il ne lui a jamais parlé, mais la revoit encore. Elle était venue au printemps, toute de blanc vêtue dans la lumière du matin, alourdie d'une grossesse dont elle allait mourir – comme sa mère pense-t-il ! Deux filles étaient nées. Il avait remarqué une goutte de sueur qui descendait lentement le long de sa joue pâle. Les rubans jaunes qui ornaient ses manches rehaussaient encore l'éclat de son habit. Il n'avait pu encore une fois s'empêcher de penser au lys, et ce parfum avait effleuré son cœur d'un étrange pressentiment – une mort légère, le cœur qui s'arrête un instant, mêlée à une joie intense, aussitôt disparue.

Est-ce la goutte d'eau, là, sur la vitre, qui a ravivé sa mémoire ? Ou bien a-t-il inventé ce souvenir ?

Et voici qu'elle était morte, comme sa mère. En mettant au monde, comme sa mère.

« Ô éternellement aimer Ô ne jamais mourir
Ô toujours vivre »

À l'agonie, elle avait redit ce verset de saint Augustin.

Il semble à l'adolescent qu'elle se tient là derrière lui – il sent son souffle sur sa nuque. Mais pourquoi, après sa mort, aurait-elle pris soin d'un élève de Port-Royal, pauvre et orphelin de surcroît ?

« Ô éternellement aimer Ô ne jamais mourir... »

Ces mots, depuis plusieurs jours, ne cessent de tourner follement en lui comme ces éphémères qui, le soir, dansent, dansent jusqu'à la chute fatale.

Depuis la mort de sa femme, le duc de Luynes, inconsolable, mange dans la salle avec tout le monde. L'adolescent contemple cette solitude d'homme.

Je pense à ma grand-mère Marie, à ma tante Agnès, à Louise, duchesse de Luynes. Il y avait quelque chose de spécial dans l'air quand elles étaient là.

Même la grande abbesse, mère Angélique, a un rire léger qu'aucun homme ne possède. Elle ose se moquer gentiment du duc lorsqu'il assiste les travaux en maître maçon et charpentier :

– Nous avions ci-devant des gentilshommes pour cordonniers, à cette heure nous avons un duc et pair pour chasse-avant, dit-elle de sa belle voix un peu veloutée.

Il trouve aux voix de femmes des goûts de fruits dans lesquels il a envie de mordre : des accents de pêche juteuse, de pomme mordante, de baies acides...

L'adolescent regarde les hommes émerger peu à peu du brouillard. Ressemblera-t-il à l'un de ceux-là ? Il les trouve épais, têtus, sans grâce et surtout tristes – comme le duc de Luynes. Pourtant, il l'a vu rire lui aussi, un jour, il semblait alors si heureux, léger ; mais elle était avec lui, cette femme maintenant étendue sous la terre.

Lorsqu'il sortira de sa gangue juvénile, est-ce que lui aussi va peu à peu s'alourdir, devenir chagrin ?

Les flammes du soleil commencent à s'élever et à venir lécher les pieds des hommes. Hier, à propos du soleil, quelqu'un a reposé la question : l'astre ne serait-il qu'un amas de rognures ? Chacun s'est mis à parler du système de Descartes et de ses tourbillons, mais Jean a eu du mal à suivre. Le duc de Luynes a lui-même traduit les *Méditations* de Descartes et semblait prendre à cœur la discussion.

Ces débats, l'adolescent les écoute comme un écho lointain, brouillé ; seuls les mots de Louise au moment du trépas reviennent à tire-d'aile dans sa tête.

D'un coup, les tambours éclatent. C'est si imprévu que l'adolescent croit que le tonnerre menace. Pierre-Thomas du Fossé, son meilleur compagnon, l'a rejoint :

– C'est encore une troupe qui vient coucher aux Granges.

Villeneuve surgit en courant, tout excité. Quand, mais quand donc pourra-t-il prendre les armes ?

– Tu confondrais un coq et un plumet de soldats ! lui lance Jean.

– Ne commencez pas vos querelles ! C'est l'heure de poésie, annonce Pierre.

Il n'a nulle envie de disputes. Il y a déjà la guerre qui rôde autour, pareille à une bête sauvage prête à se jeter sur eux en premier. Il faut absolument qu'ils conservent leur calme. Dans ce monde en folie, il faut au moins que les enfants gardent un peu de raison.

Personne ici ne semble réellement savoir pourquoi chacun se bat. Des familles entières sont dispersées, des gens meurent affamés, des enfants sont tués parce qu'ils ont simplement mis le nez dehors. Le château accueille de plus en plus de désespérés, de blessés. Le Parlement et les Princes se sont pourtant alliés ; Pierre en a déjà parlé à Jean qui le questionnait à ce sujet. Pourquoi les hommes de pouvoir, lorsqu'ils discutent entre eux, ne réussissent-ils qu'à accélérer les conflits au lieu de les résoudre ? Comme s'ils ne savaient qu'inventer un surcroît de violences pour couvrir leur impuissance d'un grondement vain.

Ce matin-là, Pierre, Jean et Jules sont sans repères. Trop de violence, trop d'alertes, trop de vacarme. Trois adolescents entre enfant et homme, trois frêles silhouettes aux hanches étroites, aux épaules encore féminines, aux fesses dures et à la peau des joues fragile, ne comprennent rien à ce monde qui hurle autour d'eux.

Sans raison, sans promesse, peut-être parce que tout à coup une petite brise fraîche soulève quelques instants les cheveux du plus jeune sur sa nuque, Pierre enlace les deux garçons debout près de lui. Un instant, il songe à Gentien, l'aîné de ses frères, mort à vingt ans l'année précédente. Ils avaient bavardé toute la soirée. Gentien était allongé, amaigri, dans son lit. Puis Pierre avait voulu quitter le malade. Soudain, derrière lui, un peu de bruit, des pas hésitants sur le carrelage ; Gentien s'était levé, complètement nu, faisant des signes incompréhensibles : la folie. Le lendemain, tout était fini.

Monsieur Le Fèvre, leur précepteur, était mort lui aussi. Henri, le deuxième frère, n'allait pas très bien. La haute taille de Pierre inspirait une sorte de respect aux élèves, mais, depuis la mort de son frère aîné, l'un des plus grands et des plus costauds de son âge, Pierre sait qu'il ne faut s'en remettre ni à sa jeunesse, ni à sa force.

Peut-être là, par ce matin clair, a-t-il besoin, en serrant Jean Racine contre lui, de se rassurer lui-même plus que de protéger son cadet ? Un tel charme émane de cet enfant malgré ses yeux à l'éclat de ferraille, une grâce, un orgueil mêlé de tendresse, mais aussi quelque chose d'inflexible qui tient à distance toute effusion déplacée.

Le « petit Jules », comme on l'appelle, s'est déjà écarté. Il fulmine tout seul : pourquoi son père Arnauld d'Andilly s'oppose-t-il à sa passion des armes ?

Les tambours peu à peu s'éloignent. Le calme revient. Les jeunes gens redescendent vers la salle où l'étude les attend. Chaude journée de septembre. La tablée est animée. Maître Jacques, le cuisinier, raconte la majorité du Roi. Il y était, à Paris, et a tout vu. Monsieur de Sacy réclame le silence. La lecture de l'Ancien Testament peut reprendre.

Afin de concilier chacun et d'élever les âmes, Monsieur de Sacy commente le Livre IV : Néhémie, l'époque d'Esdras où le peuple élu travaille. Ceux qui étaient employés à dresser les murs et à porter ou bien à charger les porteurs faisaient leur ouvrage d'une main et tenaient leur épée de l'autre, comme aujourd'hui durant la Fronde.

Mais Jean Racine est ailleurs. À cause du récit de Maître Jacques l'autre fois, il imagine le Roi, âgé de treize ans – seulement un an de plus que lui-même – en cette mémorable journée de septembre, il y a quelques jours à peine. La majorité royale vient d'être proclamée conformément au décret de Charles V. Il réinvente la foule, les carrosses, les cavaliers, le Roi sur sa monture. Le Roi acclamé par le peuple. Ses cheveux flottant sur ses épaules déjà masculines, son cheval qui se redresse fièrement, ses petites mains gantées qui tiennent fermement les rênes. Il entend les cloches, les canons de la Bastille. Et puis il y a la messe à la Sainte-Chapelle. Le Roi seul au milieu du chœur, mais peut-être confond-il là avec le récit de Pierre qui, à peine une semaine auparavant, a évoqué pour lui, lors de sa première venue à Port-Royal, les cérémonies à Notre-Dame de Rouen, à la mort de Louis XIII, auxquelles il avait assisté.

Pourtant, il imagine bien le recueillement ; il entend les prières. La reine sujette salue son fils et son Roi. Il vient l'embrasser. Et puis il y a les agenouillements, les baisemains, les serments de son frère, des princes, des Grands. Le Roi se lève. Les roulements de tambours se font de plus en plus forts.

– Jean ! Jean ! réveille-toi. Tu n'as rien mangé ! Où étais-tu ?

Le petit Jules le secoue très fort.

– Écoute ! Le régiment d'Apremont entre dans le château même.

Le duc de Luynes s'est levé. Monsieur de Sacy a l'air soucieux. Il n'apprécie visiblement pas tout ce dérangement. Les élèves sont eux aussi debout, mais prêts à reprendre les leçons de l'après-midi.

Il fait de plus en plus chaud. L'orage trépigne, maté par quel Cavalier ?

La fin de l'après-midi retient son souffle. Les élèves travaillent en silence. Secrètement, le long des nuques, dans le creux des reins, sous les genoux, la peau devient moite et transpire sous l'habit.

Jean Racine se promène avec Homère parmi les armées troyenne et grecque. Homère, le poète aux doigts d'aurore qui a su faire naître des myriades de galops étincelants, ces jeunes hommes dressés au corps dur, et ces rixes entre ciel et terre, ces combats scintillants de demi-dieux au cours desquels la peau brille d'efforts, de poussière et de sang. Hector défie Ajax :

> *« Je sais bondir dans le fracas des chars rapides,*
> *et dans le corps à corps, je sais d'Arès sanglant*
> *exécuter la danse... »*

Lui aussi, Jean, énervé, va s'élancer pour empoigner Ajax. La mort noire rôde. Un désir violent lève chez l'adolescent apparemment assis à sa table, le corps comprimé ployé sur la table : l'envie d'empoigner l'autre, de lutter contre le jeune Ajax, de brandir sa longue javeline, de percer de part en part l'ennemi, de hurler dans la grande plaine troyenne tous ces mots contenus, ces cris d'amour et de haine. Il est maintenant trempé de sueur. Près de sa main, la page l'éblouit, bouclier vierge encore de toute blessure. Son sexe lui fait mal, son corps le tiraille de tout côté, même ses yeux ont du mal à lire. Il faut que quelque chose advienne sous ce ciel de plus en plus pesant qui semble lentement, avec indifférence, vouloir l'écraser sous lui. Non, pas mourir, il a tant de choses à faire ! Il a douze ans, bientôt il sera majeur, comme le Roi. Ils sont trop sages, autour de lui, il ne voit que des dos arrondis. La guerre ! Il veut la guerre, des gants rudes à ses doigts trop fins, trop fragiles. Il veut refermer sa main sur quelque chose de dur : une lance, une épée, pour en faire jaillir le sang, la mort ou la vie, il ne sait plus. Il fait si chaud. Il sent l'odeur du petit Jules assis non loin de lui, et celle de Pierre, là devant, à quelques pas. Sa langue est comme gonflée. Boire ! l'eau fraîche coulerait dans sa gorge, coulerait comme ces pages qu'il tourne – Homère, Hector, il les confond : il est né trop tard. Les guerres transfigurent ses yeux d'enfant et les poètes n'existent plus, ils ne font que traduire les désirs d'un Dieu intraitable. Les dieux se sont fondus dans ce Dieu unique, terrible et vengeur. Un moment, il imagine une masse informe formée de Zeus, Héra, Athéna, Apollon et tous les autres, hommes et femmes, dieux amalgamés dans cette boule carbonisée, noble et noirâtre, qui va peu à peu l'engloutir à son tour. Il a mal à la tête, il blasphème, il a peur. Il voit déjà Minos, le dieu des Enfers, le désigner du doigt : il est condamné. Un monde sans air, sans portes, sans gestes ; il n'y a même plus de mêlée dans laquelle se jeter pour oublier. Il n'y a plus qu'un regard, leur regard à tous, juges, maîtres, compagnons.

L'esprit a remplacé l'amour. Il tombe dans le vide et personne ne rattrape sa main.

La pluie est tombée toute la nuit. L'adolescent va mieux. Il s'est stupidement évanoui ; mais il n'a pas été le seul, paraît-il : deux religieuses encore jeunes ont également été prises de malaises. L'adolescent n'apprécie pas beaucoup ce compagnonnage : lui qui voulait la guerre...

Ce matin, le régiment d'Apremont est déjà reparti. Ils doivent d'ailleurs aider à remettre de l'ordre. Les sœurs ont trop de travail avec tous ceux qui se réfugient en ce moment au monastère.

Les élèves sont figés de stupeur. Le spectacle qu'ils ont sous les yeux est consternant : toutes les pailles des Granges répandues n'importe comment. Il y en a jusque dans les jardins !

Jean avance lentement. Les pieds enfoncent dans la terre humide. Avec ses compagnons, il ramasse les déchets laissés par les soldats. Les fleurs sont écrasées. Une odeur de fumier et de pétales broyés monte de la terre. La bruine elle-même semble chargée d'odeurs violentes. Monsieur de Séricourt en a les larmes aux yeux, lui qui soignait avec tant d'amour ses arbres, ses parterres, son potager. Dindons, poules, canes et oies courent en tout sens.

– Descartes prétend que les animaux n'ont pas d'émotions. Il faudrait qu'il vienne constater l'effet qu'ont produit sur eux les soldats !

Racine éclate de rire. Il a un rire léger, encore féminin, qui surprend. Pierre-Thomas du Fossé intervient :

– Vous connaissez l'anecdote du duc de Liancourt à ce propos ?

Les deux gamins secouent négativement la tête.

– Je vais vous la dire pendant qu'on ramasse toutes ces saletés... Vous savez que Monsieur Descartes compare les bêtes à des automates qui ne sentent rien ;

qu'on peut donc les disséquer vivantes sans craindre de les faire souffrir. Qu'étaient-ce que les cris, en effet : purs bruits de rouage et de tournebroche ? Mais, à ce propos, le duc de Liancourt n'était convaincu ni par Descartes ni par Arnauld. Par contre, vous savez que Monsieur de Sacy, refusant de considérer les bêtes comme des horloges, combattait leurs thèses avec sagacité et sans fléchir.

– Je n'accepte pas davantage l'opinion de ceux qui accordent une âme aux bêtes !

Le petit Jules a pris la parole. Il imite la voix de Sacy avec componction tout en reprenant les propres paroles du doux janséniste :

– Simplement, je considère que Dieu a fait le monde pour donner une grande idée de Lui, pour peindre les choses invisibles dans les visibles. Les animaux font partie de cet univers et ne peuvent être considérés comme une machinerie semblable à une horloge...

Tout à trac, les trois adolescents concluent en chœur avec la voix de Sacy :

– La Parole de Dieu et les Pères de l'Église disent là-dessus autre chose que Descartes, ce philosophe qui a pris les dépouilles d'Aristote et qui conduit l'Église dans des chemins d'erreur !

Tout heureux par ce matin brumeux, les adolescents se moquent avec gentillesse de leurs maîtres ; par moment, le vent soulève la paille qui leur chatouille les mains.

– Raconte donc ton histoire, au sujet du duc de Liancourt.

Le petit Jules a de la suite dans les idées.

– Voici : tandis qu'on insistait pour prouver la profonde insensibilité des bêtes, le duc de Liancourt interrompit Arnauld : « À propos de chiens et de tournebroche, j'ai deux chiens qui tournent la broche chacun leur tour. L'un, s'en trouvant embarrassé, se cacha lorsqu'on l'alla prendre ; on eut donc recours à son camarade pour tourner en sa place. Le camarade chien cria et fit signe de sa queue qu'on le suivît ; il alla dénicher l'autre dans le grenier et le houspilla pour qu'il vienne l'aider. Sont-ce là des horloges ? »

Tous trois sont en joie. Le petit Jules conclut d'un air docte :

– Le problème des horloges, donc, c'est qu'elles n'ont pas de queue !

– Tu dis vraiment n'importe quoi ! reprend Pierre. Je crois qu'en fait tu es seulement doué pour tirer ! »

Et il éclate d'un rire lourd, un rire d'homme, déjà.

Jean ne dit mot. Il réfléchit. Il a toujours su que les bêtes souffrent, existent par elles-mêmes. D'ailleurs, il n'a jamais manqué de leur donner des noms propres.

Ils viennent de pénétrer dans les bâtiments où a dormi le régiment. Une odeur fétide émane de ces locaux. Les enfants ont déjà un peu mal au cœur en y entrant. Là encore, partout, de la paille éparpillée. Soudain, Pierre s'arrête. Le petit Jules se met à hurler. Là, par terre, ce ne sont qu'immondices : des restes de souper, des os à demi rongés de toutes sortes de gibiers. Les chiens déjà s'affairent, mais, plus que tout, gisent là, curieusement éviscérées, des bêtes aux yeux encore révulsés et qui semblent hurler en silence. Même les chiens paraissent éviter ces visions de souffrance et ne s'attachent qu'à manger ce qui reste autour de dépouilles inidentifiables.

Le petit Jules se met à vomir. Jean Racine ne dit rien, ne fait pas un geste, ne se détourne même pas. Il contemple l'horreur, tient à ne jamais oublier les yeux de ce lièvre éventré dont les boyaux s'échappent, le sourire fendu de cette colombe aux ailes clouées, les relents de cette pestilence.

Puis il se retourne lentement. La pluie a cessé. L'enfant de douze ans s'en va. Pierre le voit sortir droit, sa fine tête redressée un moment encore sur le fond brouillé des arbres. Frappé par la beauté de la scène, il songe un instant à cette leçon de Saint-Cyran telle qu'elle lui avait été rapportée par Antoine Le Maître :

« L'enfance est chose terrible, comme le reste ; l'innocence du baptême est vite perdue et aussi difficile à recouvrer qu'à aucun âge. Quand le plus sage homme du monde aurait entrepris l'instruction d'un enfant que l'on voudrait élever pour Dieu, il n'y réussirait pas si Dieu lui-même ne préparait auparavant le fond de son cœur. Les peintres – avait-il ajouté de sa voix rauque, légèrement voilée – choisissent le fond pour faire leurs plus belles peintures, et le préparent auparavant. »

Par cette matinée d'où émane une douleur silencieuse et où les nuages peu à peu se poudrent d'or, l'adolescent qui s'éloigne ainsi, solitaire entre les Solitaires, confère à l'ensemble du tableau sa vraie dimension.

Pierre regarde la silhouette sombre dans la lumière encore balbutiante : cette humanité fragile, en marche là-bas, dessine comme une blessure au centre du paysage, mais elle est aussi la vie sans laquelle les arbres, le ciel, le soleil en lutte avec les nuages n'auraient ni sens ni beauté.

Jean a gravi les marches qui mènent au haut des murailles. Il souhaite voir l'horizon. Il lui semble que quelqu'un lui a donné rendez-vous.

La vision des animaux martyrisés sous leur vernis de sang séché a soulevé en lui une colère brutale et coupante. Jeu de sots, la guerre exhibe ses propres vomissures, monde de déjections, comme la ville de Sodome qu'il a découverte dans la Bible, répercutant ses miasmes jusqu'aux étoiles indifférentes.

Lui aussi a pourtant voulu de cette violence. Le mot est si beau : violence ! Semblable à ces femmes, à ces mères qui vous font souffrir et vous quittent, vous laissant à des lendemains énigmatiques.

Violence ! Le mot sonne d'abord comme un tendre appel, pour aussitôt vous siffler sur la tête tel un serpent. Il ne s'occupe pas de l'origine du mot, peu lui chaut. Il s'en amuse, le roule entre ses doigts comme on le fait du pain : vie, vit, viole, viol, lent, lance. Il y a tant de mots contenus en elle : une forme féminine comme les autres.

Alors il pense à elle. Elle, Andromaque « aux bras blancs ». Il l'aime, la ravissant à Homère, à Hector. Car c'est elle qui lui a donné rendez-vous ce jour-là. Elle qui se tient en haut des remparts de Troie. Lui, l'enfant qu'elle protégeait de la guerre, des hommes, de son époux même. Elle, la courageuse qui s'opposait aux armes, aux massacres, aux vengeances sans fin, à la débâcle grotesque quand la guerre évacue ses cadavres, à cette lâcheté consentie au sein de leurs assemblées. Andromaque, tu me tiens fort dans tes bras, et je suis épouvanté par l'aspect de mon père, le brillant Hector, comme on l'appelle. Je suis devenu ton enfant, nous sommes tous des Astyanax, mais je sais maintenant que rien ni toi, avec tes bras blancs, ne le retiendra de tuer. Il est comme tous les autres, sans visage humain ; seul son casque à crinière de cheval étincelle. Il veut me prendre et je crie, je crie. Son casque déjà cèle toute chose, comme une pierre tombale, y compris l'astre titanesque.

L'adolescent se tient désespérément accroché à la muraille, le vide sous lui ; il regarde tour à tour l'infini du ciel et le casque abandonné qu'il lui semble voir, déposé à ses pieds, à son intention, attendant, tel un démon ricanant, le moment où lui-même s'en coiffera afin d'éternellement cacher son visage humain.

Non ! il n'entend pas devenir homme de guerre. Andromaque, retiens-moi ! souris-moi, mère !

Chapitre 6

La blessure

Le théâtre dans la ville, c'est la Règle et non le Siècle... Or justement le théâtre, parce qu'il parle – simplement parce qu'il parle – fait figure d'incitateur –, parce qu'il fait promptement effet sur le monde, et moi je vois en lui plutôt un monastère en horizon.

Antoine VITEZ, *L'Essai de solitude*

Il leur faut traduire saint Augustin. Les écoliers s'appliquent. Seul Racine se hâte d'avancer. Qu'est-ce que ce théâtre dont parle le saint Numide. Est-ce mieux que la poésie ?

> *« Les spectacles de théâtre me procuraient un ravissement : ils recelaient des images de misères et de rêves qui nourrissaient le feu qui me dévorait. Pourquoi l'homme désire-t-il s'affliger par la contemplation d'aventures tragiques, déchirantes, douloureuses qu'il ne voudrait pas lui-même avoir à supporter ? Et cependant, le voici, ce spectateur, il veut ressentir la douleur, et dans cette douleur même il trouve son plaisir. Qu'est-ce là, sinon une folie ? Pitoyable. Car nous sommes d'autant plus émus que nous ne sommes pas guéris de ces passions. Quand on souffre soi-même, on appelle cela ordinairement une misère, et quand on partage la souffrance d'autrui, de la pitié. Mais quelle est cette compassion inspirée par la fiction de la scène ? »*

Les *Confessions* de saint Augustin. Mettra-t-il *substance* ? *objet* ? Qu'est-ce au juste que traduire ? L'adolescent médite sur ce que l'un de ses maîtres disait – il ne sait plus lequel. Sans importance ! « Le sens même de mon existence repose sur la possibilité de traduire. L'idée qu'on ne puisse pas traduire m'est intolérable. » La distance se trouve ainsi abolie entre les époques, les pays, les personnages qui parlent. Que veulent dire ces treize siècles qui nous séparent, puisque Jean Racine retrouve, chez ce compagnon plus ancien, les mêmes troubles, les mêmes émois, les mêmes questions qui le hantent ? Quel est ce théâtre qui provoque de tels ravissements ? Comme un doigt révèle à travers la poussière les contours de la figurine enfouie, peu à peu il perçoit une respiration : un à un, lentement, maladroitement, les mots s'organisent et, mystérieusement, se mettent à moduler. L'écriture originale renaît alors, fragile, surgie d'une lointaine époque, mais, très vite, voici qu'elle redevient dévastatrice. Il n'y a plus qu'à se laisser conduire, au risque d'oublier la terre, vite effritée en présence du mot.

Saint Augustin l'Africain aimait la saveur des larmes, il s'en délectait, s'en repaissait. Comme lui ? C'était elle, la principale responsable : la poésie. Comme d'une sœur exigeante, il attendait précisément d'elle ces départs, ces arrachements qu'elle lui proposait avec une douceur méchante, ces voyages dont il revenait meurtri, fouetté – brutalement, la douleur surgissait, une grande diagonale à travers la poitrine, puis venait le râle, et le regard basculait vers l'abîme. L'imaginaire rougeâtre ravageait à vive allure des contrées vierges ; il aurait pu le caresser de ses mains tremblantes quand la réalité osait se faire pénombre. Les images étaient si claires, si ajustées, poignantes, qu'il en aurait pleuré de bonheur. Un bref instant, il effleurait Dieu.

Maintenant il attendait avec impatience cette rencontre au cours de laquelle l'Étranger s'emparerait de lui. Le théâtre !

Jean Racine a froid aux doigts. Il est fatigué. Port-Royal est loin. Que sont devenus ses compagnons des Petites Écoles ? Pourquoi l'a-t-on envoyé ici, au collège, à Beauvais, là où la Fronde recommencée allume jusque dans les yeux des écoliers des flammèches de colère ? Ici comme à Paris, frondeurs et mazarins s'empoignent pour la moindre parole.

Son beau regard brumeux va par moments se fondre dans les pistils blanchâtres, les calices alourdis d'écume. La neige une fois encore, du ciel à la terre, trace ses lentes déchirures silencieuses.

Pourquoi la neige est-elle blanche ? pense avec surprise l'adolescent. Il ne cherche pas l'explication de la science. La question est aussi grave que celle de la Grâce dont lui parlent ses maîtres. Elle a tant de parures : suffisante ! nécessaire ! efficace ! sanctifiante ! irrésistible enfin ! Il sonde la blancheur de la neige et elle lui murmure quelque chose à l'oreille.

Il réentend la voix un peu essoufflée du vieux peintre : « La neige. Le blanc de la neige... » Blanc ? Non. Des images apparaissent. Il est penché près du grand peintre Philippe de Champaigne. Après la mort de sa deuxième fille, Françoise, au couvent de Port-Royal à Paris, il vient souvent se réfugier ici. Il revoit avec acuité la douceur de ce visage où s'inscrivent cinquante années de visions douloureuses. Le soleil les enveloppe de côté, attentif comme le grand-père penché au-dessus de votre épaule. Dehors il y a simplement les arbres clairs de Port-Royal et Philippe de Champaigne mélange les couleurs, il parle à l'enfant Racine. Celui-ci a neuf ans, dix peut-être. Les rouges et les bleus se confondent avec le souvenir du vieil homme. Puis il y a le rose comme la cousine babillarde qui raconte des histoires autour des tableaux que peint son père Bernard Van Orley. Il y a le brun des longues heures d'apprentissage auprès de Jean Bouillon et de Michel de Bourdeau, miniaturiste. Et le ciel de Fouquières – Poussin le recommande à la reine mère et à son peintre personnel, Duchesne ; le pinceau mélange alors bleu et jaune. Jean regarde la main qui semble caresser la lumière ; un instant, elle s'arrête et la voix se resserre légèrement ; Philippe de Champaigne tremble encore au souvenir de cette demoiselle dorée qui lui souriait sans raison, la fille de son maître Duchesne.

Mais les couleurs luttent l'une contre l'autre, le père devient jaloux de la peinture du jeune homme tombé amoureux de sa fille Charlotte :

« Alors je suis reparti, je ne voulais pas faire de la peine à mon maître, à celui qui m'avait introduit à la cour. J'ai quitté mon avenir, mon amour, et je me suis exilé. »

L'enfant écoute ; les couleurs se font de plus en plus obscures. Lui ? Il n'aurait pas abandonné. Tant pis pour le vieil envieux !

« Au moment où je croyais avoir tout perdu, un message est venu m'avertir, à peine arrivé à Bruxelles, que Duchesne était mort. La reine mère me nommait à sa place. J'avais vingt-six ans et je revins épouser Charlotte ! »

Depuis un long moment, l'élève Jean Racine ne traduit plus rien. Il rêvasse en regardant la neige lui parler d'un vieux peintre qui croyait à la gratitude.

« Vois, enfant, comme les couleurs peu à peu s'estompent : clarté de la mort, pureté du blanc. Charlotte m'a quitté par un mois d'août où la lumière était si étrangement belle... C'est ça que je peins. Le blanc contient toutes les couleurs, d'une certaine façon, comme la mort clôt et donc contient tous les moments de la vie. »

La main tout à coup légère effleure la toile et l'enfant découvre un blanc quasi transparent. Il semble que la toile, déchirée, ouvre sur l'infini.

« Il n'y a plus que l'invention. Tragiques, drôles, les événements de la vie peu à peu se dispersent. Seul le blanc réfléchit la lumière sans lui faire subir aucune altération. »

Le peintre ne dit plus un mot.

Il travaillait maintenant en silence et l'enfant s'était mis à rêver à cette grande neige qui le troublait depuis si longtemps. Ainsi, elle recelait toutes les possibilités de couleurs, mais gardait secrète et cachée cette faculté splendide. Comme la Grâce dont parlaient ses maîtres ? La grâce de Dieu qui pouvait à tout moment déployer pour vous sa magnificence ou bien se taire à jamais ?

La neige tombe de plus en plus drue. Jean reprend le texte de saint Augustin à propos du théâtre, mais ses yeux reviennent sans cesse à la danse, là-bas, derrière les fenêtres. La danse de la Grâce. On dirait qu'elle s'amuse, la neige. Peu à peu, sa blancheur devient ce grand trou opaque dans lequel l'adolescent se laisse sombrer avec délectation.

Au loin, une musique militaire éclate, fifres et tambours. La guerre sautille, acide, au-dehors. Son bruit est celui d'un insecte énervé qui se heurte aux murs de la conscience humaine.

Les écoliers sont distraits. La musique se rapproche, les têtes se relèvent les unes après les autres. Jean voudrait secouer cette angoisse, rire même avec méchanceté de cette neige lancinante, de cette Grâce insaisissable et tenace qui continue de tomber sur eux sans leur permission. Il aimerait l'enchaîner une bonne fois, comme ces élèves du collège des jésuites de Clermont qui jouaient une médiocre pièce de théâtre et auxquels ses maîtres avaient envoyé le petit Racine, accompagné de son camarade Pierre-Thomas du Fossé. Ces saynètes vulgaires, dans leur mauvais goût, ne pouvaient être le théâtre dont parle saint Augustin ! Est-ce qu'on représentait Eschyle, Sophocle ou Euripide ? Comme il aurait aimé vivre dans la Grèce de jadis ! Comme il avait eu envie de s'esclaffer devant la farce écolâtre qui avait mis Monsieur de Sacy dans tous ses états !

Cela avait eu lieu deux ans auparavant, mais il n'avait pas oublié la fureur de ses maîtres jansénistes face au divertissement des jésuites. Les enfants avaient raconté qu'un jeune homme s'était déguisé en nymphe. Il traînait derrière lui un évêque, le visage couvert d'un crêpe et la tête coiffée d'une mitre de papier. Naturellement, l'évêque était une parodie de Jansénius, et un écriteau apprenait au public hilare que la nymphe était la Grâce suffisante. Derrière, des jeunes gens suivaient, les uns célébrant le triomphe de la Grâce, les autres insultant le pauvre évêque que des diables finissaient par emporter. Monsieur de Sacy fulminait : voilà bien le mauvais goût des jésuites ! Le théâtre n'était bon qu'à cela ! On en revenait à la barbarie du Moyen Âge.

Sa tante Agnès, elle non plus, n'aurait certes pas apprécié. Mais pourquoi pensait-il à elle, à cette neige, à la Grâce au goût trouble ? à Agnès ?

Quelque chose se brise. L'encre noire se répand déjà sur le carrelage. Les élèves se précipitent. La tache luisante engendre des dizaines de petites étoiles brillantes sur les doigts des écoliers qui tentent en vain d'enrayer le désastre.

Au loin les tambours remuent les cœurs, les fifres aigrelets agacent les oreilles. Décidément, saint Augustin ne sera pas traduit aujourd'hui. La peur épaissit la neige derrière les fenêtres.

Quels êtres difformes surgiront de ce mur aux reflets d'étain ? Théâtre grotesque ? Théâtre tragique, comme celui de saint Augustin ? Cuirasses sanglantes ? Mascarade d'hommes ? Hurlements d'enfants éventrés ? Tant et tant de choses ont déjà été racontées ici ou là durant cette Fronde. Il n'est précisément plus question de théâtre aujourd'hui, mais de guerre.

Jean se rappelle le visage de son grand-oncle, Pierre Sconin, âgé de plus de soixante-dix ans, arrivant à La Ferté-Milon. Il avait dormi quelques nuits à Port-Royal. Il hurlait encore, en proie à des visions accrochées désormais à ses nuits chaotiques, mélangeant les guerres de religion où les Ligueurs avaient jeté du haut rempart de la Ferté le gouverneur Denis Héricart dont il répétait sans cesse le nom. « Le grand-père de Marie qu'a épousée Monsieur Jéhan de la Fontaine », les confondant avec cette Fronde ! Le duc de Lorraine, boursouflé de ses six mille soldats, eux-mêmes accordaillés de leurs baudes, de leurs viandières aux ventres lourds de baisers volés, de rêves saccagés, de postérités hasardeuses. En face, les troupes de Condé. Une fois de plus, la colère avait laissé ses traces de sang. Zigzags de feu, soldats décousus de part en part par les canons, maisons lacérées, léchées par la langue noire des incendies. La guerre-dragon crachait ses flammes à l'aveugle, écrasant sans discernement sur son passage les bons et les mauvais, les enfants aux yeux clairs et les armures noircies. La guerre qui ne connaissait pas la peur, puisqu'elle ignorait l'amour. Tout était entremêlé, le cri des vainqueurs comme celui des mourants, et le hurlement des chiens dévorant les cadavres parce qu'ils étaient encore chauds. Il fallait faire vite : l'hiver est sans pitié pour les bêtes qui ont faim et qui n'ont nul besoin de la guerre pour crever.

L'encre, à terre, sèche. Les écoliers se sont remis à écrire plus vite, n'importe quoi, n'importe comment. Il faut avant tout lutter contre l'angoisse qui étrangle, continuer d'écrire pour ne pas mourir, témoigner que la vie coule au bout de cette plume, ciselant la feuille au prix de ces petites larmes noires qui peu à peu déchirent et dissipent la brume de la page. Écoliers, poètes, tous aussi angoissés, aussi inexpérimentés...

Lui ? il a posé sa plume avant les autres. La guerre est plus importante, qui tourbillonne au-dehors. Les réflexions de saint Augustin attendront. Le vrai spectacle commence. Le théâtre est derrière ces fenêtres encore opaques ; il refuse de continuer à transcrire ce qu'on lui dicte. Il est temps pour lui d'inventer.

Treize ans ! Il a envie de vivre, quitte à en mourir.

C'est la même chose qui cogne en lieu et place du cœur trop lent, la même chose qui crie au-dehors et par moments explose et fait trembler les murs du collège. Il est temps de se battre et non plus de recopier.

Pourquoi est-il là, séparé de ses amis Pierre-Thomas du Fossé, Louis Angran, Pierre Le Nain, Jérôme Bignon, Étienne Périer ? Une fois encore, il a fallu fuir la persécution des jésuites et du Cardinal ! Les maîtres comme les élèves ont été dispersés. Été 1653 : les uns au Chesnay, les autres au château de Saint-Jean des Troux, d'autres encore aux Granges. Quelques-uns sont partis directement à Port-Royal des Champs. Racine aurait préféré tous ces endroits à Beauvais mais Wallon de Beaupuis lui-même, le supérieur de Saint-Dominique, a organisé le voyage. Ancien élève de Beauvais, il était très lié à l'évêque Choart de Buzenval. L'adolescent étant beaucoup trop attaché à Port-Royal ; on s'en occupe plus que d'autres. Il pourra en toute sécurité continuer de suivre à Beauvais le grand enseignement des jansénistes. Pierre Coustel, Wallon de Beaupuis, Pierre Manguelen, Godefroi Hermant, les grands maîtres de Port-Royal sont ou bien nés, ou issus de Beauvais. La grand-mère a acquiescé et l'adolescent a une fois de plus obéi à sa seule institutrice : la solitude. Même l'évêque est venu au collège rencontrer les « persécutés ».

Choart de Buzenval était célèbre : nul n'osait lui tenir tête et les gens l'adoraient comme un saint. L'adolescent a observé un instant le grand prélat intransigeant. Un peu plus de quarante ans, serein. Pourtant, on le disait révolté, séditieux. Il avait interdit par décret qu'on parlât en chaire des problèmes de la Grâce ; il voulait chasser les jésuites hors de son diocèse. Ici, le petit de Port-Royal travaillera en sûreté, avait décrété la grand-mère, mais Racine se trouve maintenant enfermé dans cette salle tandis que la guerre s'approche sans se soucier des versions latines qui restent à faire.

Les élèves se sont dressés tous ensemble. On entend des cris. Nicolas Dessuslefour, le principal, vient de faire irruption dans la classe. Il ne fallait pas se laisser distraire. La Fronde était terminée depuis longtemps, même si des bandes armées erraient encore sans desseins ni maîtres.

Les élèves discutent déjà, certains élèvent la voix contre les frondeurs, ces bandes de hors-la-loi. C'est bien le Cardinal qui, le premier, entend détruire tout ce qui lui résiste, à commencer par les jansénistes. C'est lui qui hait cette rencontre d'une doctrine, d'une abbaye et d'une famille. Il veut détruire les Arnauld. Le ton monte. Certains appellent à la bagarre. D'autres s'apprêtent à porter secours à d'éventuelles victimes.

Les voici tous dehors. Il y a la neige, des soldats en haillons, des femmes qui courent ; chacun se bat dans une sorte de poussière blafarde.

L'adolescent court au-devant du sang, de la mort, de la vie enfin. Il ne sait plus au juste ce qu'il défend. Les chevaux hennissent autour de lui. Une odeur forte monte. Un soldat a empoigné une jeune paysanne ; Racine le bouscule, attaque un bras, entrevoit un sein, arrache une mauvaise épée des mains brutales et s'écroule tandis qu'un liquide brûlant lui coule dans la bouche. Il est heureux. Au-dessus de son œil gauche, la blessure s'agrandit.

Ce n'est plus un enfant qu'on ramasse, inconscient, dans la neige sale. Il est déjà presque un homme, mais il ne le sait pas encore.

Je regarde l'hiver qui s'installe. C'est alors que je distingue la forme de mon corps recroquevillé par terre. On pourrait en suivre le dessin du bout du doigt. Quelle est, pour un instant encore, cette obscure configuration qui vient de s'imprimer dans la neige et le silence ? Ils sont tous partis. Il n'y a plus que le ciel qui s'assombrit et, à mes pieds, cette esquisse bientôt disparue qui a pour nom Jean Racine... moi-même ? Une épure, et pourtant à tout jamais gravée dans la mémoire du Dieu.

Qu'est-ce que l'enfant a inscrit là, sinon peut-être son innocence ?

Pour toujours ?

Chapitre 7

Les chevaux du désir

> *Le premier livre de génie qu'on vit en prose fut le recueil des* Lettres Provinciales. *Toutes les formes d'éloquence y sont renfermées.*
>
> VOLTAIRE

« Je vois bien que vous ne trouvez pas cet écrit bon pour son effet, et je vois que vous avez raison. »

La main fatiguée de Monsieur Arnauld tremble. Il est harassé de ce perpétuel combat contre leurs ennemis, les jésuites. Nicole a l'air inquiet. La lutte paraît perdue. On s'assemble en Sorbonne pour condamner les écrits de Monsieur Arnauld. Les réponses en latin ne touchent guère les gens ordinaires, et les jésuites triomphent dans l'enceinte étroite des « docteurs ».

« Adressez-vous au public, il est temps, détrompez-le ; c'est devant lui qu'il faut plaider ; vos amis du dehors le désirent. Vous laisserez-vous condamner comme un enfant ? »

Racine regarde son cousin Nicolas Vitart ; il l'a rarement entendu s'exprimer avec autant de véhémence. La situation devient sans doute grave. Le duc de Luynes en personne s'est dérangé. Son intendant, Nicolas, maintenant âgé de trente-deux ans, l'accompagne ; il emmène avec lui son jeune cousin Racine qui loge souvent chez lui.

Monsieur Arnauld d'Andilly lisse ses beaux cheveux blancs avec son air d'habituelle distraction ;

malgré ses soixante-huit ans, il semble toujours plus heureux de travailler au jardin que de prendre part aux discussions trop vives. Pourtant, il sait rédiger des ouvrages importants. Il aime bien la vie des saints, celle des Pères du désert, mais c'est pour mieux fuir le monde.

Monsieur Singlin, trop occupé, a dû repartir. Antoine Le Maître marche de long en large. Il vocifère. Monsieur de Sacy essaie sans succès de calmer son frère.

Plus personne ne sait ce qu'il dit. Monsieur le Chancelier Séguier brouille toute discussion. Je me demande si c'est vraiment le Roi qui lui a demandé d'assister aux débats. Il fait surtout beaucoup de bruit avec ses huissiers, ses hoquetons, ce cortège sans fin qu'il traîne à ses basques. Quant à l'évêque de Rodez, Péréfixe, il serait préférable qu'il s'abstienne une fois pour toutes. L'autre fois, quelques docteurs ont demandé qu'on examinât au préalable le livre de Jansénius ! Voici que Péréfixe se lève, entre en colère, annonce qu'il préfère sortir. L'évêque de Chartres le retient par la soutane. Mais lui, il s'élance et fait tomber par terre Monseigneur de Chartres et son propre bonnet. Une vraie comédie !

– Un homme intelligent y perd la raison.

Monsieur Arnauld d'Andilly semble effrayé de ce qui les attend.

– Où en sommes-nous de cette question de la Grâce suffisante ?

– L'Évangile et les Pères nous montrent en la personne de saint Pierre un Juste à qui la Grâce nécessaire pour agir a manqué. Seule la Grâce décide !

Arnauld d'Andilly reprend ses explications. Nicolas lui fait signe qu'ils connaissent tous ici le sujet.

– Enfin, plus je veux fuir les disputes, plus je m'y engage ! Bientôt certains compareront Monsieur l'abbé Picoté et sa confrérie du Saint-Sacrement à Moïse : « Il me semble que Dieu me parle par sa bouche comme

Il parlait à Son peuple par celle de Moïse... » pontifie Olier, l'hypocrite.

Antoine Le Maître imite là Monsieur Olier, fondateur du séminaire de Saint-Sulpice qui a osé proférer ces paroles devant la duchesse de Liancourt.

– Qui est Monsieur Picoté ? demande d'Andilly d'un ton badin.

– Le fameux professeur qui a refusé de donner son absolution au duc de Liancourt parce que celui-ci abritait chez lui un janséniste et que sa petite-fille est élevée à Port-Royal.

– Il faut gagner le public. Tout est perdu si nous laissons le débat à la Sorbonne. Il paraît même que le Cardinal a dit à l'évêque d'Orléans qu'il faut régler définitivement cette affaire qui fait l'entretien de tout Paris : « Les femmes ne font qu'en parler, a déclaré Mazarin, quoiqu'elles n'y entendissent rien, non plus que moi ! »

Racine écoute ces vives discussions et, à certains moments, a bien envie de rire. Il imagine les scènes. Le Cardinal a beau se moquer des femmes, Jean en connaît une qui, à elle seule, arriverait à faire taire tous ces Messieurs les évêques : la mère Angélique ! Quel dommage qu'elle ne puisse représenter les jansénistes à la Sorbonne ! Âgée maintenant de soixante-cinq ans, elle n'a rien perdu de sa vivacité. Elle a la même énergie qu'à l'époque où, adolescente, elle osait même fermer les portes à son propre père et imposer une nouvelle règle à son couvent.

Racine perd un peu le fil de la conversation ; il rêve à elle, royale, toute vêtue de blanc, avec sa croix rouge, faisant son entrée devant tous ces docteurs, intraitable, tragédienne, telles les héroïnes d'Euripide, fustigeant ces détestables flatteurs.

Grâce à l'enseignement de Lancelot, il peut de mieux en mieux entendre les tragédies grecques. Il en récite seul des fragments entiers. Cela, du moins, les jésuites n'en sont pas capables, pense l'adolescent. Savoir le grec rend suspect. Même le père Philippe

Labbé, de la Compagnie de Jésus, a publié à plus de cinquante ans un factum intitulé *Les Étymologies de plusieurs mots français, contre les abus de la secte des hellénistes de Port-Royal.* « Les jansénistes, s'y écrie-t-il, ont comploté expressément de ruiner les langues latine et française ! » Heureusement qu'il n'a pas fait ses études chez les jésuites !

Ici, tout le monde s'affole, s'indigne, écrit et est sans cesse menacé d'emprisonnement. Mais comme ils vivent avec courage, tous ces vieux hommes discourant et virevoltant autour de la Grâce comme autour d'une femme trop courtisée !

– On ne peut se laisser encore une fois anéantir !

C'est maintenant au tour de Nicolas Fontaine, habituellement timide et réservé, de prendre parti. Il s'occupe depuis onze ans des enfants de Port-Royal. Âgé d'environ trente ans, il est très lié à Nicolas Vitart et s'offre volontiers à servir de secrétaire aux Solitaires. Il a accepté de les aider.

– Le Cardinal est en réalité indifférent, mais tout cela est politique : il tient à ménager le pape depuis l'emprisonnement du cardinal de Retz !

– Ah ! le Corinthien ! Le voici à Rome, à présent. Il n'a pas fini de faire parler de lui. Louis XIV ne lui pardonnera jamais : il a osé retenir le Roi pendant la Fronde. Louis XIV n'avait que treize ans, mais il n'oublie rien. C'en est même effrayant. Peut-être est-ce un effet de la jeunesse ? Nous étions naguère moins intraitables, il me semble, murmure Arnauld d'Andilly.

Racine sourit en regardant son cousin. D'après son souvenir, la famille Arnauld n'avait pas été non plus de tout repos.

– Vous laisserez-vous condamner comme un enfant ? crie Antoine Le Maître au pauvre Monsieur Arnauld qui prend appui d'un geste las sur sa main tachée d'encre.

– Mais vous qui êtes jeune, qui êtes de surcroît un curieux, un bel esprit, vous devriez faire quelque chose !

L'homme jeune auquel Monsieur Arnauld vient de s'adresser d'un ton abrupt se tient dans un coin de la pièce, mais il attire depuis un moment les regards de l'adolescent. Racine a essayé plusieurs fois de croiser le regard de Blaise Pascal qui, un peu à l'écart, maigre, apparemment maladif, n'a jusqu'ici prononcé aucune parole. Sa présence est néanmoins semblable au feu qui vous brûle insidieusement la nuque et les reins quand, fuyant la nuit glacée, on s'est assis trop près de l'âtre, le dos aux flammes.

Tant de choses ont été racontées au sujet de ce génie de trente-trois ans qui a rejoint Port-Royal il y a seulement deux ans. On murmure qu'il a été joueur – d'ailleurs, ses compagnons n'étaient-ils pas le duc de Roannez et le chevalier de Méré, des hommes de très mauvaise réputation ? Et puis il y a eu cette conversion incroyable et cette arrivée fracassante à Port-Royal où cette sœur Jacqueline qu'il aimait tant était entrée quatre ans auparavant, en dépit des réticences de son frère. Elle l'avait élevé, remplaçant la mère disparue. Étrange couple aux mêmes yeux calcinés, à la maigreur comparable.

Racine aimait bien Jacqueline qui s'occupait de l'instruction des novices et des enfants. Elle avait travaillé à une nouvelle méthode de lecture mise au point par son frère. Elle aimait les vers ; enfant, elle avait déclaré à sa sœur aînée : « Quand vous voudrez me faire lire, faites-moi lire dans un livre de vers ; je dirai ma leçon tant que vous voudrez. » Elle avait raconté à Racine comment, toute jeune, elle avait été présentée au Roi, à la Reine, et avait joué pour le Cardinal, dirigée par le grand Mondory ! Elle avait même reçu des mains de Corneille un prix pour ses *Stances* sur l'Immaculée Conception. Avec elle, de treize ans plus âgée que lui, Racine se sentait maintenant plus à l'aise qu'avec sa tante, Sœur Agnès de Saint-Thècle, devenue par moments trop hautaine pour le gamin qu'il restait encore.

Jacqueline avait contracté dans son jeune âge la petite vérole, mais l'adolescent trouvait son visage empreint d'une grande douceur. Peut-être était-ce aussi parce qu'ils nourrissaient tous deux cette même passion pour les vers que ne partageait nullement Blaise.

Le sentiment, l'émotion, l'amour humain ne semblaient avoir aucunement effleuré ce génie des mathématiques, et pourtant, en l'observant ce jour-là, Racine se dit qu'il émane de lui une sorte de violence – celle d'un incendie. Il est comme une demeure qui a pris feu de l'intérieur et, quelquefois, un grand rire le secoue, pareil à celui du diable quand il vient vous faire signer on ne sait quel étrange papier.

– Drôle de proposition ! Vous voulez que Blaise réponde à votre place aux jésuites ?

Cette fois, Monsieur d'Andilly est revenu de ses rêves potagers.

– Mais il n'a jamais rien écrit. Juste un peu sur les sciences.

– Il pensera d'autant plus librement. Il est doué d'une éloquence naturelle et est maître de son style. Il dira ce qu'il veut, de la manière qu'il veut.

Arnauld réaffirme sa conviction :

– Je conçois à la vérité comment on peut faire ce factum, mais tout ce que je peux promettre, c'est d'en ébaucher un projet : que ce soit aux autres de le polir et de le mettre en état de paraître.

Chacun applaudit. Monsieur d'Andilly est rassuré. On corrigera son mauvais style et Pascal aura sûrement de grandes trouvailles pour bombarder et anéantir les jésuites.

Il fait beau, en cette fin d'après-midi de janvier. Ces Messieurs s'en vont pleins d'entrain au-dehors. La discussion a été serrée, mais chacun se sent soulagé, grâce au nouveau venu. Il faudra sans doute améliorer son écrit, mais il a la jeunesse pour lui.

Seuls restent à l'intérieur Blaise Pascal, silencieux, assis sur sa mauvaise chaise de paille, et Jean, l'adolescent de dix-sept ans, qui range les papiers de ces Messieurs.

– On ne s'imagine d'ordinaire Platon et Aristote qu'avec de grandes robes et comme des personnages toujours graves et sérieux ; c'étaient d'honnêtes gens qui riaient comme les autres avec leurs amis ; et quand ils ont fait leurs lois et leurs traités de politique, ce fut en se jouant et pour se divertir, murmure Pascal avec un sourire.

Blaise s'adresse à Racine comme à un jeune frère. Il y a d'ailleurs une relation de parité entre l'homme jeune aux yeux sombres et l'adolescent plus avenant mais au regard encore inquiet.

– L'homme est né pour le plaisir, continue Blaise. Il le sent, il n'en faut pas d'autre preuve. Il suit donc la raison en se donnant au plaisir.

Il parle haut maintenant, de manière carrée. Racine ne sait s'il doit répondre. Est-ce une provocation à la discussion ? l'annonce d'un raisonnement éblouissant de justesse ? L'homme met mal à l'aise. L'adolescent ressent comme un danger. Pourquoi s'adresse-t-il à lui ? Mais peut-être ne se parle-t-il qu'à lui-même ?

– L'attelage est lancé depuis la naissance. Même avant, peut-être, et peu importe ! Six chevaux à grand galop... C'est le soir. Je ne vois plus rien, mais cela m'est indifférent. Il y a de rares instants dans la vie où seule l'inconscience, jusqu'au suicide, vous mène à ce que vous cherchez. C'est comme l'innocence retrouvée. Une façon désespérée, peut-être, une fois encore, de renouer avec l'état d'enfance. J'ai six chevaux – plus que tous les autres, sauf le Roi qui en a huit, groupés à mon attelage ! Je vais à une allure effrayante. C'est une indicible jouissance. Quelque chose m'attend de l'autre côté du rideau et aucune prière, aucun cri ne me fera ralentir. Il faut se hâter toujours plus. Je pense à la mort, bien sûr, mais c'est elle qui m'excite, me fouette le corps. Elle est là. Elle me déshabille le cerveau, nerf après nerf, de ses doigts patients – trop patients ! Je veux savoir. Je vais savoir.

Voilà enfin la béance par laquelle s'engouffre le Dieu. Il n'y a plus aucun être humain à mes côtés. Seule la nuit raidie de novembre s'engouffre avec moi par la fente brûlante qui m'ouvre sa perspective. Nous avons dépassé le pont de Neuilly. Tout se fracasse : ma vie, le carrosse. L'explosion me soulève le corps tout entier. L'essieu crie. Maintenant il n'y a plus que l'infini, le silence, et l'obscurité désertée de toute signification ; deux chevaux, là, plus bas, s'engloutissent avec un regard d'une infinie douceur. Je pense à cela. Je ne les vois pas, mais j'entends le clapotis berceur de l'eau. Mes rênes et les traits sont rompus, je n'appartiens plus à tout à l'heure ; les quatre autres chevaux ne hennissent même plus : ils sont comme éblouis de stupeur. Je suis toujours assis au fond de mon carrosse. C'est comme s'il ne s'était rien passé, et mon âme a perdu ses ailes...

Le philosophe, replié sur son siège, se donne maintenant des coups de coude, comme un oiseau qui tenterait de s'élancer, mais Racine sait qu'il porte une ceinture à pointes de fer et qu'il réprime par là, en faisant couler son sang, toutes ses vaines pensées. Monsieur de Sacy ne supporte pas ces mortifications, qu'il juge parfaitement indignes.

La lumière au-dehors baisse. Ces Messieurs sont encore en grande conversation, sans doute et toujours à propos de la Grâce.

Racine a en effet entendu parler de l'accident de Monsieur Pascal au pont de Neuilly. Celui-ci vient-il de l'évoquer ou bien est-ce simplement sa propre imagination qui s'est emportée au point d'inventer tout ce récit ? Depuis quelque temps, il n'arrête pas de fabuler. Antoine Le Maître l'a déjà mis en garde : « On craint beaucoup sa passion démesurée pour les vers. » Virgile s'est damné ainsi, en faisant de beaux vers, a ajouté l'ancien avocat. Racine n'ignore pas que Monsieur Le Maître place en lui de grandes espérances : il compte bien qu'un jour l'orphelin prendra sa suite et deviendra son fils spirituel, mais celui-ci s'éclipse de plus en plus souvent dans la forêt de Port-Royal qu'il a enfin retrouvée où, dit-on, il récite des vers mêlant ses pleurs à ses pas solitaires.

Il sent une main amicale se poser sur son épaule. Blaise Pascal s'appuie à lui et Racine est étonné par la beauté de son visage.

– L'âme ressemble à l'alliance d'un attelage et d'un cocher ailés, comme le dit Platon. Si chevaux et cochers sont également excellents parmi les dieux, chez les autres ils sont de valeur inégale. Chez les hommes, il paraît que le cocher dirige l'attelage ; mais un cheval est de pure race ; l'autre, très grossier. Comme c'est pénible alors de tenir les rênes de notre âme !

– Et si elles cassent ? Les chevaux doivent apprendre à nager...

Pascal s'amuse comme un gamin, tout à coup. Tous deux éclatent de rire. Chacun connaît par cœur le *Phèdre* de Platon. C'est aussi cela, le savoir, pense l'adolescent : pouvoir rire ensemble !

L'âge ne les sépare plus. Existe entre eux une complicité comme entre tous ceux qui, à travers le monde, connaissent le *Phèdre*. De même il n'y a plus de vieille culture ni d'étrangers. Platon, Pascal et Racine vont du même pas vers ce soir étoilé où les chars piaffent d'impatience, mais l'adolescent de dix-sept ans regarde ses aînés avec une sorte d'attendrissement, car ce que lui, le plus jeune, écrira, ses aînés n'auront jamais le loisir de le réciter. Ainsi, d'une certaine manière, se sent-il le plus vieux d'eux trois.

La cloche familière appelle pour le souper. Les Solitaires sont déjà rentrés, mais Racine, en compagnie de Pascal et de Platon se laisse emmener...

Tous trois effleurent la terre cristalline. Les chevaux redressent fièrement la tête et déjà leurs folles crinières flottent dans le vent aux embruns de résine. Les trois attelages commencent à s'ébranler sans aucun bruit, mais les voix se répondent, reprenant les paroles de Platon :

« – Il serait bien de faire une prière avant de partir.
– C'est vrai !
– Divinités de ces lieux, donnez-moi la beauté intérieure, et que l'extérieur soit en harmonie avec mon âme ; que le sage me paraisse toujours riche ; que j'aie juste autant d'or que le sage seul peut en porter avec lui. Avons-nous quelque autre chose à demander, Phèdre ? Pour moi, je n'ai rien à ajouter à ma prière.
– Faites les mêmes vœux pour moi, car tout est commun entre amis. »

– Allons-nous-en maintenant !

Les chevaux alezan brûlé de Blaise s'élancent sans un bruit. Les blancs argentés de Platon semblent danser tandis qu'un chant s'élève autour d'eux, si incomparable que Racine demeure un instant figé, debout encore, la tête penchée près de ses deux étalons noirs de jais. Il se rappelle qu'on surnommait Platon le Divin et se dit qu'il est béni des dieux pour avoir mérité pareille rencontre.

La musique devient de plus en plus présente. L'un des chevaux, le préféré, lèche délicatement le visage de l'adolescent où le givre a déposé une fine couche de cristaux. Le vent se fait plus pressant. Alors, d'un seul bond, l'enfant au corps pur, ignorant encore des rites de l'amour, s'élance...

Une heure plus tard, Antoine Le Maître vient chercher Jean Racine qui dort, tendrement appuyé sur le livre d'Euripide. Avant de le secouer, le vieux maître caresse délicatement les cheveux bruns qui s'étalent dans le halo de la bougie. Il remarque avec une peine secrète l'ombre d'une moustache naissante au-dessus des lèvres d'enfant.

– Il est temps de se réveiller, mon fils !

Chapitre 8
Margot

La vertu est comme un beau visage qui ne saurait se voir lui-même.

SAINT-CYRAN, *Pensées*

– Monsieur le Chancelier a failli succomber. Il a été saigné jusqu'à sept fois.

Port-Royal bruit, éclate de rire, court en tous sens.

– Il a lu la *Lettre* et il a fallu aussitôt appeler les médecins. Sept fois de suite ils l'ont saigné. Il étouffait de rage.

– Il criait : « Qui est l'auteur de cette lettre ? Jamais le Docteur n'a écrit comme cela ! » Il parlait bien sûr de Monsieur Arnauld.

Mère Angélique, la sœur Briquet et Monsieur de Sacy croisent la mère du Fargis, Monsieur de Sainte-Marthe et Monsieur Nicole.

En quelques jours, la *Provinciale* a mis le feu aux cerveaux déjà échauffés des jésuites et les docteurs de la Sorbonne en perdent leur bonnet. Une plume nouvelle, insolente, caustique, vient de surgir. On parle presque de théâtre. Les jansénistes ont enfin le public pour eux ; même les grands de la Cour s'arrachent cette charge qui enchante, amuse, captive. De nouveaux exemplaires sortent de partout. Qui est l'imprimeur ? Qui, l'auteur ? Des noms circulent, et Monsieur le Chancelier suffoque de rage mais aussi de peur, car il a une sainte horreur des saignées.

Racine a par instants un sourire de chat en appétit, qu'on retrouve sur les lèvres de Pascal. Depuis quelques jours, tous sont au travail, disparaissent mystérieusement, réapparaissent les doigts de plus en plus tachés d'encre.

Dès le lendemain du jour où Arnauld a proposé à Pascal d'écrire à leur place, celui-ci s'est emparé de la plume et voici qu'à la surprise de tous, peut-être de l'auteur au premier chef, elle s'est mise à traverser sans fatigue les pages avec une sorte de fluidité de roseau, mais lançant çà et là des traits de sarbacane qui laissent les petits ennemis jésuites au sol.

Pascal surgit du réfectoire, accompagné de mère Angélique de Saint-Jean qui lui fait un peu la cour, espérant ainsi semer la division entre Monsieur Arnauld et Monsieur Nicole, car pas plus elle que beaucoup d'autres ne peuvent souffrir leur amitié. Racine, le regardant venir à lui d'un pas presque insouciant, se dit qu'il a recouvré ses ailes.

Dès que Pascal est venu lire sa lettre à ces Messieurs assemblés, il n'y a eu qu'un cri : « Cela est excellent ! » a dit l'un. « Cela sera goûté », a ajouté l'autre. Il n'a même pas été question de corrections ; ils ont ri, applaudi comme à un spectacle. « Il faut maintenant le faire imprimer. » Un plan de bataille a aussitôt été établi. Le jeune Racine ferait le lien. Combien de fois ces Messieurs ne lui ont-ils pas laissé entendre qu'on le préparait à son futur rôle politique ? N'était-il pas l'orphelin élu de Dieu et, futur avocat, ne prendrait-il pas la suite d'Antoine Le Maître ?

Chacun a donc un rôle à jouer. En aucun cas on ne doit soupçonner Pascal. De toute façon, il a si peu écrit : nul ne penserait à lui.

« Il faut protéger Charles, s'est écrié d'emblée Monsieur d'Andilly, car ils viendront l'arrêter en tout premier. » Monsieur Charles Savreux est l'imprimeur, connu pour être lié à ces Messieurs. « Il ne faut pas oublier qu'à éditer ainsi, sans permission, nous sommes tous coupables et encourons la Bastille. Le Roi ne plaisante pas. »

Racine s'excite d'être de la partie. Tous ces hommes sont finalement d'un grand courage, prêts à perdre leur liberté pour ne pas asservir leur plume. À les observer, l'adolescent, souvent ironique, se sent troublé. Les mots, les mots... Pour eux, les poètes s'obstinent jusqu'à la folie, comme Virgile ; Socrate accepte l'empoisonnement, impassible ; et voilà que ces Messieurs, qui auraient tous pu choisir d'embrasser une très grande carrière, passent leur vie courbés sur les Saintes Écritures. Ils y risquent plus que leur corps, sans doute. À chaque page, c'est le salut de leur âme qui se trouve de nouveau en jeu dans la balance du Juge Suprême. Pourtant, Pascal, lui, semble vraiment s'amuser.

– Les deux autres libraires vont être inquiétés. Il faut prévenir Petit et Desprez qu'ils prennent également leurs précautions.

– Nous pourrions aussi recourir aux services de Monsieur de Saint-Gilles.

– Et de Monsieur Fortin, au Collège d'Harcourt.

– Le texte de Pascal ne doit pas provenir d'un seul endroit. Il doit être partout à la fois !

La *Lettre écrite à un provincial par un de ses amis sur le sujet des disputes présentes de la Sorbonne* a tôt fait de devenir, grâce à la baguette magique de la renommée, les *Provinciales*. Il y a eu la première, voici la seconde et tous ceux qu'elles visent craignent que d'autres ne se répandent chaque matin.

– Ils ont arrêté Monsieur Charles Savreux.

De nouveau ils se trouvent réunis. Ils se sont donné rendez-vous chez Monsieur Le Jeune, un ami qui vit complètement reclus dans une maison du faubourg Saint-Marceau.

À l'annonce de cette nouvelle qu'a lancée tout essoufflé Pierre-Thomas de Coislin du Cambout, l'abbé de Pontchâteau se lève, pâle comme un linge. Lui qui sait le latin, le grec, l'italien, l'allemand, l'espagnol et un peu d'hébreu balbutie des mots sans suite. Malgré ses vingt-deux ans, on dirait tout à coup un vieil homme. Pierre-Thomas continue, sans pitié :

– Ils ont saisi tout ce qui était chez lui. Ils ont trouvé un paquet marqué à votre nom.

L'abbé de Pontchâteau pousse un cri bref. Monsieur d'Andilly lui présente une chaise sur laquelle il s'affaisse.

– Or, continue Pierre-Thomas après un court arrêt, il y avait à l'intérieur une lettre de Monsieur le Cardinal de Richelieu, votre oncle.

Pierre-Thomas fournit des détails avec obstination. Monsieur Arnauld conseille aussitôt à Monsieur de Pontchâteau d'aller trouver la reine mère. Il ne faut pas plaisanter : ces diables de jésuites peuvent même faire arrêter un homme de l'envergure de Sébastien de Pontchâteau, propre neveu du Cardinal.

– Les jésuites ont déclaré qu'ils feraient manger à Savreux dans sa prison ce qu'il a gagné avec nous.

Bien loin de s'inquiéter, ces Messieurs reprennent courage.

– Ils ont peur du ridicule que Blaise a jeté sur eux. C'est un costume qu'ils n'apprécient guère.

– Je continuerai, déclare Pascal avec calme.

– Êtes-vous sûr de votre logis ?

– Il me protège. J'ai quitté celui que m'avait prêté le poète Patrix, l'officier de Monsieur le duc d'Orléans, et suis maintenant caché sous le nom de Monsieur de Mons dans une petite auberge de la rue des Poirées, derrière la Sorbonne.

– Vous avez perdu la raison ! s'écrie Monsieur d'Andilly d'un ton angoissé.

– Au contraire ! Je suis juste en face du Collège des jésuites. C'est moi qui les surveille !

À l'insolence qu'il a montrée dans le choix du lieu peut-être le plus exposé, on devine le joueur qu'il a dû être. Il aime les dés pourvu que ce soit lui qui les jette. Peut-être est-ce le Hasard qui le préfère aux autres humains ? Il a déjà fait de lui un enfant génial, et Blaise fait à présent tout ce qu'il peut pour lui jeter à son tour le gant.

L'attitude de Pascal a calmé tout un chacun. On parle maintenant de la suite.

– L'auteur s'appelle désormais Louis de Montalte ! alors beaucoup ont pensé au pauvre vieux Gomberville...

Ces Messieurs se récrient : il a passé l'âge ! il a déjà épuisé sa mesure !

– Quant à Monsieur le Roi, il cite l'abbé de Hautefontaine ! relance Pierre-Thomas en s'esclaffant.

– Vous savez ce qu'il a répondu lorsque le Roi l'a soupçonné ? « Vous me faites trop d'honneur. Je trouve cette seconde *Provinciale* si belle et si à propos que j'eusse souhaité l'avoir faite : ce serait une agréable gazette, toutes les semaines, et si j'avais une imprimerie, je ferais volontiers la réponse du Provincial à l'ami... »

– À propos d'imprimerie, ils ont apposé les scellés chez Petit.

– Mais comment avez-vous fait, interroge Monsieur de Pontchâteau, car on m'a dit que, dès le lendemain, au petit matin, un des garçons de Petit est allé trouver Pomponne de Bellièvre, premier Président du Parlement, avec la seconde *Provinciale* toute fraîche, pour lui prouver qu'elle ne pouvait venir de chez eux, puisqu'il y avait les scellés ?

Monsieur Arnauld sourit et enchaîne :

– Le Président était juste content de la recevoir. Il n'a pas cherché d'autres preuves. Il a fait lever les scellés. Il s'est bien douté qu'il risquait d'y avoir quelque chose d'obscur dans ce tour de passe-passe, mais il a demandé en contrepartie d'être désormais le premier à lire la suite, pour se régaler à loisir !

– Pourtant, les deux premières *Provinciales* ont bien été imprimées chez Petit ? insiste Monsieur de Pontchâteau.

– Pas exactement. Lorsqu'on a su que le commissaire allait venir (Monsieur d'Andilly soudain s'anime, il a pris la parole et la garde comme s'il menait un bataillon à la charge), l'imprimeur a disparu et n'a laissé que sa femme à la maison. Celle-ci a accueilli avec le sourire les gardes et le commissaire, elle est montée tout tranquillement à l'imprimerie pendant qu'ils entouraient la maison, elle a déposé au creux de son tablier les formes qui servent à imprimer. Celles-ci étaient extrêmement lourdes, mais elle est ressortie la tête haute, semblable à une Judith, puis elle a annoncé qu'elle allait se réfugier chez le voisin, puisque, de toute évidence, ils allaient mettre les scellés. Chacun s'est incliné. Elle a donc franchi le cordon des gardes, est arrivée chez le voisin où tout était prêt – et là, chacun s'est remis au travail. Personne n'a vu passer la nuit, même si la fatigue a paru par moments l'étirer. Puis l'aurore aux doigts de rose a coloré le ciel, comme dit Homère. Il y avait trois cents exemplaires ; et, le lendemain, douze cents.

Racine contemple ces hommes qui, redressés, l'œil malicieux, s'amusent comme des gamins. Peut-être sont-ils heureux de renouer avec l'action comme au temps de la Fronde lorsqu'ils avaient repris les armes ? Après ces années de labeur où, amarrés à leur table, ils ont asservi leur corps et leurs yeux, ils reprennent d'un seul jaillissement un corps d'adolescent.

Blaise se lève avec nonchalance. Lui semble pareillement avoir recouvré vigueur et santé.

– Mon beau-frère sait fort bien que je suis l'auteur des *Provinciales*, puisque lui-même les répand chez lui en Auvergne. Il vient justement de descendre dans la même auberge que moi. Au moment où je m'apprêtais à quitter ma chambre pour venir le voir, un cousin à nous, le père de Fretat, a surgi.

– Mon Dieu ! Un jésuite ! s'exclame Antoine Le Maître.

– Un jésuite, exactement ! Je disparais sur-le-champ, et voici qu'il se lance dans un long discours, la tête baissée sur le devant, sans la pencher ni d'un côté ni de l'autre ; il ne lève point les yeux, mais les tient constamment au-dessous de ceux des personnes à qui il s'adresse, de façon à ne les voir qu'indirectement. Vous savez qu'ils doivent tenir leurs lèvres ni trop ouvertes, ni trop fermées, comme le recommandait saint Ignace... (Pascal se délecte en imitant le parfait jésuite.) « Je suis venu vous voir, cher cousin, a-t-il dit, parce qu'en bon parent je dois vous avertir qu'on met, dans la société, les *Provinciales* sur le compte de votre beau-frère, Monsieur Pascal. – Comment cela ? s'est écrié tout aussitôt mon beau-frère. Si Blaise est doué pour la roulette, il ne l'est sûrement pas pour la plume ! » Et pendant qu'il parle, il tire avec ingénuité le rideau du lit vers lui afin de dissimuler au mieux la vingtaine d'exemplaires des *Provinciales* qui sont là à sécher...

Les rires fusent dans la pièce, mais Monsieur d'Andilly y met bon ordre :

– Malgré le succès des *Provinciales* ou à cause d'elles, la situation est très grave, même si le Cardinal en rit de bon cœur ! On commence de partout à savoir qui en est l'auteur !

– Ma troisième lettre sera ainsi souscrite : « Votre très humble et très obéissant serviteur, E.A.A.B.P.A.-F.D.E.P. », informe Pascal.

Un silence étonné accueille sa déclaration. Racine essaie de deviner. Il aime les plaisanteries, les devinettes, les jeux de mots. L'écriture constellée de feux d'artifice. Maintenant, que dissimulent ces initiales ?

– Votre Serviteur Et Ancien Ami Blaise Pascal Auvergnat Fils D'Étienne Pascal, explique le facétieux pourfendeur des jésuites.

Heureusement, les portes sont closes, les justes comme les jouisseurs dorment, les rires de ces Messieurs sont étouffés par la nuit complice. Combien de temps encore avant qu'eux trois ne rejoignent le courageux imprimeur Charles Savreux dans sa prison ?

L'adolescent songe à Savreux, précisément. Curieux homme ! Va-t-on le laisser moisir à la Bastille ? Il a perdu sa maison, sa liberté, mais il déclare avec simplicité que, en s'exposant à rendre service à ces Messieurs de Port-Royal, il a moins eu ses intérêts en vue que l'amour de la Vérité et la crainte de Dieu. Ce soir, ils ont décidé d'un commun accord de tout faire, ensemble, pour le tirer de là, quitte à partager son sort.

Enfin il s'est allongé dans l'herbe odorante.

Fatigué, Racine a fui les cris, les indignations, les menaces, les visites, le beau monde car, au cours de ces deux mois éprouvants, tous ont frôlé l'emprisonnement, la condamnation par l'Église, et surtout la disgrâce du Roi. Malgré cela, les *Provinciales* ont continué à s'enchaîner inéluctablement. À peine séparées par un intervalle de quinze jours, rarement plus ! L'ennemi se sent harcelé, mais, pour eux-mêmes, les amis jansénistes, il n'y a plus eu ni repos ni paix ; même les enfants ont dû être dispersés, les maîtres cachés ici ou là, les imprimeurs contraints de déménager sans cesse. Parmi ceux oubliés à Port-Royal avec quelques Solitaires, les religieuses et les petites filles, Racine a servi de messager. Peut-être les autorités le considèrent-elles comme l'Orphelin, celui qu'on ne peut renvoyer chez lui ? Tous les autres ont dû repartir dans leur famille. Cela a commencé naturellement par les trois enfants de Monsieur du Plessis-Guénégaud, secrétaire d'État pour la Maison du Roi, et la Cour a jugé qu'il fallait très vite écarter les enfants d'illustres familles de cette éducation trop marquée.

Monsieur Arnauld d'Andilly a multiplié les missives, les lettres maladroites, mais la rumeur de la dispersion s'est accentuée jusqu'à devenir réalité. Fin mars, Anne d'Autriche l'a prévenu discrètement, grâce à Monsieur de Bartillat. Ils ont eu huit jours pour disparaître.

Racine vient de s'arrêter. Il hume avec délices la forêt, grande demeure du silence, même si, par instants, quelques petits oiseaux traversent le feuillage en piaillant, plus agréables en tout cas que les interminables chamailleries entre humains.

Le jeune homme s'étire. D'un seul geste, il passe avec plaisir ses deux belles mains dans sa chevelure qui retombe libre sur ses épaules, et qu'il secoue non sans volupté. Il est lui aussi un échappé, un cheval emporté. Il se refuse à se cacher comme les rats. Il éclate d'un rire sonore en pensant à la lettre reçue il y a quelques jours de son cher « papa ». Sans prévenir, d'un seul coup, le soleil vient caresser le corps adolescent à travers les feuillages encore timides, et il s'allonge dans l'herbe, offrant aux rayons sa force d'homme. Son « papa » ! Il aime bien Antoine Le Maître, mais, par moments, sa présence lui pèse. Il l'a eu jour et nuit avec lui, Monsieur l'a pris dans sa chambre pour mieux s'en occuper, mais, depuis quelques jours, Jean se surprend à être heureux du départ précipité de son tuteur, obligé de se planquer ! Les rats... et les souris – fable !

Racine s'en veut de ses sarcasmes, mais ils s'échappent de son cerveau indocile. C'est aussi que cette lettre de son cher « papa » l'a mis en colère :

« Surveillez bien mes livres... Faites ceci ! Faites cela !... Faites mes recommandations à Madame Racine... La jeunesse doit toujours se laisser conduire et tâcher de ne point s'émanciper... Il faut essayer de profiter de cette persécution. Qu'elle nous serve à nous détacher du monde... »

Mais moi, j'aime ! Je vis ! J'aime l'odeur de l'herbe encore mouillée, le soleil quand il vous déshabille, le corps qui se dresse, l'eau qui jaillit et le sol où on enfonce non sans une volupté cruelle. J'aime mes dix-sept ans et mon manque de sérieux !

« Il faudrait mettre de l'eau dans les écuelles de terre où mes livres sont, afin que les souris ne les rongent pas... »

Mais, messieurs les jansénistes, les petites souris, elles vont apprendre à nager ! Parce qu'elles sont bien plus intelligentes que les chevaux de Monsieur Blaise Pascal ! Et parce que je vais vous confier un secret : les petites souris, ce sont les jésuites qui se sont déguisés et qui se faufilent partout vers le pouvoir, alors que les grands rats sont devenus aveugles à force de contempler le soleil !

Ah ! le soleil ! Il devient lui-même soleil en cet instant. Lui aussi va irradier la Terre. Démesurée, c'est ainsi que son cher « papa » qualifie sa soif de gloire. Démesurée ! Il est vrai que ce n'est pas son père. Pas un vrai père qui vous serre dans ses bras. Un père comme Hector, avec une femme qui vous rend jaloux parce qu'il la regarde avec délectation. Un père qui vous fait sauter dans les airs et ôte son casque scintillant pour vous en coiffer dans un éclat de rire sonore. Un père qui a un drôle de parfum sous les aisselles. Un père comme un arbre, avec des jambes dures qui n'en finissent pas. Un père avec qui, peu à peu, on se promène épaule contre épaule, et qui s'inquiète de vos amours, de vos rêves, de vos folies, jusqu'au jour où c'est lui qui semble fatigué : *« Tu ferais mal, mon père, en cachant tes épreuves... »* Même un Thésée qui vous tue par jalousie ! un père digne d'Euripide, digne d'Homère ; un père qui fait un enfant avec Aphrodite sur le mont Ida ; un vieil Anchise qu'on emporte sur ses épaules en plein incendie. Un père !

L'adolescent essaie de s'imaginer Monsieur Antoine Le Maître à trente ans, au faîte de sa gloire mondaine. Impossible ! Pourtant, il a grande allure. Mais c'est mère Angélique qui surgit à la place, royale, imposante, volontaire. C'est elle, le maître des lieux, le chef spirituel et matériel. Impassible, elle attendait la visite du lieutenant Dreux d'Aubray. Quelle histoire !

De Port-Royal même, ils avaient donc tous disparu en moins de huit jours. Si Jean avait pu assister à une partie de la visite de ce pauvre lieutenant et à son accueil par mère Angélique, c'est qu'en fait ils étaient tous à quelques pas de là – au Chesnay, au château des Troux, au château de Vaumurier, hormis les plus exposés, comme Monsieur Le Maître, replié dans cette maison du faubourg Saint-Marceau où il ne se sentait pas heureux en compagnie d'Arnauld. Il avait mal à une jambe, il voulait retrouver ses livres. Heureusement il y a son élève, son fils chéri, Jean Racine, qui prend soin de tout !

Racine, personne ne se méfiait de lui. Il n'existait pas aux yeux d'un Dreux d'Aubray. Sans mère, sans père, il pouvait à sa guise habiter Port-Royal, s'il voulait. Il y avait là sa grand-mère, sa tante, ses cousins. C'était un orphelin recueilli par charité, qui ne mettrait jamais la royauté en péril comme les Plessis-Guénégaud ou les Chevreuse. Il n'importait pas plus que le fermier, le jardinier, les garde-bois et garde-sentes, la préposée à la basse-cour, le boucher ou le menuisier qui avaient eu le droit de rester sur place.

« J'irai moi-même les accueillir, avait décidé Monsieur de Bagnols. J'ai été autrefois maître des requêtes et compagnon de Dreux d'Aubray dans cette charge ; aussi me fera-t-il installer dans son carrosse de lieutenant civil et Monsieur de Luzanci prendra les devants pour annoncer notre arrivée. »

Mère Angélique, avait promis de feindre la surprise à leur arrivée ! Elle aussi se mettait à dissimuler !

« Je serai prévenu avant vous, avait poursuivi Monsieur de Bagnols. Heureusement, les jansénistes ont aussi leur police. Laissez-moi faire, et que tout soit apparemment sans problème pour nous accueillir. »

Vers six heures du matin, le lieutenant, qui aurait bien aimé renoncer à sa mission – jamais on ne vit quelqu'un faire autant d'excuses en une journée –, prit le chemin de Port-Royal avec son escorte. Il fut heureux de retrouver son vieil ami Monsieur de Bagnols et commença par les Granges. Une vraie tragicomédie ! Ne s'y trouvaient que deux personnes, Monsieur Charles et Monsieur Bouilli, qui prirent à volonté un air hébété pour répondre aux questions embarrassantes. On en riait encore à Port-Royal. Pendant deux heures et demie, Monsieur Charles fut interrogé ; il utilisait son patois, ce qui empêchait le moindre échange intelligent entre le lieutenant et le vieil homme. Mère Angélique avait eu beaucoup de mal à garder son sérieux lorsque Monsieur Dreux d'Aubray s'était plaint auprès de la religieuse de la sottise sans bornes de ces deux hommes. Il ne l'enviait pas d'avoir de tels serviteurs auprès d'elle.

Monsieur de Bagnols regardait le ciel d'un air beaucoup trop absorbé, mais lui aussi retenait de drôles de grimaces au coin de ses lèvres.

– Monsieur de Bagnols est témoin. Je demande donc à ce Monsieur Charles, laboureur – je crois ! de me dire ce que les maîtres apprennent à ces petits messieurs, lança le lieutenant.

– Est-ce que je sais ça, Monsieur ? Y disent qu'apprenons l'humanité. Les maîtres y tourmentons bian les pauves enfants. Y sont allés pourmener : z'en ont bian besoin.

Monsieur le Lieutenant s'époussetait encore de ce langage crachoté.

– Je lui demande alors s'il sait où est l'imprimerie.

– J'connions pas de religieuse de ce nom-là, dit-il, et, hochant la tête vers son compagnon : tu connois, toi, sœur Imprimerie ?

– Mon ami, montrez-moi alors les presses !

À peine lui eut-il intimé l'ordre que Charles le mena droit au pressoir !

Quant à l'autre, le Bouilli, vigneron, à ce qu'il avait cru comprendre, il était même incapable d'apposer sa signature. Alors que le lieutenant se demandait quel vin pourrait bien sortir de cette bouteille, le bonhomme lui fit signe qu'il était plus habitué à la bêche qu'à la plume.

Monsieur Bouilli, en réalité ancien chanoine d'Abbeville, se tenait, les yeux grands ouverts, avec un tel air d'idiot que mère Angélique ne put se retenir d'éclater d'un grand rire qui la secoua pendant quelques secondes.

– Ne m'en veuillez pas, Monsieur le Lieutenant, mais vous pouvez constater combien je suis peu aidée et entourée. Vous voyez – j'espère ! comme l'instruction, avec de telles âmes simples, ne saurait aller très loin.

Monsieur Charles et Monsieur Bouilli demandèrent d'un air complice, mais apparemment enfantin, s'ils pouvaient retourner vaquer à leurs occupations. Mère Angélique leur fit un signe incompréhensible pour le lieutenant. Décidément, cette maison avait l'air d'un refuge de pauvres diables sans raison. Néanmoins, il fallait bien continuer la visite.

Mère Angélique regarda s'éloigner les deux amis. En vérité, elle-même ignorait qui était Monsieur Charles. Il avait débarqué un jour, avait tenu à tout prix à demeurer inconnu ; aucun mot de latin ne lui échappait jamais, alors même qu'il le savait parfaitement. Il était arrivé sept ans auparavant, désireux de faire pénitence. Il n'y avait rien à ajouter. Depuis, il logeait à Port-Royal, silencieux la plupart du temps.

Le Lieutenant interrogeait à présent la grande abbesse tout en faisant montre d'une exquise politesse.

– Voulez-vous relire avant de signer ?

– J'en serais bien aise, puisque je m'attends à le voir imprimé quelque jour et qu'il faut donc y regarder de près.

Cette fois, ce fut au lieutenant d'éclater de rire, impressionné par l'humour de cette dame de plus de soixante ans.

Jean Racine était survenu à ce moment-là avec son cousin Vitart, l'intendant du duc de Luynes. Il venait chercher le lieutenant pour l'accompagner. Celui-ci devait une visite de civilité au fils de Madame de Chevreuse, autrefois surintendante de la Maison de la Reine, à la tête de tant de titres et de terres qu'elle en était trop haïe ou trop aimée, grand personnage de la Cour joignant à ses privilèges la beauté, le charme, l'intelligence et l'énergie.

C'est alors qu'ils virent Monsieur le Lieutenant béer de stupeur et chercher son souffle, comme s'il allait tomber à la renverse. Un chien se mit à aboyer, une nuée d'oiseaux s'envolèrent tout près d'eux pour obliquer vers un point situé au fond du jardin. Monsieur Jean Hamon venait de surgir, béatement assis sur son âne, ravi, lui, de rentrer à l'écurie pour manger un peu, tandis que son cavalier, tout en murmurant d'une voix douce ses prières, continuait à tricoter. Les oiseaux se mirent à piailler autour du couple étrange, attendant sans doute les restes de pain habituels que le docteur Hamon leur distribuait à son arrivée. Le bonhomme avait trente-huit ans ; il était arrivé six ans auparavant afin de remplacer l'ancien médecin, Victor Pallu.

– Qu'est-ce que cet individu hétéroclite ? balbutia Monsieur Dreux d'Aubray.

Racine sourit : son ami Pierre-Thomas du Fossé employait le même mot pour qualifier le médecin.

– Cet individu *hétéroclite*, Monsieur le Lieutenant, est notre médecin, mais il sait aussi le latin, le grec, l'italien, l'espagnol et est un profond théologien.

Monsieur le Lieutenant eut l'impression qu'il allait perdre la tête. Renonçant à attendre l'âne et son cavalier, il préféra regagner son carrosse tout en saluant profondément « Madame la Grande Abbesse ».

Tandis qu'il remontait dans la voiture du duc de Luynes en compagnie de son cousin Nicolas afin d'accompagner Monsieur le Lieutenant au château de Vaumurier, Racine observa Monsieur Hamon qui n'avait nullement remarqué les va-et-vient aux abords de Port-Royal. Il aimait bien cet érudit d'une haute simplicité, qui se gardait éloigné de toute querelle et celait si bien l'étendue de son savoir. Vêtu comme un pauvre, il s'était accommodé une sorte de pupitre primitif au moyen d'un bâton fiché dans la selle de son cher baudet. Ainsi, il lisait, tricotait, donnait à manger aux oiseaux et soignait les âmes avec autant de naturel que les corps. Depuis que Monsieur Le Maître avait dû se cacher, Monsieur Hamon l'avait remplacé auprès des adolescents qui vivaient chez le duc de Luynes ; Racine appréciait les façons dépouillées et les images sobres de cet homme dont la spiritualité l'impressionnait.

« La Solitude, énonçait-il à son jeune élève, germera dans l'allégresse et fleurira comme le lis ; elle poussera et s'épanouira de toutes parts dans une effusion de joies et de louanges. »

L'adolescent souscrivait au respect et la distance qui s'étaient instaurés entre eux deux. Quelle volupté d'être hors de la surveillance d'Antoine Le Maître ! Jean Racine découvrait un plaisir nouveau à rêver et penser à l'aise, à se réciter des vers d'Euripide ou de Virgile sans se trouver en permanence sous les yeux de quelqu'un. Pourtant, le sage docteur Hamon l'avait mis en garde : « Gardez-vous de vous glorifier jamais de la solitude. L'esprit de solitude est un don qui ne vient que de Dieu. Les Superbes peuvent être seuls, ils ne peuvent être des Solitaires. »

Allongé dans l'herbe sous le soleil complice, Jean Racine se remémorait tranquillement ces journées qui, depuis quelque temps, avaient mis sens dessus dessous Port-Royal. Peut-être était-ce une chance que cette intrusion du monde extérieur parmi eux ? Le jeune homme brûlait par instants de s'évader, de ne plus entendre parler de la Grâce, de saccager cette innocence à laquelle tant de maîtres et de religieuses avaient consacré leurs soins.

Il avait découvert avec gourmandise les poètes grecs et latins. Il appréciait cette éducation d'élite qui le séparait définitivement des gens de La Ferté, mais sa propre façon de s'exprimer, sa curiosité pour les écrits, la compagnie constante de ces Messieurs et des religieuses engendraient une autre sorte d'enfermement. Heureusement, il y avait l'imagination insolente qui sautait par-dessus les murs, les connaissances et la morale ! Heureusement, il y avait les bois et ces nuits où, seul, comme en cet instant, il s'inventait un monde plus charnel. Un monde où Phèdre croisait Hippolyte, où Ulysse et Pénélope s'endormaient ensemble, après des années d'errance, dans le lit d'or, d'argent et d'ivoire, tendu de courroies de cuir d'un rouge éclatant, dont ils étaient seuls à connaître le secret.

D'un mouvement vif, l'adolescent excité se retourna tout du long sur le dos. Même si, après sa visite, le lendemain, au Chesnay, le lieutenant Dreux d'Aubray avait regretté que « ses enfants n'eussent pas eu l'avantage d'une telle éducation », lui, Jean Racine, couvait contre ses maîtres des accès de violence qui le secouaient de la tête aux pieds et le portaient jusqu'au désir de se perdre et de se laisser glisser avec délicatesse dans la connaissance du Mal.

Il est vrai que la fille du lieutenant, la marquise de Brinvilliers, ne semblait pas heureuse non plus, d'après son père. Elle aussi avait été une enfant menue et gracieuse. Elle allait maintenant sur ses vingt-six ans, mais lorsque le lieutenant avait parlé d'elle au duc de Luynes, Racine avait revu la petite Marie-Marguerite-Magdeleine d'Aubray avec ses cheveux châtains très épais et très longs, ses yeux trop bleus, trop brillants, une peau aussi blanche et pure que la neige – cette neige qui vous tire vers l'oubli, l'oubli de tout –, et le papa, étrangement, avait laissé les larmes lui venir aux yeux. Autour de la table, tous s'étaient tus, gênés. Non, elle n'était pas heureuse ! Son mari ne cessait de l'*oublier* – vous comprenez, n'est-ce pas, ce que je veux dire ? avait-il ajouté en s'excusant – et il avait conclu qu'il aurait mille fois préféré la voir religieuse à Port-Royal, elle qui aimait trop le luxe et le monde. Il en avait honte à constater dans quelle simplicité Monsieur le Duc vivait !

Racine avait écouté le lieutenant confesser la peur que lui inspirait l'avenir de son enfant. Il s'était pris à imaginer cette femme brune et blanche comme neige, la nuit, et comme il faisait sans doute bon y enfouir ses secrets. Il avait rêvé au rire révélateur de mystères, à ses petites dents pointues mordant avec trop d'insistance dans les fruits blets de la fortune et du vice.

Bref, il devenait extravagant.

Alors, de très loin, telle une vieille complainte qui revient vous chatouiller la pensée, il revoyait Monsieur Hamon sur son âne, empereur déchu, sans empire, sans cour, nouveau roi mage, dont les yeux s'illuminaient d'un amour démesuré pour l'invisible Beauté.

Une ombre vient effleurer son visage. Racine se dresse. Elle est là et l'observe. Elle, la petite miraculée de dix ans qui, depuis quelques jours, met le couvent, Paris et le monde en émoi. Elle contemple le grand jeune homme à demi couché à terre. Il n'y a dans ce regard nul étonnement, nul reproche ; la petite détaille les longues jambes un peu maigres, le visage encore endormi, sa minuscule cicatrice au-dessus de l'œil gauche. Rien ne trouble l'enfant, pas même son incroyable histoire. Ce sont les autres qui la fatiguent, ces adultes agités qui tournent autour d'elle, l'observent, convoquent des médecins pour examiner la guérison de son visage. Ils ne comprennent jamais rien. C'est pourtant si simple : elle ne supportait plus sa fistule lacrymale, Dieu la lui a enlevée ! C'est tout. Vient un instant où l'insupportable doit cesser, et si les Grands n'y arrivent pas, c'est qu'ils s'accommodent toujours un peu, en sous-main, de tout et n'importe quoi. Elle avait eu très mal – une souffrance qui, par instants, lui soulevait le cœur – et avait d'ailleurs choisi de se laisser mourir. L'os de son nez était pourri, disait le bon chirurgien Dalence. Peut-être que si on lui brûlait le visage...

Ce jour-là, elle avançait derrière ses amies, quelques enfants marchant devant elle, et regardait les flammes des cierges. Elle ne priait pas, elle parlait avec Lui. Elle n'avait pas peur de la mort : c'était un passage aussi simple que le fait d'écarter des branchages pour découvrir cette clairière où elle venait souvent méditer. Il allait être trois heures de l'après-midi. De cela elle se souvenait. Ils disaient : l'heure de la Passion. Elle n'avait jamais bien compris au juste ce qui était arrivé au Christ. Les religieuses lui avaient maintes fois raconté l'agonie sur la Croix, la mort, un vendredi, sur le coup de trois heures de l'après-midi, le ciel qui s'était enroulé en volutes grises, les éclairs qui découvraient par instants les lumières de l'éternité. Elle adorait l'orage, la cavalcade des nuages : c'était cela qu'évoquait pour elle la Passion. Combien de fois n'avait-elle pas surpris les adultes, chez elle, en Auvergne, parler de passion : « Vous savez, Monsieur, eh bien, il a brûlé toute sa vie, et la pauvre Mademoiselle a tout laissé : son village, sa famille, et elle est partie... » Oui, la petite Margot se demandait bien quelle passion Jésus avait éprouvée. Et pour qui. En tout cas, il avait drôlement secoué le ciel, ce jour-là. Elle aussi aurait aimé mettre l'univers entier dans une grande flambée afin qu'il craque et pétille joyeusement comme le bois sec ; elle aurait tenu le monde entre ses petits bras, serrant avec tendresse les pays, les gens comme autant de minuscules elfes, les vaches miniatures et l'âne têtu de Monsieur Hamon trottinant sur son petit doigt.

Voilà ce qu'elle était en train de dire à Jésus dans la lueur des cierges lorsque, tout à coup, sœur Flavie lui avait fait signe de plaquer son œil contre la relique. Elle s'était agenouillée et, à cet instant, sœur Flavie lui avait écrasé l'œil sur la Sainte-Épine. En tout cas, elle avait eu très mal et, de frayeur, le petit âne était tombé de son doigt. Elle-même avait failli laisser échapper le monde de ses menottes. On n'a pas idée ! Les grands ne prêtent jamais assez attention à l'invisible. Heureusement, elle avait eu le réflexe de le serrer contre son cœur et de ne pas crier pour ne pas effaroucher cette grosse boule peuplée d'anges gardiens !

Ainsi, elle avait pu regagner sa place derrière les autres. Les cierges étaient de plus en plus lumineux ; il lui semblait pénétrer au milieu de la flamme et s'y transformer peu à peu. Une chaleur l'envahissait, une sorte de langueur. Elle était devenue cire elle-même, s'était mise à s'épancher. Quelque chose coulait : une larme ? du sang ? Elle ne savait. Elle était dans le bonheur, comme maintenant, là, dans cette clairière, sous le soleil, à contempler ce jeune homme comme l'orage lorsqu'il se prépare et ourle son œil gris. Elle était guérie : plus aucun défaut sur son visage velouté...

Jean Racine se leva doucement et se dirigea vers la fillette dont le miracle amenait à Port-Royal une multitude de gens et redonnait aux jansénistes tout leur pouvoir. Il lui caressa la joue. Il n'y avait plus au monde que ce visage un peu pâle qui ressortait à peine de l'habit et de la coiffe blanche. Et une telle innocence, une telle confiance dans ce regard qu'il y découvrait et la nuit et le jour enlacés dans la même clarté.

Ah ! Saint-Cyran avait raison : rien ne pouvait expliquer l'enfance, le don d'enfance ! Cette innocence lucide, ce regard dépourvu de toute arrière-pensée qui se posait sur vous, cette exigence insensée ! Oui, c'était cela : Margot, devant lui, exigeait l'absolu, il était à cet instant son objet, son jouet tout entier. C'était cela, la Passion : devant ce petit bout haut comme trois bûches, il se sentait entièrement livré et aurait voulu lui inventer un monde si extraordinairement beau que la souffrance fût devenue un jeu.

Alors il comprit d'un coup l'adieu d'un Socrate, il saisit en une fraction d'instant la mort par l'ourlet de cette petite robe si légère qu'elle vous avait déjà glissé entre les doigts, et il huma pour toujours son parfum. C'était cela : Margot, ou Marguerite, comme on l'appelait maintenant plus sérieusement – mais Margot lui allait mieux ! –, cette enfant, d'un simple geste, venait de lui faire cadeau de l'indicible. Il y avait tout à la fois dans ce regard l'Achéron, ses morts, Virgile, Troie en flammes, les adieux de la reine Didon, la mort de Socrate, Homère et Moïse, Minos et le soleil en pleine nuit... Il y avait mieux que la vie : le nectar qui en reste, le désir et l'absence, la folie et la prière, l'enfance retrouvée, une poussière d'éternité venue se poser dans le creux de son cou.

Margot, entre-temps, s'était enfuie en éclatant d'un rire qui ébranlait à jamais ses pensées.

Chapitre 9

Le diable rouge

Les enfants de Port-Royal, auxquels on ne donne point cet aiguillon d'envie et de gloire, tombent dans la nonchalance...

PASCAL

« Quand mettras-tu un terme à la guerre et à la haine ? Après de longs troubles, ne faut-il espérer aucun repos ? »

Il écrit et c'est comme une glissade qui surprend – mais la neige n'est jamais aussi profonde qu'on le croit. Comme les poètes d'hier, comme ceux de demain, il a osé vaincre l'espace blanc, le doute. Un instant, la main tremble encore un peu, mais il a saisi la plume et s'est élancé. Son premier texte : *« Ad Christum »*.

Pourquoi écrire ? parce qu'il en a assez des querelles ? parce que personne ne l'écoute ? parce qu'il préfère bien souvent se taire, comme tous les adolescents qui regardent avec effroi ce qu'ils vont devenir ?

Entre l'enfant et le monde des pères, une impasse sale qu'il n'entend pas franchir. Non, il ne deviendra pas l'avocat sérieux mais aux ailes rognées qu'entend faire de lui son « Papa » Antoine Le Maître. Il n'a d'ailleurs pas de père. Cette lacune du moins lui appartient. Il ne sait quand il a pensé cela. Vers l'âge de dix ans, peut-être. Secrètement, l'idée a commencé à lui tenir compagnie. Orphelin, il serait orphelin jusqu'à sa mort. Il porte maintenant ce nom comme une sombre parure, la mort l'a ceint d'une double couronne : sans père ni mère ! Nul ne lui indiquera le chemin de la vieillesse, du retour en arrière ; il n'y aura nul visage auquel il sera astreint à ressembler. Unique, il est unique. Seule sa sœur Marie, là-bas à La Ferté, sera peut-être pour lui ce miroir vieillissant un jour, inquiet, mais il ne la voit presque jamais, et cela ira entre eux de mal en pis.

Ainsi, sans passé, sans témoin et donc sans avenir, il s'enfoncera en solitaire dans un pays inconnu, comme maintenant cette plume qu'il tient à la main et qui ignore tout du mot qui vient, de la phrase surgie après le point – et les feuilles s'ajoutent aux feuilles, impatientes de découvrir l'histoire, l'énigme de ce visage où il vient de caresser de son index gauche la petite cicatrice, là, sur le front, au-dessus de l'arcade sourcilière...

Car sa mémoire bat à cet instant des ailes contre les murs ombreux. Il ne faut pas se retourner, jamais. Tandis qu'il se dit cela, il devient Orphée, ou plutôt se réfléchit dans le demi-dieu. C'est lui, le jeune poète grec honoré de tous. A-t-il jamais existé ? Peu importe : invention poétique ou destin, il se veut ce chantre sublime, ce révélateur des mystères sacrés dont la figure fut peut-être forgée par un collège de prêtres thraces – Orphée dont le nom donnera naissance à *orphelin*. Tout est question de vocabulaire, disait son maître enfantin ; il entend la voix émouvante de Monsieur Hamon lui raconter la légende du jeune homme dont la parole adoucissait les natures les plus sauvages, l'amoureux fou qui descendit jusqu'aux Enfers rechercher sa compagne Eurydice, sauver l'amour de la mort – mais il regarde en arrière une seconde de trop et voici qu'elle a déjà disparu. Abandonné, il se livre alors à la folie et ses membres sont déchirés par les femmes-chiennes, les Bacchantes, comme on les appelle. L'amour ne supporte nulle retraite, aucun retour en arrière. Toujours oser, sinon on le perd. Oser écrire, continuer d'avancer, même si vous ignorez quel visage marche derrière vous, ses pas dans vos pas. Ne jamais être tenté de savoir d'avance.

Pourquoi écrire aujourd'hui pour la première fois ? Parce que l'été 56, au château Saint-Jean des Troux, est poignant de beauté avec son soleil blanchâtre dans un ciel blême. Parce que le jeune fils, Pierre du Gué de Bagnols, est devenu aveugle des suites d'une fièvre et que son jeune frère Dreux, l'ami de Jean Racine, reste des heures à scruter le visage de son aîné. Il cherche à comprendre cette nuit où toutes les choses se transfigurent, où le moindre son est si charnel qu'il arrache à l'âme des cris de volupté. Le visage familier est maintenant scellé, mais Racine observe à son tour les doigts amaigris de l'adolescent qui décryptent les silences habités de milliers de bruits que lui seul perçoit : et si cela préfigurait déjà l'éternité, une autre manière de comprendre ? une voix sans mots ?

La plume se relève délicatement, le poignet tire un peu en dessous de l'avant-bras. Pourquoi cette supplique au Christ ? Le regard s'abaisse, relit la dernière phrase : *« Le crime jouit des récompenses que méritait la vertu. »* Jouir. Mériter. Les mots ont chacun leur austère insolence. Les mots !

Il y a quelques jours, on ne sait pourquoi, tous ont pris leur essor, les uns à tire-d'aile, d'autres claudiquant. Engourdi, il descendait les marches du grand escalier qui aboutit au vestibule précédant les deux immenses cours. Le soir s'arrondissait dans l'attente de la nuit, un vent léger faisait sautiller les arbres fruitiers. Jean pensait au regard absent de Pierre du Gué de Bagnols ; il s'était arrêté, un de ses pieds encore levé, entre deux marches. Lui aussi avait fermé les yeux, comme pour mieux rêver, lorsqu'il avait entendu, venant des appartements situés de part et d'autre de l'escalier, le même mot, mais proféré avec une telle disparité de ton qu'il semblait vouloir dire dans un cas le contraire de ce qu'il signifiait dans l'autre.

À gauche, il avait reconnu le ton ample de la servante Catherine ; il y avait du rire dans cette voix, des cheveux dorés défaits qui vous chatouillent le cou, de belles narines qui respirent fort en plissant des yeux brillants de bonheur, et deux belles mains promptes à claquer au soleil. À droite, c'était une bouche fermée, avare, qui retenait le mot tout en l'usant, puis le laissait choir à contrecœur. L'intendant du château donnait ses ordres !

Ainsi donc, la voix pouvait énoncer avec les mêmes syllabes le contraire, elle pouvait déformer une signification et, pourtant, lui savait ce qu'il voulait entendre dans ce « *bon - bon - bon* ». Jean répétait le mot à chaque marche comme si, à chaque pas, il en exprimait mieux le sens. BON – il y avait bien un sens ultime, non ? mais peut-être seulement pour chacun de nous ? et personne n'entendait la même chose ? L'angoisse le saisit : comment alors se faire comprendre ? Quels mots utiliser, choisir ? Cela ne concernait donc plus l'intelligence, mais l'émotion ? Il ressentit comme une brutale souffrance l'absence physique de Virgile. Il aurait aimé pouvoir écouter sa voix, son timbre, ses inflexions, ses intonations, ses respirations, son souffle. Désespérément, il essayait de l'entendre en prononçant un vers, puis l'autre :

«Tityre, tu patulae recubans sub tegmine fagi
Silvestrem tenui musam meditaris avena ;
Nos patriæ fines et dulcia linguimus arva ;
Nos patriam fuginus ; tu, Tityre, lentus in umbra
Formosam resonare doces Amaryllida silvas... »

La voix ! Le rire d'une femme, le cri d'un enfant torturé – mais pourquoi pensait-il à cela ? à cause de son propre texte sur les méchants ? –, la voix du poète avec ses cassures, les images enchevêtrées qui la cravachent, ses râles – le poète en vieillissant change-t-il de souffle ? Jean se lève et les découvre tous là qui lui font face, dans l'attente, atrocement muets : Sophocle, Platon, saint Augustin. Comment dire leurs mots sans les trahir ? Comment à nouveau les obliger à les proférer ?

Ce mot si simple, « bon », qui dévale l'escalier en même temps que lui, vient de se fendre en deux tel un fruit. D'un côté, une chair fraîche, humide, qui vous invite à la goûter, comme la servante Catherine ; de l'autre, un noyau dur, réfractaire. Ainsi donc, il convient de laisser l'écriture s'incarner dans toutes les faiblesses humaines, y compris en énonçant des sentiments contraires.

Sa plume a séché. Perdu dans ses pensées, il n'a gagné que cette encre désormais inutile. Il se sent las, il a mal dans les épaules et se demande pourquoi il continuerait. À quoi bon cette supplique au Christ ? Ne vaut-il pas mieux aller se promener ? En même temps, il se trouve dans l'incapacité de se lever. Les yeux fixes, rivés au papier à demi couvert de son écriture, la plume de plus en plus desséchée, il voit la vieillesse recouvrir le papier vierge, se rouler voluptueusement dans ce linceul que son écriture lui a concédé. Il lui faut agir vite, marquer encore et encore, laisser des traces humaines, sinon il aura tôt fait de ressembler à la mort avec la petite faux d'une plume insensible au bout de ses doigts engourdis. À tout jamais le silence : plus d'amour, de larmes, de pensées.

Qui embrasserait Andromaque, sans Homère ? Qui se jetterait dans les bras d'Énée, sans Virgile ? Qui rencontrerait le Christ, sans les Évangiles ? Et Dieu, où serait-Il si la Bible venait à manquer ? Écrire : l'acte le plus difficile en cette seconde même, plus impossible encore que de lever son arme pour neutraliser l'adversaire qui menace.

Alors, avec peine, il regarde par la fenêtre le ciel muet, délavé, de cet été glauque, avance la main comme un somnambule, laisse la plume s'engloutir dans l'encre sombre, puis appose le mot suivant avec une sorte d'indifférence à l'avenir :

« Tourne les yeux... »

Le premier coup de l'orage éclate, le monde se remet en mouvement ; un geste de la main et, comme une mouche qui s'envole de votre page, la mort s'éloigne. Jean travaille avec fébrilité et le grand corps de logis du château résonne longtemps de ce roulement des cieux, les jardins s'illuminent de marbrures violettes et les charmes de saint Jean, ces grands arbres blancs, ont des frissons de fièvre.

Catherine, la servante, épluche les pommes ridées ; Guillaume du Gué de Bagnols, le maître de maison, prie debout, grand loup solitaire hurlant en secret son désarroi. À trente-neuf ans, il a perdu sa femme et voici que son aîné, Pierre, est devenu aveugle. Il a été riche, certes, mais a abandonné sa charge de maître des requêtes comme son ami Maignart de Bernières, veuf lui aussi, qui s'occupe à présent du Chesnay. Il jeûne avec de plus en plus d'ardeur et sa longue silhouette efflanquée s'est légèrement voûtée. Pourquoi, pourquoi a-t-il fallu que cela arrive à son fils ? Avec quelle joie n'aurait-il pas accueilli pour lui-même cette cécité !

Au loin, les cloches annoncent l'heure de Sixte. Guillaume regarde le portrait de Paulin de Nole qu'il a fait disposer au-dessus de la cheminée. Saint Paulin ! C'est comme une source d'apaisement. Il paraît qu'on lui doit l'utilisation accrue des cloches, à cause de l'airain de Nole. Une nouvelle fois, il relit la devise inscrite sous le portrait du saint : *« Saint Paulin, de consul est devenu pauvre ; de pauvre est devenu prélat ; de prélat, esclave et jardinier. »* Guillaume remarque que personne ne mentionne qu'il a aussi été écrivain. Qu'il faisait de la poésie.

Peut-être, malgré lui, s'est-il mis à aimer à l'excès ce château avec son grand corps de logis et son magnifique jardin, sans compter les hautes haies de charmes. L'endroit est désormais destiné en fait à parfaire l'éducation de ses enfants et de quelques autres, trop pauvres, qui, autrement, n'auraient pas la possibilité d'apprendre et d'étudier longuement et non à son plaisir égoïste. L'année précédente, il a fait restaurer la vieille église afin que Dieu soit encore mieux logé. Mais voici son fils aîné plongé dans les ténèbres. Pourquoi ?

La pluie par grandes rafales s'abat sur le château. Guillaume se met à tousser sans pouvoir reprendre haleine ; ses poumons le serrent, tel un corset dont on aurait tiré de plus en plus fort les lacets. Il s'appuie à la cheminée sans se rendre compte de la présence de l'adolescent qui l'observe dans l'embrasure de la porte.

Non, je ne deviendrai pas un faiseur de sabots, comme on appelle ces jansénistes ! Avec la violence de ses dix-sept ans, Racine, sans bien en comprendre le motif, les rejette. Peut-être à cause de l'orage au-dehors, de la luxuriance du ciel qui l'éclabousse de tentations, il considère Guillaume du Gué de Bagnols avec presque de l'aversion. Un sabotier ! Par moments, il envierait les jésuites. Quel besoin ont tous ses maîtres de s'adonner aux tâches domestiques ? Qu'ils aient renoncé aux gloires du siècle pour se consacrer à l'étude et à la prière, bon ! Ou, comme les poètes osent le faire, qu'ils se racoquinent entièrement au moule de l'écriture, pour ne plus s'échapper du labyrinthe, se perdre afin de mieux dénouer l'énigme et venir définitivement à bout de la bête tapie en soi, bon encore ! Mais eux, voici qu'ils se sont mis à bêcher, à s'occuper des soins du ménage, voire à fabriquer eux-mêmes leurs propres souliers. Jésuites et capucins en rient à bon escient et les ont ainsi surnommés les « sabotiers ».

Le vent s'engouffre maintenant à grandes lapées le long des hautes marches et Racine se sent devenir rebelle à toute humilité.

Son grand-oncle Nicolas Vitart, le père, a été l'économe du monastère de Port-Royal et les a déchargés de tout souci ménager. C'est à sa mort qu'Antoine Le Maître avait eu à ce sujet un songe terrible. Pauvre petit « papa » ! L'épée nue de Dieu le poursuivait, la nuit, pointée dans ses reins, et il avait cru y déceler un commandement divin de prêter la main aux religieuses dans les travaux domestiques !

Non ! Il refusera de reprendre le service du grand-oncle de La Ferté-Milon. Orphelin, il est délivré de toute reconnaissance. Il ne taillera ni ne désherbera ses espaliers à la manière d'un Monsieur d'Andilly ou d'un Paulin de Nole.

Une odeur de lys, apportée par l'orage, lui retourne le cœur. Il continue d'observer l'homme de quarante ans qui vient de tomber à genoux, priant le Dieu cruel qui a rendu son fils aveugle. Priant à l'instar d'Antoine Le Maître, d'Andilly ou même de Pascal ! Non, il ne sera pas l'un de ces suppliants à genoux ! Il a dix-sept ans et le vent soulève avec morgue les pans de son habit. Il redresse la tête, respire l'odeur de ce monde à portée de main, là-bas, plein de rires et de voix inconnues. Il aspire plutôt à être Hector, le héros qu'enlace Andromaque aux bras blancs.

Il n'y a plus qu'à redescendre l'escalier déserté où rebondit le tonnerre, à s'élancer dans les jardins inondés, à s'enfoncer dans la terre boueuse qui vous crotte les bas. Qu'importe ! Il souhaite y patauger, laisser le désordre pénétrer en lui, il éprouve presque comme une envie de tuer. C'est alors qu'il aperçoit les lis blancs en pleurs sous le déluge. Il doit fuir ce lieu d'agonie, d'aveuglement, ce parterre de calices délavés. Il lui faut retrouver Paris. Retrouver les bruits, les hennissements, les cris et les rires – des rires comme il n'en a plus entendu depuis combien de temps ? Cela doit presque remonter à avant sa naissance, et pourtant le souvenir le frôle, insistant, quoiqu'il n'arrive pas à le retenir assez longtemps pour en préciser l'origine.

... Des rires rauques, troubles. Resplendissait un soleil sous l'éclat duquel la peau prenait des chatoiements attirants, des rousseurs parfumées, des odeurs à vous mettre la tête à l'envers. La cour du Louvre tournait et retournait ses couleurs et le jeune Racine se laissait chahuter par toutes ces sensations, contemplant cette tapisserie sans cesse recomposée, insaisissable, car tel était le monde hors de l'enceinte de Port-Royal.

Il va alors entrer bientôt dans sa vingtième année et contemple à distance mais avec envie ce peuple désordonné dont la joie lui apparaît cruelle. Il a envie de fuir ceux qui se prétendent ici ses semblables.

« Je suis sûr qu'Il vient. Écoute la rumeur... »

Ils vont, eux, obstinés dans leur volonté de vivre. Pour la première fois, Jean Racine ressent la force de l'instinct tapie chez les hommes. Il y a déjà sur ses mains un peu de l'âcre puanteur du meurtre. Les maîtres l'ont formé sans relâche au jugement, lui désignant l'aveuglement désespérant de la plupart de ses congénères, mais, ici, dans cette cour du Louvre surchauffée, brutale, il pressent au contraire leur formidable intuition. Tous, femmes et hommes, savent sans nulle leçon ni analyse subtile ce qu'ils veulent. C'est l'existence à l'état vierge, la passion d'un instant de bonheur sans remords, tel un jeu d'eau en plein été, l'amour qui vous griffe les yeux, le cœur qui s'accélère, le râclement énervé des sabots sur le pavé, on dirait comme une émeute, une émotion si forte qu'elle relève les visages, hausse les voix, affole les bêtes, et les femmes tournent leurs lèvres vers lui seul, du moins le croit-il, mais qu'importe la vérité en cet instant, il y a une telle délectation à se perdre dans cette foule et à savoir que cela ne durera pas, à savourer ce corps à corps avec le monde, à tenter au moins une fois quelque chose à la folie, lui qui a jusqu'ici passé sa vie, à Port-Royal, à demander pardon. Pardon à qui ? Et pour quelle faute ?

C'est alors qu'Il le vit, Lui.

Le Roi était là et le regardait. Qui racontera jamais comment deux âmes se reconnaissent à travers la multitude ? Tout avait paru faire silence autour du jeune homme. Il n'entendait plus les acclamations, le bourdonnement des hommes. Mais la caresse que le

Roi donnait avec lenteur à l'alezan brûlé, il en ressentait lui-même la douceur. Il était lui-même le Roi, dépassant d'une tête la plupart des autres ; cette main puissante aux longs doigts qui venaient de saisir les rênes devenait la sienne ; cette force du col et du dos, il la sentait dans ses propres épaules et son cou. Voluptueux, délectable, l'orgueil brûlait ses veines, cet orgueil contre lequel n'avaient cessé de lutter ses maîtres, qui le conduirait, disaient-ils, aux passions les plus pernicieuses, il s'en gorgeait, il en aspirait tout l'arôme. Il avait envie de posséder, de prendre, de s'abattre sur de la chair vivante. Le Pouvoir comme une vague de chaleur envahissait ses reins, ses jambes se durcissaient, mais sur qui les refermer comme la bête fauve recouvre sa proie ?

Ne subsistait plus que l'énigme du silence que découpait la silhouette du Roi – ou, plus exactement, son dos sous le soleil. Il éprouva un désir irraisonné de poser sa joue. Mais il y eut alors un cri. Le Roi était reparti, tout émettait de nouveau ses odeurs nauséabondes, ses accents nasillards, il fallait décidément fuir ses semblables, retrouver sa solitude – mais que faisait-il là ?

« Je ne me lasse pas de Le considérer. J'ai déjà eu le privilège d'entrer dans Sa chambre, lui confia Pierre-Thomas du Fossé qui l'avait entraîné cet après-midi-là. Il faut que tu reviennes. Un jour, nous essaierons d'assister à Son dîner. »

Jean Racine ne répondit pas. Il marchait, absent à la rue. Non, il ne reverrait jamais le Roi, à moins que le Roi lui-même ne l'appelât auprès de Lui. L'avait-Il vraiment regardé ? Qu'importait ? Cette vision lui appartenait et resterait aussi secrète que les grands rêves muets de l'enfance, ceux dont on ne saura jamais l'origine, le degré d'authenticité ou d'imposture, mais qui continuent d'habiter les mêmes êtres devenus vieux.

Pierre regarde son ami marcher à ses côtés. Quelque chose, dans le visage et l'allure de Jean, le trouble. Le jeune homme ressemble furieusement à quelqu'un de sa connaissance. Cette haute stature, cette fierté du visage, ces jambes longues mais puissantes... Il ralentit un peu le pas pour mieux l'examiner. Oui, il a déjà vu cette même insolence, cette réserve qui revêt le visage d'un masque énigmatique, et cette chevelure brune flottant sur les épaules avec la dangereuse frivolité des femmes, et puis ce dos – cette énergique violence ?... Le Roi ! Incroyable ! Pierre s'arrête, il a besoin de reprendre ses esprits.

Plus bas, la Seine coule, inondée de soleil comme si elle perdait peu à peu son sang avec la lenteur des suicidés. Mais qu'est-ce que cela changera au monde que son compagnon d'enfance ressemble au Roi ; et qu'est-ce que cela lui apportera de le lui dire ? Antoine Le Maître a déjà tracé la voie à son fils spirituel. Il entend faire de lui un des plus fameux avocats. Port-Royal en aura bien besoin, a-t-il confié à son autre élève, Pierre. Pourquoi perdre alors son temps à rêver sur de furtives ressemblances ?

Bientôt, son ami aura oublié son goût immodéré pour la poésie. Tous craignent cette passion démesurée pour les vers qui semble le brûler d'un tel feu qu'il en vient à s'échapper avec violence au-dehors pour marcher à grandes foulées, comme s'il lui fallait à n'importe quel prix fuir quelqu'un ou quelque chose. S'il s'obstine, cela finira par le dévorer comme la Bête, disait Nicole.

« Jean !... »

Inutile. Il avançait loin devant, impatient, pareil à un guerrier solitaire, seul survivant fonçant vers l'astre qui, tel un jeune homme, désertait le monde des hommes raisonnables.

Face à eux, une troupe de cavaliers, suivie de carrosses, venait de surgir à grande vitesse de l'autre côté du pont. Tous se rangeaient. Les cris des hommes d'armes se mêlaient aux percussions des sabots sur le pavé, les fouets affolaient les chevaux, écartaient les spectateurs trop proches. Durant quelques fractions de seconde, Pierre ne parvint pas à réagir. Tout se déroulait comme dans un cauchemar. Le premier carrosse grandissait d'un instant à l'autre sur le ciel cramoisi, les houppettes rouges de ses six chevaux noirs tournoyaient en vols cruels qu'excitait encore la présence de gardes de chaque côté, cependant qu'une poussière aveuglante montait de ce brasier sonore. C'est la guerre, se dit Racine, effrayé, la guerre qui, telle une putain monstrueuse, relève ses jupons écarlates et poisseux et se met à danser, écumante, pour vous donner en plus envie de vous laisser supplicier par elle !

« Jean !... »

Pierre s'est mis à hurler afin de prévenir son ami du danger, mais c'est une fois de plus comme si celui-ci était passé à côté du monde, sans doute en compagnie de Virgile ou de Sophocle...

Les carrosses sont loin. La paix est revenue avec la nuit bleue. Çà et là s'élèvent quelques pépiements plaintifs, comme des gémissements de blessés laissés sur le champ de bataille.

– As-tu vu le diable rouge ?

Pierre reconnaît la voix caustique de son ami. Ainsi, c'est bien le cardinal de Mazarin qui rentrait au Louvre à cette allure démente.

– « Je n'entreprends rien sans y avoir bien pensé, cite Pierre, mais, quand une fois j'ai pris une résolution, je vais à mon but, je renverse, je fauche tout, et ensuite je couvre tout de ma soutane rouge. » C'est ce que disait Monsieur le Cardinal de Richelieu. Lui, on l'appelait l'« homme rouge », mais on ne se serait jamais permis de l'appeler le « diable rouge » !

– Tu ne connais probablement pas cette anecdote récente à propos du cardinal de Mazarin, lance Jean à son ami. Elle remonte à deux ans et s'est déroulée dans mon village natal. Le Roi se rendait à Reims pour le sacre et, passant par La Ferté-Milon, visita l'église Saint-Nicolas, dans l'ancien village, de l'autre côté de la rivière. Il s'arrête à l'intérieur, contemple la verrière. Chacun observe le jeune souverain de seize ans qui bientôt sera oint de l'huile sainte. Le regard brun se pose longuement sur les damnés poussés aux supplices éternels par un étonnant Lucifer rougeoyant. Chacun respecte le silence du monarque. À quoi pense-t-il ? Sa mère, l'Espagnole, lui a enseigné la peur du Jugement dernier. Tout à coup, est-ce parce qu'il n'est encore qu'un simple mortel à la veille du sacre ? est-ce la ressemblance qui vient de frapper si fort un des spectateurs qu'elle lui donne l'audace de s'écrier, en regardant la figure satanique : « Mais c'est Son Éminence ! Là, Majesté, regardez... On dirait le Cardinal en personne ! » Fort heureusement, le Roi éclate d'un rire juvénile, et personne ne rapporta la boutade au Cardinal...

– N'empêche : le soir même, il était déjà au courant !

– Sans nul doute. Mais qu'importe ? Le Roi avait ri.

Le « diable rouge » ! Tous deux s'en esclaffaient, maintenant, tandis que la soirée s'achevait faubourg Saint-Marceau : il y avait là Akakia du Mont, âgé de trente-cinq ans, et son frère Akakia du Lac, de sept ans son cadet. Pour une fois qu'ils n'étaient pas la cause de l'hilarité ! Leur nom signifiait « Sans malice ». Leur aïeul, médecin de François Ier pour éviter les rires l'avait traduit en grec : *Akakia*, mais les écoliers appelaient toujours les deux garçons « Sans malice » et leur jouaient des tours ! Charles et Nicolas avaient eux aussi beaucoup apprécié l'anecdote du Cardinal rapportée par Racine. Seul dans un coin, comme replié tout entier dans le halo d'une bougie, aussi timide que l'esquisse de son sourire, Sébastien Le Nain de Tillemont travaillait. Son petit encrier rond posé sur une coupelle, un lutrin à portée de regard où il suivait le texte hébreu sur lequel il prenait des notes avant de se pencher sur ses feuilles, la plume à la main, une autre plongée dans l'encre en cas de difficulté, c'est à peine s'il écoutait le joyeux bavardage. Tous étaient habillés semblablement, leur petit collet blanc rehaussant leurs traits dans la pénombre. Jean Racine était le plus jeune d'eux tous, mais la fragilité de Sébastien le rendait plus vulnérable. Pierre et lui étaient comme deux frères, mais si Pierre allait volontiers se promener depuis sa plus tendre enfance avec le jeune Racine, Sébastien, lui, refusait les jeux et s'enfermait seul dans sa chambre à étudier les langues anciennes. Passionné d'histoire et de géographie, il était capable de ranger et de retenir par ordre alphabétique tous les noms marqués sur une carte. Sa figure avait conservé une innocence lisse et là, sagement assis à travailler dans un coin de la pièce, il ressemblait à un enfant à qui, pour une fois, les adultes ont permis de se coucher tard et qui, de ce fait, se tient bien plus sérieux que les grands.

– Quel langage notre ami cherche-t-il encore à connaître ? lui lance d'une voix un peu taquine Akakia du Lac. (Lui-même enseigne l'hébreu à Sébastien.)

Celui-ci lève son doux visage et répond avec simplicité :

– Je ne connais pas l'éthiopien.

Il n'y a dans sa voix claire nulle trace de plaisanterie. Il ne fait qu'énoncer une vérité profonde. Pour lui, ces petites moqueries ne sont qu'autant d'infirmités à rêver l'impossible. Il a d'ailleurs déjà repris son travail.

– L'abbé de Pontchâteau nous manque, murmure Pierre comme pour ne pas insister.

De fait, le neveu du Cardinal, qui l'année d'avant habitait lui aussi rue des Postes, dans cette maison du faubourg, est reparti en Bretagne.

– Il ne cesse de voyager, renchérit Akakia du Lac. C'est une passion, chez lui.

Les voix peu à peu s'apaisent. Chacun goûte le subtil plaisir d'appartenir à ce cercle de jeunes érudits liés par une même morale, une amitié tacite, une certaine manière de mener l'avenir par le bout de son mufle buté.

Jean Racine, lui, n'a pas encore dix-huit ans, il ne les atteindra que dans quelques mois et il sera alors au

Collège d'Harcourt, comme son cousin Antoine. Il s'ennuie un peu de ce dernier. En venant passer cette journée à Paris loin de Troux, il a espéré le voir. Avec lui, il pouvait parfois se permettre de brocarder la déconfiture des pauvres augustiniens sous leur appellation de jansénistes...

Silencieux depuis un moment, il regarde la silhouette maigre et déjà voûtée de Sébastien. À peine vingt ans. Non ! il ne passera pas sa vie ainsi courbé sur des tables austères. Il y a l'aube aux doigts de rose qu'a chantée Homère, et les Andromaques aux bras blancs ; il y a des diables rouges à qui faire la guerre, et ces Didons au bûcher desquelles Virgile mettait le feu ; il y a la chair des femmes qu'il a entrevue tout à l'heure, sous le soleil de la cour du Louvre ; et la main d'un Roi, si caressante qu'elle vous emporterait dans les voyages les plus audacieux. Non ! il n'y a pas que la blême pureté des lis, que la pâleur des feuillets sous une bougie chevrotante autour de laquelle les pauvres insectes qu'ils sont viennent se heurter comme ce papillon vêtu de noir, si semblable à eux, qui tournoie au-dessus de Sébastien...

Le désespoir vient de poser ses doigts moites sur lui. Il retient un ample sanglot à la pensée qu'il pourrait ne pas vivre, ne pas aimer, qu'il pourrait n'endosser que ce vieil habit d'oiseau de mauvais augure. Il se remémore les aventures de Théagène et Chariclée. Lancelot les lui a arrachées des mains à deux reprises avant de jeter le livre au feu ! Au feu ! Héliodore, clamait-il, n'était pas fait pour de jeunes âmes pures... Alors, de rage, Jean en avait trouvé un troisième exemplaire et avait appris par cœur ses passages préférés.

Un sourire cruel étire la bouche du jeune homme, révélant ses dents de jeune loup : il revoit le visage ulcéré de Lancelot lorsqu'il lui a exhibé la troisième édition ! Lancelot tournait et retournait le livre entre ses doigts vieillis. Quarante-deux ans d'humilité et de prière avaient immanquablement fléchi sa tête vers son petit collet. Pendant quelques instants, Jean avait eu pitié de son vieux maître, mais, sans bien comprendre ce qui l'y poussait, il avait lancé d'une voix cruelle : « Vous pouvez brûler encore celui-ci, comme les autres ! » Lancelot avait lentement relevé la tête et, face à son regard de victime, Racine avait été envahi d'un voluptueux désir de le piétiner. Il avait alors pris peur de sa propre réaction, avait arraché le livre des mains du vieillard en criant : « Je le sais par cœur ! Par cœur ! » et l'avait jeté lui-même dans les flammes avant de s'enfuir, le corps tremblant, vers les étangs de Port-Royal.

Ce soir, il ressent la même colère. Les grattouillis de la plume de Sébastien sur le papier mettent ses nerfs à rude épreuve. Bientôt dix-huit étés ! Il renverse d'un mouvement brusque son visage en arrière, ferme les yeux comme quelqu'un à l'agonie, d'un seul trait laisse se dévider la phrase qui tourne dans sa tête, obsédante : un passage d'Héliodore dans ce roman par trois fois jeté au feu, les mots d'Arsace qui tourbillonnaient dans ce brasier dont la chaleur vient peu à peu lui enfiévrer les tempes :

> « *Que m'importe un prophète comme toi ? L'amour ne connaît qu'un prophète : le plaisir !* »

La plume, là-bas, lacère, mais c'est lui qui saigne. Il a alors envie de solitude. Comme on se lève d'un seul élan pour aller respirer le souffle froid de la lune.

Mais un visage lui apparaît à cet instant, qui l'empêche de s'éloigner. Un sourire, une douceur qui lui rappellent justement les étangs verts de Port-Royal. Mademoiselle Vitart, ou plutôt la petite Le Mazier, Marguerite Le Mazier... Dans quelques mois, elle va épouser son cousin Nicolas Vitart, de quinze ans plus âgé que Jean.

Elle ? Elle est aussi jeune que lui. Cela fait longtemps qu'il connaît la fille du Procureur au Parlement François Le Mazier et de Marie Passart. Les Passart aussi sont de La Ferté. Toute une famille, les Le Mazur, les Passant, les Romanet, les Poignant. La sœur de sa grand-mère avait même épousé un Guillaume Passart qu'il n'avait pas connu, car, veuve à vingt-deux ans, elle était aussitôt partie pour Port-Royal. C'était bien vingt-cinq ans avant sa propre naissance et avant que ces Messieurs ne viennent se réfugier à La Ferté ! De l'histoire très ancienne. Marie Passart habitait aussi Port-Royal, comme Anne Passart, et il avait l'impression d'avoir toujours vu la petite Marguerite – ou bien avait-il rêvé ? Marguerite avec ses cheveux trop pâles, ses yeux trop grands de noyée, et puis son sourire moqueur, dangereux, énigmatique, qui étirait les commissures de ses lèvres et faisait juste friser le visage autour du nez... Cette Marguerite-là ô combien différente de l'autre Marguerite, la petite Margot, comme, comparée au lis, la rose épineuse – la goutte de sang qui, au bout du doigt minuscule, révèle brutalement la vie, couleur de la honte, de la colère, de la guerre, du diable... Du diable rouge !

La petite Margot s'éloignait. Il n'avait pas besoin de miraculées ! Ses pas ne laissaient aucune trace sur la neige. De temps à autre, elle se retournait vers lui. Elle ne portait plus de voile ; elle était rousse. Elle riait, l'invitait à jouer : « Viens. Je teins le ciel pour qu'il fasse un peu plus vivant... »

Il se met à courir dans la neige. La neige, l'enterrement. Il a si froid... Marguerite !

Il est réveillé. Ses amis bavardent. Dehors, le mystère de la nuit a commencé, mais, dès demain, il lui faut quitter Paris et regagner Port-Royal.

Chapitre 10

Le professeur jaloux

On se sert de la raison comme d'un instrument pour acquérir les sciences, et on se devrait servir, au contraire, des sciences comme d'un instrument pour perfectionner sa raison... Les hommes ne sont pas nés pour employer leur temps à mesurer des lignes... Leur esprit est trop grand, leur vie trop courte, leur temps trop précieux pour l'occuper à de si petits objets...

La Logique de Port-Royal

« La philosophie se divise ordinairement en quatre parties, qui sont la logique, la morale, la physique et la métaphysique... »

C'est fait ! Il a quitté Port-Royal et refermera bientôt son poing vierge autour de ses vingt ans. Il sent que quelqu'un l'abandonne : le garçonnet souvent seul, rêveur, secoué d'amples colères qui le laissaient à remâcher des rancunes, compagnes familières de ses grandes enjambées forestières.

Maintenant, son tour est venu : il étudie au Collège d'Harcourt de Paris. Dernière année d'obéissance ! Il songe à l'oiseau qui venait parfois à l'aube le consoler de ses réveils douloureux, lui dire que rien n'est plus désirable que le vol à travers les futaies sonores. Alors il ne sera plus assis parmi d'autres trop semblables à lui.

Seule la poésie lui permet d'échapper au carcan de ces petites tables bien sages et alignées. Il a commencé. Il a osé. Il fait des vers et le clame malgré les jaloux, malgré ceux qui se targuent de posséder le savoir, malgré ses professeurs. Ainsi donc, lui disent-ils, il s'obstine et, tel Virgile, il se damnera en faisant de beaux vers et finira déchu, rejeté, oublié du Ciel. Sœur Agnès de Saint-Thècle a la voix qui tremble lorsqu'elle s'essaie à parler avec son neveu de cette folie qui ne le quitte plus.

Qu'est devenue la jeune fille des bois de La Ferté ? la fée qui savait lui conter de si belles histoires ? De plus en plus mince et frêle dans son habit, elle lui échappe. Il la dépasse maintenant de bien plus qu'une tête et quand il la voit lever vers lui ses yeux crépusculaires sous le voile sombre, la déraison le pousserait à l'entraîner vers la ville, le bruit, la lumière des cabarets qui illuminent la nuit d'étincelles et d'enlacements interdits.

Un soir, il ne sait plus trop comment ni pourquoi, sans doute à cause de l'air plus parfumé, d'un sourire de femme incertain comme l'adolescence, à moins qu'on ne sait quel poète eût mis le feu à son âme vierge, il était parti avec d'autres, comme ça, loin de l'étude et de sa couche solitaire. Ils avaient poussé la porte d'un cabaret. Jusqu'à l'aube, et la nuit avait coulé d'un seul trait. Il avait apprécié ce goût mi-sucré, mi-râpeux, entre sang et odeur de rose, cette mystérieuse brûlure qui vous pénétrait de joies secrètes : vous étiez Princes, vous étiez Dieux, vous étiez Poètes, bref, vous n'étiez plus que certitudes ! Le vin, la vie, le désir voluptueux, la soif de puissance, l'appétit de vouloir posséder le monde... Vous appreniez l'amour comme on compulse un livre pour mieux l'embrasser d'un coup.

Cette nuit-là, il n'a même pas dormi. Au petit matin, il a observé le Collège d'Harcourt d'un tout autre œil. Maintenant, il sait : il y a autre chose que la noirceur des âmes et des habits ; un autre parfum que celui, un peu fade d'ailleurs, des lys blancs.

Fade comme ce matin blême où il se dirige vers le cours de Logique. Il est déjà retourné plus d'une fois aux cabarets sonores. Cette nuit même, encore. Décidément, ce matin est sans saveur. En ce mois de mars cinquante-neuf, la rue de la Harpe lui est hostile. Il se sent à nouveau rejeté, banni. Que devenir lorsqu'on n'est plus un enfant, pas encore un homme, presque plus un élève, mais toujours enchaîné à l'étude ?

« La philosophie se divise ordinairement en quatre parties, qui sont la Logique... » – mais il sait tout cela ! Les ouvrages de Pierre Ramus, l'un de ses professeurs déjà à Saint-Dominique, ceux de Montaigne, Descartes. Pierre Coustel. Il a tout appris, réappris, lu et écouté. Le jeune duc de Chevreuse a raconté quelques jours auparavant, à propos de la Logique, que Monsieur Arnauld ne tenait pas en grande estime cette science telle qu'on l'enseignait. Il lui avait remontré qu'en quatre ou cinq jours il pourrait lui inculquer tout ce qu'elle renfermait d'essentiel.

Les plus belles règles du monde ne sauraient remplacer la reine des qualités de l'esprit. « Concevoir, juger, raisonner, ordonner », soit ! Mais imaginer ? Mieux que le vin, le ressac des cabarets, les grandes ribotes qui ébranlent les tables et renversent les tabourets en projetant de longues giclées poisseuses, il y a le délire des poètes, Eschyle, Sophocle, Virgile, Homère, qu'il se récite à en perdre lui-même la raison !

Dans la brume hostile de l'aube, il devine qu'il effleure de ses doigts encore gourds cette vingtième année avec le même désir brutal et contenu qu'il a éprouvé, cette nuit, à caresser la joue de la servante.

Elle avait des yeux bruns assez anodins mais qu'elle vous plantait en pleine figure. Aucune femme ne l'avait jamais dévisagé ainsi. Il s'était senti heureux, prêt à bondir jusqu'en haut de l'Olympe, chez les dieux que chantent à tout propos les poètes. Il s'était alors reversé une grande rasade et avait ainsi rejoint Vénus, Diane, Mercure, Mars qu'il voyait autour de lui s'égayer, se défier, se disputer, s'entraîner.

Il découvrit en même temps à quel point il n'avait rien de plus pressé que de retrouver la solitude orpheline de ses matins pâles, face à la page de sa propre vie, la dominant tout entière avant de se jeter dans le vide. Pureté soudaine de l'air froid, et les absents comme scellés à jamais dans la glace, aux bords incertains de son désert.

Ne pas être, ne surtout pas devenir un clerc, ni un professeur grincheux, ni un homme marié. Fuir d'entre leurs doigts, s'inventer d'autres leçons : celles de la mort brutale, de la beauté qui force à pleurer de vraies larmes, de l'amour jusqu'à s'en faire brûler, telle Didon, et détaler de l'étroite table de l'écolier.

Les poètes y parvenaient le mieux, grâce à la grande métamorphose de l'écriture : au moment où les chasseurs rabattaient, ils devenaient feu, femme, fougère, ou plus diaboliquement encore le chasseur lui-même sur le point de tirer...

Quelqu'un venait de le heurter. Il n'aperçut qu'une silhouette courbée, malheureuse, hâtive. Pourquoi donc chacun se pressait-il tant dès le petit matin ? Lui-même, pourtant encore mal affermi dans ce jour qui ouvrait les yeux, défiait ces figurines fragiles, inconscientes de leur proche cassure et qui n'en tentaient pas moins de marquer la terre de l'empreinte de leurs pas.

Il repensa alors à la mort de son petit « papa ». Cela faisait déjà cinq mois qu'Antoine Le Maître n'était plus de ce monde. C'était bien cela : le 4 novembre, quelques jours après la Toussaint. Parfois, il s'inquiétait de son incapacité de ne rien ressentir de cette mort, comme si une comédie avait pris fin. Plus personne n'oserait l'appeler « mon cher fils » ou « le petit Racine ». Plus de marques de reconnaissance.

Il appréciait non sans une sorte de volupté le fait d'être davantage orphelin. Le père absent avait creusé un abîme si vaste qu'il pouvait s'y blottir paresseusement, imaginer à volonté sa figure surgissant dans la nuit de ses enfances muettes. Elle lui appartenait.

Père ! Père ! La mort répondait en écho et c'était comme un meurtre rêvé, réitéré. Il allait le rencontrer, le reconnaître, l'embrasser, le tuer, pourquoi pas ? mais il restait à serrer dans ses bras le néant – ou plutôt la question. À qui ressemblait-il ? À Dieu, à moins que ce ne fût à cette chose innommable qui le hantait parfois lors de ses rencontres nocturnes avec l'angoisse ?

Père ? Il aimait qu'il n'y eût plus de réponse à cette question. Sa voix, seule. Lui-même inventant un mot vide de sens, désignant ce qui n'existait plus.

Non, le petit « papa » ne pouvait assurément pas remplir l'immense blanc signé par le Père !

Père... Il y avait la neige qui s'était amoncelée, il y aurait cette feuille, la dernière, à parcourir, et puis, un jour, l'ensemble à décrypter.

Dans tous les cas, rien qui ressemblât au visage d'Antoine Le Maître couché dans le lit dépouillé autour duquel les médecins poursuivaient leurs querelles. Même en le contemplant à l'agonie, il n'avait pas ressenti cette mystérieuse affinité, cet appel qui, par instants, hantait la mémoire enfouie dans son corps et réveillait l'épouvante qu'il éprouvait, enfant, lorsque, couché dans son lit, trop seul, sans frères ni sœurs contre lesquels se serrer, il écoutait, d'abord étonné, le long hurlement des loups dans la forêt avoisinante. Alors commençait la longue hésitation : oserait-il traverser les couloirs, les escaliers déserts et glacés, pour aller se glisser contre Agnès qui l'accueillerait avec sa douce chaleur ? Finalement, sans bouger, il se laissait peu à peu engloutir par la terreur. Peut-être une maman serait-elle venue d'elle-même le réconforter, mais cela, il ne le saurait jamais, et maintenant il était assurément trop tard.

Il avançait donc seul dans cette rue hostile où l'humanité le bousculait tout en l'ignorant. Le mois de mars s'accordait bien à ses pas de plus en plus décidés. Bientôt, il n'aurait plus à franchir la belle porte du Collège d'Harcourt. Le dernier lien avec les écoles, les maîtres serait à son tour rompu. Il serait Monsieur Jean Racine. Un parmi d'autres.

Était-ce à cause de ce mois au nom du dieu de la Guerre ? Ou de tous ces morts récents, ses jeunes amis, dont Jules Villeneuve, celui qui avait dû confondre la mort avec une oie sauvage ? Ou encore des yeux troublés de Mademoiselle Vitart, la future femme de Nicolas, lorsqu'elle le regardait à la dérobée ? C'est sans remords qu'il laisserait l'ancien monde, celui de Port-Royal.

Quand cela lui est-il arrivé ? Peut-être précisément devant la couche de son « papa » Antoine Le Maître. Il s'était senti spectateur, coupable d'éprouver un pareil détachement alors qu'il ne pouvait penser qu'avec émotion aux pleurs d'Andromaque à la mort d'Hector. Seuls les malheurs imaginaires toucheraient-ils son cœur ?

Il revoyait avec une sorte de perversité le mauvais lit, et Maître Jacques debout, colossal, coloré, face au chétif Monsieur Hamon qui répétait, un œil chagrin posé sur son vieil ami à l'agonie : « Cet homme est perdu. » Recroquevillé comme lorsqu'il mangeait le pain mouillé laissé par les chiens, il avait ajouté cet anathème sourd : « Et c'est vous qui l'avez tué ! » à l'oreille de l'infortuné Maître Jacques qui le regardait, l'air d'un gosse qui vient de casser la plus belle statue du monastère, une Vierge à l'Enfant. Il avait eu presque envie de sourire lorsque Maître Jacques était reparti vers sa cuisine sans proférer un mot, mais le jeune homme avait alors aperçu les larmes débordant à flots des yeux bleus du cuisinier. Comment deux hommes aussi bons en étaient-ils venus à se faire souffrir ? Jean comprit qu'ils essayaient par là, chacun de leur côté, de soulager leur peine. Maugréant, pleurant, invectivant, hurlant, c'est ainsi que les malheureux humains tentaient en vain de retenir leurs morts.

Une nouvelle fois il songea à l'écriture. Seule elle savait faire pièce au néant, à l'oubli. Mort ou écriture ? Quel étrange lien se dévoilait à lui, qu'il n'arrivait pas encore à maîtriser ? Toujours est-il que, dès cet instant, il sut qu'il y avait là le signe qu'il attendait.

Ainsi, permettre à Maître Jacques de faire partie des êtres irréels, ce serait lui faire pour toujours cadeau de la vie, même si lui, Racine, n'était jamais lu.

Décrire Maître Jacques... Il avait débarqué par une fin d'après-midi de 1646 à la suite de la marquise d'Aumont, veuve du Lieutenant général. Le jeune homme l'avait pour ainsi dire toujours connu. C'était déjà lui qui les soignait, rue Saint-Dominique. Dévoué, solide, ce pauvre Maître Jacques ! L'année même de leur arrivée ici, il avait perdu la bonne Madame d'Aumont, puis Antoine Le Maître, et tant d'autres encore : Monsieur de Villeneuve, le petit Jules, comme on l'appelait, tué au cours de sa première campagne. (Pierre-Thomas du Fossé et lui-même n'avaient cessé de le mettre en garde : on ne part pas faire la guerre lorsqu'on confond une religieuse et une vache ! Et il était maintenant en train de pourrir sous la bonne terre. Seuls subsisteraient ses boutons d'uniforme. Vingt-trois ans ! Il avait été leur camarade de jeu...) Il a comme une larme froide sous l'œil, mais peu importe : c'est la gelée de mars qui vous fait pleurer. Ridicule !

Non, ne pas mourir pour rien ! et plutôt ne pas mourir du tout. La blessure au front me suffira ! Tous ces jeunes amis désormais allongés sans vie. Il revoit le sourire de Jules, devenu le marquis de Villeneuve, et la démarche joyeuse du marquis d'Abain, et Monsieur de Fresle, un peu balourd. On avait raconté à Pierre-Thomas du Fossé, avec qui il était très lié, qu'en six mois de vie militaire le petit Monsieur de Fresle, si malingre, s'était développé à tel point qu'il était devenu cadet dans la Compagnie aux Gardes. Sa mère, à l'annonce de sa mort, avait presque perdu la raison.

Et petit Jules... Jean n'arrive pas à oublier son regard de myope, vide, à présent, sous la terre mouillée de mars. Il entend Maître Jacques relire avec difficulté la lettre adressée à son père : « Il ne veut pas demeurer dans un état au-dessous de sa naissance. Sa vue seule me fait peine... », avait écrit le maréchal de France, Abraham de Fabert. « Mais, avait-il ajouté, Monsieur d'Andilly ayant une épée au côté, il la faut rendre utile à sa patrie ou la remettre au croc. » Aujourd'hui, elle était bel et bien raccrochée, et Jean en avait la nausée ! Quant à Charles Chasteigner de la Roche-Posay, il avait regardé la mort de son fils comme un effet singulier de la miséricorde de Dieu à son égard. D'ailleurs, avant de partir, ce fils n'avait-il pas versé une aumône considérable à une pauvre demoiselle afin qu'elle prie Dieu de le faire mourir plutôt que de permettre un seul jour qu'il L'offensât mortellement ?

Jean les revoyait tous trois et il s'attendait même à les voir surgir au bout de la rue de la Harpe. Il ne ressemblait en rien à ses trois amis, lui, le « Poète », comme ils se moquaient alors ! Il avait envie de galops, de baisers, de la musique des voix qui se recouvrent, se dispersent pour mieux revenir. Finalement, il comprenait la réaction de Maître Jacques à l'annonce de la mort de ces trois adolescents : il s'était mis dans une colère indescriptible, hurlant, proférant des menaces, se précipitant contre les murs. Ses trois petits ! Il les avait soignés, sauvés de la maladie, veillés des heures lorsqu'ils étaient enfants, rue Saint-Dominique. Comme il l'avait fait de Pierre, atteint de fièvre jaune et d'un furieux transport au cerveau, isolé par peur qu'il ne contaminât les autres. Relayé par l'autre domestique, Pantiot, Maître Jacques ne les avait jamais quittés, tout en continuant sa tambouille.

La colère de Maître Jacques ! Tués si jeunes et pourquoi ? Il répétait sans cesse : « C'est d'être un naturel trop dur que de n'avoir nulle pitié de son prochain. »

D'où leur était venue cette inclination pour la guerre ? Sans doute voulaient-ils ressembler au dieu Mars, celui qui séduit Vénus ? Ah ! non, ce ne sont pas les simples racoleurs d'amour qui fascinent ces demoiselles, mais c'est la vanité qui est souvent le chemin du cœur d'une femme ! Du moins était-ce ce que répétaient les maîtres en commentant Homère.

Homère avait décrit le dieu cruel, son aspect effrayant sur son char d'airain, son armure d'acier étincelant ; tous écoutaient ravis comme des femmes. Ovide, lui, racontait comment Vénus, déesse de l'amour, succombait elle aussi avec volupté à cette violence ; ainsi les loups fascinent-ils depuis toujours les tendres brebis. Les professeurs avaient longuement disserté sur cette faiblesse des âmes féminines – mais le jeune homme aurait eu envie d'ajouter que les garçons étaient encore plus vulnérables aux attraits du dieu de la Guerre. Il suffisait de décompter le nombre de guerres, de soldats, de cadavres. Mais à quoi bon ? Depuis des générations, les maîtres rabâchaient les mêmes certitudes, obéissant au même ordre, corbeaux alignés sur le même horizon. Non, il était injuste... Sans eux, sans ceux qui l'avaient enseigné, il n'aurait rencontré ni Homère, ni Virgile ; il n'y aurait pas eu ces folles escapades, et ce Mars galopant à ses côtés comme un frère, un complice des mauvais coups.

> *« Traîné par deux chevaux fougueux, debout sur le devant du char, Bellone, le regard furieux, les cheveux épars, tenait les rênes. Le dieu, le front couvert d'un casque d'or surmonté d'un panache... »*

Tout en récitant, Jean Racine venait de heurter une jeune fille qui marchait à vive allure en sens inverse : Mars ! La jeune fille l'écoutait à présent d'un air inquiet. Elle n'osait plus bouger, car il l'avait agrippée de sa main droite sans même y prendre garde. Une fois de plus, il avait rejoint ses démons, les poètes.

Le couple, arrêté dans l'aube frissonnante, ce grand jeune homme brun qu'on appelait Jean et cette jeune fille dont les cheveux sombres accentuaient encore l'intensité du regard, paraissait s'être échappé pour un instant d'un tableau. Leur immobilité contrastait avec l'agitation de la rue.

Jean était troublé. Il voyait cette chair à portée de lèvres. Il avait envie de se pencher un peu plus – la fille était grande. Envie de se laisser sombrer dans cette odeur qui montait à la tête – un fruit juteux où l'on enfonce les dents, et c'est comme si vous passiez sous une cascade ! Il ne rebrousserait pas chemin. Tout le pressait maintenant : ces douces narines, ces lèvres juste entrouvertes, ces cheveux légèrement humidifiés par le frimas. Il savait lire l'appel d'un corps qui suppliait en silence. Il savait lire cette nouvelle écriture-là.

Il comprit qu'il avait changé. Oui, son « papa » était bien mort, et le petit Jules, et le jeune marquis, et Monsieur de Fresle, et la marquise d'Aumont, et même le neveu du Cardinal – quatorze ans ! Oui, mort à quatorze ans, l'imbécile, en jouant à la berne le jour de Noël. Quelle farce ! La guerre, la berne ! Le petit Alphonse Mancini, l'espoir de son oncle Mazarin, avait succombé en s'amusant avec ses camarades !

Lui aussi, adolescent, avait joué à la berne. On s'allonge dans la couverture et quatre amis vous jettent en l'air, mais il ne faut pas retomber à côté ni être lâché à l'un des quatre bouts. Sinon, la couverture se transforme en suaire, les reins ou la tête brisés. L'agonie avait duré plusieurs jours. Le Cardinal était hébété de douleur. Le 6 janvier, tout était fini. Il en voulait au Collège des jésuites, irresponsable. Il s'était mis à haïr les jésuites eux-mêmes, maîtres du petit Alphonse. Enfin, grâce à cette pauvre petite mort, les jansénistes pouvaient dormir en paix ! Tout cela était misérable.

La guerre qui croise votre chemin, une couverture qui fait défaut, une vieillesse hâtive : c'en était fini des rêves, des rires et des rages – à moins qu'un poète ne vînt vous libérer du bout de sa phrase et vous offrir l'immortalité.

Lui, il ne retomberait pas, il transformerait le canon en vache et la couverture en ailes d'oiseau !

Une envie à laquelle il ne résista pas le poussa à rire. Oui, il continuerait à faire des vers, n'en déplaise à Monsieur de Sacy. Il revoyait la colère du professeur. Sa bouche déformée d'où sortaient les mots en ordre dispersé comme du bétail affolé qui s'entrechoque, piqué par on ne sait quel insecte. Ses yeux riboulaient, ne fixant plus rien. Il répétait, sifflant les consonnes : « Vous n'avez pas le droit d'écrire ! Vous n'avez pas le droit d'écrire ! Vous n'avez pas le droit ! »

Le jeune Jean Racine avait eu le malheur de prendre plaisir à renouveler les hymnes des *Féeries* du Bréviaire romain. Monsieur de Sacy, frère cadet de Monsieur Le Maître, était le traducteur de celles des dimanches et fêtes pour les *Heures* de Port-Royal. Comment un jeune élève osait-il concurrencer celui qui, depuis l'enfance, s'essayait laborieusement à ces pieuses traductions versifiées ? Jean revoyait sa figure longue, docte et revêche qui s'était empourprée de colère.

Quelques jours auparavant, le jeune homme avait pourtant confié son travail au Maître de Sacy, heureux de lui soumettre son premier travail. Il ne doutait pas que l'on serait fier, à Port-Royal, d'un élève aussi talentueux. Mais Jean avait attendu en vain le moindre commentaire affectueux. Quelqu'un l'avait pourtant félicité : son ami Simon Roynette, avec qui il séjournait déjà au château des Troux. Depuis quelque temps, il avait d'ailleurs vaguement ouï-dire que d'aucuns trouvaient ses traductions originales.

Quoi qu'il en fût, à peine Simon eut-il exprimé ses compliments que Monsieur de Sacy, présent, émit des exclamations désordonnées, des ricanements, une agitation bien surprenante chez cet homme plutôt réservé. Il avait brandi les feuillets que lui avait confiés Jean et s'était mis à lui siffler sous le menton – il était maintenant plus petit que le jeune homme : « La poésie n'est pas votre talent ! » – puis, d'un geste méprisant, il avait laissé tomber à terre les feuilles froissées.

Le jeune homme nota qu'elles avaient été bien lues – trop lues. Elles gisaient à ses pieds et il pensa non sans stupeur qu'elles étaient en train de se transformer en larmes de sang.

Par cette fin d'après-midi, le soleil allait se coucher, le parquet brûlait d'un dernier feu. Il y avait dans les taches blanches qui le constellaient comme une promesse d'amours, de virginités à déflorer.

Déjà mortes sur le sol, ces traductions n'avaient été qu'un amusement pour lui ! Bientôt, il mettrait l'incendie aux quatre coins d'une ville, d'un pays, d'une civilisation. Ce serait une nouvelle fois Troie tout entière embrasée. Un empire l'attendait. Il avait perdu conscience de ce qui l'entourait. Simon, Pierre-Thomas du Fossé, d'autres l'observaient. Maître Jacques, attiré par les cris de Monsieur de Sacy, était lui aussi présent. Jean contemplait à terre des flammes ramper, pareilles à la langue chaude de cette servante qui, l'autre nuit, l'avait rejoint dans la ruelle.

Ces pages jetées au sol étaient aussi le signe qu'il attendait peut-être pour quitter définitivement cette terre trop pesante. Qu'avait-il à faire avec les humains ? Certes, il ne les méprisait pas, mais il y avait une autre urgence : la poésie.

Déjà une mer embrasée atteignait la pointe de ses souliers, il voyait désormais toute chose avec une extrême précision. La guerre venait tordre ses pages : ici, deux enfants se serraient l'une contre l'autre, deux petites filles : l'une brune et malingre, les cheveux filasse, deux yeux sombres que l'horreur dilatait à l'extrême ; l'autre trop blonde, plus molle, presque endormie par la peur, mais sa bouche se déformait dans un cri qui ne sortirait jamais ; au-dessus d'elle, le fer allait trancher un bras, un cou. Aucun son, nulle part.

Pourquoi ce vieil homme serrait-il contre lui un mouchoir de femme brodé, parfumé ? À présent, il en respirait nettement la suave odeur : à quelle amante ce fin rectangle, aussi plein de promesses qu'une lettre d'amour, avait-il appartenu ? Il ne s'en échappait plus qu'une boue noirâtre et Racine reconnut l'odeur du sang coagulé.

Racine, il était Racine, c'est tout, et le monde se révélait à lui d'un seul trait comme un dard qui s'enfonce dans le cerveau. Le monde ? Pour la première fois il en retournait l'enveloppe et c'était atroce : la guerre, l'amour, la violence si étroitement mêlés ; le pouvoir et le supplice jamais l'un sans l'autre. Il comprenait tout trop vite, mais c'est la folie qui le gagnait, tel Oreste harcelé par les chiennes. Ainsi, c'était cela, la création : plus d'espace pour reculer, pas le temps de réfléchir ; il n'y avait plus que la lucidité, ce soleil au squelette blanc dont chaque vertèbre appelait au secours.

Comme ce visage... Qui était-elle ? Elle se tenait là à genoux, presque accroupie sur ses pieds, mais il ne la connaissait pas. Des yeux violets ? gris ? verts ? Il y avait elle, et un homme qui s'avançait vers elle. Elle enlaçait une autre femme, la berçait. Une très vieille femme dont il apercevait les cheveux gris. Rien ne compterait jamais plus que cet instant – cela, il le percevait. Il vit des bottes s'approcher, des jambes cuirassées. Puis, très distinctement, il vit le gant terrible relever le visage. Alors – cela non plus, il ne l'oublierait jamais – la jeune femme – ce n'était plus une jeune fille, mais une femme dans toute l'impudence de son âge – regarda droit, vers le haut, avec détermination. Aucun mot ne fut prononcé entre le guerrier et elle, mais il se produisit entre eux une telle commotion qu'on eût dit un orage qui cognait, une énorme porte qui s'ébranlait. Lui assistait à tout cela. D'un geste tendu mais ferme, la femme laissa retomber le visage flasque qu'elle pressait contre le sien. La foudre ! La seconde d'éternité à laquelle chaque être humain rêve toute sa vie, le ciel fendu en deux, la rencontre avec l'indicible. Enclos dans le même champ de vision, la même seconde, une éternité déployée pour lui seul. Un ciel perpétuellement renouvelé, aux tempêtes changeantes et aux nuages insaisissables. La femme aux yeux violines exhibe un sein fragile où l'on discerne, distinctes, des veines de même couleur que le regard, comme un autre regard qui bat à un rythme accéléré, affolant ; la pointe dressée, presque noire, semble s'accorder au gant sombre et clouté de l'homme qu'il aperçoit au second plan et, un peu sous le sein, le visage de l'autre femme, soudain révélé dans le rayon de crépuscule qui envahit les pages lunaires. Ce visage admirablement marqué par le temps est très exactement le même que celui de la femme aux yeux de bruyère. Ainsi tient-elle entre ses bras, comme une enfant, sa propre mère qui ne dort pas ; il suffit de considérer le regard vide – mêmes yeux, mais d'où la vie s'est retirée, même couleur, mais sans l'artiste pour l'animer – pour comprendre que la mère n'est plus qu'un cadavre.

Ainsi, elle aussi est partie. L'humanité a perdu père et mère. Seuls restent face à face Elle et le guerrier. Quel dialogue leur permettront de nouer les autres ? Et pourquoi lui, Jean, a-t-il été choisi pour être le spectateur unique de cette rencontre ?

Le silence, partout. Il n'y a plus que ce souffle entre deux êtres, cette incertitude. Il sait pourtant de connaissance certaine que tout va se décider à cause d'Elle. Parce qu'Elle n'a pas peur et abolit ainsi des siècles d'habitude. Lui, l'homme de guerre, ne sait encore que faire, il n'est qu'un enfant trébuchant, c'est Elle qui est devenue l'instigatrice. Alors l'homme encore malodorant de sang et de sueur se penche et, lentement, repose sa lame contre le sein fragile, si doux, si offert que le geste réveille un désir qui le surprend, le laisse désemparé dans sa cuirasse trop lourde, sale et étroite.

Puis c'est la nuit. Jean Racine n'y voit plus. La vision lui a été retirée, mais, comme un message à transmettre, une voix appelle à l'aide. Il se doit de la consigner sans rien omettre, ni les cris de détresse, ni ces bribes d'amour surprises entre deux haines.

Enfin là, le regardant maintenant avec avidité, rendues folles par la faim, la peur, la nuit, les vieillardes édentées, recourbées dans le feu d'une guerre qui les a happées au coin d'une maison – un geste, et elles n'osent plus bouger, leurs yeux d'abîme l'implorent : quels dieux ont dessiné de pareilles destinées ? Un poète ? Sûrement pas : trop de fautes de style !

Dans l'obscurité, elles gisent à ses pieds, telles les pierres d'un gué, les pages claires de ses imaginations. On dirait une nébuleuse au sein de laquelle elles apparaissent comme autant de prunelles avides. Personne dans la pièce, hormis cette voie lactée en train de se dissoudre dans la nuit qui engloutit les témoignages de toute vie antérieure – ce pour quoi il lui a fallu témoigner de ce qui a été : la guerre et l'amour qui se baisent.

Curieux professeur pris de jalousie et qui l'a ainsi, avec inconscience, projeté dans un monde interdit, au cœur de son intimité plus réservée, depuis le lit étroit et solitaire de Port-Royal. Il connaissait déjà ce plaisir secret de l'écriture, mais n'osait s'en ouvrir à personne, n'osait se regarder lui-même, opposant à cette activité honteuse une résistance qu'il excitait jusqu'à la douleur. Mais il savait aussi que cela viendrait au jour, et le moment était venu.

La jalousie d'un professeur ! Ce n'était que cela. Il n'y avait aucune malédiction divine pour les poètes. Il pouvait lire et relire Eschyle, prendre la main de Virgile, écrire jusqu'à forcer Minos lui-même à venir à sa rencontre. Les Enfers rôdaient autour du poète, mais pour lui rendre hommage. Tout le reste n'était que mensonge. Il ne serait pas damné, ni lui ni les autres.

C'est ainsi que se vengeaient les envieux : en glosant sur Virgile, Euripide, Sophocle, et en se permettant de leur refuser le salut. Mais si seul le poète portait précisément avec lui le salut, l'immortalité ? Ils l'avaient déjà trouvée ici-bas. Il fallait alors penser de tout autre manière : le péché consistait à ne pas oser, à ne pas explorer cet espace dont Dieu, dans une luxuriance d'amour, d'invention, d'esprit, vous confiait les dés. Il n'y avait ni marché, ni défi ; ça vous tombait dessus, simplement parce que vous passiez par là, vous, un peu comme lorsqu'on est si heureux qu'on en vient à partager avec d'autres sans choisir. La folie, l'imagination, la passion seraient ainsi l'annonce d'un autre monde, celui qu'Il aurait laissé entrevoir, et ce que les hommes sages appelaient parfois la démence, une simple manière d'avancer par bonds vers l'éternité.

Non ! les professeurs n'étaient pas coupables. Ils étaient les portiers – il fallait leur voler la clé et se ruer au-dehors. Eux avaient aussi le droit de vous suivre. Il n'y a pas de petites peurs. Il suffit de brûler derrière soi toutes les vieilles habitudes.

Recroquevillé, le jeune Racine a fini par rassembler ses papiers. La nuit commence son lent travail d'ensevelissement. Alors il serre encore plus fort contre lui la liasse dont les mots sont devenus comme ces cailloux blancs que les enfants ramassent en bordure des chemins.

Il lui faut donc partir à la découverte de terres inconnues. Ses maîtres l'ont trompé, peut-être sans le savoir eux-mêmes. Comme dans la caverne de Platon, ils ont confondu le reflet du soleil avec le soleil lui-même. Lui est aveuglé par la lumière de la poésie.

Là, par cette porte arrachée, ce rectangle éblouissant par où l'inconnu s'engouffre en rafales silencieuses, il reconnaît la haute silhouette nocturne et ensanglantée qui s'avance : le Théâtre. Le Théâtre de saint Augustin fait aussi partie du salut ! Il lui faut donc oser le regarder en face, le pénétrer. Il glisse doucement à terre, le cœur vidé, tout au désir d'adorer, encore incapable de nommer le dieu qui se tient là, terrible, campé sur ses jambes de colosse : le Théâtre ! À genoux, il écoute l'ordre obscur. Il obéit et pose la tête à ses pieds. Terrassé ! Entre la jalousie des petits hommes et l'amour brûlant du dieu, il a choisi.

Lentement il se couche à terre en murmurant : Père ! La rencontre a eu lieu. Il songe au récit de Blaise, un soir comme celui-là ; à son secret, par cette nuit de feu. Lui aussi a connu l'abîme et cette sensation éveille en lui un curieux goût de reconnaissance. Puis il a soudain froid.

– Mais vous sommeillez ? Vous ne vous sentez pas bien ?

Il s'est endormi une fraction de seconde et voici qu'il se sent empoigné par la grande jeune fille brune qu'il a heurtée dans cette rue passante. Par ce matin de mars qui vous incite à guerroyer, deux mains chaudes de femme révèlent un cœur sans lâchetés. Il rouvre les yeux : il est bien vivant et n'a absolument pas fermé l'œil de la nuit. Alors il éclate d'un rire vif comme lorsque, enfant, il avalait d'un seul trait le bol de lait encore tiède. La jeune fille fait de même sans comprendre – mais pourquoi comprendre ? C'est cela, le printemps : on rit ensemble sans se connaître, sans bien savoir, et le corps a des picotements délicieux, comme s'il cherchait à s'agrandir.

Quelqu'un le regarde. La tête raide dans son col, Thomas Fortin l'observe depuis un moment. Le principal du Collège ! Le jeune Racine s'écarte de la jeune fille. Curieux : est-ce la rudesse du vent frisquet qui vient de se lever ? Thomas Fortin n'a plus rien de l'homme fébrile qui, la nuit, quelques années auparavant, imprimait les *Provinciales* contre les jésuites. Jean Racine le salue. Mais où donc a disparu la jeune fille qui était dans ses bras il y a seulement quelques secondes ?

Il est temps de rentrer, de reprendre les vieilles querelles de Port-Royal. Concevoir – juger – raisonner – ordonner... Mais « les hommes ne sont pas nés pour employer leur temps à mesurer des lignes ». Cette phrase-là se remet à chanter dans sa tête – elle a commencé cette nuit, au cabaret, et, depuis lors, l'obsède, le relance, ne le lâche plus. Le principal l'arrête brutalement, mais la chansonnette s'obstine à virevolter entre ses tempes. Dieu, qu'il a mal à la tête ! Impassible, Thomas Fortin passe une main sur la joue du jeune homme qui ne s'est pas fait la barbe et dont les yeux attestent le manque de repos. Déjà Pierre Padet, le proviseur, surgit derrière eux.

« Le monde est plein de mille merveilles... »

Pourquoi dit-il cela ? Quel imbécile d'aggraver ainsi son absence de tenue ! Il n'a pas eu le temps de repasser à son logis, à l'Image-Saint-Louis. Ils ont fini la nuit chez l'abbé Le Vasseur, un lointain parent de La Ferté, plus préoccupé de ses dernières conquêtes que de l'âme des jésuites. Au petit matin, ils ont évoqué les grands yeux affolés de Mademoiselle Vitart.

Mais que va-t-il expliquer à ces deux-là, qui le contemplent avec dégoût ? Quelle bataille a-t-il donc livré cette nuit ? se demandent les professeurs, inquiets. Où est passé le petit Jean du bon Monsieur Antoine Le Maître ?

La cloche appelle les retardataires comme un enfant par son rire arrache les grandes personnes à leurs soucis. Alors les professeurs s'écartent. Il leur rappelle quelqu'un qu'ils ont bien connu. Ce grand adolescent orgueilleux, mais oui, c'étaient eux-mêmes, jadis, lorsqu'ils y croyaient !

Le proviseur hausse les épaules et rentre à son tour.

Thomas reste pensif. Le petit orphelin est donc devenu ce grand jeune homme qui n'a pas renoncé. Il a gardé cette maudite passion pour les vers qui inquiétait tant son petit « papa », Monsieur Le Maître. Sera-t-il avocat, comme tous semblent le souhaiter ? Le principal en doute. Il y a dans les yeux de Jean trop de tempêtes amoncelées, de voyages cachés, clandestins. Face à ce regard gris, tour à tour violent, déchirant, qui attire la haine comme la passion, Thomas Fortin pense au loup affamé mais épuisé qu'il a rencontré un soir de brume ? un soir de rêve ? il ne sait plus. L'image revient le visiter parfois. Peut-être un lointain souvenir d'enfance ? Quand il pense au loup, il songe à Jean. À croiser l'un ou l'autre, vous êtes pris entre peur et caresse. Puis le désir d'être choisi par eux, ces grands animaux sauvages... Pensées stupides ! Mais il est fier de cet élève. Aucune jalousie dans son cœur. Jean, sans le savoir, lui apporte cette saveur de la révolte qu'il croyait à jamais perdue. Une jeunesse dans un monde qui s'enlise, une certaine façon de marcher, le cœur encore libre, attentif à l'instant d'après. Tout peut arriver, il suffit de se tenir prêt. Finalement, il est heureux de voir s'affirmer cette adolescence qu'il accompagne pour quelques pas encore. À elle maintenant de montrer la voie.

Il rentre dans le collège où, pour la dernière fois, il va pouvoir conseiller « Petit Jean », comme plus personne, jamais, ne l'appellera plus.

Il s'appelle désormais Jean Racine et, déjà, la jeune fille qu'il a heurtée en ce matin de mars 1659 se dit qu'elle passera demain par la même rue, à la même heure, tandis que son cœur se met à battre une double mesure.

Chapitre 11

Le sanglot bleu de Molière

Mais il n'importe il faut suivre sa destinée
À votre foi mon âme est toute abandonnée
Je veux voir jusqu'au bout quel sera votre cœur
Et si de me trahir il aura la noirceur.

Le Misanthrope, acte IV, scène III

Ils marchent déjà depuis plusieurs heures. La nuit qui les ensevelit sous le même habit obscur vient de laisser la lune, coquette indiscrète, révéler quelques détails. L'un des personnages est nettement plus âgé, quoique ses traits s'adoucissent de fossettes enfantines. Deux yeux tendres rappellent la couleur du myosotis et donnent au visage un curieux air de jeune fille, mais le nez, long, busqué, et surtout la bouche, mince, ironique, évoquent plutôt un des personnages de la Commedia dell'Arte, ce Pierrot incessamment amoureux d'une femme, d'un papillon, d'un arbre, de la Lune enfin.

Jean Racine regarde le visage de son vieux compagnon. Presque vingt ans les séparent, ou les rapprochent. L'orphelin aime cet homme distrait, marginal. Jean de La Fontaine vient d'avoir trente-neuf ans. Jean en a vingt, mais, aux côtés de son aîné, il semble plus grave et son visage affiche par moments cette violence de qui tient à obtenir tout ce qu'il désire. Monsieur de La Fontaine, lui, rêve. Sa vie glisse de ses yeux rieurs, comme son argent de ses poches percées. Cela fait longtemps que le petit Racine a entendu parler de lui. Ils sont de la même famille. Quelquefois, ils parlent de La Ferté-Milon. L'un y est né, l'autre y retourne souvent pour affaires : n'a-t-il pas épousé la fille du lieutenant du bailliage ? Et puis, il y a les deux amis Pintrel et Antoine Poignant, le capitaine des dragons, parents éloignés du petit Jean. Quelle joie de retrouver La Fontaine à Paris ! Il habite non loin, quai des Augustins, chez son oncle Jannart, à deux pas de l'hôtel de Luynes.

Une nuit chaude, laiteuse, qui leur a tourné la tête. Ils ont peu dormi afin de se trouver à temps à la barrière de Vincennes où le Chancelier doit accueillir les souverains afin de les accompagner dans leur entrée à Paris. Le jeune Roi est de retour : grâce à son mariage, l'Espagne et la France coucheront désormais dans le même lit. Personne ne manquera le cortège, aujourd'hui. Plane une odeur de bois fraîchement coupé, de fumée, d'herbes mouillées. Ici et là, certains ont allumé de grands feux. Jean l'aîné et Jean le jeune marchent de la même foulée.

Monsieur de La Fontaine parle de ses vingt ans, de son entrée à l'Oratoire, de sa passion d'alors pour cette congrégation, l'une des plus exigeantes :

– Annoncer à la Terre entière les desseins de Jésus-Christ... Mais je n'ai pu rester. Il fallait tenir lieu de modèle pour les autres prêtres. Or me voici maintenant capable de passer toute une journée à rêver et folâtrer ! Le couvent de Saint-Magloire : c'était comme une ville préservée de tous les péchés...

– Pire que l'Hôtel de Rambouillet ? !

Ils rient et la nuit légère pétille un instant autour d'eux. Ils sont comme des funambules et le fil qu'ils empruntent traverse le temps. Devant eux, sans doute, marchent Homère, et Virgile, et Ovide... Jean Racine fait part de sa vision à La Fontaine : une suite de petits bonshommes qui avancent un pied après l'autre sur cette mince passerelle vers l'éternité – ou l'enfer ?

– Et les femmes ?

– Les femmes ?

Le vieil homme sourit :

– Elles remuent le fil et nous font danser. Sans cela, nous aurions peur, parfois, mais, grâce à elles, nous inventons des sauts incroyables, des culbutes, des raccrocs maladroits, des trouvailles, et nous continuons à nous élever encore plus haut. Jeunes, nous avons beau nous prémunir contre les attaques des passions, elles nous emportent à la première occasion comme si nous n'avions pris aucune résolution de leur résister. Quelle merveille de ne jamais rien apprendre en ce domaine-là ! C'est un éternel recommencement, comme de naître...

Est-ce le souffle du vent ondulant tel un drap bordé de roses délicatement parfumées ? ou cette lumière un peu surnaturelle, énigmatique, comme l'eau sur laquelle la lune se reflète ? Jean de La Fontaine s'arrête, lève un visage enfantin vers le ciel étoilé semblable à un miroir piqueté – on dirait qu'il s'y contemple avant de reprendre dans un murmure :

– Comme de naître... Écrire, cela s'échappe de vous comme du sang, comme un rire d'enfant, et puis, sans prévenir, cela s'arrête et se glace. Le corps ne répond plus. Quel dialogue plus constant avec la Mort ? La main blême des Parques se joue de vos jours et des miens également. Et pourtant il faut écrire. Presque avec insouciance, sinon le fil lâche.

Ne pas lâcher le fil, songea Racine. Le fil d'Ariane. Avec nos mots entrelacés, peut-être tissons-nous le seul fil humain qu'aucune Parque ne peut rompre.

– Écoutez, dit La Fontaine, arrêtant son jeune ami...

Au loin, une jeune fille – tout juste une adolescente – s'est mise à rire aux larmes. Elle doit manquer de sommeil ; énervée par la venue du Roi à l'aube, elle s'est obstinée à attendre. Sans doute s'assoupira-t-elle soudainement, deux heures avant la cérémonie, mais, à cet instant, son rire brisé traverse les vieux arbres.

– Elle affole les hommes à l'écorce rugueuse et ma peau frissonne..., reprend La Fontaine avant de laisser la sève du souvenir affleurer une nouvelle fois. Il y avait à l'Oratoire un prêtre – je ne l'ai jamais oublié, j'avais vingt ans, comme vous – qui portait un cilice. Aujourd'hui, je comprends que ce n'était pas si différent de la passion. Vous avez déjà aimé ? Eh bien, ce cilice s'enfonce dans votre chair, vous souffrez, mais si quelqu'un vient et vous dit : « N'y pense plus, j'ai le moyen de te le faire oublier en quelques instants », le voudriez-vous ? Jamais ! Le principal est que la sève blanche perle à nouveau, tout comme je retaille ma plume et change de page... Heureusement, le Roi est aussi un amant. Je n'ai pas peur de ce genre d'hommes-là, les amants.

Et le vieux poète de reprendre sa marche avec gaieté. Jean Racine pense à Louis le quatorzième, qui vient de se marier et dort encore ou bien rêve, peut-être comme eux à quelques lieues, par cette nuit lactée. On a dit qu'il n'aimait que Marie Mancini, la nièce du Cardinal. Un Roi peut-il aimer ? Est-ce la présence du poète à ses côtés, l'accompagnant à la place du père un peu fantaisiste qu'il n'aura jamais ? ou bien la pensée de la jeune Marie, abandonnée, seule paraît-il à Brouage, près de la mer ? Il a soudain envie d'éclater en sanglots. Pourquoi a-t-il en lui tant de larmes aussi brillantes que les étoiles dans le ciel en fête ?

Le même désir s'est emparé de lui, quelques jours auparavant. Il était debout dans la grand-pièce de l'Hôtel de Luynes, le soleil de fin d'après-midi enveloppait de soies orangées le cou de Mademoiselle Vitart. La nourrice lui avait alors apporté la petite Marie-Charlotte. Madame Vitart avait tendu les bras et l'enfant d'à peine trois mois s'était blottie sous ce ruban de soleil, contre le sein éclos, velouté comme un lys. Le parfum avait brutalement envahi la pièce et Jean avait dû sortir, retenant à grand-peine des sanglots venus, se disait-il, du pays des ombres. Il en voulait à sa mère d'être morte : jamais elle n'aurait dû le laisser. Il en voulait aux femmes de leurs bras faussement ouverts, de leurs sourires pleins de promesses non tenues, de leur tendresse reprise sans cesse, de cette absence enfin. Le cilice devait être une bien légère souffrance à côté d'elles...

– À quoi pensez-vous, mon ami ?

– Au Roi, dit Jean Racine. À son ultime voyage avant son mariage, au retour à Brouage afin d'y rencontrer une fois encore Marie Mancini.

– Ah ! la petite Mazarin ? À cause du Cardinal, nous avons déjà eu la Fronde. Vous étiez à peine né...

– Pas du tout : je m'y suis même battu ! Regardez mon front : j'en porte encore la marque !

Tout en coupant la route à La Fontaine, le jeune homme soulève avec vivacité ses cheveux qui retombent en boucles abondantes. Il désigne sa tempe. Le vieux poète éclate de son rire frais.

– Quelle violence ? Je n'y vois rien !

De son index légèrement parcheminé, il caresse le front de Racine, s'arrête sur la cicatrice. C'est alors qu'un chant d'homme profond et rauque répond à la jeune fille de tout à l'heure. Cette voix à peine voilée, la brume qui monte du lac voisin, la main de Jean de La Fontaine sur son visage font frissonner Racine d'une émotion enfantine. Il entend prononcer les paroles qu'il escomptait :

« – Enfin, te voici ! Il m'est donné de voir ton visage, mon enfant, d'entendre ta voix chère et de te répondre...

– Ah, je l'espérais : je savais bien que cela viendrait ! »

Tous deux ont pensé simultanément à Virgile, à la rencontre d'Énée et de son père Anchise parmi les bois ombreux, et s'en récitent des passages. Il y a certes plus qu'une complicité, une parenté entre ces deux hommes de vingt ans d'écart. Aux yeux de Racine, ce n'est pas là le père terrible, semblable à un dieu, mais le père fragile, celui que son fils a à cœur de protéger, de porter sur ses épaules au soir de la fatigue humaine. Racine se penche avec attention vers le fabuliste cependant que, rencontre légère au détour de leurs imaginaires, le chant s'élève et s'accentue, les entourant d'une spirale de notes de plus en plus vivaces, spirituelles.

– Puisque vous êtes beau, je vais vous livrer le fond de ma pensée, ajoute La Fontaine en dessinant du doigt les traits de son compagnon. Vos yeux sont encore ceux de l'enfant perdu dans le brouillard, mais vos crocs sont déjà du grand loup. Comme c'est étrange ! Vous ressemblez tellement au Roi : même âge, même grandeur. Il y a les amants ; il y a les amoureux. Les uns prennent, les autres rêvent. Méfiez-vous, malgré tout : c'est plutôt aux lions qu'on rogne les griffes. Ce n'est jamais aux ânes !

Le jeune homme éclate d'un rire insolent et rejette sa chevelure en arrière, tandis que La Fontaine ajoute :

– Je suis plutôt un âne, parfois... Mais revenons au Lion et à la gazette de notre Roi. Vous me parliez de Brouage et de la petite Mancini ? Revenons à la Gazette du temps et ne traînons pas trop notre chemin, car nous ne serons jamais à l'arrivée des mariés !

Ils reprirent leur marche. Le chant de l'homme les abandonna peu à peu et la réalité reprit des contours normaux.

– Ah ! les Mazarin... Fouquet m'en a longuement parlé. Vous devriez un jour m'accompagner à Vaux. Il veut donner une fête grandiose pour accueillir le Roi et la Reine. Le Surintendant est trop enclin à devenir un roi lui-même, mais parlons plutôt de la maisonnée du Cardinal. Un vrai carnaval ! Il y a Marie, et aussi Olympe, Hortense, Anne-Marie, Laure. Pauvre Roi... À quoi n'a-t-il pas échappé ! Vous savez ce que la jeune Marie lui récitait ? Le *Discours de divertissements, inclinations et perfections royales* de Potier de Marais : « Les amants sont vertueux... » Quelle hérésie ! Heureusement que l'amour n'est pas vertueux, mais indiscipliné, donc dangereux. Bah ! le Roi était encore un enfant. En accompagnant Marie, il pleurait, et elle : « Vous êtes Roi, vous pleurez ? Je pars... »

La Fontaine a imité la voix de Marie, puis se retourne brusquement, imitant celle du Cardinal.

– Si tou l'épouses, jé ti toue ! Jé ti poignarde moâ-même !

– C'est vous qui êtes un enfant, La Fontaine...

– Je serai toujours un enfant, c'est pour cela que je vois tout. Rappelez-vous vos huit-dix ans : jamais plus on ne retrouve cette lucidité spontanée, cette sûreté de jugement. Parce qu'il ne comprend rien aux conversations, l'enfant est plus attentif aux attitudes, aux grimaces, aux sourires... J'en reviens à l'amour : avez-vous remarqué combien, lorsque vous aimez à la folie, si cela vous est déjà arrivé, vous n'écoutez pas les paroles, vous écoutez le sourire, les cils qui s'abaissent, le volètement des mains... L'intelligence immédiate, l'émotion comme seule lecture de la vie, cela vous est parfois donné plus tard en quelques rares moments, dans la passion ou l'art. L'espace d'une révélation, vous êtes un instant le Dieu semblable à un enfant qui n'a encore jamais souffert. Mais vient bientôt l'apprentissage de la politique, et vous assassinez toute chose sans en comprendre le sens...

– Vous parlez comme parfois Saint-Cyran.

– Je connais nombre de vos amis jansénistes. Je suis beaucoup moins lié à eux que votre Chapelain. À cause de mon amitié pour Fouquet, d'ailleurs. Vous n'ignorez pas combien Chapelain et Colbert le détestent...

– Je doute de pouvoir venir à Vaux. Vous savez la haine que voue la duchesse de Chevreuse au Surintendant. Son fils, le duc de Luynes, chez qui j'habite, ne verrait pas d'un œil favorable que je me montre à la cour de Fouquet.

– Voyez comme nous ne pouvons, adultes, échapper à la politique ! Grâce à vos amis, Vitart qui parle à Chapelain qui parle à Perrault puis à Colbert, vous avez eu du Roi une gratification honorifique et substantielle de cent livres. Ce n'est qu'un commencement. Mais vous avez dû glorifier le Cardinal, l'ennemi juré de Port-Royal, ce qui est déjà une fin. « Jules, l'honneur du Tibre » et d'autres faridondaines, m'a-t-on dit. Maintenant il faut écrire pour le mariage de Sa Majesté. Vous aurez peut-être quatre cents livres.

– Comment faire autrement ?

– Rien. Heureusement, je suis un courant d'air qui passe entre les tables, de quelque tendance qu'elles soient !

– Méfiez-vous quand même...

– Non, je ne suis pas comme vous. En vérité, on ne me prendra jamais au sérieux. Cela comporte des avantages et aussi de grandes tristesses. Mais je m'inquiète pour vous.

– Pourquoi donc ?

– Parce que vous avez le visage d'Hector, pas celui d'un courant d'air ! Trop de talents ! Monsieur de Saint-Aignan ne tarit pas d'éloges. Bientôt vous serez au lever du Roi et vous ne vous éveillerez qu'à travers nos yeux.

Ils continuent leur route en riant et bavardant. Racine admire cet homme qui sait si bien dissimuler ses blessures sous le fard léger de l'humour. Il n'y a pas une once de méchanceté chez son aîné – fait rarissime à une époque où chacun épie l'autre et où il convient de ne point se tromper, surtout quand on s'appelle Jean Racine, autrement dit personne !

Personne... L'angoisse vient de poser brutalement la main sur son épaule. La douleur remonte jusque dans sa gorge. Qui est-il ? Personne. Un orphelin né dans un village perdu. Seul. Il a vingt ans et aucun lendemain. Sa sœur ? Elle est si loin de lui, et depuis si longtemps. Elle vient de se fâcher contre lui à cause de cette Ode pour la paix des Pyrénées. Pourtant, chaque fois qu'il évoque son visage, là-bas à La Ferté, une souffrance diffuse l'envahit. Ils ont eu le même père, la même mère. Elle est la seule à posséder cette identité semblable à la sienne. Une sœur qu'on prend par la main à cinq ans, une sœur qu'on prend par les épaules à vingt ans, une sœur de la naissance à la mort, un visage qui vous retient, un secret à partager – mais aussi une barrière infranchissable, la connaissance et le châtiment réunis dans la même rencontre. L'amour interdit par essence.

Un peu comme le Théâtre : attirance et exclusion... Pourtant, voici qu'il s'en approche de plus en plus, malgré les menaces de ses maîtres. Il sait qu'il est déjà trop tard : il ne résistera plus longtemps.

Comme devant une femme qui se dévêt peu à peu, et vous voici déjà complice et partenaire, même si vous ne faites rien pour avancer la main, il a entrouvert la porte et est entré pour regarder. Ses professeurs auraient beau avoir eu raison, le Théâtre l'éclabousse maintenant de ses tentations chatoyantes, le brûle de ses feux. Théâtre du Marais, Hôtel de Bourgogne, comédiennes, les folies de la Beauchâteau qui les mettait tous en joie et les galanteries de son mari, la doublure de Floridon, l'illustre tragédien ! Un mari avait dit qu'il laisserait son jardin à Beauchâteau en souvenir de toutes les fleurs qu'il avait butinées « à la charge pourtant de n'avancer point ses jours pour les vouloir trop contenter », bougies, voix chaudes et caressantes, carnations parfumées, planches, poussières d'or – et ce regard, le sien, qui se perd par cette fente claire-obscure, cette porte étroite, et c'est tout un monde qui monte vers lui, amical, familier, et l'emmène dans des voyages sans fin comme lorsque, enfant, à Port-Royal, il lisait en solitaire. Mais, ici, il y a en plus la musique des violons, l'odeur des chandelles, les cris du concierge, ceux des contrôleurs, le tintement des verres de la distributrice de douces liqueurs.

Heureusement, grâce à ses liens avec le duc de Luynes, il se tient toujours assez près des comédiens. Parfois, frôlé par eux, tout son corps se réveille. Il s'échappe, les rejoint. Aimé, haï, embrassé, rejeté, tué dans la guerre ou dans l'amour, dans l'homme ou la femme, il se love, mettant ses pas dans les leurs, les habitant, les bravant, et toute une écriture secrète en lui se déploie.

Créatures appartenant au monde du rêve, à la nuit retenue entre les murs, créatures un instant sorties de la main du poète, irréelles et pourtant vous les touchez, les embrassez... Le Théâtre serait-il l'unique possibilité de salut, une clef entre l'invisible et le visible ? Mieux que la religion, il vous déleste du poids du péché et vous transporte vers l'au-delà. L'écriture incarnée, le Verbe fait chair, et cela dans une allégresse, un sentiment de délivrance... Il suffit d'entendre le rire de Mademoiselle de Beauchâteau ! Ah ! l'innocence des comédiens ! Racine comprend l'excommunication qui vient les frapper. Lui aussi jalouse leur présomption à défier le Jugement dernier. Combien seraient-ils à vouloir emprunter leur démesure, si on laissait faire ?

Voici qu'il reçoit la claque fraîche de l'aube sur ses joues rosies.

– Vous dormez tout en marchant ?

– Non, pourquoi ?

– Cela fait un moment que vous avancez comme un voyant...

– Je pensais au Théâtre.

– Le genre à la mode ! Après l'échec de ma comédie *l'Eunuque*, je préfère prendre un peu de distance. Peut-être même n'écrirai-je plus jamais.

– Il paraît que Chapelain, avec le soutien de Colbert, ouvre une liste de gratifications royales à l'intention des poètes. Il y aura Conrart, les frères Corneille, Desmarets, Ménage, Benserade, Molière, Charpentier, l'abbé Cottin...

– ... et Chapelain soi-même, le Prince des poètes français : *« Chapelain veut rimer, et c'est là sa folie... »*

La Fontaine s'est mis à chantonner la formule avec moquerie, tandis que Racine enchaîne :

« Nous attendions de Chapelain
Une pucelle
Jeune et belle

Vingt ans à la forger il perdit son latin
Et de sa main
Il sort enfin
Une vieille sempiternelle »

Racine a repris là le couplet de Linière qui court de bouche en bouche dans l'attente de la parution définitive du gigantesque poème chapelainien encore inachevé sur la Pucelle, qui s'est déjà révélé navrant depuis quelque six ans ! date où l'auteur a commencé...

– Heureusement, Chapelain n'est pas vindicatif, mais Boileau devrait le laisser un peu en repos...

Ils s'amusent à évoquer leur dernière soirée au cabaret en compagnie de Molière et Boileau : c'était à qui reviendrait en guise de pénitence, de dire les vers les plus atroces de ce pauvre Chapelain qui, présent parmi eux, s'amusait encore plus de leurs plaisanteries, tout en y ajoutant des lazzi de son invention.

– Molière riait avec une joie d'enfant.

– C'est si rare, venant de lui !

Racine revoyait son autre aîné, presque du même âge que La Fontaine. Pourtant, quelle différence entre les deux hommes ! L'un si léger, l'autre si triste...

– Son dernier succès, celui des *Précieuses*, aurait dû l'enchanter ! Le jour où j'y étais, un vieillard du parterre a crié : « Courage, courage, Molière ! Voilà de la bonne comédie ! »

– Vous allez vous moquer, répond Racine, mais, songeant à Molière, je ne peux m'empêcher d'évoquer Pascal. Ils ont quelque chose de semblable : le même pathétique intérieur, la même poignante tristesse au cœur. J'ai rencontré plusieurs fois Pascal lorsque j'étais à Port-Royal ; j'étais fasciné et confondu par sa mélancolie.

– Je ne me moque point. L'un comme l'autre ont déjà jugé la scène de la vie, les honneurs, le mariage, l'amour même. Mais Molière s'obstine. Il s'entête à vouloir accorder l'amour du théâtre et l'amour tout court. Et il pleure déjà. Il n'y aura pas de fin heureuse...

– Comment le savez-vous ?

– Lui n'a rien d'un courant d'air, comme moi. Il a quelque chose d'un contemplatif. Il espère encore. Rappelez-vous nos soirées au cabaret : on l'applaudit, on le félicite, il reste là, solitaire, silencieux, et se regarde déjà sombrer. Il connaît si bien le genre humain, la « guenille humaine », comme disait un ami à son propos.

– Chapelle m'a dit la même chose. Un jour qu'il était moins saoul qu'à l'ordinaire, il s'est mis à livrer peu à peu son cœur à son vieux compagnon. À son tour, Molière s'est laissé aller quelques instants à se confier. Il montrait une telle tendresse envers les hommes, mais aussi une telle lucidité que Chapelle entr'aperçut le gouffre de cette âme désespérée et en fut épouvanté.

La Fontaine s'est immobilisé pour mieux écouter le récit de son jeune compagnon.

– Pour qu'un jouisseur, un épicurien comme Chapelle soit atteint, il a fallu que Molière se montre convaincant. Il a dû boire triple rasade après cette conversation. Je le comprends : d'une manière ou d'une autre, il faut bien remplir notre vide. Par du vin, par des vers ou par des femmes !

– Je mettrais les vers en premier, plaisante Racine.

– Pas la peine. Quoi qu'on fasse, ils auront le dernier mot. *Sic gloria transit mundi*...

Sur ces paroles réconfortantes, La Fontaine a repris sa marche avec un entrain glouton, comme si tout et rien l'amusait : la gloire, la mort, les listes de Colbert aussi bien que les vers de terre !

– Regardez plutôt ce paysage, dit-il à son jeune ami. Cette aube qui sort un pied rosi de son grand lit de plumes ; les arbres la saluent de leurs verts chapeaux emplumés ; le monde entier s'ébroue. Il faut être léger, mon ami, pour suivre simplement la danse des nuages. Ce sont eux qui ont le pouvoir de cacher le soleil !

À cet instant, un oiseau entonne son chant pur. Peut-être mon oiseau ? pense Racine. Celui de Port-Royal en la compagnie duquel il se réveillait, là-bas ? L'enfance qu'il porte sans cesse avec soi comme cet oiseau invisible dont il entend partout la mélodie, son cœur la pleure comme une patrie perdue. Quelle est donc cette contrée dont il est l'exilé ? Comment la chanter, dire la pureté du cœur à cet âge semblable à la naissance du jour ?

– Une nouvelle époque commence et cela me réjouit, malgré mes quarante et quelques années, reprend le fabuliste. Le Roi pourrait être mon fils, tout comme vous. Les peurs de Louis XIII, les guerres civiles, les frères ennemis sont derrière nous. Il est bon de marcher à grandes foulées sous le soleil d'aujourd'hui. Les pères sont morts il y a maintenant bien longtemps : le vôtre, celui du Roi. Enfants, vous les avez assez pleurés. L'époque a vingt ans et toutes ses jambes. En route !

Ils rencontrent de plus en plus de badauds qui se rendent comme eux à la barrière de Saint-Cloud pour y accueillir le Roi. L'air se réchauffe. La nervosité gagne. Ils seront bientôt arrivés. Paris tout entier s'est préparé à accueillir Louis et Marie-Thérèse, jeunes mariés d'à peine vingt-deux ans. L'espace d'une journée, le Roi, accompagné de son infante, va appartenir au peuple de Paris. Chacun a sorti ses tapis, ses plus beaux atours, et parsemé le sol de fleurs.

Racine est semblable à beaucoup d'entre eux : inconnu, pauvre, sans famille ; mais, grâce à ses maîtres, il a découvert les poètes et, grâce à leurs miroirs, il supporte la vie en la réécrivant à sa manière. Il est le spectateur absolu, délivré de tous les rôles, y compris celui de monarque, témoin d'une journée humaine de gloire, mais plus grand dans ses rêves qu'un peuple entier. La gloire, il s'en est couronné en secret depuis déjà longtemps. Peut-être cela a-t-il commencé dans les bois de La Ferté lorsque, enfant, il croisa un soleil qui ne se levait que pour lui ?

– Tous les poètes seront là ? demande, inquiet, La Fontaine qui n'aime guère les rassemblements de troupeaux. Je les vois déjà qui s'agglutinent.

« Enfin quand le mal est certain
La plainte ni la peur ne changent le destin
Et le moins prévoyant est toujours le plus sage »

Je m'en vais vous raconter l'histoire de la chèvre, du mouton et du cochon gras qu'on emmène se faire tuer à la foire. La chèvre et le mouton ne s'angoissent pas. Ils pensent qu'on veut les décharger l'un de son lait, l'autre de sa laine. Mais le cochon sait qu'il n'est bon qu'à être mangé. Alors il dit : Je serai donc le seul conscient, mais moi, je crierai !

La Fontaine cueille une fleur et se met à improviser la longue complainte des poètes qui s'en vont à la foire. Tous les noms y passent, agrémentés de force adjectifs. Au bout de quelques instants, Racine le relaie et s'emploie à enchaîner les couplets. Chapelain rime avec Sarasin, Godeau avec Gombauld, Conrart avec Costar, Pellisson devient polisson. Tous sont dépeints en quelques traits.

– Boileau nous manque !

– Nous le retrouverons durant le défilé. Nous avons tous rendez-vous ensuite pour courir ce soir au cabaret.

– Chapelle aussi sera là ? s'enquiert La Fontaine tout en continuant à fredonner sur ses amis.

– Sans aucun doute.

– Alors, nous allons encore profiter de la « Pucelle » ! Jamais une demoiselle n'aura tant servi...

– Ils sont presque tous plus âgés que nous.

– C'est que vous êtes un nouveau-né parmi cette assemblée de beaux esprits. J'ai connu l'Hôtel de Rambouillet en pleine effervescence, mais jamais je n'ai retrouvé la chaleur de la Table Ronde du temps où j'avais votre âge. Il y avait là Antoine Furetière, toujours aussi railleur ! Le pauvre François Cassandre, sans grand talent, mais Boileau qui l'aime tant s'en est inspiré, paraît-il, pour son personnage de Darmon,

François Maucroix, mon grand ami et Paul Pellisson, notre Huguenot, encore tout jeune. Chacun écoutait Mainard comme un maître. Heureuse époque ! Il avait déjà soixante ans et pourtant préférait à la gloire l'amour, la table, et surtout l'intelligence. L'intelligence : non point celle qui consiste à réciter sa leçon, mais celle de tous les instants, qui permet d'embrasser d'un coup tous les aspects d'une situation. Avec Mainard, chacun avait l'impression d'avoir un cerveau. Et il n'y avait pas de règles : on se voyait, on repartait dans ses provinces, on se retrouvait... On avait vingt ans !

– Et puis il y a eu l'Hôtel de Rambouillet...

– Grâce à Conrart, nous sommes entrés chez Mademoiselle Scudéry, et Pellisson a succombé à son charme.

– Et vous ?

– Vous vous moquez ! Elle est atrocement laide, la peau sombre et rugueuse, les ongles charbonneux comme ses yeux. Madame Cornuel dit qu'elle sue l'encre par tous les pores.

Pour ménager son compagnon, Racine n'ose lui rapporter ce qu'on dit de son vieil ami : « Mademoiselle de Scudéry a été séduite par la monstrueuse laideur de Pellisson... »

– Je n'ai jamais compris Pellisson, reprend le fabuliste comme s'il avait lu dans ses pensées. Heureusement, le voici maintenant secrétaire de Fouquet. Il faut vraiment que je vous présente au Surintendant. Jannart, mon oncle par alliance, vous introduira. Il est son substitut. Je ne comprends d'ailleurs pas pourquoi Colbert a institué cette liste avec Chapelain. Fouquet a justement décidé d'attirer à lui les écrivains, poètes et savants. Il sera le Mécène. Naturellement, en contrepartie, on nous mettra un joli collier : « Chien de ministre ». Avec Colbert, ce sera pareil, n'en doutez pas. Il faudra les célébrer, ou l'un ou l'autre. Je pense d'ailleurs que l'idée émane plus de Mazarin que de Colbert.

– Pourquoi pas du Roi lui-même ?

– Alors, malheur à nous ! Il y aura triple rang de perles au collier, et il sera sanctifié ! Prenez garde, Racine : le Cardinal se méfie des jansénistes et a bien fait sa leçon au petit Roi. Quelque chose vous séparera un jour.

– Moi, son rival ? C'est une impossibilité d'essence...

– Dieu le peut ! Là où le pouvoir des hommes s'arrête... Rappelez-vous ce qu'en disait Pascal !

Ils seront bientôt arrivés à la barrière. Ils reparlent de la liste des gratifications royales. La Fontaine a la certitude qu'il n'y figurera pas, mais lui, le jeune Racine ? Ah ! s'il pouvait écrire à sa sœur pareille nouvelle : gratifié par le Roi pour ses écrits ! Comme elle serait fière de son frère poète ! Sa dernière lettre a été si blessante, truffée d'insinuations. Il ne lui avait pas acheté le manchon qu'il lui avait promis. Mais aussi, quelle complication... Il le lui avait proposé il y avait si longtemps, il avait été accablé d'affaires ; et tout cela était la faute de son cousin Vitart ! Évidemment, le printemps s'annonçait lorsqu'il s'était décidé à s'occuper du cadeau destiné à sa sœur. Pourquoi tout était-il toujours aussi absurdement compliqué avec elle ? Quelle fatigue ! D'ailleurs, c'est maintenant la même chose avec Agnès, avec sa grand-mère. Personne ne le regarde avec tendresse, simplement, tel qu'il est. Si, peut-être La Fontaine, justement. Même derrière ses moqueries, cet homme est bon.

– Mais que faites-vous ?

La Fontaine s'est arrêté et voici qu'à demi ployé vers le sol, il aligne des brindilles.

– Tenez, le plus courbé, le plus vieux, c'est Gombauld. Pauvre Gombauld ! Il va sur ses quatre-vingt-dix ans. On dirait qu'il porte toute l'Académie sur son dos ! Malheureusement, ses fondations commencent sérieusement à vaciller. Ensuite vient Chapelain : sa *Pucelle* lui a donné de sacrées rides, il s'essouffle et n'accouchera guère d'autres enfants.

Ensuite nous avons Voiture : ah ! non, il est déjà voituré, celui-là ! Vous n'avez pas vécu, à l'Hôtel de Rambouillet, la guerre entre les uranistes et les jobelins... Ne vous inquiétez pas, vous aurez aussi les vôtres ! Les raciniens contre les je ne sais trop quoi... enfin, on trouvera bien ! La Ménagerie, peut-être ? Mais, avant Ménage, il y a eu Sarasin, mort juste après Voiture. Jamais il n'aurait dû écrire *la Pompe funèbre de Voiture* ; il s'est embarqué presque aussitôt avec lui.

– Je ne l'ai pas connu.

– Je l'appréciais beaucoup. Pauvre Jean-François ! Il avait cinquante et un ans. Fils naturel d'un trésorier de France... Personne n'osera plus rééditer ses bouffonneries ! Monsieur de Chavigny, le ministre, avait été séduit par son bel esprit. Il le chargea d'une mission à Rome – Sarasin toucha quatre mille livres.

– Et alors ?

– Il était jeune. Au lieu d'aller à Rome, le voici en Allemagne où il festoie avec sa maîtresse et dépense tout l'argent. Et il ne s'arrête pas là ! Sans le sou, il épouse une dame fortunée qu'il plaque presque aussitôt tant elle est désagréable...

Racine n'ose relever qu'il y a là quelque similitude avec la carrière de son ami, sauf que celui-ci est toujours bien en vie.

– Je sais à qui vous pensez, devine La Fontaine, je suis pourtant bien différent : je ne provoque pas. Sarasin, lui, osait toujours aller plus loin. Le prince de Conti l'adopta, mais notre poète mélangeait grimaces, pantalonnades, railleries. Plus d'une fois, le Prince menaça de l'envoyer par la fenêtre. Il riait, se moquait. Rappelez-vous : les Grands n'endurent guère longtemps qu'on se rie d'eux. Il est mort d'un coup de pincettes que lui porta le Prince un jour de colère.

– Quelle horreur !

– Certains prétendent qu'il s'est en fait laissé mourir après cette humiliation. De même, j'ai peur pour Molière. Pour l'instant, *les Précieuses* font rire. Pourquoi ? Parce qu'elles appartiennent déjà au passé.

Comme je vous le disais, c'est un peu la fin de l'Hôtel de Rambouillet. Mais que Molière touche directement au siècle nouveau, à ceux aujourd'hui, et on assistera à d'autres coups de bâton... Mais avançons, le temps fraîchit.

La Fontaine se relève après avoir ramassé ses brindilles – ses poètes, dit-il.

– Regardez ! Je les sauve encore une fois. Ils sont plus en sûreté dans ma main de rêveur que sous le pied de nos ministres, même si, aujourd'hui, ceux-ci dressent des listes de gratifications !... Écoutez-moi, Racine. Nous nous connaissons depuis longtemps. Mon frère est resté comme vous chez les Vitart. Je sais combien vous êtes pauvre. Vous n'avez pas beaucoup de solutions. Moi, je puis laisser couler encore mes journées et mon argent, cela aura une fin, mais qu'importe : il me reste des revenus et je ne suis plus tout jeune. Mais vous, vous êtes orphelin et n'avez aucun héritage. Il vous faudra acquérir la protection des Grands. Sans eux, point de salut !

– Avec eux, pas davantage ! repartit d'un ton railleur le jeune homme.

– Combien de temps supporteront-ils votre esprit ? Tant que durera la douceur de votre peau.

– Je ne comprends pas...

– Lorsqu'on a vingt ans, insolence et jeunesse se confondent, mais vient un moment où l'esprit seul scintille. Là, ils prennent peur. Vous n'avez plus d'excuse, sauf si l'esprit tourne à la bouffonnerie. Et encore : le coup de pincettes n'est jamais loin ! Au propre comme au figuré...

– Comment cela, au figuré ?

– Le Prince ne protège plus. La plus longue amitié, il la brise d'une pichenette parfumée. Le Prince ne souffre pas. Il n'a pas d'« états d'âme ». Il soupe avec vous, converse avec vous, vous confie ses secrets. Vous êtes son ami. Mais, en une heure, il vous a oublié. Même au bout de cinq, dix, vingt années. C'est de cela qu'est mort notre ami Sarasin. Lui, derrière ses grimaces, s'était attaché au prince de Conti. C'est par là que commence le piège : le Prince se livre à nous, vous à lui, sans fard, comme on le fait avec quelqu'un qu'on aime véritablement, mais, un beau jour, c'est la fin, parce que tel n'est plus son plaisir. Vous avez franchi une limite et êtes rejeté sans appel. Vous n'intéressez plus.

– Quelle issue ?

– Si vous avez un cœur, même ayant amassé de la fortune en flattant les Grands, vous mourrez de douleur, comme Sarasin.

Jean Racine redresse sa jeune tête avec arrogance. Pas lui ! Cela ne lui arrivera pas ! D'abord, il ne s'abaissera pas à se livrer à des bouffonneries. Il sera sans pitié – comme un Prince. Plus prompt qu'eux, les Grands, à l'attaque. Eux-mêmes ont peur. Peur de la mort à laquelle ils ne cessent de se préparer. D'aucuns, sur leur lit d'agonie, se font faire la barbe, friser la moustache, voire mettre du rouge aux lèvres comme s'ils voulaient encore à tout prix la séduire.

Lui, Racine, est fils de la Mort, sans père ni mère. La Mort l'a aussitôt adopté. C'est grâce à elle qu'il est capable de toutes les audaces. Car même le Roi plie devant elle. Seule, elle donne à la vie ce goût âcre, aussi rude et rêche que la fumée qui, en ce moment, les enveloppe. Comme un acide elle décape pour ne laisser bientôt à nu que l'essentiel.

– Nous voici descendus au Royaume des Ombres avant même la rencontre avec le Soleil ! marmonne La Fontaine tout en toussant. Ah ! le bois devait être un peu humide...

– Nous approchons de la barrière de Vincennes et votre liste n'est pas complète. Nous venons donc d'enterrer Sarasin...

– Derrière le cercueil, bien sages, par rangs de deux, viennent en premier Conrart, le calviniste, premier Secrétaire perpétuel de l'Académie Française, et en dernier le plus jeune, Ménage, le bel esprit angevin. Ah ! vous ne faites pas partie du cénacle : *les Mercu-*

riales de Ménage... Boileau ne l'aime guère. C'est que la médisance a fait son lit chez Ménage. Il est de ceux qui perdraient plutôt un ami qu'un bon mot. Mais lui aussi peut se le permettre : il a de confortables revenus et est entré dans l'état ecclésiastique afin de bénéficier d'un salut tout ce qu'il y a d'immédiat – en bonne monnaie, sur cette terre. Voilà à quoi vous devriez songer !

– À quoi, mon Dieu ?

– À Dieu, précisément. Ou plutôt à l'état ecclésiastique. Cela procure des revenus.

– À aucun prix !

– Réfléchissez quand même...

Les bois sortent peu à peu de leurs housses sombres. Le ciel se dégage, laissant apparaître sa douce paume rosée. On a envie de la baiser. Son parfum gagne la terre entière et les oiseaux tous ensemble vocalisent. Au loin, au ras du sol martelé par les chevaux, se réveillent les bêtes encore endormies – scarabées, lièvres, crapauds, perdrix. Tous se dressent pour vivre cette journée debout.

Racine hâte le pas. C'est moi qui vais voir le Roi. Il m'a donné audience, à moi seul. Cette journée est celle de notre rencontre. Le reste du monde n'existe plus. Il sait qu'il fabule. Qu'en accueillant le bel amant d'août, Paris célèbre le mariage du Roi. Qu'importe : il sent leur rencontre plus forte que tous les sacrements. Là-bas, à la barrière de Saint-Cloud, c'est lui seul que le monarque attend. Lui, le poète solitaire. L'un vêtu d'or et de blanc, l'autre d'argent et de noir. Deux frères marchant l'un vers l'autre et se regardant avec gravité comme deux femmes dont le commun amant est mort – elles ne se sont jamais vues, mais voici que se déroule entre elles cette conversation secrète, cette connaissance intérieure qui désormais va les tenir isolées des autres.

Semblables, Louis et Jean poursuivent déjà la même quête de ce quelque chose qui se lève là-bas, intransigeant dans sa brûlure. Un soleil ? Dieu ? Quel absolu ? Peut-être un Néant qui vous secoue l'âme pour mieux la faire chanter ? Les fanfares de la jouissance humaine ont beau claironner, jamais elles ne couvriront l'inextinguible aria de cet appel.

Détonations de couleurs, sons diaprés, cris étincelants. À peine La Fontaine et Racine sont-ils parvenus à leur point de rencontre que la cérémonie resplendit de tous ses feux.

Trompettes, arcs de triomphe, fleurs, velours et brocarts, ors, sabots répercutent leurs milliers d'échos sur le pavé de Paris ; seigneurs, échevins, pages, mendiants, prêtres, tambours aux amples pulsations : Racine est devant, derrière, il suit tout, entend tout, les arrêts et les salves, les fifres, les centaines de mulets du Cardinal, vingt-quatre puis vingt-quatre encore, avec leur bouquet de plumes sur la tête. Voici que la journée tourne sur elle-même ! Le Roi gravit les vingt-deux marches pour rejoindre son trône élevé à l'entrée du faubourg Saint-Antoine. Racine l'aperçoit là-haut, distant, étincelant de diamants au milieu de la pourpre éblouissante. À travers l'espace, ce soleil incendie son cœur, lui, éperdu dans cette foule qui l'étouffe, l'oppresse – il ne sait plus ni l'heure ni depuis combien de temps il marche. Il hoquette, trébuche, à demi soulevé par les dizaines et dizaines de pauvres anonymes qui l'enserrent. Qui est-il ? Qui est-il ? Il n'a plus de voix, tandis que les cuivres de plus en plus éclatants lèvent plus haut leurs gueules d'orpailleurs vers le ciel qui, tel un dais ciselé, les emprisonne sous sa lumière. Les chevaux caparaçonnés de noir, de violet ou de bleu semblent les emporter tous dans le tressaillement de leurs franges vers on ne sait quel voyage, conduits par cette main gantée de rouge – la main du Roi qui vole et plane au-dessus d'eux et qu'il saisira comme on le fait d'un oiseau.

Le soir, avec la lassitude du bruit qui, la journée durant, a usé contours et couleurs, voici que le monde devient flou, faussement débonnaire. Les restes de la fête : querelles, rixes, dialogues éraillés, fleurs piétinées. Ils se sont tous retrouvés, ils ont bu, plaisanté, eux, les poètes réunis, toujours les mêmes ensemble, ceux qui seront sur les listes du jeune Roi comme ceux qui n'y figureront pas. Ils oublient cela dans le vin, l'humour, la beauté, en quête de la même plume inaccessible qui les nargue en passant de main en main. Qui sera parmi eux le seul vrai Poète ? l'élu des dieux ? De cela ils ne disent mot, ayant au cœur la même blessure. Boileau, Chapelain, Racine, Conrart aussi bien que les autres sont à jamais les mendiants, les soupirants éplorés de l'écriture. Il a pourtant bien fallu qu'elle appartienne à quelques-uns ! Homère, Virgile – pourquoi pas eux ? Ah ! quelques heures à se damner pour pouvoir respirer ce sombre parfum qui, au fil des temps, ne cessera de troubler le monde...

Puis la nuit est venue, fidèle, ronde et apaisante, maternelle, éloignant l'amante exigeante.

Quelqu'un s'obstine pourtant à la courtiser encore, cette plume au tranchant intact ! Quelqu'un dont l'habit vert luit comme l'eau d'un étang dans la pénombre. Seul, à l'écart, immobile, Molière paraît chercher auprès d'elle son souffle au milieu de cette nuit claire.

Racine, derrière lui, n'ose s'approcher de son maître en Théâtre. Molière et ses épaules lasses lui rappellent une autre vision. À la seconde, il sait :

« Si vous étiez du monde
le monde aimerait son bien
mais parce que vous n'êtes pas du monde
le monde vous hait »

La dernière nuit du Christ ! Gethsémani... Enfant, il avait été marqué par cette soudaine tristesse du Fils de Dieu, seul, orphelin à sa manière. Il demande à ses amis de veiller, mais ceux-ci tombent de fatigue et s'absentent de lui. Il est trop tard.

Racine observe Molière. En prière, a-t-il envie de dire. Mais Molière a-t-il jamais su prier ?

Lointaine, une cloche de couvent sonne. Là-bas, on prie pour le Roi et pour le nouveau jour qui se lève, invisible encore. Est-ce cet appel mélancolique ? le léger vent qui remue les feuilles endormies ? le chat qui se dirige vers lui ? Molière se retourne et considère le jeune homme qui se tient derrière lui.

Il y a un tel désespoir dans ses yeux que Racine recule d'un pas, épouvanté. Quel appel émane du ciel délavé qui habite ce regard ? du désert bleuté où marche cet homme seul tendu vers l'impossible amour ?

Chez lui, entre désespérance et espoir se livre une bataille jusqu'à ce que mort s'ensuive.

Il scrute Jean Racine avec son implacable lucidité mais, par-delà cet examen, le jeune homme sent l'élan incontrôlé de la tendresse. Molière aime les hommes à l'exemple de l'Autre, là-bas, au jardin de Gethsémani. Il les aime jusqu'au rire suprême qui secoue comme un sanglot.

Un léger souffle agite les fleurs fanées que le peuple a jetées sur le passage du Roi. Molière ramasse une pivoine aux pétales légèrement déchirés, sombre comme du sang séché.

– Je suis un bouffon, mais le bouffon est amoureux. Risible ! Ou peut-être tragique ? Je saurais enfin écrire une tragédie : ma pauvre vie ! Et, en face, une enfant qui saute en plein dedans ! Une enfant !

Il contemple la fleur qu'il tient entre ses doigts et, avec délicatesse, se met à la respirer. Racine a le temps de capter son regard trop brillant – comme illuminé. Le bruit court déjà que Molière serait amoureux de la petite Armande, la fille de Madeleine. On se gausse : vingt ans les séparent. Elle en a à peine dix-huit. Pourtant, par cette nuit lumineuse, l'homme déjà recru de soucis a dans ses yeux un ciel entier à offrir – le pur azur d'après les pluies, l'innocence intacte du premier amour. Molière a dix-huit ans, pourquoi pas ?

Racine se prend à l'envier. Lui-même ne sera jamais ainsi, léger, sans péché, naïf. Il ne sera jamais heureux à cause de cette pierre dont on a alourdi son âme, la faute ou le défaut de naissance, sa condamnation. Il ne sera jamais sauvé. Il le sent par contraste avec cet homme enfantin qui se tient devant lui avec, entre ses mains, un cœur de fleur à caresser.

Lui ne possède pas un cœur soyeux, mais une âme terrible, hérissée comme de ces épingles que maniait sa grand-mère Marie. Qui voudrait d'une telle âme malgré la tendresse d'enfant que la mort y a laissée au passage ? Qui en voudrait ?

Le chant des moines grandit derrière les feuillages. D'un mouvement brusque, Molière se retourne, la tête levée vers les étoiles. Racine remarque le soubresaut des épaules, le mouvement des rubans verts pareils à des algues agitées par le ressac. On dirait qu'il tousse. Peut-être est-ce le pollen de la fleur qui a provoqué cette quinte soudaine ? À moins qu'il ne se soit mis à sangloter, tourné vers le ciel comme font les oiseaux avant de disparaître ?

Chapitre 12

La prison de cristal

Mon nom fait tort
à tout ce que je fais.

JEAN RACINE

L'exil. Pourra-t-il jamais guérir de cette blessure ? Désormais, il n'attendra plus rien d'obscures promesses. Il prendra ce qu'il veut sur-le-champ. Deux ans de perdus. Deux ans à jouer l'hypocrite. Deux ans à n'être plus lui-même !

Comme mal réveillé, il a accepté ce voyage, hébété par tout ce qui venait de se passer, mal remis de cette fièvre épidémique, ballotté de conseils et de recommandations, et il s'est posé dans un coin de cette maison d'Uzès, ridicule échassier ébouriffé de noir. Oui, on l'a bel et bien revêtu du mauvais habit du prêtre – ah ! comme ils se sont donné de la peine pour l'attifer, l'étouffer sous ce drap d'Espagne à vingt-trois livres ! Ils ont pris le plus beau ! C'est ainsi qu'ils en usaient avec les enfants récalcitrants. Mais il n'a pas été dupe. Son âme engourdie s'est débattue, hurlant sous la carapace, bien que personne n'ait perçu l'affolement de son cœur blessé, trop jeune encore pour résister, trop jeune heureusement aussi pour être consacré définitivement à Dieu. Il aurait fallu une dispense pour l'ordonner.

Il a donc cédé en apparence. Silencieux, il s'est tenu auprès de son oncle Sconin, dans cette épaisse maison où les sons et le soleil se fondent comme la flamme du cierge sous l'éteignoir du sacristain.

Deux ans loin de Paris, loin des poètes, ses amis, loin du théâtre qu'il aimait par-dessus tout ; même les femmes ne possèdent pas cette puissance de mort et de vie sur lui – le Théâtre ! Pourquoi ? Mais personne n'a voulu de ses pièces. Pas plus *Amasie*, malgré les promesses de la trop coquette Mademoiselle Roste du Théâtre du Marais, que certaines ébauches. Combien de fois n'a-t-il pas repensé à tout cela, assis à la table d'Uzès près de l'oncle débonnaire ?

Il a étudié saint Thomas d'Aquin, fait force extraits de théologie, commencé même un noviciat ; pourtant, à l'intérieur, cela brûle comme un incendie que personne ne décèle, et bientôt le feu soufflera le toit de la maison.

Aujourd'hui, de retour à Paris, il a encore grandi. Presque vingt-quatre ans maintenant, des yeux qui jettent de dangereux éclats de haine ; tout au long de ces deux dernières années passées à Uzès, les femmes n'ont plus apaisé de leurs bras ce corps tendu.

Absent des femmes, absent de Paris, absent du théâtre.

Le fiel des chicanes religieuses a définitivement tari la tendresse que lui inspiraient des maîtres tels que ceux de Port-Royal. À Uzès, cela n'a été que mesquinerie, procès – le fameux bénéfice qu'il devait obtenir ne lui a valu qu'un surcroît d'ennemis, et aucun argent. Il en revient avec autant de dettes et une amertume à laquelle il aurait préféré ne jamais goûter. Il a cru esquiver les sordides querelles de Port-Royal et il a dû supporter les criailleries des moines, valetaille paresseuse et ignare assemblée autour de son pauvre oncle déjà presque ruiné par leurs dettes.

Quant aux jésuites, il n'a pas eu besoin d'être élevé à Port-Royal pour se rendre compte de leurs méfaits. À Uzès comme à Paris, ces dévots se souciaient plus de mener le monde que de le quitter. Bienheureusement, il y avait son oncle Antoine, de trente ans son aîné. Un homme juste qui payait sa sincérité par un exil déguisé auprès d'un évêque bien en cour, Jacques Adhémar de Grignan. Mais, une fois de plus, tout se passait à Paris. L'évêque, l'oncle et Racine ont vu les jours succéder aux jours sans que rien ne vienne modifier le cours des événements.

Deux ans d'attente, d'espoirs déçus. Mais, lorsqu'il s'interroge, le jeune poète se dit qu'il n'a jamais vraiment cru à cette promesse de bénéfice. Pourquoi est-il parti alors que les gens de la future Académie s'intéressaient à lui ? Colbert, Chapelain, tous avaient cru aux fausses raisons invoquées par son oncle Vitart : il était orphelin, il avait des dettes ; un oncle à Uzès lui promettait un bénéfice s'il s'engageait dans la carrière ecclésiastique. Avec des protecteurs de l'importance de Monsieur d'Uzès, futur archevêque de Paris – le Roi parlait de lui avec attention –, tout était possible. Tout ?

Tout sauf la vie, ses folies, le théâtre qui le rongeait comme un mal. Aussi, un soir, à Uzès, comme il regardait la petite table de bois, une odeur de meurtre lui crispa les mains. Cela ne pouvait plus continuer ainsi ! Pas mal de mois avaient passé. Juillet se gonflait de chaleurs boursouflées et les raisins commençaient à s'assombrir. La chambre exhalait un parfum de roses trop ouvertes – comme Elle, naguère.

Elle se tenait dans la pièce avec ce sourire indécis qui étirait le coin de sa bouche. Moqueuse, rieuse par instants, coquette aussi, la femme le troublait sciemment. Pourquoi avait-elle surgi de nouveau dans cette chambre d'Uzès : à cause de ce parfum de fleurs gorgées de vie, absente trop présente, maintenant qu'il l'avait fuie ? La femme de son oncle revenait le visiter en songe, par cette fin d'été, elle dont le rire scintillait à l'image du collier de perles lumineuses passé à son cou et qui descendait jusqu'à ses seins blancs. Est-ce qu'il la retrouverait dans cette robe qu'elle portait le fameux soir ? Pourquoi l'avait-il alors surprise ? Est-ce qu'elle l'attendait, lui, ou un autre ? Il n'avait jamais compris ce qui s'était passé. Tout était allé si vite : la robe délacée, lui paralysé ; la robe à terre, corolle rouge damassée de ramages émeraude ; la chaleur régnait comme ce soir-là à Uzès, mais pourquoi arborait-elle des cheveux si blancs, et ces yeux d'eau verte ?

Elle était beaucoup moins belle qu'Anne de Rohan, la filleule du duc de Luynes, qui ne cessait de le harceler dès qu'il logeait au château de Vaumurier. Lui et un grand ami, l'abbé de Vasseur, appelaient ce lieu Babylone... Babylone, lieu de toutes les perditions ! Et c'est vrai que, depuis qu'Anne de Rohan avait remplacé l'ancienne duchesse de Luynes, l'atmosphère y était devenue quelque peu trouble. Malgré le jeu de la trop jeune Anne, Jean n'avait jamais été touché par elle. Elle était comme une enfant capricieuse, primesautière, avec ses longs cheveux d'or bouclés et ses grands yeux bleus de ciel sage, malgré les mines de catin qu'elle arborait comme une fillette chausse les escarpins dangereux de sa mère. Tandis que la femme de son oncle, elle, semblait toujours sortie de quelque mystérieux étang : chevelure raide, yeux mouillés, et ce parfum d'algues... Sa seule pensée le perturbait.

Ce soir-là, le soleil venait à peine de se coucher, la pièce était encore nimbée de rougeurs. Est-ce qu'elle avait murmuré quelque chose ? Elle devait être en train de se délacer, haletante de chaleur, portant un second enfant proche du terme. Son ventre arrondi se découpait sur le jour finissant, enfoui dans ses jupons clairs ; aucun bruit, hormis le bruissement de l'étoffe ! Il n'avait esquissé aucun geste, empêtré par ses vingt-deux années encore timides face à la femme mariée et mère. Ce corps déjà possédé par un autre, Nicolas Vitart, son propre cousin, son aîné qui l'accueillait depuis tant d'années, ce corps le troublait plus qu'aucun autre n'avait su le faire jusque-là – pourtant, il n'était plus innocent, maintenant, il connaissait l'amour et ses folles douleurs, comme disait la vieille religieuse Suzanne – et ils se tenaient face à face dans cette pièce moite, bientôt obscure. Muets.

Elle lui avait désigné un objet sur le lit. Comme halluciné, il s'était dirigé vers le linge qu'elle désirait et s'en était emparé. Sans doute avait-elle voulu s'essuyer, car la chaleur avait laissé sur ses épaules une coulée de nacre odorante. Il s'était donc penché vers le lit – mais qu'est-ce qui avait pu lui éblouir la tête ? –, il n'avait rien prémédité, mais voici qu'il s'était approché d'elle et, avec une sorte de servitude, s'était mis délicatement à lui caresser les épaules avec l'étoffe, oubliant le monde, glissant peu à peu vers cette eau transparente, la humant, de plus en plus ivre, irresponsable.

C'est alors que la servante avait surgi, portant la petite Marie-Charlotte qui, sans prévenir, éclata en bruyants sanglots. Était-ce l'air apeuré de la vieille domestique, qu'il n'avait jamais appréciée, la douleur de la petite, ou bien l'indifférence soudaine dans le regard de Marguerite – « Que faites-vous là, pauvre petit jeune homme ? » semblait-elle dire avec hauteur –, il s'était enfui, blessé, humilié, trempé d'une peur inutile.

Il n'oublierait jamais. Longtemps il porterait cette image cachée au plus profond de son cœur. Il n'avait rien fait, mais avait été puni comme le plus vil des coupables. Pendant plusieurs jours, une atmosphère tendue avait régné à l'hôtel de Luynes. Nicolas le regardait avec une manière de grimace cristallisée sur son visage où se lisaient la douleur, l'étonnement, l'incertitude. Mais personne ne s'expliquait vraiment. Des bruits avaient sans doute couru le long des couloirs âcres, dans les cuisines malodorantes. Puis la servante, fervente janséniste, qui les espionnait au service d'on ne saurait jamais qui – peut-être de Monsieur de Luynes lui-même –, avait probablement brodé autour de l'attitude de « Petit Jean » vis-à-vis de Mademoiselle Vitart, la femme de son oncle !

En quelques semaines, tout alla de mal en pis. À Babylone – autrement dit au château de Vaumurier – il s'était laissé aller à jouer au cabaret et avait accumulé dettes sur dettes. Installée chez son parrain, la filleule du duc de Luynes, Anne de Rohan, trop jeune, trop belle, trop gâtée, se conduisait avec extravagance. C'est elle qui, avec malignité, l'avait poussé à jouer trop gros. Elle avait juste un an de moins que lui et ne cessait, dès qu'il séjournait au château, de le poursuivre de ses coquetteries effrontées. Il n'avait pas d'argent, mais, pour l'impressionner, il avait voulu faire le malin et se retrouvait dans une situation effrayante.

Anne avait vingt ans de moins que le duc dont elle était en fait la tante, et bien vite, trop vite, Monsieur de Luynes en était tombé amoureux, oubliant sa première femme, la très pieuse Marie-Louise Séguier, alors que Racine se souvenait à quel point l'enfant qu'il était avait été ébloui par cette dame au profil fragile.

Anne était tout l'opposé ; elle s'essayait à des séductions d'enfant et se transformait parfois en vieille courtisane recourant à toutes les roueries du métier. Suivant l'inspiration du moment, elle était capable de n'importe quelle audace, colère ou tendresse. En réalité, la jeune Anne ne cherchait pas réellement à séduire, plutôt à s'accorder à elle-même de l'importance en régnant sur le château telle une petite princesse tyrannique.

Apprenant sans doute les contes que l'on faisait de lui, Anne s'était mise de la partie, se plaignant des assiduités et des compliments pressants du jeune Racine. Tout cela devenait réellement dangereux pour lui, accusé par cette petite peste qui se dandinait et qu'il aurait dû fesser, ou je ne sais quoi.

Le duc de Luynes en était épris : il s'était promis de l'épouser et n'avait aucune envie de prendre tout cela à la légère. Nicolas Vitart était déconcerté, mais il fallait agir vite, calmer cette agitation, éloigner le jeune homme, trop séducteur ou trop séduisant malgré la gloire prometteuse qui se levait devant lui – son *Ode pour le mariage du Roi* lui avait valu une gratification de cent livres – *la Nymphe de la Seine* ! – et son nom commençait à se murmurer au « Parnasse ». Quel dommage ! Sa femme elle-même n'avait-elle pas déjà badiné avec l'abbé Le Vasseur ? Elle n'en faisait elle aussi qu'à sa tête, mais il l'avait connue toute petite, elle était de leur village, et puis il l'aimait comme elle était : fantasque, osant donner de la vie à cet hôtel qui, grâce à elle, se parait d'une joyeuse animation quotidienne – enfants, amis, amoureux, nièces et neveux, elle soulevait tout cela comme une poussière sonore qui danse dans le soleil. Ils étaient nombreux à se réunir et à se laisser vivre, des soirs d'hiver aux soirées d'été.

De tristes esprits les jalousaient, renfermant leur science comme une mauvaise odeur, et parfois Nicolas avait fort à faire avec leurs amis jansénistes : depuis leurs épreuves – la décision du Roi de changer les directeurs de Port-Royal et d'en renvoyer les pensionnaires, le départ forcé d'Antoine Singlin –, les maîtres à penser devenaient mois après mois de plus en plus irritables. Sa grand-tante, la mère Agnès de Saint-Thècle, lui reprochait sa faiblesse envers « Petit Jean ». De fait, il aimait son neveu, qui était devenu comme son fils – mais un fils amical et complice. Lorsqu'il n'était pas trop pris par le service du duc de Luynes, il rejoignait en hâte sa femme, sa sœur, la douce Agnès, son jeune frère, ses autres sœurs, Marie et Nicole, l'abbé Le Vasseur, l'Avocat et Monsieur d'Houÿ dont le léger tremblement témoignait d'une brise alcoolisée soufflant en permanence ; enfin Jean, son neveu, le poète.

Chacun plaisantait, les citations grecques et latines volaient par-dessus les bougies et entre les rires des femmes, et c'est vrai que cela ne ressemblait plus en rien aux exercices de piété d'un Antoine Le Maître ou d'un Lancelot. Nicolas s'en apercevait ; les grands maîtres qu'ils avaient connus appartenaient déjà à une autre époque qui n'était sûrement pas celle du jeune Louis XIV, ni de son propre neveu.

Nicolas avait besoin de rêver et de vivre auprès de ces jeunes gens de quinze ans ses cadets. Il aimait les vers, le théâtre. Même l'austère duc de Luynes songeait sérieusement à se remarier avec la petite Anne, sa filleule et tante, qui aurait pu être sa fille. L'époque changeait comme un paysage au cours d'une même journée et il eût été inutile de croire à une fin d'après-midi possible alors que le soleil annonçait de nouveau midi à grandes flèches éblouissantes.

Oui, il avait aidé son neveu à se détacher de Port-Royal. Oui, il l'avait même poussé à faire des vers, dont une ode pour le mariage du Roi, et il l'avait lui-même présenté à Perrault et à Chapelain.

Il croyait en lui. Malgré sa violence à vivre, à fréquenter le cabaret, à aimer les femmes, il y avait chez son neveu Jean une pureté, une retenue – comme s'il était toujours l'enfant solitaire assis là-bas, dans un coin de la pièce, à jouer avec le soleil.

Tel était au demeurant son tout premier souvenir de Jean. À l'époque, celui-ci devait avoir trois ans. Lui, à peu près dix-huit. Autour de la table, chacun s'activait à vivre, mangeant, parlant, riant ou se querellant, et, un peu plus loin, il y avait cet enfant immobile et silencieux qui conversait avec la lumière. Jamais Nicolas n'oublierait le visage aux yeux de nuage – irradiés par quelle vision ? Longtemps il s'était interrogé sur ce que contemplait l'enfant. Était-ce ce jour-là qu'avait débuté l'étroite filiation entre son neveu et lui ?

Non, Jean n'avait pu trahir son oncle. Nicolas pensait à sa femme et à son neveu avec une souffrance si poignante qu'elle se confondait avec l'amour qu'il leur portait à tous deux – et c'était comme s'il les réunissait dans ses bras. Il eut alors la certitude inouïe qu'il ne s'était rien passé, puisqu'il figurait là avec eux dans cette image arrêtée ; puisque, s'ils s'étaient unis ne fût-ce qu'un instant, lui, Nicolas, le mari, avait été là entre eux deux, en eux, dans ce baiser qu'ils s'étaient peut-être donné à travers son absence.

Mais il avait fallu écarter Jean de tout ce remue-ménage. D'ailleurs, son neveu lui-même avait désiré s'éloigner de Paris, d'eux tous. Il avait paru soudain vouloir fuir toute présence féminine, et avait disparu à Uzès.

Deux années d'absence.

Rumeur des mouches. Silence du monde. Le mois d'août à l'écoute. Debout, transi devant le cadavre, Jean Racine pense à tout cela, le regard fixe sur le visage absent de Marie, sa grand-mère – son aïeule qu'il n'écoutera jamais plus lui déchiffrer les signes sur la feuille vierge. Son visage a comme rétréci. Il ressemble à nouveau à celui de la fillette qu'elle avait dû être jadis, à La Ferté. Et c'est comme s'ils s'enfonçaient tous deux dans la forêt, là-bas. Ils ont soudain le même âge, sa grand-mère et lui. Morte, elle appartient désormais au monde des ombres. Irréelle, elle peut à présent se glisser dans la lumière de l'écriture, dans cet espace où il évolue et se déploie à sa guise en se laissant entraîner dans le labyrinthe initiateur des âmes.

Il se retrouve enclos dans le Port-Royal de son enfance. C'est avec elle que le gosse qu'il était avait pour la première fois franchi la frontière des Petites Écoles. Mais lui, contrairement à son ami Pierre-Thomas du Fossé, n'avait laissé aucun père attentif de l'autre côté.

Ce visage captif de la mort, il le sonde et le scrute, semblable à la page muette qui attire. Voici celle qu'il appelait sa bonne mère Marie, mais déjà ce n'est plus elle, car la mort, comme la tragédie, transfigure. Le corps réel devient comme un obstacle à toute vie nouvelle.

Pourquoi se dit-il cela ? Il regarde et regarde la dormante, l'absente à jamais et, peu à peu, les images se lèvent, et c'est comme en amour lorsqu'il ferme les yeux pour mieux voir. De même dans la mort : toutes apparaissent alors comme sorties du paysage – amantes, mères, sœurs, héroïnes...

La voici, cette grand-mère, il la reconnaît à cet instant précis, cette femme décidée qui lui prend la main ; c'est avant tout ce qu'il ressent contre sa paume : une autre paume légèrement masculine, rêche, et ce grand corps qui marche à ses côtés, un peu terrifiant. Elle avait occupé la place de sa mère – cette mère morte qu'il n'aura jamais connue, préservée en cela du vieillissement, vierge de toute atteinte, telle une jeune sœur qu'il eût protégée. Sa mère, morte à vingt-neuf ans, voilà qu'elle aussi l'appelle comme une jeune fille qui se serait blottie derrière lui, marchant dans ses pas, hasardeuse. Cette voix parfois dans ses nuits l'effleure d'appels secrets, réveille d'autres visages de femmes disparues, immobilisées dans l'écriture, tout comme, ce jour-là, sitôt franchi le seuil, s'élève, réel ou inventé, le dialogue sans cesse renoué avec les absentes dans l'implacable soleil d'août.

Une mouche se pose sur sa tempe. Il la chasse d'un geste ennuyé pareil à l'enfant qui refuse de sortir du sommeil, mais ici la berceuse est telle qu'elle l'a entraîné vers l'autre monde, celui de la forêt de La Ferté, et c'est comme s'il se retrouvait enfant, jadis. Le même arôme sucré des arbres lui picote les narines et s'il relève quelque peu le visage, il aperçoit celui de Marie, l'ancienne grand-mère, dont la coiffe toujours immaculée laisse passer quelques cheveux rebelles. Une voix légère au loin module des vers, une plainte d'amour. Une âme chante et la forêt se revêt d'une patine dorée. Est-ce la voix de sa mère ? Il n'ose avancer, échapper à la main rugueuse qui le retient. Une lumière derrière les arbres qui bouge : est-ce elle enfin ? Cette voix, qu'il reconnaît entre toutes, est vouée à ne demeurer à jamais qu'une timide question, sans aucune représentation possible. Il lui faudra toujours la rêver en secret. Il a vingt-quatre ans mais reconnaît sa mère à cette blessure qu'elle lui a laissée pour toujours en travers du corps – cela au moins est à lui –, la marque de l'absence maternelle. Ainsi en sera-t-il pour lui de l'amour : cette présence qui s'échappe là-bas derrière les grands arbres de son enfance sera désormais sans cesse recommencée, tout comme le silence scandaleux de Mademoiselle Vitart au cours de cette soirée tragique d'avant Uzès. Elles portent toutes en elles la disparition, comme sa grand-mère à présent.

Le ciel s'obscurcit. Par la trouée des arbres, une forme blanche s'avance vers lui. Il voudrait fuir ; l'âcre odeur des lys monte à ses lèvres. Ce n'est plus la douceur de l'absence maternelle, mais la peur de ce qui s'approche, cette forme blanche transpercée d'une croix rouge – on dirait un poitrail qui saigne. Il ne peut plus remuer, il a cinq ans et serre désespérément la main de sa grand-mère. Angélique, la grande Angélique s'avance vers lui, elle se penche, il ne voit plus que ce sang et des yeux de flamme noire sans fond. Mère Angélique ! Non, elle n'est pas sa mère, n'est pas une mère ! Il ne comprend plus : pourquoi l'a-t-on amené ici ? Il fait froid, les murs cachent le soleil et la forêt maternelle a disparu. Mère Angélique lui prend les mains, il sent le froid de ses doigts et sa robe blafarde n'est en rien rassurante comme celle de sa grand-mère. Sa grand-mère il la connaît, mais elle, cette mère-là, n'a pas de corps réel ; il n'y a que ce regard qui l'attire et dans lequel il tombe, tombe...

– Jean !

La voix, légèrement chantante, l'a rappelé à l'ordre.

La pièce est sombre, maintenant. C'est Agnès ! Mère Agnès de Saint-Thècle l'a saisi aux épaules et le soutient. À côté de lui, comme elle paraît petite ! Bouleversé, il retrouve la jeune fille des bois de La Ferté, la prend violemment dans ses bras, la serre, sanglote contre elle, l'écrase de toute sa hauteur. Voilà, c'est fini : sa grand-mère a disparu de sa vie et des bois sonores de sa mémoire. Il a accepté de revenir de l'autre côté et contemple à présent le cadavre inutile et jaunâtre sur lequel plus rien de neuf ne s'écrira.

– Elle aussi nous a quittés, comme notre Mère Angélique ! À quoi songiez-vous lorsque je vous ai retrouvé ?

– À ma première entrée à Port-Royal. Lorsque ma grand-mère m'a présenté à Mère Angélique de Saint-Arnauld, la grande Angélique. J'avais si peur !

– Et maintenant ?

Le haut jeune homme ne répond rien. Il regarde Agnès, sa robe trop blanche, son voile trop noir, la croix trop rouge qui lui barre le corps.

– Avez-vous fait pénitence à Uzès ? attaque-t-elle fièrement.

Jean murmure. Il repense à ces vers qu'il a écrits par une nuit d'abandon, d'étouffante souffrance :

« Et toutefois ô Dieux un crime involontaire
Devait-il attirer votre colère
Voilà de ces grands Dieux la suprême justice
Jusques au bord du crime ils conduisent nos pas
Ils nous le font commettre et ne l'excusent pas »

– Il vous faut calmer cette violence que je sens au fond de vous, continue la voix implacable, une mince lanière qui s'abat sur lui.

Jean n'expliquera rien. Que pourrait-il dire ? Agnès n'a pas de corps. Elle ressemble en cela à Mère Angélique. Port-Royal est une prison de cristal qu'il vient de briser.

Il regarde le corps mort, puis regarde Agnès à son côté.

Il veut du soleil, il veut des hanches à caresser, il veut un royaume à lui, des femmes riantes aux enfants chahuteurs. Il n'a que trop langui derrière ces murailles. Il a toujours aspiré au soleil depuis qu'il est petit. Il se revoit tel qu'il était quelques années auparavant. Antoine Le Maître venait de mourir, son cher « papa » ! Et maintenant voilà grand-mère qui le quitte. Plus personne ne le protégera. Il est désormais maître de son destin. Plus de reconnaissance envers aucun de ses parents. Mais si ! Il y a encore Nicolas. Nicolas !

– Comment va Nicolas ?

La voix d'Agnès. Sait-elle quelque chose ? Nicolas se serait-il confié à elle ? Il la regarde avec effroi. Nicolas, qu'il aime ! La femme de Nicolas comme une sorte de lien avec lui, une manière de converser ensemble. Il ne peut s'imaginer sans eux deux, Nicolas et sa femme. Et lorsqu'il écrit à Mademoiselle Vitart, c'est comme s'il parlait à Nicolas à travers elle. Elle et ses yeux d'étang sous la pluie. Est-ce elle ou lui qu'il a inquiété ? Tel Ovide des siècles auparavant, il a dû quitter son protecteur et sa jeune épouse. Il a vu ce qu'il n'aurait pas dû voir, et l'exil est venu. Mais il en est revenu maintenant, loin des « Scythes » et des moines si semblables aux mouches d'été.

À travers elle, c'est Nicolas qu'il touchait. Il n'aurait pas aimé Mademoiselle Vitart si elle n'avait été à Nicolas. À travers la femme, possédée ou non, il a dialogué avec l'homme qui l'accompagnait. Jamais il n'aurait osé tout à fait se confier à Nicolas, son oncle, son aîné de quinze ans, mais, à travers Marguerite, les deux hommes ont dialogué sans gêne, et, lorsqu'ils étaient tous trois ensemble, jamais sa complicité avec Nicolas n'avait été aussi forte.

– Pourquoi êtes-vous revenu d'Uzès ?

Il ne dira rien de son exil, de son appétit de femmes, de son seul secret : l'écriture.

Deux ans ont passé.

Tel Ovide, le poète latin, il était parti en exil, il a connu les Scythes, les Barbares. Qui n'a pas vécu ces soirées à Uzès ne connaît rien de l'isolement. Il n'oubliera jamais les lentes tombées du jour et l'ennui qui, semblable à des araignées silencieuses, montait jusqu'à sa gorge. Ni l'envie de hurler, certains soirs, lorsqu'il pensait à là-bas : au théâtre, à son ami Molière...

Son ami ? Molière était-il l'ami de qui que ce soit ? Il y avait toujours au fond de ses yeux bleus cette peine enfantine veillant à la porte du cœur de poète. On ne connaissait que l'antichambre de Molière. Par moments, Jean aurait voulu être femme afin de connaître Molière – la chair de Molière, le corps de Molière.

Ah ! lui, le « Petit Jean », comme ils disaient, ce n'est pas une peine d'enfant qui gardera désormais sa porte, mais une rage de gosse, prête à ferrailler. Ils avaient voulu enfermer son cœur dans une prison, mais elle était transparente et c'est le monde entier qu'il avait entrevu, et bientôt il allait plonger avec volupté ses mains dedans, comme dans un ventre vivant.

– Jean ! Vous paraissez bien insensible à la mort de votre grand-mère !

Insensible ! Et elle, sa merveilleuse tante Agnès de Saint-Thècle, qu'est-ce qu'elle sait de la souffrance ? Toujours droite, toujours blanche, mais avec ce sang en travers de la poitrine. Cette croix de Port-Royal, il va la leur arracher, faire jaillir à la place un sang brûlant, charriant des amours dévastatrices. Tout était leur faute. C'étaient bien eux qui lui avaient fait lire Sophocle, Eschyle, Virgile ! Après cela, comment aurait-il pu se contenter des soupers en tête à tête avec son oncle, le curé ?

Même à Uzès, les gens s'aimaient, se tuaient, se suicidaient par amour. Ainsi cette jeune fille qui logeait près de chez eux et qui avait avalé de l'arsenic pour se venger des rudesses de son père. C'était comme si le ciel se rétractait.

Oui, c'en était fini de Port-Royal, c'en était fini de l'innocence et de la pitié ! Il allait ouvrir grand les portes : plus de prison ! Un autre Racine se levait qui se battrait avec le premier jusqu'à ce que mort s'ensuive. Comme Polynice, il entendait régner sur-le-champ et tuerait, s'il le fallait, son frère ennemi : le jeune Racine obéissant. L'élève studieux devait mourir pour que l'autre, le conquérant, gouverne à son tour. Il n'avait que trop attendu !

Une nouvelle époque d'ailleurs commençait. Louis XIV dominait sans partage. Qu'est-ce qu'il espérait, ce Jean, retenu entre le cadavre de sa grand-mère et la fade odeur de lys blanc qui émanait d'Agnès ?

C'est alors qu'il pensa à elle. Elle et ses yeux violets ; elle et la violence de son regard ; elle, odorante comme des fleurs humides et piétinées par un soir d'été. Marquise ! Celle qu'ils appelaient « la Déhanchée » et qui s'avançait vers lui au gré de cette danse du corps que tous reconnaissaient de loin.

Il la revoyait avant son départ à Uzès, alors qu'elle se tenait près de Molière. On disait qu'ils avaient été amants. Il les regardait, jaloux de leur complicité. Molière, le visage un peu penché, s'appuyait sur la table de bois, relisant avec elle quelques répliques, il ne savait plus de quelle pièce. Il n'avait remarqué que leurs deux corps presque soudés l'un à l'autre. Elle, légèrement plus grande, collée contre Jean-Baptiste, le couvrait presque entièrement, sans honte ; elle avait passé son bras autour de la taille de l'homme, l'encerclant, et son menton reposait sur son épaule droite. Lorsque Molière s'était tourné légèrement à son arrivée, il avait aperçu leurs deux bouches tout près l'une de l'autre, et lui, trop jeune, inconnu, sans théâtre, avait eu la certitude qu'il écraserait un jour contre les siennes ces belles lèvres de Thérèse du Parc, dite « Marquise ».

Elle l'avait regardé. Des yeux chargés de violence.

Le temps était maintenant venu d'imposer sa loi : à elle d'abord, au monde et au théâtre ensuite.

– Je n'aime pas votre regard. Vous semblez malade, hanté par des démons. Je n'aime pas ce que vous êtes devenu.

Sœur Agnès de Saint-Thècle voudrait à présent le quitter. Pourquoi pas ? Qu'elle aille à Dieu ; lui, il ira vers le théâtre, pour s'y perdre ou s'y retrouver.

Un instant, il la retient cependant par le bras : Agnès ! Elle se retourne, ne le reconnaît déjà plus ; ce n'est plus son neveu, son « Petit Jean », mais un grand jeune homme brutal, fiévreux, qui ressemble à la soldatesque meurtrière qui envahissait jadis le couvent.

Un instant, il la retient dans sa longue main, puis, sans explication, il l'écarte et s'enfuit.

Elle reste immobile, puis s'agenouille près du cadavre de sa mère. Elle prie pour qu'il revienne un jour auprès d'elle. Cela mettra du temps, pense-t-elle, car elle connaît son ambition, mais aussi son cœur d'enfant. Il faudra qu'il épuise à l'extrême sa soif de gloire avant de finir par la rejeter au loin, car il recherchera toujours quelque chose qui n'a pas de fin : l'appel, et non la jouissance. Ou encore quelqu'un qui ne lui répondra jamais : le Dieu caché qui ne se laisse pas dérober.

Août. La chaleur du sang. Il galope vers Paris, la vie. Tout prend une odeur épicée, sensuelle. Sueur du cheval, forêt qui transpire en cette fin d'après-midi. C'en est fini de la douceur enfantine et du sérieux de l'écolier.

Il pense à sa pièce : *la Thébaïde* ! Il la terminera. La donnera à Molière. Puisque personne n'a voulu de lui, il va s'offrir au théâtre ! Âme pour âme... Il est orphelin dans le monde et les religieux n'ont pas voulu de lui. Il choisira alors l'étrange, ce pays interdit où les morts ressuscitent : le théâtre. Royaume où le réel se défait pour donner chair aux seuls rêves.

C'est cela : il va s'inventer un royaume bien à lui et y régnera en maître. Les pauvres humains n'écoutent jamais ; il les forcera à apprendre ses propres paroles, les pliera à ses leçons. Non seulement ils seront spectateurs, mais deviendront aussi acteurs ! Même le Roi, il le caressera de sa plume. Les morts comme les vivants ne devront qu'à lui seul la permission d'être admis dans son théâtre.

La forêt vole en giclées de poussière blanche comme de la neige ! La neige, un jour pareil ? Il y a si longtemps qu'il n'est plus accompagné, bousculé par toute une famille semblable à des oiseaux sombres qui vont se poser ailleurs, peut-être sur la tête d'un autre pauvre enfant. Il n'y a plus que des feuilles pour prendre leur essor, des centaines de pages vierges qui l'attendent, femmes de demain, femmes de ce soir, vers lesquelles il s'élance, mais aucune ne montera aussi serré sa monture que cette gloire future qui maintenant lui étreint la taille et dont l'haleine chaude lui murmure des mots d'avenir. Il se dépêche, il lui faut écrire, vite !

« L'espérance est morte en mon cœur »

Comment a-t-il pu s'exiler à Uzès ? Comment a-t-il pu laisser le trône à d'autres ? C'est à lui de régner et, s'il le faut, il arrachera par la force ce qui lui est dû.

« Je veux m'ouvrir le trône ou jamais n'y paraître
Et quand j'y monterai j'y veux monter en maître
Que le peuple à moi seul soit forcé d'obéir
Et qu'il me soit permis de m'en faire haïr
Enfin de ma grandeur je veux être l'arbitre »

Ces mêmes mots qu'il a tracés dans la solitude d'Uzès, voilà qu'il les fait siens, et bientôt les acteurs rediront eux aussi ce qu'il a laissé sourdre de son cœur dans ses moments les plus solitaires, les plus préservés.

Était-ce donc cela qui se préparait, là-bas, dans cette maison de curé ? Enfermé, il travaillait déjà à son ascension, l'écrivait même avant que de la vivre.

« Quand je devrais au ciel rencontrer le tonnerre
J'y monterais plutôt que de ramper à terre »

Pourquoi se souvenait-il à ce point de ce qu'il aurait dû oublier sitôt tracé – des mots destinés au théâtre ? Les personnages lui réclamaient des acteurs pour ne point demeurer des ombres errantes. Il allait donc trouver Molière. Il fallait d'urgence que *la Thébaïde* fût jouée, sinon il deviendrait fou, dévoré par ses personnages qui ne cesseraient de le questionner, de le harceler. D'autres déjà hurlaient en lui : les démons s'étaient réveillés, il devait rentrer et écrire, écrire pour apaiser les dieux, ces hurlements et ces appels qui résonnaient dans sa tête, et les affres de l'amour.

Il faisait presque sombre maintenant. Son cheval avait ralenti et marchait au pas. Un ruisseau n'était pas loin. Il fallait se rafraîchir. Se calmer. Comme il était seul ! Ambitieux ? dur ? sans cœur ? Cela commençait à se dire autour de lui. Mais tout ne lui avait-il pas été refusé, toujours ? Et chaque fois qu'il essayait de se plier, cela ne devenait-il pas encore plus dramatique pour lui comme pour les autres ?

Le voyage d'Uzès n'avait constitué qu'un épisode de plus dans cette sinistre comédie. Sa sœur lui en voulait, de même que ses cousins ; même cet oncle auquel il s'était habitué, il avait dû l'abandonner comme s'il n'en avait voulu qu'à son argent. Sa tante maintenant le repoussait et sa grand-mère s'était tue. Sa grand-mère, celle qui l'avait élevé de ses mains rugueuses et chaudes, venait de mourir, là !

Non ! Voici qu'il sanglotait ! Ah ! il n'était pas celui dont ils parlaient tous, ni arrogant ni cynique, mais un enfant, seulement un enfant qui se défend pour garder intact son trésor, ce soleil enfoui profond, cette brûlure, un amour si exigeant, si fou que la moindre grimace l'incite à la violence. Car on ne singe pas l'amour ! Mais eux, pourquoi faisaient-ils tous semblant ?

Il était cet orphelin qui menait boire son cheval dans la nuit chaude. Il repensa à sa sœur : même visage, mêmes père et mère. Pourquoi les avait-on séparés ? Pourquoi avaient-ils rompu ce dernier lien ? Il l'aurait voulue là à ses côtés, petite fille aux yeux farouches, partager avec elle les mêmes secrets, plus tard les mêmes souvenirs, et ce signe qu'on se fait l'un à l'autre, un soir d'été comme celui-là, parce qu'on a découvert l'amour naissant dans des yeux qui vous ressemblent. Parce qu'il est temps de tromper ensemble père et mère.

Ensemble ! Jamais il n'avait été « ensemble », lui, avec qui que ce soit d'autre.

Il plongea ses mains dans l'eau glacée et s'en couvrit le visage. Son cheval mendia une caresse, à moins que ce ne fût le contraire – peut-être était-ce lui qui avait besoin de toucher un corps chaud, un corps où le sang battait ?

Mais tout cela, il allait se l'offrir. Se donner à lui-même des royaumes, des sœurs, des souvenirs d'enfance, des meurtres, des enfants à sauver, des forêts où l'on découvre l'amour, des paroles parfumées de petite fille éblouie devant son grand frère, et peut-être un jour son père surgirait-il au détour d'un alexandrin ? Il n'avait plus que cette voie-là : *la voix !*

Étrange : il entendait toujours la voix de ses personnages avant de voir leur visage. Il lui fallait le théâtre. Chaque voix, irremplaçable, redisant ses mots à lui. Alors tout deviendrait clair, dicible, et l'amour oserait se déclarer dans toute sa limpidité.

Il allait trouver Molière cette nuit même. Jean-Baptiste dormait si peu. Ils reparleraient ensemble de cette *Thébaïde*. Celle de Molière, jadis ; la sienne, aujourd'hui. Molière était toujours prêt à s'animer pour de nouvelles pièces, à prodiguer des conseils, à raconter ses défaites dans la tragédie. Il lui avait narré cette *Thébaïde* jouée sans succès à Bordeaux en 1647. Mais Jean-Baptiste n'avait jamais été seul : il y avait eu son père, puis Madeleine Béjart à ses côtés et toute cette famille de comédiens bruyants, capricieux, mais finalement si attachés à *leur* patron. Lui, Racine, aucune compagnie ne l'escorterait sur les routes hasardeuses du succès.

Il allait donc trouver Molière. À deux ou trois reprises, celui-ci lui avait fait part de sa blessure – il n'avait pas réussi dans la tragédie. Étrange paradoxe ! Sa vie pourtant devenait à elle seule l'intrigue la plus déchirante qui fût. Montfleury ne venait-il pas de l'accuser d'avoir épousé sa propre fille ? Molière ne répondait pas et la petite Armande devenait chaque jour plus émouvante. Elle avait trois ans de moins que Jean Racine. Celui-ci aimait le regard qu'elle posait sur Molière, cette passion d'enfant qui se lisait dans ses yeux. Ils se retrouvaient tous deux avec une telle violence, l'adolescente encore et l'homme fatigué, que même les jaloux faisaient silence. Le cœur de Molière avait entrouvert sa porte aux menottes de la fillette qu'il avait élevée. Las de toutes les hypocrisies, il avait eu besoin de cette innocence pour ne pas désespérer définitivement du monde. Là était son secret.

Il fallait encore croire au bonheur, ne point être trop lucide pour écrire une tragédie. Pleurer sur le monde, c'est finalement donner l'aveu qu'on y croit encore. La vision de Molière ? Seule Menou, Mademoiselle Molière, avait encore une chance de sauver celui qui venait de terminer *l'Hypocrite ou le Tartuffe*. Elle attendait un enfant, le fils de Molière, dont le Roi serait le parrain. Molière commençait peut-être à croire au bonheur ?

Jean devait aller trouver Jean-Baptiste dès ce soir. Lui confier cette pièce que lui-même avait inspirée d'une main légère – cette main qui vous offrait des cadeaux sans en avoir l'air. Lui seul saurait l'aider à monter *la Thébaïde ou les Frères ennemis*.

Le ruisseau roulait sur lui-même, éclairant son visage de touches rosées ou bleu sombre. Agrandis par les pleurs de l'heure précédente, ses yeux apparaissaient et disparaissaient tour à tour au gré de l'eau capricieuse. Il se regardait lui-même : Jean Racine contre Jean Racine... Lequel allait faire place à l'autre : l'enfant ? le sanguinaire ? celui qui pleurait ?

celui qui voulait régner ? Il s'amusa quelques instants à ce jeu de miroirs changeants.

C'est alors qu'il repensa à elle, Marquise, la du Parc, qui interpréterait son Antigone. Grande, souveraine, comme une sœur intimidante et sauvage. Thérèse, il la voulait aussi, cette nuit même ! Tout comme il désirait le *oui* de Molière pour sa propre pièce. On la disait fidèle à son mari, le gros du Parc ? Pourtant, il revoyait son corps appuyé à celui de Molière. Il allait entrer dans cette troupe, y porter la tragédie. Les dieux décideraient de la suite. Elle, Marquise, n'était pas née pour faire rire. Son corps était fait pour que les hommes pleurent dessus. Corneille lui-même avait espéré – en vain. Séduire Marquise ? Il le pouvait. Amant et roi ! Tout était possible, et la nuit qui s'étendait voluptueusement à ses pieds le confortait dans sa vigueur retrouvée. Il s'étira.

Il avait failli être un faux prêtre. Il serait un véritable amant. Il embrassa les naseaux de son cheval comme seuls les enfants savent faire, et la vieille chouette qui l'observait, frileusement blottie dans les branches, ébouriffa ses plumes de plaisir avec cette nuit d'été qui gonflait son gros ventre : « la vie commence aussi pour moi » confia-t-elle à Racine.

Chapitre 13

La lèvre d'Andromaque

Sa beauté la rassure et malgré mon courroux
L'orgueilleuse m'attend encore à ses genoux
Je la verrais aux miens Phœnix d'un œil tranquille...

Andromaque, acte II, scène V

Elle range un vêtement d'enfant. Il regarde ses mains, les mains de la du Parc, l'anneau de fer, cruel, autour de son doigt. Aucune autre femme ne porte cette sorte de bijou. Aucune jeune fille ne l'a encore à ce point décontenancé, jamais ! L'épouse de Vitart, certes, n'avait cessé de hanter son adolescence, mais il était alors si jeune, tandis qu'en cette soirée d'hiver l'homme enfiévré qu'il est devenu ne supportera pas longtemps sans broncher cette présence féminine qui rôde autour de lui. Marquise lui appartient, il le sent, il le sait aux gestes circulaires qu'elle décrit autour de lui, inconsciente du danger ou déjà sous l'emprise d'un désir tel que rien ne les arrêtera, ni lui ni elle. C'est inscrit entre eux deux. Elle ne pense qu'à lui, il peut le lire sur cette lèvre un peu tremblante, cette nuque qui fléchit devant lui, offerte. Voici : elle s'appuie sur la table comme pour reprendre souffle et pourtant il ne l'a pas approchée. Ni doute ni timidité chez lui, il y a juste l'instant et l'éternité qui se battent ensemble avant de se rencontrer dans ce baiser qu'elle va lui donner. Ce moment suspendu entre eux deux, sur le point de voler en éclats dès qu'il mordra cette lèvre, cette lèvre déjà captive de ses mots à lui. Elle tourne encore dans la chambre, mais revient à lui, à sa bouche chaude qu'elle désire. Comme à l'acte le plus urgent elle ne songe qu'à ce désir, il peut le lire dans le moindre geste qu'elle esquisse. Elle n'attend que de se plier à sa volonté. Il l'a regardée au cours des répétitions d'*Alexandre*. Déjà elle possède ses mots à lui, elle obéit au poète, elle est devenue lui-même durant ces répétitions. Ce soir, il va lui ravir la parole. Plus jamais elle ne sera à un autre. Il va lui murmurer des mots durs et doux, inventer une tragédie pour elle, à cause d'elle et grâce à elle. Désormais, ses tragédies auront pour seul ressort l'amour, l'amour le plus fou, le plus périlleux, la passion qui peut en un instant projeter les amants vers la mort. Il n'a que trop attendu. La du Parc, aimée de Molière, de Corneille, mariée au défunt Gros-René, Marquise du Parc, la hautaine, qui n'a jamais cédé, dit-on, va dans quelques instants se retourner, avancer vers lui, se courber à ses pieds. Il va la prendre, la coucher, la plier à sa volonté, parce que c'est ce qu'elle veut, ce qu'elle demande – et les paroles même les plus abjectes seront les bienvenues, car seuls ceux qui savent le dangereux amour reculent les limites de l'écriture.

C'est elle, son Andromaque – il y pense et cela l'envahit comme une joie. Il écrira pour elle, il va l'emmener esclave entre ses mains, la torturer s'il le faut, si elle veut. Voilà, ses trois enfants dorment ailleurs, la belle-mère est hors de Paris : la de Gorle enfin a dû s'absenter – leurs souffles seuls traversent le silence qui vient de se resserrer autour d'eux.

Racine observe Marquise. Elle passe dans l'autre pièce, non, s'arrête, s'en revient vers la table, l'effleure, se dirige vers le mur et, d'un seul geste, se retourne, l'éclat de ses yeux sur lui. Il est le plus jeune, il la fera patienter encore un peu ; aujourd'hui il est maître absolu du désir. Grâce à elle, l'épouse, la veuve, la mère. D'un regard elle lui offre tout : la mémoire, le savoir, les autres hommes, pour n'être plus qu'une proie entre ses mains. Il s'approche d'elle, elle pose délicatement sa belle tête contre le mur froid, comme avant de mourir, comme avant de tout laisser, sa maison et ses souvenirs – et lentement ses jambes s'ouvrent, les longues cuisses frémissent sous la lourde robe, il respire cette odeur de femme qui se laisse glisser peu à peu dans l'eau sans retour du fol amour pour lui – pour l'homme qu'il est. Il pose sa main sur cette joue affolée. Elle quête la violence, il le lit dans son regard. Il sait pourquoi, entre eux, c'est tout un théâtre qui appelle et s'invente. Ils sont de la même race, tendres et cruels, deux grands animaux superbes. Frappe, semble-t-elle murmurer. La main effleure le cou si blanc, si long. Il retire sa main comme pour ne pas la blesser, mais il se sent jouir d'un pouvoir sans prix face à cette femme, bien au-delà de l'amour habituel. Jamais un être n'a su provoquer en lui cette vague qui déferle, semblable à une écriture hurlante et soyeuse, celle qu'il voudrait tant posséder. Il découvre ce qu'il cherchait – alors il frappe – traverse la page – il prend son temps – regarde l'être qu'il domine, et la page s'énerve sous sa main – c'est elle maintenant qui vient à lui, prend le bas de sa lourde robe de velours sombre comme de l'encre, et se révèle peu à peu – il ne lui demande rien, n'exige rien, mais elle obéit – elle entend tous les mots invisibles qu'il lui dicte – sans un son proféré elle entend – elle s'offre au supplice – à ses doigts blancs la bague de fer, la bague du mort – de l'Autre – il faut qu'il la tue – car voici que quelque chose d'insensé se passe – la tragédie est là – l'amour est la tragédie même, il n'est nul besoin d'autre chose à raconter – ni honneur, ni père à venger, comme dans *le Cid* – l'amour est devenu l'unique personnage.

Il a vingt-six ans, elle en a trente-deux. Morsure. Baiser qui s'enfonce dans cette gorge de femme – parole irrémédiable versée dans cette bouche palpitante – cygne affolé qui claque de ses grandes ailes battantes – Marquise, je te baise jusqu'au cœur – aucune autre ne lui a ainsi appartenu dans cette agonie. Il caresse la voix muette de sa langue, la parcourt : ainsi y reconnaît-il le goût de ses propres mots.

Le baiser de Marquise... Maintenant elle redirait tous ses mots à lui – dès qu'il le lui imposerait, comme les gestes de l'amour –, il la plierait à son écriture – elle, obéissante à ses désirs de poète et d'amant. Les bougies agrandissent leurs ombres sur le mur et y dessinent une même grande figure pareille à une plume noire qui se penche vers le papier – le signe du mot juste. Elle manque de souffle, halète, mais il ne cède pas, insiste encore, investit à nouveau le palais, la voûte ruisselante, les piliers du voile et le larynx bâillonné par sa volonté à lui – le gémissement s'élève du fond de cet abîme et c'est comme un être qu'on torture au loin – cette plainte qui monte à présent est la voix qu'il voudrait entendre au théâtre – l'âme arrachée et le sang qui ne cesse d'en couler.

Mais il n'en a pas assez encore, il se venge de toutes ces années de soumission, de prières, de sacrifices ; Uzès et Antoine Le Maître s'engloutissent dans cette femme qu'il embrasse, cette comédienne, cette renégate : Marquise, venue de Lyon, fille d'un Italien mi-guérisseur, mi-arracheur de dents. Marquise aimée de tous, de Molière, des Corneille, Thomas et Pierre, de La Fontaine, et qui, dans quelques instants, va lui céder ce qu'elle a refusé aux autres. Marquise et ses yeux de guerre violâtres, voici qu'il la tient acculée contre le mur – cela fait si longtemps qu'ils attendent – il l'a tant regardée, en public, en secret – il appuie tout son corps contre les jambes qui s'impatientent sous la robe, ses jambes que tous connaissent, qu'elle exhibe sur scène en d'incroyables cabrioles « où une partie de ses cuisses se dévoile au moyen de cette jupe fendue des deux côtés qu'elle a maintes fois portée, avec des bas de soie attachés au haut d'une petite culotte », répète *la Gazette*. Racine repense à cette chronique qui avait suscité la réprobation des autres actrices, mais Molière souriait et, d'un geste de sa main fatiguée, caressait justement, avant qu'elles ne surgissent en scène, les belles jambes de Marquise – et son mari, Gros-René, éclatait d'un bon rire joyeux. C'était sa femme et elle ne le trompait jamais.

Pourtant, ce soir, Marquise va livrer à Jean Racine le râle de son âme et le branle de ses jambes. Gros-René, il est vrai, est à six pieds sous terre. La pensée du mari mort, de ce corps qui ne la possédera plus, trouble le jeune homme. Il devient plus exigeant encore, mord la lèvre de Marquise – il faut que le sang coule entre eux deux ! L'amour, avec la mort qui l'aggrave, comme son écho, lui deviennent nécessaires.

Les répétitions d'*Alexandre* n'ont cessé de tendre ce désir entre eux deux. Il est exaspéré par ces répétitions, ne supporte plus la troupe de Molière qui radote les mêmes anecdotes, se plaint sans cesse, n'ose plus quitter son chef. Seul Molière l'émeut encore, mais, ce soir, à travers cette femme, son actrice, il va commencer à l'assassiner.

Marquise gémit plus fort. Est-ce parce qu'il est plus jeune qu'elle ? Il ne montre aucune tendresse, aucune prévenance, aucune attention pour son corps. Ses lèvres chaudes, il les écrase jusqu'à ce que les pleurs montent dans ce regard qu'elle essaie pourtant de maintenir dans un orgueil presque hostile. Il admire qu'elle garde les yeux grands ouverts, méchants. La guerre est bien déclarée ! Alors il redouble lui aussi de morgue. C'est elle qui va réclamer qu'il la prenne, qu'il la courbe. Il recule un peu, lui redonne de cette affreuse liberté. Ce serait trop simple qu'il la violente comme une prise de guerre, bientôt elle suppliera elle-même le bourreau, pour exister elle implorera sa violence ; voici qu'il découvre ce nouveau rapport tragique : l'homme et la femme éperdus au sein de leur effrayante liberté.

Frappe ! Encore !... Il n'est pas sûr d'avoir bien entendu. Elle murmure, là, entre ses lèvres meurtries, glisse maintenant le long de la page blanche, appelle les mots les plus atroces, la boue, une souffrance qu'aucune autre maîtresse ne lui a révélée, et cette chose innommable qu'il entend désormais montrer – un cœur de femme ou d'homme suspendu au bout de la plume et en train d'agoniser – l'amour qui cherche dans la mort un apaisement – leur face-à-face, comme en cet instant avec Marquise, plus fou que toute guerre destructrice de rois, de pays, de peuples et des autres amours.

Sa dernière pièce, *Alexandre*, il la sent désormais dépassée. Les combats de ces monarques lui paraissent ô combien vieillots face à cette femme à genoux devant lui et qui le supplie, lutte avec son désir – à genoux pour qu'il lui fasse mal, en fin de compte, mais en même temps pour lui imposer l'inexorable volonté de son amour – et c'est bien lui qui cède. Il respire ce parfum exhalé, caresse la joue ; il est le vainqueur, mais de quelle victoire s'agit-il ? Elle, là, à ses pieds, le regard levé, ses belles mains enserrant les jambes bottées, il ne sait plus comment l'atteindre, elle l'a précédé depuis si longtemps, semblable en cela à l'écriture ; oui, c'est elle qui le tire, l'emmène toujours plus profondément, découvre les abysses de son âme qui ruisselle autour de ses doigts, lumineuse. Elle est elle-même le supplice et l'offrande, et s'il la possède cette fois-ci, tout sera à recommencer, toujours, comme la page tout à la fois provocante et récalcitrante. Il n'hésite plus, seul l'acte éclaire la pensée. Il faut oser écrire, continuer sans savoir la suite, sans lien ni avenir ni promesse, comme cet amour qui a surgi au détour d'une simple répétition, peut-être, à moins que ce ne soit d'un alexandrin ? Qui peut prévoir ? Qui décide de tel ou tel mot, de la mort dans la seconde qui suit ? Il la tire, l'emporte avec brusquerie vers le lit à demi fermé – les rideaux frémissent, comme soulevés par l'annonce d'une tempête – elle est jetée là, étourdie par sa force d'homme – il la retourne brusquement – il la veut en face de lui, vers lui, dans toute sa plénitude de femme – de mère – il pense aux quatre enfants qu'elle a mis au monde – à celui qui est mort – c'est une vie entière qu'il entreprend maintenant de dénuder. Pour la première fois il est le père, l'homme à qui elle obéit, et non plus l'amoureux, le jeune homme qui plaît. Elle ? Il la déteste violemment dans l'instant même où il lui arrache ses vêtements – il frappe, elle frappe, arc-boutés tous les deux – la guerre éclate à nouveau à travers le monde – il l'agrippe, au ventre, et ses lèvres avouent au creux de sa main moite – pleurs de joie – il la cadenasse – repousse le rideau afin que la lueur des bougies l'éclaire. Elle est cette proie clouée en son centre par sa seule main et qui murmure des mots insensés, criminels, irréparables. Il l'écoute, exige encore d'autres mots et, enfin, d'un geste scélérat, la lâche pour enfouir ses doigts dans la bouche murmurante, puis lentement la recouvre de son secret d'homme, l'investit avec violence pour mieux lui dérober sa parole de captive et la saccage comme un nouveau-né lorsqu'il vient au monde.

L'enfant pleure timidement, Racine se réveille. Personne n'est là pour le rassurer. Le vent frappe au-dehors comme un chien affamé. Il se recroqueville dans le lit, glacé d'effroi. Il doit fuir, s'échapper, mais le voici incapable d'aucun mouvement. Non loin de lui, quelqu'un court, il entend ses pas hâtifs. Quelque chose est tombé avec un bruit de cymbales. L'enfant hurle, mais ce n'est pas sa voix à lui. Qui est-il ? Il étouffe. Est-ce la guerre qui rôde ? Il sent la chaleur du feu qui se rapproche. Un chant de femme s'élève et peu à peu l'apaise, le berce. Il se réveille, reconnaît les lourds rideaux, retrouve cette odeur qui l'entoure comme un léger murmure, ce parfum légèrement salé : la peau de Marquise, le picotement épicé de ses cheveux couleur de feu. C'est elle qui chante cette berceuse. Il n'a jamais rien entendu d'aussi poignant ; il y a là la douceur de la lumière, la mémoire d'un bonheur perdu, en somme l'ombre de ce bonheur. Cette femme a été heureuse, sans nul doute ! Cette voix le rend jaloux, il se redresse et l'aperçoit : elle est accroupie, drapée dans une grossière étoffe, et balance doucement son dernier fils de deux ans entre ses bras blancs. Elle n'est déjà plus avec lui, elle n'est pas non plus avec le mari mort, elle est ailleurs, seule avec son enfant, dans quel royaume interdit à lui, l'amant ? C'est lui, maintenant, l'homme trompé, exclu. Elle a rassemblé ses cheveux en un chignon informe mais qui rappelle ces femmes antiques. Il la contemple, silencieux : quel pouvoir ont-elles donc, ces âmes sœurs, amantes, mères, grand-mères, pour se métamorphoser ainsi en quelques secondes, réinventant sans cesse leur univers, se préservant miraculeusement de la seconde à venir ? Il la revoit, brûlante, noyée de baisers, de pleurs et de semence, et la considère maintenant, si incroyablement lisse, intacte de tout lien avec lui.

Homère et Virgile avaient su, eux, rendre et transcrire le visage changeant de ces femmes. Voilà qui maintenant devrait l'occuper ! Les hommes n'ont aucune chance de les faire renoncer à quoi que ce soit et c'est lorsqu'elles sont à genoux, implorantes, ravagées de peur, qu'elles se montrent les plus fortes. Même Louis XIV n'aurait eu aucun pouvoir, cette nuit-là, face au regard violet de Marquise penchée sur son enfant.

Elle est l'énigme.

Elle lève la tête, découvre l'homme qui la contemple, et c'est comme si elle revenait d'un très lointain pays.

– Pourquoi me regardes-tu ainsi ? Je ne voulais pas te réveiller, mais il pleurait. Je crois qu'il est un peu malade.

– Je pensais à Homère, à Andromaque...

– Raconte, mais sans bruit : il s'est rendormi.

> *« Faites que mon enfant comme moi se distingue entre tous les Troyens, qu'il se montre aussi fort, et que sur l'Ilion il règne avec puissance ! Et qu'un jour quelqu'un dise en le voyant vainqueur revenir du combat : "Il est plus valeureux encore que son père !" Puisse-t-il rapporter d'un*

ennemi tué les dépouilles sanglantes et que sa mère alors en ait le cœur en fête ! »

– Vous ne pensez qu'à tuer ou à mourir, murmure Marquise.

– « Il dit et met l'enfant dans les bras de sa mère. Elle, en le recevant sur son sein parfumé, pleure et rit à la fois. Son époux, à la voir, ressent grande pitié... »

– Ce n'est pas ton enfant !

– Qu'importe ! Je suis semblable à lui : sans père. J'aime que tu aimes tes enfants.

– Plus que tout.

– Plus que moi ?

– C'est autre chose. Tu n'as pas besoin de moi pour te protéger.

Ah ! comme elle se trompe ! Comme il a besoin de sa tendresse, de ses bras blancs, de son regard clair sur lui, de ses paroles qui le flattent pour continuer à vivre, de son oreille attentive au récit de ses exploits, d'elle, tout simplement, de sa chaleur maternelle. D'elle qui le nomme enfin Racine.

– Viens, tu auras plus chaud. Mais garde l'enfant. Je ne vous ferai aucun mal.

Elle se relève, un peu fatiguée, titubante, souriant de la faiblesse de ses jambes.

– Tu vois. Je vieillis déjà.

Elle se glisse avec précaution contre lui, protégeant son enfant lové contre ses seins. Il ôte le tissu qui l'enveloppe pour mieux la réchauffer. Ce dos de femme coulé contre lui l'émeut plus qu'il ne s'y attendait et ses yeux se remplissent de pleurs – ah ! comme il est facile aux larmes ! Il tente de lui dissimuler son émotion, mais elle la devine.

– Je ne t'imaginais pas si tendre, et pourtant tu me feras du mal. Seul Gros-René m'aimait vraiment pour moi, mais toi, heureusement, tu me quitteras pour permettre à ta gloire de grandir. Il le faut, ou c'est moi qui te laisserai à temps. Mon époux est mort et c'est ainsi. J'aurais sans doute été lasse de son attention, de cette veille permanente autour de ma solitude. Il m'a grandie. Maintenant, c'est mon tour. Tout n'est que passage. Je serai peut-être comme la mort pour toi, une porte fracassée, une grande trouée de lumière, une blessure dans ta mémoire, aussi vivante et aussi ancienne que le visage d'Andromaque dont tu me parles comme si tu l'avais toi-même embrassé. C'est pour cela que j'aime les poètes. Avec eux, le temps est une poussière d'or.

– Molière ? Pierre ou Thomas Corneille ? La Fontaine ?

– Ne sois pas jaloux. Ils m'ont aimée.

L'aveu brûle en lui détestablement. Il voudrait se venger aussitôt, la faire souffrir sans attendre.

– Je suis avec toi en ce moment. Cela doit te suffire. Ne préfère pas la durée à l'éternité. Seul l'instant, comme l'innocence de l'enfance, est à préserver entre nous. Je ne regarde pas derrière moi. À présent je suis triste, à cause de toi, car je t'ai donné plus que l'inexpérience de la jeune fille. Je t'ai abandonné ma force de femme et, pour la première fois, je n'ai plus rien à moi – plus rien pour me défendre contre les autres. Je ne serai plus jamais la fidèle Marquise, veuve de Gros-René. Tout est dit.

Il comprend dans cet aveu qu'elle a en somme tout hasardé avec lui, et il en ressent une stupide fierté. Il est le Roi. Il a remporté la victoire sur tous les soupirants de Marquise ; les Molière, les Corneille passeront désormais au second plan. La gloire est à portée de main, aussi proche que ce corps de femme. Il écrira pour elle cette *Andromaque* captive, dressée contre l'homme de guerre, protégeant son enfant. Il se vengera ainsi d'Armande qui l'avait presque séduit, envoûté, une journée de printemps, avec son rire de jeune coquette. L'arrogante Armande, Minou, devenue la femme de Molière, qui affolait de son rire cristallin les petits marquis, les comédiens trop jeunes qui espéraient à travers elle effleurer le Comique de leurs lèvres médiocres. En même temps, elle se sentait si fragile aux côtés de Jean-Baptiste, attachée profondément à lui mais trop seule, trop enfant, trop laissée à elle-même auprès de cet homme vieillissant, anxieux, autoritaire, et de son écriture où le rire se fracassait si souvent en sanglots. Sa grande écriture qui accueillait chaque jour davantage l'ombre effrayante de la mort, la Mort qui se riait de tout, y compris d'elle, la petite compagne, la petite Molière, comme chacun l'appelait avec plus ou moins de méchanceté. Racine avait aimé sa jeunesse – elle avait presque le même âge que lui. Ils n'avaient guère de soucis, en tout cas pas ceux de Molière. Ils riaient ensemble. Elle jouait sa Cléofile, la sœur de Taxile. Il l'avait fait répéter, mais ses refus, ses caprices soudains le fatiguaient. Est-ce qu'elle trompait Molière ? Même lors de leurs rencontres, il avait eu plutôt l'impression qu'elle agissait en coquette pour atteindre le vieux poète, blesser son Molière, non pour aimer le jeune Racine. Elle se partageait d'ailleurs entre plusieurs autres seigneurs et, derrière son excès de vivacité, ses baisers fiévreux, rapides, elle avouait une détresse de jeune fille abandonnée plus qu'un vrai désir de femme. Racine ne tenait ni à partager, ni à servir d'écho au vieux poète de vingt ans son aîné. Peu à peu, il s'était lassé de cette liaison épisodique. Il entendait rivaliser autrement avec Molière. Plus qu'Armande, il lui enviait le *Tartuffe*, le *Dom Juan* ! Entre eux, c'était l'écriture dont l'importance grandissait – et qu'importait finalement la femme ! Sans s'en rendre compte, Armande l'avait en somme amené à témoigner une plus grande attention à Molière. Tout comme Mademoiselle Vitart. À travers elles, c'était l'homme à qui elles appartenaient qu'il recherchait tout en aimant leur femme...

Voici qu'il tient à présent dans ses bras la du Parc, celle qu'eux tous avaient sans bonheur courtisée. Il l'a à présent arrachée au mort, au souvenir, à ses soupirants ; tel Ulysse, il lui semble enfin tenir contre lui la femme de son cœur, sa fidèle compagne. Il a été si seul, jusque-là ! Cette femme mûre, éveille encore mille passions derrière elle. Le vieux Corneille, son éternel soupirant lui a composé quelques mois auparavant un sonnet. Contre lui. Car déjà tous se sont rendu compte qu'entre la du Parc et Racine un lien s'est tissé.

« ... à mon tour je cède
Au chagrinant rival qui comme eux vous obsède,
Qui leur fait presque à tous déserter votre cour
Et n'oser plus vous parler d'hymen ni d'amour.
Vous le dites du moins et voulez qu'on le croie... »

Il lui a récité ce sonnet, et voici qu'elle rit tendrement. Il a bien changé, depuis ! Aujourd'hui, il est devenu le maître et ose lui donner aussi de l'amour.

– Corneille avait deviné bien avant tout le monde, observe-t-elle, rêveuse.

– Il ne me pardonnera jamais. Molière non plus :

« Vous allez être à moi depuis la tête jusqu'aux pieds, et je serai maître de tout : de vos... »

Elle interrompt les mots de Molière d'un « Chut ! » affectueux.

– Il s'agit d'une pièce de théâtre. Pas de la vie !

Il est justement sur le point de lui demander des récits de son passé. De sa première rencontre avec Molière, secrétaire du prince de Conti, en 1653, en Languedoc. Cette protection du Prince avait marqué les débuts de la gloire de Pocquelin. On disait qu'elle avait alors, par son charme vis-à-vis de Sarrazin, sauvé la troupe de la ruine. On racontait tant de choses... Mais il respecte son silence. Cette femme ne trahit pas. Il aime qu'elle ne se répande pas, comme les autres, sur ses conquêtes passées. Elle sait se tenir aussi bien que se donner superbement, comme tout à l'heure. Il pense qu'elle n'appartient pas à ce siècle où il faut à tout prix se montrer, parader, séduire, quitter, tromper. Elle appartient plutôt à Homère, à Virgile. Il caresse l'épaule ronde qui abrite l'enfant maintenant endormi.

Lui que les comédiennes commencent à courtiser, pressentant des lendemains glorieux, lui en proie aux hostilités harassantes de sa famille – sa sœur a encore rompu avec lui, voilà quelques mois – et aux menaces de Port-Royal, lui, l'orphelin, le mauvais prêtre, le « Méchant », comme déjà on l'appelle, l'ambitieux que tous dénoncent, se repose auprès de cette femme attentive à ses enfants. Il l'aime pour ses blessures secrètes, elle, accueillante et pudique. Fatigué comme au terme d'un long voyage, il s'appuie contre sa nuque – et les yeux gris, l'espace de quelques instants, retrouvent l'innocence de l'enfant qu'il fut.

Il songe au retour d'Ulysse dans sa maison : est-ce qu'enfin la vie va s'adoucir pour lui ? Il n'en croit rien. Demain, les répétitions reprendront, avec leur cortège de disputes. Que se passera-t-il entre Armande et Marquise ? Et avec Molière, quelle rupture se prépare ? Déjà l'Hôtel de Bourgogne, la troupe ennemie, lui fait des avances : il est né pour la tragédie, que fait-il aux côtés du grand comique qui ne possède aucun grand tragédien ? Et Marquise, que va-t-elle devenir s'il quitte Molière ? Elle l'a aimé sans rien garder pour elle. A-t-il le droit de l'abandonner maintenant ? Il réfléchit à tout cela cependant que son *Alexandre* se prépare grâce à l'appui de celui qu'il est justement en train de trahir. Déjà, malgré ses inquiétudes, la troupe de l'Hôtel de Bourgogne s'est emparée de la même pièce, juste pour voir si elle tient la scène avec de vrais tragédiens. Ainsi, des deux côtés du Théâtre, on répète son *Alexandre*. Tout va si vite, depuis quelque temps !

Il faut continuer. Marquise a raison. Elle sait le prix de la lutte. Seule avec ses trois enfants, veuve, elle a déjà obtenu l'appartement de Molière. Celui-ci en a été expulsé avec Armande. Depuis le début, tout était emmêlé : une partie de la troupe vivait dans cette maison de la rue Saint-Thomas-du-Louvre. Le propriétaire n'était guère affable : médecin réputé, Louis-Henri d'Aquin ne s'entendait pas avec Molière. Lui aussi avait d'ailleurs succombé au charme de Marquise. Armande, une fois de plus, ne s'était pas montrée très adroite. La femme de Louis-Henri d'Aquin, très avare, avait voulu augmenter le loyer. Armande clamait à qui voulait l'entendre : « Elle nous a [les Molière], cela devrait lui suffire ! » La femme les avait aussitôt expulsés et avait proposé l'appartement à Marquise. Voilà toute l'histoire !

Comme si elle devinait l'inquiétude de son amant, Marquise renverse un peu son visage vers lui et presse son corps contre le sien.

– Tu seras aimé si tu es le Roi. Les femmes n'aiment pas les vaincus. Elles les plaignent, mais ne se donnent pas par pitié. Si tu ne le pensais pas, tu n'aurais d'ailleurs pas appelé ta pièce *Alexandre*. Contente ta gloire comme lui l'a fait.

– Et Molière ?

– Il est grand sur scène et lorsqu'il commence ses grimaces, tandis qu'il tousse et que son cœur saigne des trahisons d'Armande, je me donnerais à lui sans réfléchir. Mais lorsqu'il se moque de Madame d'Aquin dans sa pièce, je le trouve ridicule. Qu'il ne se mêle pas de la vie ! Il y est grotesque – et triste.

– Qu'est-il arrivé ?

– J'avais donné un billet pour la comédie à Madame d'Aquin. Tu sais comme elle est pingre ! Elle n'avait pas à payer sa place, elle était donc ravie de venir au théâtre. Armande l'a vue et s'est jetée sur elle, criant que, puisqu'elle l'avait chassée de sa maison, elle, Armande, pouvait bien à son tour la faire sortir d'un lieu où elle était la maîtresse. Elle a même envoyé deux gardes. Madame d'Aquin a immédiatement battu en retraite, mais il a fallu que Molière, pour se venger, écrive en cinq jours une méchante pièce, *l'Amour médecin*... Il ne faut pas écrire pour se venger, mais pour aimer.

– Pourquoi prendre justement cet appartement ?

– Armande ne voulait pas payer l'augmentation. Je n'ai pas le temps d'avoir des scrupules. Je ne suis pas la petite femme de Molière, moi ! J'ai trois enfants et une belle-mère à loger, et c'est près du théâtre !

Marquise avait eu raison. Il aime son combat. Lui aussi doit lutter pour exister. Sans argent : aucune famille, aucun protecteur. Nicolas Vitart ne cesse de le soutenir, mais il est impératif qu'il triomphe vite. Il accumule les dettes. Et maintenant, voici qu'il se charge de la du Parc ! Elle murmure :

– Je n'ai pas besoin que tu m'aides. J'ai en revanche besoin que tu m'aimes. J'ai été mariée. Ce soir, je ne cherche pas un mari. Simplement, je veux être encore vivante, que quelqu'un me le dise, me préfère, me désire jusqu'à la folie. Mes enfants, je les défendrai comme une louve ; ils sont mes plus sûrs protecteurs. Un enfant, cela te rappelle sans cesse au désir, au cœur même de la vie, de l'innocence, du rire. Je t'ai aimé ce soir à cause d'eux. En particulier d'elle, ma fille, Marie-Anne, qui va avoir dix ans et me regarde avec une telle âpreté. Je serai une femme riante, joyeuse, et t'aimerai parce que je les aime. C'est toujours le même amour : le mari, les enfants, les amants, la guerre, l'écriture, le théâtre... Il n'y a qu'une façon d'aimer. J'aime ou je n'aime pas. Entre les deux, il n'y a pas d'accommodement, de discernement, d'analyse, d'intelligence. Raconte l'amour et ne me demande rien d'autre, surtout cette nuit. Cette nuit où je sens la mort monter en moi comme l'amour et où je pense au corps de Gros-René enfoui sous la neige qui s'est mise à tomber...

Cette neige qui le ramène toujours à la mémoire affolée de son enfance – le manque, l'absence –, à ce sombre royaume, comme lorsque, derrière son papier huilé, s'agitaient des silhouettes qui appelaient à l'aide. La neige brouille les traces comme la page ensevelit les mots, et il faut deviner le contour exact du murmure qui fait frémir la plume. Le désir d'écriture naît de quel royaume interdit à la simple connaissance ? Pourtant, il lui suffit de toucher sa plume pour sentir à nouveau le monde se mettre en mouvement.

L'écriture est aussi vivante que cette chair féminine appelant la caresse – encore faut-il être tenté... Cet instant délectable de la brûlure – de l'urgence d'aimer, d'écrire – devient pour lui la source énigmatique de la création. Il a peur que cela ne cesse brusquement – mais non, impossible ! tant que lui feront signe les obscures figures de son âme, il cherchera sans relâche à les posséder et à les révéler, comme cette femme-là tout à l'heure. Mais l'a-t-il vraiment gardée ? Déjà, voici qu'elle repense à son mari disparu. Il va lui falloir lutter contre l'absence définitive. Sera-t-il un jour cet époux qu'on attend sans relâche, tel Ulysse ?

Il n'a jamais connu que les petites et grandes écoles, le regard des maîtres, la moquerie des Sconin, cette famille dispersée, divisée, et voici qu'elle aussi, Marquise, se met à pleurer son époux mort, comme Pénélope, et s'éloigne ainsi de lui. Il a pourtant une si forte envie de se poser ici, contre son épaule, définitivement, d'épouser cette femme aux flancs maternels, de lui construire un lit qui sera leur secret, celui d'Ulysse et de Pénélope. Oui, il lui faut lui raconter le lit d'Ulysse, afin qu'elle comprenne mieux ce qu'elle représente pour lui au cœur de cette nuit de neige assourdie – afin qu'elle le reconnaisse et le distingue parmi tous ses prétendants d'hier et de demain.

Il lui décrit comment Pénélope, doutant encore du visage aimé d'Ulysse, tout sale et sculpté par l'usure du temps, voulut l'éprouver en demandant à sa nourrice d'aller dresser son lit, d'y mettre le coucher, les feutres, les toisons avec les draps moirés.

> *« Ô femme, répondit Ulysse, as-tu bien dit ce mot qui me torture ? Qui donc a déplacé mon lit ? La façon de mon lit, c'était mon grand secret ! »*

Dans cette nuit blanche qui a uni heure après heure la femme, le jeune poète et l'enfant de l'époux mort, l'histoire du lit d'Ulysse vient tisser un lien encore plus fort que toutes les promesses d'amour. La poésie d'Homère façonne la plus belle des bagues qu'un amant ait jamais osé offrir à sa maîtresse. Marquise écoute les paroles venues d'il y a des centaines et des centaines d'années, et c'est comme si Homère en personne avait inventé pour elle cette somptueuse histoire de lit : Ulysse taillant seul l'olivier, travaillant l'arbre pour fabriquer un lit autour duquel se construira ensuite la chambre. Comme on parfait un amour, s'appliquant à l'équarrir jusqu'à la racine, à le polir, à l'incruster d'or, d'argent et d'ivoire, à y tendre les courroies de cuir d'un rouge éclatant. Le secret de ce lit désormais immuable devient peu à peu le sien. Racine et elle seront maintenant cachés au creux de sa création comme à l'intérieur d'une même chambre pourvue d'une porte aux panneaux de bois plein, sans fissure, à l'image de leur amour.

Il y avait de la raillerie chez Molière, de la hauteur chez Corneille, des courants d'air parfumés chez La Fontaine ; avec Racine, elle respire l'amour avant même d'aimer l'homme. Peut-être est-ce son écriture qui a séduit jusqu'à la fibre secrète de son âme de comédienne ? Elle récite le rôle d'Axiane qu'elle répète entre ses mains :

« Je crois tout Je vous crois invincible
Mais Seigneur suffit-il que tout vous soit possible »

Racine se penche, mordille le lobe de l'oreille qui lui chatouille la joue :

« Non de quelque douceur que se flatte votre âme
Vous n'êtes qu'un tyran »

Les paupières de Marquise s'alourdissent, son corps se détend et s'éloigne, indifférent aux caresses des hommes. Elle entre dans le sommeil en souveraine, habituée depuis l'enfance à dormir n'importe où. Mi-aventurière, mi-enfant, elle glisse vers ses rêves en solitaire, détachée de lui.

Il quitte le lit avec délicatesse, se rhabille sans bruit tout en contemplant une fois encore la mère et son petit, puis sort et s'enfonce dans la neige glacée.

Il a fallu qu'il la quitte. Elle décidera ce qu'elle veut...

Tyran ! Alexandre ! Tous les pays s'offrent à lui, il le sent. Les théâtres l'attendent. Il est temps de conquérir, de prendre, de s'imposer !

Au moment où il s'y attend le moins, alors même qu'il se sait couronné, il découvre l'effroyable solitude de la gloire. Au loin, une silhouette s'éloigne, vieillie, trahie, chancelant sur les pavés recouverts d'une neige durcie. L'homme se retourne, il croit reconnaître Pierre Corneille.

Demain il ira rendre visite au grand Corneille, et sans doute quittera-t-il Molière un jour prochain.

L'aube blanchit la nuit, lavant toute trace de la veille. Il n'y a plus ni mémoire, ni amour, ni écriture. Une impression de néant l'assaille. Il décide d'aller prier. Seul Dieu lui retirera cet exorbitant pouvoir de ne plus souffrir, de ne plus rien sentir. Il lui faut redevenir humain, simplement humain, s'il veut à nouveau écrire.

Chapitre 14

Poussières de guerre

> *J'ai donc appris avec douleur que vous fréquentiez plus que jamais des gens dont le nom est abominable à toutes les personnes qui ont tant soit peu de piété, et avec raison, puisqu'on leur interdit l'entrée de l'église... Jugez donc, mon cher neveu, dans quel état je puis être puisque vous n'ignorez pas la tendresse que j'ai toujours eue pour vous.*
>
> MÈRE AGNÈS DE SAINT-THÈCLE

« Pour justifier la comédie qui est une source de corruption, vous raillez la pénitence, qui est le principe de la vie spirituelle, vous riez de l'humilité... »

Ah ! comme ils méconnaissent le théâtre. Ils pensent respecter Dieu, mais ils ont le cœur sec. Ils se trompent ! Et sa tante ne fait plus que réciter des prières pour son cher neveu qu'elle ne veut même plus accueillir. Est-ce cela aimer ?

Lui, le voici devenu Racine, un nom qui court maintenant sur les lèvres sifflantes des courtisans ; celles, humides, des flatteurs ; celles, pincées, des jaloux ; mais aussi celles, offertes, des femmes en quête du baiser des poètes ; enfin celles, ourlées, glorieuses, du Roi – les mêmes que les siennes. Le temps est déjà loin où, pour la première fois, Pierre-Thomas du Fossé lui confia combien, lorsqu'on le regardait, il faisait songer à Louis XIV. À présent, ce sont les femmes qui le lui murmurent dans un soupir. Mais, en cet après-midi de novembre, par-dessus les perruques agitées des seigneurs, le poète ne quitte pas des yeux les lèvres frémissantes de Marquise qui redit les mots qu'il a tracés pour elle durant ces nuits que sa pensée illuminait et où la gloire et l'amour se rejoignaient, du moins le croyait-il. Pour sa maîtresse, il a écrit *Andromaque* – grâce à elle il triomphe. Avec cette troisième pièce, il est devenu le nouveau roi du théâtre et l'amant que toutes recherchent secrètement. « Violent, mais sincère », commente Marquise de ses petites dents pointues. Elle l'a inspiré et il le reconnaît avec gratitude. Elle a apporté dans sa vie une vraie liberté d'homme, une insolence, un désir de conquête, le péché et le formidable plaisir de pécher. Certes, il s'est fâché et a rompu avec toute sa vie d'avant – ses maîtres jansénistes, sa sœur, Molière aussi qu'il a trahi, dit-on, mais on raconte tant de choses sans savoir ! Néanmoins, seule Marquise connaît la profondeur de cette souffrance qu'il a traversée depuis quelques années. Depuis *Alexandre*, il n'a cessé de grandir et de susciter la jalousie, l'hostilité. Il aime cette femme ; elle est son aînée de presque six ans, et pourtant jamais il ne s'est senti avec elle un jeune homme inexpérimenté comme, depuis longtemps, chacune s'employait à le lui donner à entendre. Seule Mademoiselle Vitart a posé ce regard admiratif sur lui. Marquise, à son tour, lui a fait ce don, cette confiance sans réserve, elle lui donne l'impression de jouir d'un pouvoir illimité ; elle paraît croire qu'il peut tout faire, tout résoudre, tout dominer, et pourtant non, ce n'est pas le regard d'une mère – mais sait-il au juste à quoi ressemble le regard d'une mère ?

Il n'aura jamais deviné les yeux de Jeanne posés sur lui. Il songe à ce prénom, Jeanne – Jeanne, sa mère, morte à vingt-huit ans. Il frissonne malgré la chaleur de la scène, trop éclairée par les chandelles et autour de laquelle trop de monde s'entasse, moitié assis, moitié debout. Oui, il a froid, d'un froid inconnu, à cause de cette mère disparue presque à l'âge qu'il a justement : lui-même aura vingt-huit ans dans un mois. Mais lui, il veut vivre longtemps, et aimer – il n'en est encore qu'à sa troisième pièce !

À Marquise, à Thérèse du Parc seule il peut parler de sa mère, de son père, ou plutôt confier cette effroyable absence de repères. D'où vient-il ? à quels visages ressemble-t-il ? Longuement, il a réappris avec elle l'enfance en l'observant avec ses trois petits – Marie-Anne, neuf ans ; Catherine, huit ans ; et Jean-Baptiste, cinq ans (un quatrième est mort, c'était le premier-né). Ils le bouleversent ; il les a pris en charge. Catherine, la cadette, le touche terriblement avec son air penché, scrutateur, posé sur lui qui désormais remplace le père de famille. Est-ce parce qu'il a connu cette détresse, enfant, quand le lien paternel a disparu, qu'il lit aussi clairement dans l'âme de la petite fille de Marquise ? Est-ce ses yeux pareils à ceux de sa mère, mais légers comme des myosotis agités par la brise et qui n'ont pas leur fougue sauvage ? La mère et la fille si semblables : l'une femme jusqu'au bout des orteils, l'autre si innocente... Et pourtant, par moments, c'est elle, la petite Catherine, qui semble protéger sa mère, comme prise d'angoisses à l'idée d'un malheur imminent. Mais, dès qu'elle s'en aperçoit, Marquise éclate de rire, superbe, royale, souveraine de sa vie.

Ces derniers mois ont apporté une telle surabondance d'impressions et de sentiments au jeune homme qu'il doit s'adosser un instant, rien que d'y repenser, à l'un des murs de l'hôtel de Bourgogne : la passion pour Marquise, la guerre avec Port-Royal, l'enfant à venir, cette *Andromaque* qui triomphe encore ce soir :

« Captive toujours triste importune à moi-même
Pouvez-vous souhaiter qu'Andromaque vous aime »

Il écoute ses alexandrins transfigurés par la voix de Marquise. Voix un peu rauque, blessée, comme seules les Italiennes en possèdent – il aime cette sorte de fêlure et reconnaît ses mots tels les chemins d'un pays que l'on redécouvre après un long exil. Marquise avec qui il a travaillé des heures durant – la petite Catherine, blottie, écoutait, réécoutait chaque mot, et les larmes lui montaient à la vue de cette maman et de son enfant poussant les mêmes cris d'horreur et d'amour que ceux inspirés peut-être des millénaires auparavant à Homère par une autre Andromaque. Comme il les reconnaissait, ces femmes jetées dans la guerre, protégeant leur enfant, arrachant leur époux à la mort, ne se résignant jamais à laisser à leur seule vraie rivale, la Mort, la chair embrassée des hommes. Guerre de Troie jadis, guerre des théâtres autour de Marquise et de lui, guerres de demain : elles seraient toujours les mêmes, osant enjamber les agonies, les charniers, les haines inexpiables, et jusqu'aux crimes de guerre pour aller regarder en face les bourreaux et même les aimer ! Les femmes...

Marquise aimée de Corneille, de Molière, de La Fontaine... Avec un sourire charmeur, cette femme surprenante les a écartés, doucement mais sans faiblir. En fait, elle n'aimait que son mari, Gros-René, avec qui elle riait à perdre haleine, entourée de leurs enfants. Peut-être était-ce cette légère émanation de bonheur qui les attirait tous.

« Vous dédaignez de voir quels sont mes attentats
Et m'en punissez mieux ne m'en punissant pas »

Malheureux Corneille ! Il ne s'était pas même attiré de réprimande ! Marquise riait tendrement, mais ne cédait jamais.

« Une heure de grimace ou froide ou sérieuse
Un ton de voix trop rude ou trop impérieuse
Un sourcil trop sévère une ombre de fierté
M'eût peut-être à vos yeux rendu ma liberté »

Malgré ou à cause de cette présence chaleureuse qu'elle dégageait, ses amoureux revenaient sans cesse tournoyer autour d'elle, espérant qu'un jour... Était-ce à cause d'elle que Pierre Corneille ne désarmait pas contre Racine ? Thomas aussi avait écrit des sonnets à Marquise, reprenant le cri de son frère :

« Marquise, apprenez-moi l'art de vous oublier »

Et c'est cette femme désirée de tous que lui, le jeune poète, tient dans ses bras. Et voici qu'elle est son Andromaque, qu'elle lui a révélé l'étendue de son âme afin qu'il y découvre tout un théâtre. Cette âme affolée, ce cœur pris en flagrant délit de passion, il les a un moment enfermés dans le creux de sa main. Désormais, son écriture a acquis une célérité, une respiration propres, la sensation de toucher la chair à vif. Plus jamais il ne se reposera. Il n'a plus que le temps d'écrire.

« Brûlé de plus de feux que je n'en ai allumé
Tant de soins tant de pleurs tant d'ardeurs inquiètes
Hélas ! fus-je jamais si cruel que vous l'êtes »

Les mots le talonnent. Par instants il tremble, il a de la fièvre. L'écriture le harcèle, l'entraîne hors du réel, et il se retrouve comme sorti de lui-même à la manière dont, enfant, il récitait tout en marchant, dans les jardins de Port-Royal, Virgile ou Homère. Aujourd'hui, c'est sa propre plume qui, chaque nuit davantage, revient le flageller, le caresser. Parfois, il en est à se demander qui lui dicte ainsi ces alexandrins qui s'enroulent autour de lui, semblables à des serpents sifflant leurs visions hallucinées, se tordant en flammes flamboyantes, la bougie déversant et faisant danser sur son papier des images de scandale.

Andromaque est haïe ou passionnément aimée. On critique ou on applaudit au double emploi du mot *feux* dans le même vers. Ainsi donc, il a osé mêler l'amour à la guerre, mais le Roi salue l'audace de ce jeune poète d'un an son cadet. Derrière une simple bataille poétique, tous deux savent que d'autres combats se préparent, qu'une nouvelle génération est en train de surgir, conquérante, à cent lieues des duels de seigneurs ou de comédiens. Il n'y a plus de pères à venger. Ils sont morts et enterrés depuis trop longtemps, tels Hector ou Achille. L'heure est venue de s'aimer sans retenue, des meurtriers complices, à l'exemple d'Hermione et Oreste. Ces guerres de style, peut-être parmi les pires, annoncent un dix-septième siècle implacable, et c'est cette pièce de jeune homme qui ouvre la danse. Alors qu'Andromaque elle-même sent déjà qu'elle appartient à un autre siècle...

« Plus barbare aujourd'hui qu'Achille et que son fils
Vous me faites pleurer mes plus grands ennemis »

Ces derniers vers, il a dû les supprimer – atténuant la lucidité d'Andromaque face au siècle à venir. De même, le public n'a pas aimé et a poussé des cris lorsqu'elle osait dire :

« Pyrrhus de mon Hector semble avoir pris la place »

Pourtant, il arrive parfois à Marquise de rejoindre son héroïne. Il la surprend, assise, méditant sur il ne sait quelle effrayante vision. Elle serre l'un de ses enfants contre elle, désespérément, et le regarde, lui, Racine, de ses yeux chargés d'orages, soudain étrangère, brutale, comme s'il la menaçait. Plus tard, elle lui avouera le dégoût que lui inspire ce lien impitoyable qu'il lui a révélé entre la victime et son bourreau – la femme et l'homme. Elle n'en peut plus de jouer cette Andromaque déchirée qui cède et cède encore à Pyrrhus. Comme elle-même s'est soumise à lui, délectablement. Au fur et à mesure qu'elle interprète le rôle, il la voit changer, devenir plus fragile, inquiète pour ses propres enfants et le personnage l'imprègne d'une féminité si lumineuse qu'elle provoque en lui, paradoxalement, un désir plus inexorable. L'amour devient dans *Andromaque* un meurtre nécessaire et, comme Andromaque le fait de Pyrrhus, les femmes regardent les hommes s'avancer, tout couverts de sang, pour les tuer à leur tour.

Cette douceur des femmes devient chaque jour plus insupportable ! Bientôt, lui aussi a presque envie de la tuer.

D'un seul trait de plume, ainsi qu'on tranche une gorge, il a renversé les lois du théâtre, de la guerre et de l'amour, et mis à nu les désirs criminels cachés de l'âme. Andromaque ose désirer Pyrrhus qui projette de tuer son enfant. C'en est fini des Chimènes fidèles à papa, corsetées dans leur devoir ! Les codes, les bonnes mœurs, il vient de les jeter au feu, comme les enfants de Troie. Il n'y a plus de belles guerres à décrire, de Turcs à dépecer pour sauver l'honneur ; les hauts faits d'armes ne sont dans la réalité que des meurtres crapuleux, et les héros des assassins en mal de frissons ! Hermione rejoint Andromaque dans un même cri d'horreur face à ces hommes salués par leur patrie, leur famille, leurs maîtres :

« Et sans chercher ailleurs des titres empruntés
Ne vous suffit-il pas de ceux que vous portez
Du vieux père d'Hector la valeur abattue
Aux pieds de sa famille expirante à sa vue
Tandis que dans son sein votre bras enfoncé
Cherche un reste de sang que l'âge avait glacé
Dans des ruisseaux de sang Troie ardente plongée
De votre propre main Polyxène égorgée »

Il n'a nullement prémédité d'écrire jusque-là et c'est tout naturellement que sa plume a rayé à jamais l'innocence que l'école et Saint-Cyran s'étaient évertués à préserver.

Par instants, comme Oreste, il a senti la folie ébranler sa pensée et d'horribles pressentiments le traverser.

Il lui a fallu Marquise pour affirmer la densité nocturne de son âme ; à cause d'elle aussi, il a coupé ses derniers liens avec Port-Royal. Et le Dieu qu'il cache à présent, solitaire en son âme, le dévore avec plus d'appétit encore.

En apparence, il semble heureux, émancipé des devoirs de son enfance croyante, mais, dans le secret, la brûlure a entamé son lent travail. Il envie l'éducation de Marquise et aimerait se délivrer à n'importe quel prix de cette faute que ses maîtres lui ont dévolue dès ses tendres années. Il l'observe, elle : jamais il ne connaîtra sa façon de croire, légère, réconfortante. Elle prie Dieu simplement, avec une sorte d'entière confiance, comme si toute chose était à sa place. Seuls ceux à qui on a donné à ressentir dès l'enfance l'écrasante responsabilité de la foi, cette extrême lucidité, l'horrible impression d'avoir été élus, pourraient partager avec lui l'angoisse qui, l'espace de quelques secondes, le sépare irrémédiablement des autres humains. Peut-être qu'avec le temps il oubliera, peut-être que le bonheur de vivre avec Marquise fera reculer le mal, peut-être l'horrible bête tapie en lui rentrera-t-elle dans son antre infernale ? Peut-être Port-Royal s'estompera-t-il peu à peu comme ces brumeuses contrées qui meublent les sommeils hantés, mais il en garde la peur, comme d'un cauchemar familier.

Curieusement, plus il détruit le Port-Royal rigoureux de son enfance, plus lui-même devient cruel, excessif. Même Marquise, par instants, ne l'émeut plus. Sa tendresse l'importune. Il cherche déjà d'autres êtres à convaincre ou séduire. Il éprouve un besoin accru de violences, de tourments. La guerre aussi est entrée en lui, coule dans ses veines. Cette pièce d'*Andromaque* l'a transformé, c'est comme si toutes ses facultés s'étaient agrandies. Il est devenu ce conquérant assoiffé et les femmes ne s'y trompent pas qui semblent préférer l'homme insolent et mauvais au jeune soupirant timide et rougissant qu'il était. Cela aussi contribue à l'assombrir : il découvre l'incroyable paradoxe de l'âme humaine, car il n'y a pas que les femmes, les hommes aussi flattent son aptitude à la sauvagerie, à la perversité, au sarcasme. Ce pour quoi il dissimule désormais sa tendresse, ne la livrant avec parcimonie qu'aux seuls enfants de Marquise.

Catherine et Jean-Baptiste surtout s'amusent de ses mimiques. Marie-Anne, la plus sérieuse, se tient quelque peu éloignée des deux autres ; elle s'abandonne rarement à leurs folies rieuses ; parfois, un léger sourire s'échappe de ses lèvres minces qui se referment aussitôt – elle n'aime point trop que le jeune homme s'amuse à faire rire sa sœur et son frère. Elle n'aime pas, en fait, qu'il joue au comique. Elle pense alors à leur père disparu, à ce Gros-René facétieux qui désattristait les spectateurs, les ravissant de ses facéties. Racine sent combien les enfants sont fidèles, terriblement et mortellement fidèles. Les yeux froids et douloureux de Marie-Anne le transpercent, la haine et l'amour qui y sont entremêlés lui apprennent mieux qu'aucun maître la puissance du sentiment humain. Elle le déteste de rappeler par ses gestes tant de moments passés avec leur père, car elle aussi a désespérément envie de courir se blottir dans ses bras à lui, lui qui, maintenant, a pris malgré tout la place, lui qui fait les mêmes yeux adoucis en regardant Marquise ! Et qui d'autre pourrait ainsi soulever dans les airs le petit Jean-Baptiste ?

Oui, Gros-René s'efface derrière Jean Racine. Cela a commencé sournoisement, par une fin d'après-midi : le grand jeune homme s'était accroupi pour se mettre à la hauteur de la petite Catherine et elle, Marie-Anne, s'était arrêtée, comme touchée par une flèche ; elle venait juste d'entrer dans la pièce et voici qu'elle était incapable de faire un seul geste. Elle se revoyait à cette même place, mettant de façon semblable ses minces bras autour du cou de son père afin qu'il la haussât contre lui en se relevant – elle était là, sentant l'odeur de son père, et c'était mieux que du bonheur, mieux que le mot lui-même : cela s'exhalait. Et voici que le jeune homme l'avait regardée ; c'était comme s'il avait d'emblée tout deviné. La douceur de l'instant se mêlait à la douleur du passé, et inversement. Depuis lors, la fillette ne voulait plus admettre cette complicité et lui montrait plutôt un visage hostile.

Peut-être au fond Marie-Anne l'a-t-elle encore plus inspiré que Marquise ? Jamais, aux yeux de l'enfant, il ne remplacera Gros-René ! Parfois, le caprice le prend de les abandonner tous : Marquise, les enfants... Un besoin à peine contrôlable de se venger d'eux, de devenir grand ailleurs, d'être aimé ailleurs. De les faire souffrir, au moins ! Il renoue avec la blessure de son enfance, ce sentiment de n'être jamais là où il doit se trouver, d'être indéfiniment l'orphelin qu'on accueille par pitié, celui qui n'aura jamais de vraie place. Il est jaloux de l'entente de Marquise avec ses enfants et les envie furieusement. À d'autres moments, il tente d'entrer dans ce rond mystérieux des amours enfantines, mais, finalement, n'est-il pas ce Pyrrhus usurpateur qu'il a, paraît-il, si bien décrit ?

« Jadis Priam soumis fut respecté d'Achille
J'attendais de son fils encore plus de bontés »

Les jeunes héros n'atteignent peut-être plus à la grandeur des anciens. Mais c'est tant mieux, se dit-il lorsque, plein de colère, il entend Marquise parler de Corneille. Il déteste ces anciens qui, semblables aux comédiens de Molière, se rassasient jusqu'à l'écœurement de leur fidélité, de leur sentiment d'appartenance. Lui, il a trahi, abandonné ! Il n'a pas le temps d'être fidèle, il doit inventer l'époque à venir ! Pourtant, un lien secret continue malgré tout de l'unir au vieux poète, loin de cette famille pesante qui refuse surtout de le voir changer. Pourtant, lui aussi, pauvre Molière, a besoin de solitude, d'un nouvel espace pour inventer, créer ; besoin de se sentir désiré par une femme ou un jeune homme. Cela, Racine l'a donné au vieux génie en même temps que la blessure de son départ, car combien il a regardé, écouté Molière, désiré le regard de Molière sur lui ! Peut-être est-ce à cause de lui, justement, qu'il est devenu ce Pyrrhus amoureux de la veuve qu'il a ravie au pays ennemi, à la troupe du grand comique. Pourtant, cela faisait plus de dix ans que Marquise jouait pour Molière ! Lui,

Racine, était arrivé, avait été accueilli par Molière en personne, Molière qui lui avait donné sa première chance avec cette *Thébaïde*, puis une seconde avec *Alexandre*. Jamais il n'oublierait cette fin d'année 1665 : les querelles au sein de la troupe, les jalousies, les quolibets de certains acteurs refusant de se plier à ses « textes » tourmentés, se moquant de ce jeu tragique, n'y croyant pas, au fond. Au bout du compte, la sempiternelle raillerie d'une troupe qui n'était pas la sienne et qui le lui faisait bien sentir. Les intrigues d'actrices jeunes et moins jeunes tissant peu à peu un fil inextricable entre Molière et lui, se jouant d'eux deux, les alourdissant d'incertaines rivalités qui brouillaient toute amitié claire entre l'un et l'autre. Heureusement, Marquise les avait sauvés de cette médiocre querelle.

« Votre amour contre nous allume trop de haine »

Marquise ! L'éclat de ses yeux trop violets, trop exigeants, impudiques, son regard posé sur lui, l'espace d'un instant, l'avait captivé tout entier. Nul besoin d'explications. Ils savaient qu'ils s'aimeraient un jour, pour un seul jour, peut-être, mais cela ne faisait plus aucun doute. Curieusement, le jeu de l'actrice changea comme si, pour la première fois, la passion apportait à cette femme de trente ans la blessure qui lui manquait. Sa voix même était légèrement descendue et revêtait des intonations dont Molière s'aperçut aussitôt et, comme toujours, le premier. Lui aussi avait besoin de se brûler les ailes pour écrire de nouvelles choses.

« Je vous ai aimé avec une tendresse extrême, rien au monde ne m'a été aussi cher que vous ; j'ai oublié mon devoir pour vous, j'ai fait toutes choses pour vous »

Marquise avait alors créé cette Elvire rédemptrice de Dom Juan. En quinze jours, Molière avait fait surgir de ses doigts une pièce arrachée au Ciel ou à ses démons, et la jalousie avait étreint le cœur de Racine beaucoup plus que s'il l'avait surpris en train d'embrasser amoureusement la belle actrice. Molière avait écrit pour elle un des rôles les plus sensuels où le désir et la mystique s'unissaient. Aux quatre coins de la pièce, il entendait claquer l'âme affolée du vieil amant telle une voile qui se lève dans la tempête, serrée entre les doigts féminins de Marquise. Inspiré de l'*Introduction à la vie dévote* et du *Traité de l'amour de Dieu*, le comique leur adressait à tous un défi. Qui oserait comme lui entremêler le trouble de l'amour à l'infinie clarté de la religion, bafouer les lois de l'honneur et se brûler ainsi lui-même à la face du public ?

Il fallait désormais que Marquise créât ses rôles à lui, Racine ; il n'y avait plus de temps à accorder au vieux Jean-Baptiste. La terrible année 1665 s'était ainsi achevée sur une rupture quasi définitive avec ce dernier. Peut-être était-ce Marquise, semblable à l'Hélène de Troie de jadis, qui avait allumé cette nouvelle guerre. Mais, cette fois, ce n'était pas seulement entre Grecs et Troyens, mais de tous ligués contre lui, Racine. Il avait réussi à se mettre tout le monde à dos, y compris les femmes – Armande, en particulier, lui en voulait terriblement d'avoir séduit Marquise ou de ne pas l'avoir séduite, elle, tout à fait. Oui, les femmes comme les hommes avaient commencé à le haïr ou à l'aimer trop, l'entraînant dans une danse de gloire, de mort et de solitude dont il ne parvenait plus à se dégager.

Avant même qu'elle ne soit près de lui, il reconnaît son parfum. Marquise sent l'automne à Port-Royal, lorsque les arbres commencent à roussir et qu'on hume un mélange de pluie, de feuilles mêlées à l'humus, de feu qui couve dans les bois avoisinants. À chaque fois qu'il la respire, elle l'emplit d'un hâtif bonheur de vivre, mais, dès qu'il entreprend de la goûter, l'envie le prend inévitablement de saccager cette femme. Presque aussi grande que lui, elle marque alors volontairement un arrêt, son corps chaud tout contre lui, et plonge son regard droit dans le sien. Avant même qu'elle ne parle, il sent le danger et, avec un magnifique sourire, elle lui souffle :

– Monsieur Corneille est venu me voir...

Il va pour répliquer, mais la voici déjà repartie de cette démarche ondoyante qui met en valeur ses hanches. Il la sent heureuse, flattée : elle l'a rendu jaloux. Elle aime séduire. Même Floridor, hostile à l'arrivée de Marquise dans la troupe, a cédé à son charme, comme tant d'autres. Parfois, l'acteur a d'ailleurs bien du mal à ne pas se prendre pour Pyrrhus !...

Racine la regarde s'éloigner ; il sait qu'elle va jouer les autres actes avec encore plus d'insolence, de trouble, de séduction. Corneille est dans la salle pour elle. Il l'imagine déjà : ses yeux ironiques dissimulant mal son émotion en présence de Marquise. Ils ont tous voulu la guerre ; ils l'ont obtenue. Il se revoit, deux années auparavant, face au vieux génie qu'il admirait et de qui il avait sollicité une entrevue pour lui présenter son *Alexandre*. Il avait espéré devenir tant soit peu son héritier, être introduit par le grand poète. À ce souvenir, la blessure se rouvre.

– Qui êtes-vous en train de tuer ? Je le vois à votre sourire.

Mademoiselle des Œillets se tient près de lui.

– Ah ! je sais ! Monsieur Corneille regarde votre *Andromaque*... Je l'ai aperçu. Ne soyez pas vindicatif à son endroit. La bataille du *Cid*, c'était il y a déjà trente ans. Le Cid, c'est vous, aujourd'hui, Alexandre !

Elle l'appelle toujours Alexandre. Il s'entend bien avec la des Œillets dont la voix sait se vêtir de la douceur déchirante de la trop jeune Hermione. Certes, elle n'est plus très jeune, elle n'a jamais été belle, mais, à quarante-six ans, elle joue toujours avec autant de naturel. Le public vient aussi pour elle. Un soir, à l'époque d'*Alexandre*, deux ans auparavant, alors qu'il venait de « trahir » Molière, comme ils disaient tous, il l'avait raccompagnée jusque chez elle. Elle avait tenté de le divertir :

– Deux Alexandre, c'est un peu beaucoup à digérer, vous ne trouvez pas ?

Il était las de toutes ces querelles. Par cette soirée glaciale de décembre, il ne savait plus très bien où dormir. Il avait quitté Marquise la veille, la laissant à la troupe de Molière qui jouait sa pièce. Celle de l'Hôtel de Bourgogne venait pour la première fois de l'interpréter aussi ! Quatorze jours après la première, un 18 décembre, sa pièce se trouvait ainsi jouée par les deux troupes rivales ! Il était en train de sombrer dans un désordre funeste, ne sachant plus très bien lui-même où il en était. Alix Faviot, dite Mademoiselle des Œillets, l'avait fait asseoir dans un fauteuil élimé, mais nulle part, ce soir-là, il n'aurait été mieux. Puis elle lui avait offert de la brioche qui sortait des mains de Flechmer, le pâtissier en vogue, et avait posé une bonne carafe de vin de Bourgogne à côté de lui. Il avait tant besoin de ce répit ! Armande et Marquise avaient été impossibles, ces dernières semaines. Armande voulait s'enfuir avec lui, Marquise se rapprochait de Molière, son *Alexandre* était répété n'importe comment, Molière était de plus en plus fatigué, absent, et les comédiens, privés de chef, ressemblaient à des enfants turbulents recherchant la catastrophe qui mettra fin à leurs débordements.

– Les lectures vous ont beaucoup épuisé. Floridor et Montfleury tenaient absolument à interpréter votre pièce.

– Je sais. Surtout Montfleury !

– Il rêvait d'interpréter Porus. Il prétendait que vous vous étiez inspiré de Condé. Est-ce vrai ?

– Vous savez, il ne manque pas de grands seigneurs qui, durant la Fronde, ont osé défier Sa Majesté et la Reine mère. Le grand Condé est une figure qui a encore grandi depuis sa reddition. Le Roi lui-même a été touché par la force du personnage et l'a aujourd'hui comblé d'honneurs... Quoi qu'il en soit, avec vous tous je me suis senti aimé, apprécié. J'étais le nouveau Corneille. Je n'étais plus l'élève de Monsieur Molière.

– Il aurait dû se méfier. Le bruit courait déjà Paris quand Molière vous a repoussé *Alexandre* de plusieurs jours. Rappelez-vous :

« Si bientôt le grand Alexandre
Ouvrage, dit-on, sans égal
Ne se joue au Palais-Royal,
Je crains pour trop se faire attendre
Que ce héros s'en trouve mal ! »

– D'autres insinuaient plus dangereusement encore :

« Enfin les deux Mère Coquette
Ont longtemps disputé le pas
L'une à l'autre ne cédant le pas.
Mais on attend deux Alexandre *»*

Molière en avait aussi été prévenu. J'essayais de le convaincre à mon tour !

Déjà avait été représentée dès le lendemain une autre *Mère Coquette*, de Quinault, contre celle qu'il jouait, de Donneau de Visé.

– La guerre avait commencé bien avant vous. C'est la coutume dans cette « guerre » des théâtres. Mais, cette fois, il s'est agi non seulement du même sujet, mais de la même pièce et du même auteur.

– Il faut dire que j'y ai été poussé par certaines réflexions au sein même de la troupe !

– Vous triomphez, mais cela vous rend encore plus triste, ce soir. Vous pensez à l'autre Axiane, celle qui vous a inspiré ?

Mademoiselle des Œillets avait accepté de prendre le rôle d'Axiane que Marquise interprétait au Palais-Royal. Elle l'avait fait avec simplicité, comme elle faisait toute chose.

– Je vous trouve...

– Ne dites rien ! Depuis la mort de mon mari, je me contente de ce qui m'arrive. J'essaie d'être attirante et amoureuse au théâtre, et c'est déjà une grande difficulté, mais loin de moi tous les émois de jeunesse ! Je vais quand même vous faire un aveu : vous êtes le seul aujourd'hui qui pourriez encore me blesser le cœur, mais je savoure ce qu'aucune femme n'aura de vous : boire dans la paix un bon verre de bourgogne et vous permettre de vous reposer. Ne prenez pas froid. Nous avons besoin d'autres tragédies !

– On dit que Molière est en train de mourir. Je vais vous étonner : j'aurais aimé posséder son genre. Quelle humanité !

– Ne croyez pas que je veuille vous blesser, mais je sais qu'au fond vous avez de l'amitié pour lui.

– Plus que cela ! Mais je viens de lui porter un coup définitif.

– Non, Molière a d'autres raisons d'être épuisé. Son génie est plus dangereux pour lui que ses ennemis ou ses amis. Il mène une terrible partie contre lui-même – comme Dom Juan, même s'il joue à Sganarelle. C'est l'envers du bonhomme – méfions-nous du séducteur...

Racine était resté silencieux, des larmes s'étaient mises à couler doucement le long de sa joue. Jamais il ne saurait ce qui s'était passé entre Molière et Marquise. Armande, lui, Marquise, Molière vivaient tous quatre dans un tel malentendu ! Il n'avait plus aucune confiance en Marquise, les avait quittés fou furieux et dans la soirée ils avaient appris par-dessus le marché l'atroce nouvelle : à peine quinze jours après eux, l'Hôtel de Bourgogne jouait aussi son *Alexandre* !

– Marquise et Molière, n'est-ce pas ?...

La douce voix de la des Œillets l'apaisait.

– Vous savez, parfois les femmes se donnent par simple tendresse, parce que l'homme est délaissé, malheureux, parce qu'elles savent qu'elles ne seront pas enchaînées par cet acte d'un seul instant. Par gratuité, donc. Il n'y a pas que la violence qui nous séduise, comme chez votre Pyrrhus ; il y a parfois aussi la faiblesse. Cela n'a rien à voir avec la pitié. [Marquise lui avait déjà dit une chose semblable, songea-t-il.] C'est une sorte de don. Molière est abandonné de tous et votre désertion ne doit pas être facile à vivre. Son répertoire est épuisé, ses acteurs perdent courage, son théâtre est au bord de la ruine. Laissez-lui Marquise. Pour un instant d'amour ! C'est le prix à payer. Vous êtes jeune, mais la gloire s'éclabousse toujours d'assassinats – des petits, des grands... Assassinats du cœur, en tout cas, à moins que...

– À moins que ?

– On ne renonce, on ne se retire... Mais ne vous inquiétez pas ! La gloire des poètes vivants n'est pas meurtrière. Vous n'avez pas entendu l'abbé de Pure dire à propos de Corneille, le grand Corneille : « Sitôt qu'on s'aperçoit qu'on ne plaît plus, il faut que le poète fasse judicieusement sa retraite, qu'il se résolve de bonne foi à quitter une place qu'il ne peut plus tenir, etc. »

– Je ne suis pas du tout de l'avis de cet abbé, même si Corneille m'a très mal reçu lorsque je suis allé lui présenter mon *Alexandre* pour écouter ses conseils.

À la surprise de Racine, Mademoiselle des Œillets éclata d'un rire jeune.

– Vous vous moquez ! lança Jean, déjà ombrageux.

– Non ! J'imagine votre rencontre... Vous, fiévreux, amoureux, lui lisant votre *Alexandre*, et lui très droit dans son fauteuil, la bouche ironique. Vous défier encore – par honneur ! par gloire ! par intégrité ! Et par jalousie, pourquoi pas ? Voilà ce qu'il devait faire.

– Lui aussi m'a condamné, m'a traité en ennemi. Comme ma famille, comme Port-Royal. Ils auront la guerre ! « Vous avez un grand talent pour la poésie, mais point pour la tragédie. Appliquez-vous à un autre genre... »

Racine, imitant Corneille, avait fait de nouveau s'esclaffer Mademoiselle des Œillets. Elle ajouta enfin :

– Mais Molière vous a accueilli...

– C'est un comique !

La réplique coléreuse fit encore plus rire la comédienne. Elle lui caressa les cheveux :

– Vous êtes magnifique, sans perruque. Vous êtes un enfant, doué d'un peu trop de chance. Vous êtes là à tempêter alors que les deux grands théâtres de Paris jouent en même temps votre pièce. Chacun a pensé au Roi en voyant *Alexandre*. Mais c'est vous, Alexandre,

« Qui n'a que son orgueil pour règle et pour raison »

Désormais, je ne vous appellerai plus qu'ainsi. Reprenez de ce vin, Alexandre !

Racine ne put que sourire. Mademoiselle des Œillets avait cette qualité de rendre la vie plus simple, et il avait ce soir-là grand besoin d'une amie, d'une mère attentive. Il la regarda avec tendresse, l'attira pour lui baiser la main, mais il sentit brutalement une douleur à son flanc droit, comme chaque fois qu'il éprouvait une vive émotion. Marquise lui manquait trop. Que faisait-elle ? Et Molière...

– Alexandre ! Alexandre !

Mademoiselle des Œillets le tire par la manche pour le ramener à la réalité de cette soirée et lui chuchote : « Ne tuez pas notre Corneille ce soir ! Nous avons encore besoin de vous deux ! »

Le théâtre bruisse de conversations qui reprennent. Il aperçoit plus loin Marquise, le visage absent, tendue vers une loge où se tient le vieux maître. La représentation se déroule au mieux, Marquise a été sublime, faisant sonner les assonances, les rythmes, les rimes. Il a frémi lorsqu'elle a lancé :

« Et quelle est cette peur dont leur cœur est frappé »

Elle a une façon bien à elle de prononcer *peur* et *cœur*, tout en faisant sonner plus longuement le *leur*, pour laisser entendre une pause avant de donner au mot *frappé* toute sa rapidité. Comme si elle se glissait dans son écriture, se jouait d'elle, en faisait ressortir les jeux intérieurs. C'était comme lorsqu'elle le caressait. Il est vrai qu'il l'a fait répéter, l'a soumise à sa langue ; elle articule comme si elle recevait des coups. Il est plus jeune qu'elle, mais il sait qu'il la tient à sa merci. Corneille peut bien la dévorer du regard ;

contrairement à lui, il en a fait une grande tragédienne, il lui a écrit un rôle de femme où l'actrice peut déployer tout son registre de violences et de tendresses. Elle lui a enseigné la passion et lui-même s'est étonné par instants de sa déraison :

« L'amour peut-il si loin pousser sa barbarie »

La salle est pleine ; au parterre, on a même passé la mesure : plus de cent cinquante personnes s'y tiennent debout, à demi étouffées. Mais il faut avoir vu *Andromaque.* Même Subligny, l'un de ses ennemis, mais surtout critique, dit avec un accent d'ironie dans sa voix haut perchée : « Cuisinier, cocher, palefrenier, laquais et jusqu'à la porteuse d'eau, il n'y a personne qui n'en veuille discourir. Je pense même que le chien et le chat s'en mêleront, si cela ne finit bientôt ! » Naturellement, il a oublié à dessein de citer la Cour, les princes, le Roi lui-même, ravi par cette *Andromaque*, et surtout Son Altesse royale, Henriette d'Angleterre...

Il repense au visage aigu de Madame, penché vers lui. La belle-sœur du Roi vient d'avoir vingt-deux ans ; lui en a bientôt vingt-sept. Le salon s'était brusquement assombri, en cette fin de matinée ; des nuages gris avaient avec insolence recouvert le soleil et Madame lui avait murmuré avec douceur :

– Comme vous ressemblez au Roi ! Mais vos yeux sont différents, plus gris, plus nuancés. Argentés comme le ciel d'aujourd'hui...

Il n'avait rien répondu. Il n'ignorait pas qu'elle avait aimé le Roi, ni combien le Roi en avait été épris. La Cour en parlait encore, insinuant que rien n'était vraiment fini entre eux deux, même si Louise de La Vallière, choisie par eux au début pour détourner les rumeurs, était devenue, en fait, la maîtresse en titre – ironie du désir !

Elle lui souriait avec ce charme qui laissait peu d'hommes indifférents. La pièce s'était encore assombrie et il avait du mal à ne pas penser à cette bouche si manifestement offerte à lui.

Au moment où il remarquait un léger frémissement au-dessus de la lèvre supérieure, la main princière s'était posée sur la sienne :

– Je vais vous confier mon histoire, puisque vous m'avez parlé de votre projet d'*Andromaque*. Il me semble que, d'une certaine manière, nos vies ont quelque chose de similaire. Nous ne serons jamais vraiment heureux et c'est pourquoi, plus que les autres, nous avons, par instants – mais par instants seulement, le temps d'un rire ou d'un amour insensé –, un besoin irraisonné d'un Dieu ou d'un Démon à défier.

« Grâce aux Dieux mon malheur passe mon espérance
Oui je te loue ô Ciel de ta persévérance
Appliqué sans relâche au soin de me punir »

Elle lui citait ces vers désespérés qu'il avait tracés, à la limite du sanglot, alors que sa vie paraissait lui échapper au terme d'une journée particulièrement difficile.

« Au comble des douleurs tu m'as fait parvenir »

Ses vers, à lui murmurés par cette jeune femme, Madame, épouse de Monsieur, frère du Roi, le bouleversaient comme une déclaration. Certes, il lui avait montré des scènes, mais il ne pensait pas qu'elle en eût retenu des passages entiers.

– On raconte, Monsieur Racine, que vous êtes naturellement mélancolique et que vous vous entretenez plus longtemps des sujets capables de vous chagriner que de ceux propres à vous réjouir...

Cette femme devenait comme une sœur, semblable à lui, attentive au secret de son âme, le comprenant, réveillant inconsciemment un souvenir reculé de son enfance. Alors, sans trop savoir à quoi il s'enhardissait, il l'attira un peu plus près de lui et la baisa doucement, désespérément, innocemment, et elle l'accueillit avec simplicité. Il l'avait rejointe ailleurs, au fin fond de leur mémoire boisée où ce baiser dessinait la même tache lumineuse qu'une clairière.

Ils se séparèrent, comme hébétés. Elle se leva sans brusquerie, se dirigea vers son secrétaire, l'ouvrit, en retira une lettre dont le bruit, lorsqu'elle la déplia, lui rappela les petits bois secs craquant sous les pieds, et elle se mit à lire d'une voix où les sanglots contenus donnaient un léger écho aux paroles :

> *« Je suis satisfait, puisque mes enfants sont près de vous. Votre vertu et votre tendresse me répondent du soin que vous aurez de leur conduite. Je ne puis vous laisser gages plus chers et plus précieux de mon amour [...]. Mon cœur est plein pour vous de la même tendresse que vous y avez toujours vue. Je vais mourir sans crainte... »*

C'est la dernière lettre que mon père Charles Ier a envoyée de sa prison à ma mère. J'étais à peine née quand ma mère s'enfuit en France, obligée de m'abandonner aux mains des révoltés. Vous avez eu la délicatesse de me confier le secret de votre prochaine pièce. Cette Andromaque m'est chère, peut-être à cause de mon père mort, ou de ma mère en exil, ou encore de cette lettre...

Cette femme possédait une fine intelligence et beaucoup de délicatesse. Il était toujours assis, ainsi qu'elle lui en avait intimé l'ordre, et il la regarda faire quelques pas vers la fenêtre, de sa démarche rapide et légère. Elle lui rappelait les mésanges de Port-Royal, promptes à s'envoler à la moindre alerte. Il sut qu'elle pleurait discrètement en voyant ses belles épaules pâles s'affaisser un peu. Sa robe bleu tendre frémissait, fragile. Mais, alors qu'il respectait sa douleur, il respira une impalpable bouffée d'un parfum sucré, fleuri, qui le fit se lever de son fauteuil et s'approcher de Madame. Au moment où il allait la prendre par les épaules, elle se retourna et lui tendit son visage avec une expression si bouleversante, mais en même temps si ardente, qu'il dut déployer un grand effort pour résister à cette prière amoureuse. Il ne pouvait se le permettre.

Était-ce ce même visage qu'elle tendait au Roi ? Le confondait-elle, lui, Jean Racine, avec le souverain ? Il pourrait donc être un rival, Son rival ? Il s'inclina lorsque la main de Madame vint effleurer son visage, car il lui fallait s'effacer devant le royal amant qu'il ne remplacerait jamais. Il murmura simplement avant de la quitter :

– *« Au comble des bonheurs tu m'as fait parvenir. »*

Elle l'avait laissé repartir sans un mot, mais un fin sourire était venu animer sa jolie bouche.

Ainsi, elle aussi avait inspiré *Andromaque* !

L'entracte s'achève, l'odeur désagréable des chandelles mal mouchées a du mal à s'estomper. Beaucoup dégustent encore leur *rossoli*, les uns parce qu'ils l'aiment, les autres, la majorité, pour boire ce que le Roi est réputé prendre chaque soir. L'odeur anisée se mêle aux relents des gens, au suif ; il apprécie cette odeur particulière des théâtres – ces arènes où ses maîtres jansénistes dénonçaient des lieux de perdition... Ses maîtres ! Eux aussi l'ont condamné. La guerre partout ! À Troie comme au théâtre, mais le théâtre n'est-il pas justement le monde enclos entre nos doigts ? Heureusement, cette année 1667 s'achève par la victoire – sa victoire ! Même Dieu, il Le défie ! Comme Oreste, il mourra content si son sort est rempli ! Et que tout le monde aille au diable, Marquise comme les autres : si Monsieur Corneille a autant d'importance pour elle, elle n'a qu'à le prier de lui écrire des rôles à sa mesure !

Le spectacle reprend, mais il ne peut plus rien supporter : ni ses vers, ni les acteurs, ni la scène, ni l'amour. Il fait demi-tour et quitte le théâtre.

Elle est là, son amie de toujours. Silencieuse, claire, intacte, elle le couvre de larmes scintillantes : la neige ! Mais, avec elle, droite là-bas dans la rue, la Mort chevelue. Il la sent, patiente au rendez-vous qu'elle lui a donné. Cette femme lui ressemble étrangement, et pourtant ce n'est pas une sœur. Cela pourrait être sa mère, encore jeune mais décharnée, affamée, les yeux exorbités. C'est la première fois qu'il la discerne aussi bien, sa mère morte, proférant des mots qu'il n'entend pas, hurlant dans le vent, la bouche difforme, avec de très longues mèches qui battent son corps épuisé.

Transi, il a le sentiment d'être le seul survivant d'une humanité disparue, peut-être le dernier témoin de Troie, de la beauté et de la culture de jadis. Il murmure en reprenant peu à peu son souffle :

« Je songe quelle était autrefois cette ville
Si superbe en remparts en héros si fertile,
Maîtresse de l'Asie et je regarde enfin »

Il marche en marmonnant et en sanglotant :

« Quel fut le sort de Troie et quel est son destin
Je ne vois que des tours que la cendre a couvertes
Un fleuve teint de sang des campagnes désertes
Un enfant dans les fers »

La femme a disparu. Il se passe la main sur le front avec l'impression d'avoir échappé à une tentative de meurtre. La neige, indifférente, égrène ses illusoires chapelets. Le monde a-t-il un sens ? Partout l'envie, les querelles de pouvoir, la guerre... Qui a réellement écouté son texte, tout à l'heure ? Qui s'est intéressé aux questions qu'il posait ? Des crimes gargantuesques continuent de hisser leurs héroïques bannières dans les soleils méchants. C'est lui, maintenant, qui hurle à travers la nuit dévastée, sillonnée de noirs carrosses, zébrée de claquements de fouet et de cavalcades en tout sens. Qui se soucie de cet enfant pris en otage d'une politique absurde, aussi changeante qu'arbitraire ? Combien de temps va-t-on encore traîner derrière des chars antiques ou les modernes carrosses à trois ou cinq glaces les corps d'Hectors agonisant sous les yeux de leurs amantes écorchées au vif de leur chair ? C'est cela que lui criait sa mère !

D'un seul soubresaut, il embrasse la solitude de tous ceux qui l'ont précédé : Homère, Eschyle, Virgile... Il a assisté à tout, il a gorgé son cœur d'enfant de tous ces meurtres, il va témoigner pour qu'une fois encore on se souvienne d'un temps où les hommes caressaient les bras blancs de leurs épouses, d'un temps où les jeunes gens se couchaient de tout leur long dans la poussière à l'annonce de la mort de leur compagnon. Du temps enseveli de l'amour.

Ainsi il continue sa marche. La plaine s'étend à l'infini. Ici ou là, des murailles détruites, des vestiges de palais, des autels désaffectés, des statues écourtées. La bise déroule ses grandes boucles de vieillarde, la poussière emplit la bouche. Çà et là, des enfants mutilés, des femmes culbutées dans des positions obscènes. Le poète poursuit sa route. Lui seul sait ce qu'il cherche. Des jeunes gens écartelés mordent encore le sol de leur bouche où les cris se sont asséchés. Racine s'avance, imperturbable, sans se retourner.

Enfin il l'aperçoit. Les yeux levés vers le ciel, l'homme paraît attendre. Il s'en approche lentement. L'homme est aveugle, mais il le salue, reconnaissant sa présence. Racine découvre un être jeune au visage hâlé par ses constants voyages sur des mers bleutées. Des cheveux blonds ou blancs tombent sur ses épaules en mèches folles, le nez droit confère au visage une grande dignité, tandis que les lèvres, quoique fines, s'étirent dans un sourire semblable à celui de l'enfant sur le point de pleurer. Ses longues mains veinelées décrivent d'étranges gestes, comme si elles rythmaient quelque chant secret.

À ses pieds, Racine reconnaît Achille et Patrocle, que le poète a enlacés à jamais. Non loin, les chevaux de l'Éacide attelés au magnifique char, immobiles, baissent la tête.

> *« Ils restent immobiles, en appuyant tous deux leur tête sur le sol. À terre, de leurs yeux coulent des pleurs brûlants... »*

Homère sourit douloureusement en reconnaissant dans la bouche de son compagnon ses propres mots :

– Vous souvenez-vous de la réponse d'Achille à Ulysse, venu le visiter au pays des défunts ? murmura-t-il.

> *« Ne me farde pas la mort... J'aimerais mieux, valet de bœufs, vivre en service chez un pauvre fermier qui n'aurait pas grand'chère, que régner sur ces morts, sur tout ce peuple éteint. Aujourd'hui, c'est à toi que je m'adresse. Retourne là-bas, loin encore de notre royaume. Reviens avant que l'aube aux doigts de rose, que j'ai tant aimée, ne s'étire dans son linceul. Tu auras bien d'autres épreuves avant de nous rejoindre. Moi, ils m'ont chassé à maintes reprises. Dans ma propre ville natale, tandis que je revenais de voyages épuisants, sans aucune ressource, ils m'ont fermé leur porte. J'entends encore le rire vulgaire du gros marchand adossé à sa porte. »*

« Chers concitoyens, hurlait-il, si vous recevez celui-là aujourd'hui, vous aurez bientôt tous les chanteurs errants d'Ionie ! » Regarde Virgile, là, qui se tient à l'écart ; avant de mourir, il a demandé qu'on brûle *l'Énéide* qu'il n'avait pas eu le temps d'achever. Auguste n'a pas respecté son vœu. Est-ce bien ? Est-ce mal ? Et pourtant, à la fin de notre vie, l'un ou l'autre, quand nous apparaissions, le peuple tout entier se levait dans les amphithéâtres pour nous acclamer. Avait-il écouté nos paroles ? nos prières ? Seuls peut-être les chevaux nous pleurent vraiment, comme ceux-là. Ton carrosse t'attend...

À sa hauteur vient précisément de s'arrêter un splendide carrosse à sept glaces – un grand « carrosse de dame ». À l'intérieur, une jeune femme dont il ne distingue pas les traits lui fait signe de monter. Un parfum qu'il reconnaît d'emblée l'enveloppe comme un manteau soyeux. Il ne peut résister, s'engouffre à l'intérieur. Elle lui murmure de cette voix si rare – la voix de sa mère, il n'en doute plus depuis qu'il l'entend maintenant en rêve :

– Heureux baptême ! Vingt-huit ans. Tu te souviens ? C'était l'hiver, le 22 décembre 1639...

Déferle une bourrasque de froid âpre et le carrosse se fige brutalement tandis que les chevaux hennissent de peur. Racine se réveille. Marquise se tient dans la rue, hagarde, en pleurs. Elle hurle :

– Montfleury vient de mourir ! Montfleury ! Oreste est mort ! Il s'est effondré...

– Oreste ?

Racine ne comprend pas.

– Qui vient de parler ?

La voix est un peu sèche. C'est Corneille qui se tient en retrait. Il ajoute :

– Zaccharie Jacob, dit Montfleury vient de s'éteindre, victime d'une montée de sang. J'ai perdu jadis mon Cid, et vous aujourd'hui votre Oreste.

Pour la première fois, il y a comme une note d'amitié dans la voix de Pierre Corneille, qui laisse Racine tout surpris. Guillaume Desgilberts dit Montdory avait joué pendant trente ans presque tout le répertoire cornélien. Il avait été ce Cid amoureux, meurtrier, qui avait jadis suscité cette si vaste querelle. Aujourd'hui, c'est le tour d'Oreste et il vient de mourir comme s'il avait refermé un cercle entre eux deux. Le théâtre tisse un instant un lien secret entre les deux poètes, mais, bien vite, le plus âgé s'incline vers Marquise :

– Je vous laisse et vous retrouverai pour l'enterrement. Montfleury a rejoint le royaume des ombres, mais souvenez-vous de mon poème :

« Chez cette race nouvelle
Où j'aurai quelque crédit
Vous ne passerez pour belle
Qu'autant que je l'aurai dit »

Il lui baise le creux de la paume puis tourne les talons avec brusquerie.

Les voici maintenant seuls dans cette nuit d'hiver. Racine regarde Marquise dont le manteau se couvre de poudre blanche. Enfin, il comprend que Montfleury ne jouera plus jamais. Demain, il faudra choisir un autre comédien. Oreste commençait juste à scintiller du talent du premier interprète à l'avoir créé. Combien d'autres suivront, nourrissant d'eux-mêmes le personnage ? Racine regarde Marquise mais ne la voit plus. Il contemple Andromaque. Il pense en fait à la mort de Marquise. D'autres actrices, peut-être ? Un autre visage de femme ? Il ne peut plus détacher ses yeux de cette femme qui va s'effacer un jour pour laisser place à une autre.

– Tu as ton visage que je n'aime pas. Le même que lorsque tu écris certaines choses.

Il songe soudain que les poètes sont semblables au Minotaure, dévorant à leur manière jeunes gens et jeunes filles pour que leur œuvre vive et survive.

Un jour, il faudra qu'il écrive un *Thésée*. Quelqu'un qui tuerait le poète...

Il attire Marquise dont les yeux hagards expriment la fatigue, l'angoisse, peut-être déjà l'adieu.

Elle aussi le quittera, et il envie Corneille, marchant seul avec, au cœur, la blessure qu'elle lui a déjà infligée.

Chapitre 15

Le rire de Dieu

Déjà sur cette riche entrée
Je vois les pavis rougissants
Étaler les rayons luisants
De leur belle neige empourprée
Dieu ! quels prodiges inouïs
Je vois naître dans les lys
L'incarnat de la rose
Je vois la flamme et sa rougeur
Dessus la neige éclose
Embellir même la blancheur

JEAN RACINE, *Des jardins*

Fumées. Bougies. Rires cascadant et culbutant les uns sur les autres dans la nuit chaude, rires d'insouciants, heureux comme il arrive aux humains de l'être par inadvertance. Juillet musqué se roule de plaisir au cabaret *Le Mouton blanc*. Il y a fête ; les promeneurs s'approchent de cette soirée épicée qui s'offre à chacun. Bruit. Lueur de la ville. Rambleur.

On vous le dit. Elle est là mais ce bruit est-il sûr ? Vous entrez. La du Parc, la reine des comédiennes, la « Veuve à la mode », comme le colportent les méchantes langues, vous observe, vous qui venez de pénétrer dans ce cabaret assourdissant, et l'air, à cause d'elle, semble transparent entre vous deux.

De cette seule coulée mauve de son regard, elle vous restitue une enfance qui, à votre vive surprise, vous monte à la tête, ce temps oublié où vos désirs ne connaissaient ni regrets, ni contrariétés, ni inquiétudes et vous emportaient loin de toute réalité maussade. Vous ne faisiez qu'un avec vos rêves, rappelez-vous ; vous aviez sept, huit, dix ans, tout était encore possible, parce que vous en aviez décidé ainsi avec la force des innocents qui courent au massacre.

Ainsi sont les yeux de Marquise : capables de changer le monde ! Et, de tout votre cœur, vous lui direz oui, et encore oui, quel que soit son désir. Vous êtes là tout engourdi, gauche, puis malheureux. Quelqu'un d'autre est entré et vous voici poussé au hasard des tables ; elle ne vous regarde plus. Vous êtes damné ; l'air du cabaret devient irrespirable. Vous l'apercevez encore, parmi d'autres visages, entourée de grands seigneurs, de comédiens, d'amants, de poètes, de tous, enfin, sauf vous qu'elle a fixé avec étrangeté, l'espace de quelques secondes, comme pour une promesse de rendez-vous – peut-être dans l'au-delà aurez-vous quelque chose à faire avec elle ? Ainsi vous consolez-vous. Il ne vous reste qu'à être son spectateur, tel est votre idéal pour cette soirée : le seul contemplateur, l'homme en prière, et pourquoi pas le poète exaltant chaque émotion pour le compte d'autrui. Ainsi vous dépouillez-vous jusqu'à la racine, pour mieux servir. Combien de renoncements encore avant d'accepter d'assister seulement à la Beauté sans y jamais tremper les lèvres ?

Six ans de moins qu'elle, et pourtant il se sent harassé. Il ne peut plus la suivre. Certes, cette femme est royale, mais il commence à lâcher prise pour retrouver par instants l'espace vierge de sa fantaisie. Ce soir plus particulièrement, il a reculé son siège, il la regarde de plus loin.

Ses cheveux arborent leurs nuances d'or ancien, d'automne enflammé ; elle a laissé presque la masse entière crouler sur ses épaules. L'a-t-elle fait à dessein pour l'homme assis en face d'elle ? Racine l'a vue d'un geste las retirer adroitement quelques peignes perlés comme si elle était prise d'un mal de tête. Lui-même s'en est inquiété quelques instants : elle a paru ressentir une souffrance enfouie profond. Il a pensé : l'ongle de la Mort vient de la griffer. Pourquoi a-t-il par moments cette prémonition ? Il est ainsi saisi parfois de pressentiments que rien ne peut expliquer. Il arrive qu'ils concernent des êtres proches aussi bien que des inconnus, voire lui-même. Sa tante Agnès possédait le même don, ou la même tare. Science du poète ? Vision du mystique ? Tous deux savent déchiffrer le hiéroglyphe humain.

Tandis que chacun, autour de la longue table, déguste, à goulées avides, le champagne ou le bourgogne légèrement frelatés, à l'image de cette soirée – certains ont même ajouté le rossolis et les fenouillettes de l'île de Ré –, Racine se tourne vers son ami qui se tient encore plus à l'écart. De constitution chétive, maltraité dans son enfance, Boileau contemple la tablée de son œil ironique mais dont les reflets noisette expriment une générosité vite masquée.

Ah ! s'il avait pu conserver la même distance badine que son ami, Racine ne sentirait pas, comme ce soir, le serpent de la jalousie lui enrouler l'âme ! Il étouffe de rage, de souffrance – à tel point qu'il a bu plus que de coutume et de raison ce champagne bondissant qui en vient presque à provoquer dans Paris de nouvelles guerres civiles.

Malgré les moqueries des partisans du bourgogne, ce vin de Reims lui convient bien, ce soir. Voici qu'il allume dans son cerveau mille étoiles facétieuses et envahit sa tête de picotements délicieux. Non, il ne laissera Marquise à personne, ni à ce peintre qui ne la quitte plus, ni même à Molière. Encore moins à ce personnage qui lui fait face, celui pour qui peut-être elle a ôté ses peignes de comédienne provocante et qui, ce soir, les régale sans compter. Racine se redresse fièrement ; aussitôt, le petit Genlis s'exclame en le désignant :

– Comme vous ressemblez à Sa Majesté !

Le chevalier de Rohan éclate d'un rire superbe. On dit de lui à la Cour : « Une tête folle, ce Rohan, mais une belle tête ! », ou encore : « La plus belle jambe ! » Seule Sa Majesté peut se permettre de mieux danser, songe Racine, atteint au vif par ce rire. Le provocateur est d'une beauté indécente. Même le poète jaloux ne saurait détacher son regard de ce visage lumineux aux yeux étirés d'un bleu-vert qui rappelle les émeraudes changeantes, au nez d'aigle, aux lèvres, rieuses, aux hautes pommettes qui ajoutent juste ce qu'il faut de cruel à ce visage pour mieux plaire ! Une peau transparente que n'importe quelle femme lui aurait enviée. Très grand. Ses longs doigts déliés évoquent des caresses osées. Est-ce à elles que pense Marquise en observant la main du Chevalier ? Il doit être sot, pense Racine sans déplaisir ; un superbe *sot* à apposer à une femme ! Il aime jouer avec les mots, ce qui met hors d'eux les puristes qui répètent avec horreur et hoquets le vers d'Oreste :

« Garde son fils sa veuve et mille autres encor
Épire »

Vous entendez, il a osé : *Et pire !*

Certains n'avaient retenu que cela, indifférents aux cris d'amour et à la question essentielle d'*Andromaque* : comment empêcher qu'on fasse du fils d'Hector le drapeau d'une revanche de vieux combattant troyen ? comment arrêter la guerre incessante entre les hommes ?

– Ainsi, Monsieur Racine ressemblerait au Roi en personne ? reprend le chevalier de Rohan. Quelle importance ? À Sa Majesté elle-même, moi, j'ai osé faire la leçon.

Le Grand Veneur ne recule devant aucune extravagance. Racine le sait, mais ne lui laissera pas Marquise. Cette rivalité commence même à l'exciter ! Ce soir, il désire Marquise pour lui seul ; il revoit son corps abandonné...

– Chevalier, racontez-nous !

Genlis, flatteur, attend le récit de Rohan comme si sa vie en dépendait. Racine hait cette race de courtisans accrochés au plus offrant.

– Admis au jeu avec Sa Majesté, il y a de cela quelque temps...

– Au moins dix ans ! murmure Boileau, sarcastique.

– ... je perdis donc une très grosse somme. Nous étions chez le cardinal de Mazarin. Je n'avais que huit cents louis sur moi. Aussi, pour tenter de payer ma dette au Roi, je rajoutai deux cents pistoles, mais Sa Majesté voulait des louis et refusa mes pistoles. Le Cardinal ne disait mot. Le Roi s'obstinait. Alors je me levai, ouvris la fenêtre et jetai mes pistoles par la fenêtre en déclarant : « Puisque Votre Majesté n'en veut pas, elles ne sont bonnes à rien ! » Le Roi s'estima blessé et s'en plaignit au Cardinal. Alors celui-ci se leva de son fauteuil et conclut de sa voix roulante : « Sire ! Prenez-vous-en à vous-même ! Permettez-moi de vous dire que le chevalier de Rohan a joué en roi, et vous en chevalier de Rohan ! »

Cet imbécile de Genlis rit avec des accents aigrelets, Marquise applaudit, imitée aussitôt par toute la tablée. Rohan observe Racine qui n'a esquissé ni geste ni sourire. La guerre est déclarée entre eux deux et cela ne leur fait peur ni à l'un ni à l'autre. Racine n'a certes pas autant d'argent que Rohan, mais Paris murmure qu'il est le plus bel amant dont une femme puisse rêver. Il les fascine toutes, au théâtre comme en privé.

Pour le provoquer, le chevalier de Rohan prend la main que lui tend Marquise et effleure à peine le creux de sa paume d'un baiser, puis, saisissant délicatement les doigts de l'actrice, il ôte le diamant qu'il porte lui-même à son annulaire et le passe à celui de Marquise.

Le jeune poète ne peut s'empêcher d'admirer sa maîtresse. N'importe quelle femme se serait défendue pour la forme, minaudant ou refusant avec gêne. Avec superbe, Marquise passe le diamant à un autre de ses doigts.

– Que personne jamais ne vous le reprenne sans votre consentement, murmure le Chevalier, mais ne l'emportez pas dans la mort : il alourdirait votre âme, plus rare encore que ce bijou. J'ai la volupté et la folie, Marquise, de demander ce soir votre main. Aucune autre femme ne saurait me faire commettre un tel aveu. Oui, je désire vous épouser !

Après pareille déclaration, le silence gagne toute la tablée et y sème un malaise, d'autant plus que le Chevalier s'est dressé et a prononcé son vœu d'une voix forte. Le cabaret entier se tait. Les uns regardent Marquise, d'autres Racine ; certains s'attendent à un duel, à un assassinat, qui sait, sur-le-champ.

Quelques femmes se délectent déjà de la situation embarrassante dans laquelle Marquise s'est fourrée. Mais, lentement, celle-ci se lève, avec ce déhanchement qui n'appartient qu'à elle, et annonce d'une voix un peu plus rauque que d'habitude :

– Monsieur le chevalier de Rohan, bien que je sois « la Veuve à la mode », je n'hésite nullement, ce soir, à devenir « la Fiancée à la mode ». Cela me rajeunira !

Elle n'a pas décoché un seul regard à Racine.

– Monsieur Racine, peut-être voudrez-vous écrire une nouvelle tragédie et nous prendre pour modèles ?

– Elle est déjà écrite, Monsieur le Chevalier.

– Ne me dites pas que ce sont ces *Plaideurs* que vous nous préparez. J'ai horreur de la chicane et des jugements... Mais nous irons désormais, ma femme et moi, applaudir à vos procès !

– Je parlais d'*Andromaque*, Monsieur le Chevalier. Rappelez-vous ces vers :

« L'un par l'autre entraînés nous courons à l'autel
Nous jurer malgré nous un amour immortel »

– Marquise l'a déjà interprétée, que je sache, réplique Rohan d'une voix moqueuse.

Au grand étonnement de tous, la du Parc se tourne vers le poète et lui lance :

– Qu'importe ! Puisque Pyrrhus meurt à la fin, elle peut bien avoir un troisième mari !

Racine se dresse à son tour et lui fait face, livide :

– Le problème est que je ne suis pas encore mort, madame !

Personne ne comprend plus de qui l'on parle : des personnages ? des acteurs ? de Rohan ?

Marquise éclate alors d'un rire qui la secoue des pieds à la tête et gagne bientôt toute l'assistance, sauf Boileau. Celui-ci considère pensivement chaque convive l'un après l'autre.

Marquise a un rire qui donne envie à chacun de secouer toute chose de ses épaules pour ne plus penser qu'à rire à s'en plisser les yeux, rire à secouer le monde entier une bonne fois dans son cœur, rire à en renverser l'amour les quatre fers en l'air ! Lorsque Marquise commence à rire, il ne s'agit plus ni de la tancer ni de la charmer. Elle rit, c'est tout ! Et les hommes n'ont plus d'intérêt pour elle. Elle rit, point.

Racine a envie de la gifler. Combien de fois n'a-t-il pas partagé son rire, mais, ce soir, il n'a qu'une pensée : ce cou renversé, y plonger une lame, faire rendre son âme rieuse à cette femme. Et voici qu'en le regardant elle vient de repartir de plus belle. Son rire gagne. Et c'est alors qu'il la voit avec rage grimper sur la table avec l'aide du Chevalier ! Elle est ivre de rire et se lance dans une de ces danses qu'elle interprétait, petite fille, auprès de son père Jacomo de Gorla, l'opérateur de Lyon, mi-guérisseur, mi-bateleur. Elle mime la douleur du malade qui se calme peu à peu en observant la danse, mais Racine sent bien qu'elle le nargue, lui et lui seul. C'est lui, le malade au corps duquel elle tente d'arracher un démon : le démon de la jalousie ! L'assistance s'est rapprochée, elle tape des mains tandis que Marquise relève ses jupes, laissant voir ses magnifiques jambes. Rohan semble de plus en plus épris de cette femme qui ondule maintenant au rythme des bravos des spectateurs :

battement lancinant d'un commun désir qui monte de tous ces mâles attroupés.

Qu'importe ce qu'on dira ! Le chevalier de Rohan, Grand Veneur du Roi, aime plus que tout le défi et la démesure. Marquise, ce soir, l'enchante au-delà de ce qu'il aurait imaginé. Même le Roi n'aurait pu être à pareil festin, car la fête n'aurait pas eu, avec Sa Majesté, la liberté de se déployer ainsi.

– Comment une femme peut-elle à la fois s'occuper de ses enfants avec autant de douceur, murmure Racine d'une voix douloureuse, et exhiber ses jambes sur une table de cabaret ?

– C'est pour cette raison qu'elle est Andromaque ! réplique Boileau. Une femme somptueuse qui déconcerte même votre imagination !

– Rien à voir ! De toutes les manières, vous ne connaissez pas grand-chose aux femmes...

– Mais un peu aux poètes ! riposte Boileau. Vous savez, à force de me passer de ces créatures fragiles, je suis comme un mystique avec Dieu : Il ne l'a jamais touché, mais Il le possède mieux que personne.

– Vous êtes ridicule. N'allez pas comparer les femmes à Dieu !

– Voilà que vous devenez mélancolique ! Vous qui avez écrit ces phrases, rappelez-vous : « Faut-il renoncer à tout ce qui divertit, faut-il pleurer à toute heure ? Hélas oui, dira le mélancolique. Mais que dira le plaisant ? Il voudra qu'il lui soit permis de rire quelquefois, quand ce ne serait que d'un jésuite ; il vous prouvera, comme ont fait vos amis, que la raillerie est permise, que les Pères ont ri, que Dieu même a raillé... » Il faut savoir rire, surtout comme le fait Marquise. Vous avez entendu son rire : il vous ferait croire à l'éternité et à la résurrection de la chair !

Racine observe son ami dont la malice constelle les yeux de petites lueurs. À la flamme des bougies, il a l'air d'un diablotin.

– Allons, continuons à boire à Marquise, murmure Boileau, et aux femmes dont les jambes dansent l'amour !

« Je les aime mieux qu'une bigote altière
Qui, dans son fol orgueil aveugle et sans lumière...

Boileau marque un temps, puis, faisant une horrible grimace, termine quelques vers plus loin :

... Pense atteindre le sommet de la perfection »

– Allons, si Rohan est plus grand que Sa Majesté, montrez-vous plus grand que Rohan !
– En lui laissant Marquise ?
– Peut-être est-ce elle qui décidera, vous ne croyez pas ? *« Vous aimez, c'est assez... »* Vous-même avez écrit l'impossible amour !
– Vous ne savez pas ce que c'est. Vous êtes un sage ! Bien malgré vous...
Racine s'en veut aussitôt de sa remarque. De fait, Boileau n'a jamais possédé d'amante. Un pluvieux après-midi de novembre lui revient en mémoire comme un remords. Boileau était pareillement assis en sa compagnie au cabaret de la *Pomme de pin* où Villon venait déjà autrefois – un potereau comme eux, disait-on – et où un Apollon d'argent les protégeait. Attablé devant un pichet de bourgogne, il s'était ce soir-là également refusé au champagne. Racine était semblablement en rage – contre une femme, sans doute, contre Marquise, peut-être ! Légèrement voûté, Boileau l'écoutait comme en ce moment. Alors que Racine s'était tu, des larmes au bord des yeux, secoué de colère, son ami avait commencé d'une voix à peine audible :
– La souffrance, les larmes, comme la semence désaltèrent, mais le désert ne produit que des insectes noirs et stériles. Je ne pleurerai plus jamais. Tout s'est effacé avec la pluie de cet après-midi-là... Le monde m'avait laissé. Seules les gouttes d'eau m'enveloppaient de leurs doigts fébriles. Le petit garçon que

j'étais toussait et respirait avec difficulté. Il avait très soif – sans doute était-ce la fièvre. Il n'avait plus sa mère depuis longtemps – tout comme vous – et son père se préoccupait plus de ses livres que d'un enfant grelottant. On l'avait confié à une nourrice, mais la nourrice l'avait abandonné aux dieux insensibles du hasard. L'enfant avait peur, il fallait qu'il s'échappe de cette chambre trop froide où il imaginait la Mort tirant à elle sa mince chemise trempée de sueur. En réalité, elle venait de l'appeler ailleurs. Il se leva, ouvrit la fenêtre, respira la pluie drue, rassurante. Elle lui parlait, l'attirait, l'invitant à la boire. Il descendit les marches, légèrement titubant, ouvrit la lourde porte. Il avait l'impression que quelque chose de terrible allait arriver, mais il ne pouvait résister à l'appel insistant de la pluie. Il fallait qu'il déchiffrât l'énigme. À peine fut-il dehors qu'elle l'enveloppa de partout, l'embrassant, l'enlaçant. Il levait son visage tendu vers ce baiser suffocant. Il la sentait dans son cou, elle se faufilait sous sa chemise, dans son pantalon, le pressait, le caressait étrangement. Il la buvait et, curieusement, sa soif augmentait d'autant. Il devenait comme ivre, il devenait la pluie même. Il sentit au même instant un plaisir intense le secouer de la tête aux pieds. La pluie sortait de lui à grandes giclées avec la même violence que l'orage transperçait la nuit sombre. Presque simultanément, une douleur aiguë le coupa en deux, il se mit à hurler une fois, deux fois. Son ventre saignait. Il se battait maintenant avec le dieux jaloux qui l'avait empoigné au sexe et n'arrêtait plus de hurler. Il pensa qu'il s'agissait d'un hippogriffe sorti de l'eau. Il se démenait, apercevant l'œil injecté de sang du monstre. Enfin, quelqu'un surgit, armé d'un énorme bâton. Quelque chose de flasque s'effondra entre ses jambes, et il perdit connaissance... J'appris plus tard, lorsque je commençai à aller mieux, qu'un énorme jars s'était jeté sur le bas de mon ventre tandis que je titubais sous la pluie. Grâce à cet animal aux plumes aussi arrogantes que celles de nos marquis, je me suis préservé de toutes les oies à venir et suis ainsi devenu un contemplatif !

Boileau avait laissé son rire s'égrener sèchement. Qu'y avait-il de vrai dans ce récit ? Jamais Boileau n'avait reparlé de cet accident de jeunesse. Racine avait parfois croisé le docteur Gendron sortant de chez son ami Nicolas. Celui-ci l'avait salué avec civilité, mais au grand jamais il n'aurait osé l'interroger. Au surplus, il savait son ami assailli de douleurs dues à la maladie de la pierre et respectait le secret des soins qui l'entouraient.

Le cabaret devient de plus en plus bruyant. Marquise regarde Racine avec colère, comme si elle lui en voulait de ce silence dans lequel il se complaît, puis elle se tourne ostensiblement vers un marquis assis non loin. Racine la connaît trop bien ; elle ne se met en chasse et ne s'apprête à tuer qu'afin de mieux l'exciter contre le seul véritable danger : Rohan. Elle ne fera qu'une bouchée du petit marquis vers lequel elle vient d'abaisser ses yeux trop grands, trop fixes, découvrant d'un même mouvement des petites dents lumineuses et aiguës d'Italienne rieuse. Bravant le risque à travers sa perruque, ses pommades, ses mouches et ses dentelles, le marquis apostrophe Rohan d'une voix suraiguë, comme étonné lui-même par sa témérité :

– Rohan, maintenant que vous voici fiancé, qu'allez-vous faire de la Mancini ?

– Laquelle, Marquis ? Olympe ? Marie ? Hortense ? Marie-Anne ?

– Vous n'allez pas nous dire qu'elles sont toutes amoureuses de vous ? reprend l'impertinent.

– Vous apprendrez, Marquis, que, mis à part Laure, les sœurs Mancini sont surtout amoureuses d'elles-mêmes.

– Mais il paraît que vous avez aidé Hortense à fuir et à se réfugier chez votre propre mère, la princesse de Guéméné, il y a à peine un mois.

– J'aide toujours les belles femmes à fuir un mari déplaisant, et Monsieur de Mazarin n'est pas vraiment un prince charmant.

– Il paraît aussi que vous devez la rejoindre. Monsieur de Mazarin, son mari, a montré à tout le monde la lettre de sa femme à vous adressée. Même au Parlement !

– Il sera au moins cocu de registre ! Mais ne trouvez-vous pas vos propos déplacés devant Marquise du Parc, future duchesse de Rohan ?

Puis, délaissant l'importun et tournant la tête vers le poète :

– Monsieur Racine, j'espère que vous ferez d'autres beaux vers pour notre mariage. Je vous paierai bien.

– Seul le Roi peut me faire une commande, riposte Racine. N'oubliez pas que, recevant une pension de Sa Majesté, je lui consacre entièrement ma plume.

– Et si par inadvertance je cassais votre plume ?

– Je serais le plus heureux des hommes si vous me délivriez d'elle, mais je crains qu'elle ne renaisse aussitôt et ne revienne hanter mon esprit. Mes maîtres jansénistes ont essayé. En vain. Comme l'âme, elle est immortelle...

– Et si Dieu vous l'interdisait ?

Le duc s'amuse visiblement de l'échange.

L'assistance fait à présent entièrement silence, jusqu'aux tables les plus reculées du cabaret. Aussi grands l'un que l'autre, l'un blond, l'autre brun, les deux hommes s'affrontent avec la même acuité, orgueilleux semblablement, et Marquise leur laisse le devant de la scène.

– Monsieur Racine, vous ne répondez plus ? Peut-être l'écriture est-elle au prix du salut de votre âme ?

– Vous ne connaissez le prix ni de l'une ni de l'autre !

À cette repartie, le duc sourit et, prenant avec délicatesse les doigts de Marquise, les effleure de sa moustache pâle.

– Ce diamant passé au doigt de Marquise : ni plus ni moins, le prix de votre âme !

Marquise se lève d'un seul mouvement de son corps :

– Il me tarde de profiter de cette belle nuit d'été...

Le duc se dresse aussitôt et lui tend son poing fermé comme il ferait pour rappeler un faucon.

Racine reste assis, aussi lourdement assis qu'une pierre, son visage fermé tourné vers elle. Vers elle qui le quitte en arborant son visage méchant. Elle aussi, voici qu'elle ressemble à un oiseau de proie, songe-t-il. Oui, elle a revêtu son air de meurtrière. Il n'attend plus que cette voix cinglante qu'elle utilise dans l'expression des mépris d'Andromaque. Tous se sont assemblés, debout, autour d'elle, même Boileau qu'il se met à détester en cet instant ! Lui seul restera donc assis, indéracinable.

Elle le désigne à tous et, de sa voix qui roule plus que de coutume, qu'elle brise – volontairement ou non ? se demande-t-il, les sens en alerte –, l'atténuant d'un sanglot de grande tragédienne, elle jette :

« D'un amour qui s'éteint c'est le dernier éclat »

puis, se penchant, elle passe rapidement ses doigts sur le visage du poète, comme si elle fermait les yeux d'un mourant, et éclate d'un rire atroce qui résonne longtemps encore après le départ des convives.

Qu'importe cette femme ! Il la hait à un point tel que son cœur s'arrête, pétrifié par sa propre violence. Pierreux. Ce paquet de chair, ces yeux mauves de vulgaire théâtreuse, et par-dessus tout cette sottise, cette insondable prétention, tout ce temps perdu avec et pour elle, ces fards, ces cheveux : il suffoque ! Qu'elle débarrasse le plancher ! Il pourra enfin écrire, travailler, réfléchir, ne pas être dérangé par ces détails insignifiants qu'elle s'ingénie sans cesse à agiter entre sa feuille et son visage. D'ailleurs, elle ne comprend rien à ce qu'elle récite. Il l'a fait répéter vers après vers. Une danseuse de foire ! Voilà ce qu'elle a toujours été. Il lui a livré son âme entière. À mourir de rire !

– Du champagne encore, et du vin pour mon ami Boileau !

Boileau ne dit pas non. Il se tait. Il s'assied à nouveau à côté du poète dont il aperçoit la mâchoire droite secouée de tressaillements. Cela fait presque quatre ans que Racine et la du Parc se cherchent, se déprennent, s'exècrent pour s'aimer de plus belle. Cette soirée a particulièrement brillé par sa violence. Il faut dire que la « Veuve à la mode » a été on ne peut plus provocante lorsqu'elle a dit *oui* au duc de Rohan. Boileau s'amuse à ce jeu perfide des humains, mais il aime Racine et le sent blessé après ce qui vient de se passer. Il se remémore ces vers d'Oreste :

« Grâce aux Dieux mon malheur passe mon espérance
Oui je te loue ô Ciel, de ta persévérance
Appliqué sans relâche au soin de me punir
Au comble des douleurs tu m'as fait parvenir »

Racine les a écrits devant lui, un pareil soir de désespérance. Ici comme hier, il a observé l'élève stigmatisé de Port-Royal. Il y avait chez lui comme un plaisir à s'humilier, à s'anéantir.

– Pourquoi me regardez-vous, Boileau ? Mon nom porte tort à tout ce que je fais, c'est ainsi depuis toujours. Comme je suis las de souffrir, si vous saviez ! Elle est encore plus méchante que je ne le croyais...

– Vous savez mieux que tout autre qu'elle ne saurait épouser personne.

Boileau connaît la vérité. Mais est-ce la vérité ? Ce soir, il commence à en douter. Ce couple était énigmatique. Peut-être leur mariage n'était-il qu'une imposture ?

Dès que Racine avait croisé Marquise, il n'avait plus songé qu'à elle, follement, âprement. Il voulait qu'elle fût l'Antigone de ses *Frères ennemis*, la sœur qui illuminerait cette *Thébaïde*. Cinq ans auparavant, ses lettres évoquaient déjà la Marquise déhanchée et son célèbre roulis de jambes. Finalement, il avait, sur les instances de Molière, confié le rôle à Armande, mais pour laquelle avait-il jeté ce cri :

« Mais hélas qu'on tient à la vie
Quand on tient si fort à l'amour »

Ou bien encore une troisième amante, inconnue d'eux tous, déchirait-elle la page blanche de son joli petit talon impatient ? Tant de femmes espéraient la gloire aux côtés du poète qui ne cessait de scandaliser !

– Pourquoi avez-vous en définitive confié le rôle d'Antigone à Armande, dans *la Thébaïde* ?

Racine lui décoche un regard de colère. Il a une façon de vous dévisager avec animosité qui déchire le gris de ses yeux comme la zébrure d'un éclair, mais Boileau connaît trop bien son ami pour abandonner la partie. Et puis, peut-être est-il le seul à comprendre celui que presque tous jalousent et cherchent à séparer de Marquise ?

Après *la Thébaïde*, il y a eu la mort de Gros-René et les prétendants qui se sont mis à tourner autour de la jeune veuve comme des fauves autour d'une proie. Elle se débattait dans la solitude, entourée de cette ribambelle d'enfants et de cette belle-mère, Benoîte Benoît, dite la de Gorle, qui lui prodiguait les pires conseils. Elle a interprété Axiane aux pieds de qui le royal Alexandre s'agenouille. Est-ce à ce moment-là qu'elle et Racine sont devenus amants ? Avait-elle sciemment choisi le jeune Racine, encore vierge de gloire ? Mais à peine quelques jours étaient-ils passés que, déjà, Racine la trahissait, l'abandonnait. Il était à l'hôtel de Bourgogne, offrant aux comédiens rivaux de Molière cette même pièce. Une autre qu'elle y jouait Axiane. La du Parc était ainsi demeurée à nouveau seule chez Molière, ayant perdu son poète, son rôle également, puisque les représentations de l'Illustre Théâtre avaient cessé, faute de spectateurs. Mais si c'était elle qui l'avait floué, préférant le vieux maître auréolé de succès, celui grâce à qui elle avait joué aux côtés du Roi ? Peut-être était-ce pour elle, finalement, que Molière avait écrit le rôle de Célimène, cette jeune veuve trop courtisée qui détruit les cœurs parce que, semblable en cela à Andromaque, elle se montre incapable toujours et d'aimer et de haïr ?

L'année 1666 a été terrible pour l'un comme pour l'autre. Racine se déchaîna contre tous ; tel un loup blessé, acculé, il mordait Corneille, Molière, les femmes, et surtout ses maîtres jansénistes. Rester son ami tenait du miracle. Peu à peu, Boileau a vu le jeune homme se transformer. L'enfant de Port-Royal est devenu cet homme dur, railleur, cruel. Puis Marquise a réapparu aux côtés du jeune Solitaire, elle n'a pas joué Célimène, mais Arsinoé. Elle a quitté Molière et la troupe du Palais-Royal pour rejoindre Racine, avec l'accord du Roi, qui seul décide des Comédiens de Sa Majesté. Andromaque a resplendi sur le monde du théâtre et, à travers elle, la liaison affirmée du poète et de son interprète.

– Quelle est cette guerre entre vous ? murmure Boileau, désireux de renouer le dialogue.

– L'amour. Au théâtre comme ailleurs, l'amour est le ressort de toute ma tragédie. On conquiert un pays, on massacre son ennemi, mais on ne peut jamais venir à bout de l'amour : il renaît chaque fois plus fort, à la démesure de votre fantaisie. Comme l'écriture, il échappe et n'obéit qu'à ses lois. Il faut ou renoncer à son désir et devenir semblable aux autres, ou travailler son imagination et se laisser brûler à grands feux sans rien mettre de côté. L'amour est la mesure de mon théâtre, je laisse à ma vie la permission de s'y ébattre, car tout cela n'est qu'illusion, mais, à côté, ce que vous appelez la vie n'a guère d'importance. La douleur de ne pas trouver le mot juste est bien plus essentielle.

Aussi tendu que le désir, je veux posséder l'écriture comme l'être que j'aime ; voici que je m'y épuise, mais quelle volupté de la poursuivre, de la faire plier, de la retrouver sur les draps sans savoir jamais si elle dira oui ou non ! Vous devez réinventer sans répit les scènes dans lesquelles votre âme se débat. Il faudrait aller à l'essentiel, mais on s'enlise dans les détails alors qu'un seul regard a suffi pour commencer l'histoire... Je dois écrire pour continuer à aimer, mais qu'est-ce qui est le plus important pour nous ? Troie, ou bien Andromaque qui se souvient ?

Racine s'est resservi. Il paraît si lointain que Boileau prend peur. L'homme est encore jeune – vingt-huit ans, certes –, mais son ami sait trop bien vers quels abîmes il peut se laisser aller. Son visage révèle à la lueur tremblante des bougies une telle lassitude que Boileau, qui a tout juste dépassé la trentaine, a l'impression de veiller un enfant à l'agonie. Derrière le regard couleur de cendre, il discerne l'esprit de Racine qui se tourne et se retourne, en proie à d'atroces souffrances. Quelle énigme ne cherche-t-il pas à déchiffrer à travers les êtres ? Il les torture jusqu'à leur faire rendre l'âme, exigeant jusqu'au dernier souffle l'ultime aveu d'amour, comme ces pervers qui arrachent pattes et ailes aux insectes pour assister à leurs derniers soubresauts. Pourtant, il peut aussi vous entourer d'une tendresse excessive qui vous laisse démuni et à la limite du même épuisement que lorsqu'il donne libre cours à sa méchanceté. Non, Marquise ne devait pas avoir la vie facile !

– La mort seule, vous le savez, Boileau, nous... vous...

Il n'achève pas, mais regarde ailleurs, les yeux fixes. Boileau n'est pas sûr d'avoir bien entendu. Le poète est repris par ses visions pense-t-il. Il observe une gosse qui vient d'entrer : douze, treize ans ? Elle se tient à cette lisière entre l'enfance et l'adolescence. Est-ce l'éclat rougeâtre des bougies, la touffeur de cette nuit ? Il semble à Racine qu'elle est comme auréolée de flammèches en guise de cheveux. Ne dit-on pas la « beauté du diable » ? Mais peut-être sont-ce tout simplement les bougeoirs du cabaret qu'il prend pour une chevelure de fillette ? Il doit être en train de perdre la raison. Il se trouve dans une chapelle ardente et se remémore chaque détail de son mariage... Angoissé, il agrippe le bras de son ami Boileau.

– Jean, vous vous sentez mal ?

Il fait signe que non. L'émotion l'empêche de parler. Quelque chose d'extraordinaire va se dérouler. Il l'attend, elle, mais il voit venir à lui son cousin Nicolas Vitart, le visage grave. Qu'est-il arrivé ? On va lui annoncer la mort de Marquise, il le sent. Il a tant besoin d'elle, là, immédiatement, de son sourire, de son parfum de fougère violine, de ses trahisons, et même, pourquoi pas, de son rire à l'égal de celui de Dieu. Une musique d'orgue déchaînée s'engouffre dans ses oreilles en même temps qu'un vent soufflant d'on ne sait où les enveloppe de poussière d'or. Est-il éveillé ?

– Regarde, maman ! s'écrie la voix enfantine. La poussière ! On dirait de la lumière qui retombe !

Il sent alors la main de Marquise se poser sur la sienne. Elle se tient là, enveloppée d'une sorte de houppelande bleutée qui fait ressortir ses yeux d'améthyste. Elle l'a choisi, lui, l'enfant sans père, sans mère, sans gloire ; elle remet tout entre ses mains – son mari mort, ses enfants : Marie-Anne, Catherine, Jean-Baptiste – et le sourire de ses lèvres où s'attarde toujours une goutte pareille à un diamant inaltérable. Jamais aucune femme n'a pareillement déposé entre ses mains toute son âme. Oui, il a fallu cette violence endiablée entre eux deux pour l'entraîner dans ce mariage secret, ce mariage de conscience.

La chapelle de Saint-Roch, en cette nuit d'été, s'illuminait de ce pari extrême. Seuls Boileau et Vitart avaient été conviés à témoigner du lien qui allait les unir pour l'éternité. Cette promesse unique avait enfin décidé Marquise à quitter Molière : il allait l'épouser en secret. Jamais il n'avait à ce point éprouvé le vertige de l'amour qui l'unissait à cette femme. Les hommes désormais ne lui offriraient qu'un sentiment simplement humain ; lui, l'avait hissé pour jamais à la hauteur du divin. La musique les emportait maintenant loin de cette terre pesante. Voici que Racine s'agenouillait, et elle posait sa main sur la tête de l'homme à qui elle consacrait en cette seconde la part la plus privée que chacun conserve jusqu'à sa mort – cette parcelle d'innocence que tout homme, quoi qu'il fasse, quelles que soient les circonstances, garde au fond de son cœur pour la céder à nouveau à l'heure de l'agonie et de l'amour ultime. Non, personne ne pourra jamais plus briser le lien entre cet homme et cette femme. Non, il ne l'a pas rêvé, ce mariage entre Marquise et lui, si elle-même semblait parfois l'oublier. Il lui a consacré son âme, cette âme que les jansénistes avaient polie et repolie. Cela fait un an à peine, c'était hier – et il prie avec délectation, comme ce soir-là où il l'a épousée, risquant en cet instant plus que sa vie sur terre. Mais qui peut comprendre l'étendue d'un tel engagement ? Seul le poète a mesuré à cette minute même l'exigence de cette Passion jusqu'à la dissolution des temps – et la page blanche s'en est trouvée martelée pour jamais. Pour jamais, cette promesse qu'il a faite à cette femme aux yeux violets. Oui, Marquise et Racine ont bel et bien convolé secrètement, ce soir-là, et le duc de Rohan peut faire tout ce qu'il veut sur terre, lui, Racine, a pris possession de cette femme jusque dans les cieux.

– Vous ne voulez pas que nous sortions ?

Boileau parle dans le vide. Racine s'est resservi.

Marquise se tourne vers lui, il s'incline pour l'embrasser, mais ce n'est pas Marquise, c'est la fillette de tout à l'heure. Catherine, si semblable à sa mère, lui sourit. Son visage d'enfant se hausse jusqu'à lui. Mère ? Fille ? Il ne sait plus vers quel abîme il se penche. Labyrinthe de l'amour où le Dieu inconscient de son enfance l'observe ? Une odeur de lys blanc l'engloutit comme un linceul. Il a hâte de mourir pour savoir, comprendre l'énigme. Finalement, c'est cela, l'amour : oser transgresser l'interdit pour connaître. Chaque fois que nous aimons, nous répétons notre « grande scène » jusqu'à être enfin prêts à nous engager dans la mortelle trouée et à franchir le bord sombre et ourlé au-delà duquel nous attend la révélation dernière. Ainsi se tient-il, à genoux devant le Dieu terrible, impatient de Le posséder, ce Dieu qui, cette nuit, a pris tantôt le visage d'un enfant souriant, tantôt celui d'une femme sur le point de le trahir...

– Elle ne peut épouser Rohan, vous le savez.

Boileau essaie encore de le ramener à un dialogue humain, aux lois prévisibles et écrites.

– Vous partez ?

Racine ne répond rien. Il s'est levé et déjà quitte le cabaret, laissant des pièces rouler de sa main sur la table. Boileau se précipite sur les pas de son ami. La ruelle est maintenant déserte.

– Merci, mon ami. Je m'en vais rejoindre ma femme. Elle est ma femme devant Dieu, sinon devant les hommes !

Boileau s'adosse au mur. Il est fatigué. Que peut-il faire de plus ? Personne jamais ne pourra sauver cet homme aux yeux de pierre qui, un soir d'orage ensoleillé, s'est lié à la tragédie. C'est en elle qu'il se ressourcera et sa main se refermera, rapace, sur son cœur.

Il n'a pas même pris congé de Boileau. À grandes enjambées, il se dirige vers chez elle, sûr de la trouver. Au besoin il l'attendra, juge inflexible. Dans la nuit, il avance dans Paris qui se couche à ses pieds.

Mais non ! Il n'ira pas chez elle. C'est chez lui qu'il va rentrer. Elle viendra tôt ou tard, il n'aura qu'à attendre. Elle accourra pour s'excuser, pour l'insulter, pour se justifier. Mais elle viendra.

Chapitre 16

La rosée du lys

Crains-tu pour ma colère un si faible combat
D'un amour qui s'éteint c'est le dernier éclat.

Andromaque, acte II, scène V

Dans l'aube verdâtre, leçon d'anatomie de l'âme. Frôlement de la robe contre la porte ouverte. Il a installé son fauteuil face à l'entrée. Il l'attend. Jusqu'au fond de l'enfer il l'aurait attendue. La tête repose sur le dossier, les jambes sont allongées, démesurées dans la pénombre. On pourrait croire qu'il est mort. Ses mains reposent sur les accoudoirs, il a les yeux grands ouverts.

Elle ? Elle avance, elle ne montre aucune hésitation, même si son corps progresse avec difficulté, comme blessé. Elle ne referme même pas le battant. Elle vient de si loin : du fond de l'enfer, peut-être. Elle ne dit rien, elle s'approche. Un instant, elle se tient comme en équilibre, puis elle glisse sans bruit à genoux et pose doucement sa tête contre le sexe de l'homme qui, avec douceur, met sa main sur sa chevelure mouillée, comme on bénit un enfant.

– Il pleut, murmure-t-elle simplement.

Monte de ses vêtements mouillés l'odeur chaude, une douceur latente, fade, de la terre prête à engendrer.

– Tu sens le lys, murmure-t-il à son tour.

Il laisse glisser sa main sur la joue, enserre le cou, appuie légèrement sur l'artère affolée, puis repose sa main sur l'accoudoir.

– Déshabille-toi !

La voix est basse, voilée, mais elle ordonne, et Marquise, en cet instant, n'aspire qu'à obéir. Elle se relève avec une grande paix intérieure. Il a compris. Ainsi les mystiques attendent la flagellation pour apaiser des souffrances plus grandes encore et assourdir les cris atroces qui montent sans cesse jusqu'à eux des enfers. Marquise réclame cette délivrance. Elle n'a pas prononcé d'autres paroles que celles-ci : « Il pleut, maintenant », et Racine l'a rejointe. Ils ont maintenant à accomplir jusqu'au bout leur Passion. Lentement, elle délace sa robe, la plie, la dépose aux pieds de l'homme en bottes ; elle se dépouille de chaque parcelle de vêtement. Elle ne le regarde pas, ne l'implore pas, elle ne prétend pas le séduire. Elle est toute repliée sur elle-même, comme si elle priait. Elle fait tout avec grand soin. Il y a là deux âmes qui partent à la rencontre d'elles-mêmes. Il ne reste plus qu'à prendre congé du corps, et c'est comme un meurtre qui va s'accomplir. À présent, elle est entièrement dénudée et ils ne pourront plus jamais revenir en arrière.

Alors elle s'accroupit comme les enfants, puis s'allonge sur le carrelage encore tiède de la nuit d'été.

– Regarde-moi, maintenant.

Il la regarde longuement, patiemment. L'aube affine peu à peu les lignes du corps et la femme devient ce linceul dans lequel il va s'ensevelir, car l'amour n'a plus goût de vie. Elle s'est figée dans une autre existence. Ses yeux fixes, agrandis, n'expriment plus ni peur ni souffrance : deux trous noirs ! Mais où a disparu le mauve mouvant de son regard ?

– Qu'ont-ils fait de toi ?

Il glisse à son tour à genoux, puis, tout près d'elle, à ses pieds. Il pense : elle est comme une belle page qui attend, mais je n'ai peut-être plus rien à écrire. Je suis épuisé, sans désir d'elle. D'autres ont déjà raconté la même histoire. La page n'est pas nouvelle, à moins que... Il frissonne de la tête aux pieds, car il l'a pensé, là, devant ce corps : à moins que ce ne soit la dernière, celle de la mort ?

Tout prend un autre aspect. Il imagine ce corps qui va le quitter, cette femme transfigurée par la connaissance qu'il n'a pas encore d'un ailleurs qu'elle possède, elle, la gisante. Il est pris de respect devant cette femme étendue sur le carrelage et qui va lui apprendre son dernier secret : la mort.

Alors il se penche, comme en adoration, embrasse la bouche d'ombre qui s'ouvre, s'ouvre, et dans la chute vertigineuse se précipite aussitôt. Il mord, se débat, reprend souffle ; il ne lâchera pas prise ; à grandes saccades il frappe, s'accroche à nouveau. Il ne veut pas mourir, lui, mais il doit cette nuit même franchir la limite. Les démons entrent par la porte entrouverte de sa démence. Il abandonne toute innocence, toute retenue. S'il faut tuer pour sortir de ce labyrinthe, il commettra un crime. Il pense à la bête immonde, au combat contre le Minotaure. Il est devenu le Minotaure, enlacé à elle. Elle salie, montée, pliant sous lui, devenant l'autre moitié de l'animal-homme. Et Dieu ? Il pense : Dieu tressaille à chaque gifle et des lambeaux de ses mains s'arrachent de la Croix où elle est à présent écartelée. Il devient fou, qu'importe ! Une fois dans sa vie au moins il aura commis le mal !

– Ne pleure pas, murmure-t-elle. Ne pleure pas. Il le fallait, dit-elle encore.

Mais il pleure parce que, même au plus fort du mal, il n'a pas perdu connaissance. Au contraire ! Dans l'acte le plus dégradant, le plus bestial, au milieu des coups, l'esprit, comme chauffé à blanc, resplendit d'une lucidité, d'une transparente clarté. Il ne parviendra donc jamais à devenir un ignorant !

Marquise lui caresse le visage avec cette exquise douceur des victimes qui augmente d'autant la désespérance des bourreaux. Elle ne se plaint pas. Elle a retrouvé ses yeux de camaïeu et l'aube qui gagne autour d'eux les isole un peu plus du reste du monde. Ils ressemblent à deux noyés enlacés dont l'un, à demi habillé, semble avoir voulu sauver l'autre de la noyade. Il la contemple et voici qu'elle arbore un visage d'enfant. Il est frappé de la ressemblance. Elle a le visage de Catherine, sa fille. Il se lève et la porte dans ses bras pour la coucher.

– Repose-toi ! réussit-il encore à articuler, refoulant ses larmes.

Certes, il ne sort pas vainqueur de cette nuit infâme !

Elle le retient de sa belle main où le diamant de Rohan ressemble à l'œil maléfique du Démon.

Elle parle un moment d'une voix monocorde, légèrement essoufflée. Elle raconte une histoire incompréhensible. Ils sont allés chez le duc de Rohan. Elle a cru qu'il ne l'aimait plus, lui, Racine ! Elle se sentait méprisée par le poète. Alors elle s'est perdue, avec violence. Comment ça, perdue ? questionne-t-il avec douceur. Elle ne répond pas, mais des larmes claires coulent comme d'une source mystérieuse. Il y avait là des amies que Racine n'aime guère. Qui ? Il ne veut pas s'emporter, mais l'inquiétude confère à sa voix un ton rêche qui ne fait qu'embrouiller davantage Marquise. Elle n'arrive pas à enchaîner deux phrases cohérentes. Elle évoque la devineresse, Catherine Montvoisin, la Voisin, comme chacun l'appelle avec le même léger tremblement dans la voix, toujours escortée de sa servante Nanon. Marquise dit qu'il y avait là des princes, puis elle se signe, évoque des messes étranges avec de grandes dames meurtrières. Elle délire, se débat dans des étreintes extatiques, parlant du baiser des démons et d'anges qui se conduisent en animaux lascifs. Quelque chose est arrivé, mais Racine n'arrive pas à saisir la nature de cette soirée. Elle crie le nom de Marie-Anne et d'Olympe Mancini, puis attrape les mains de Racine. Marquise semble gravement atteinte par ce qu'elle a vu ou fait. Que lui a-t-on fait avaler comme potion ? Il sent la fièvre qui l'enveloppe, ne laissant à la malade aucune échappée. Les yeux de Marquise prennent une teinte qui confine au rouge violacé. Il faut un médecin, mais elle s'accroche à lui avec désespoir dès qu'il essaie de se lever.

Racine a eu parfois des échos de ces soirées de princes où le vice invente et fomente tous les crimes de l'amour. Il se méfie de cette Voisin que des Grands invitent en secret pour leur prédire l'avenir, leur offrir des conseils opaques et des flatteries assassines. Cette méchante devineresse tourne aussi autour des comédiennes. Plusieurs fois, Marquise l'avait rencontrée pour, lui avait-elle confié, « se rassurer le cœur ». En outre, elle cultivait des plantes pour le teint. Ce n'était pas une mauvaise femme, répétait Marquise, mais le poète se méfiait. Comme une hyène renifle le cadavre, la Voisin respirait les alentours des théâtres, prête à agripper les belles créatures trop imaginatives qui avaient sans cesse besoin de compliments, d'onguents et de drogues qui les aidaient à se délivrer de fardeaux disgracieux. Dangereuse faiseuse d'ange ! Lui-même avait bien pénétré ce drôle d'état d'âme du comédien après les représentations, ce dangereux intervalle où l'âme d'un personnage, incendiée par l'écriture du poète, s'arroge une apparence charnelle pour continuer d'exister à la semblance des humains. Était-ce encore Marquise, cette femme déchirée à qui l'on venait d'apprendre la mort de Pyrrhus, cette reine nouvellement couronnée qui venait de sauver son enfant ? Il la regardait parfois se dépouiller de son somptueux costume, mais ses yeux conservaient cette même lueur inquiétante de l'autre, cette Andromaque dont elle avait emprunté les paroles. Et, les soirs, à qui le duc de Rohan ou d'autres faisaient-ils leur cour ? Troublante métamorphose de ces mutants qu'il s'était pris à aimer, à haïr... Ah ! comme il comprenait parfois que l'Église condamne ces créatures indécises qui changeaient d'âme et de peau au gré des heures et des rôles ! Et si Dieu n'était après tout qu'un grand distributeur de rôles, le plus équitable, peut-être ? Peut-être naissait-on par avance comique, Gros-René, façonnière ? Pour ceux-là, Dieu n'avait sans doute pas beaucoup à se creuser la tête, mais pour ceux qui rêvaient à d'autres rôles, il fallait qu'Il invente, lui, follement, autrement !

Racine se penche vers Marquise qui semble s'assoupir. Et elle, Marquise, qui est-elle ? Quel rôle devrait-il lui écrire s'il était Dieu ? Il ne sait plus rien d'elle, tout à coup. Elle est devenue la page blanche d'un Dieu indéchiffrable. Elle l'attire comme un abîme sans fin. Quoi écrire ? Qui sont ces comédiens qui acceptent de n'être rien, pour mieux s'incarner ? Peut-être seront-ils les seuls à être sauvés, puisqu'ils offrent la totale vacuité de leur page au Dieu créateur sans se figer dans une seule figure.

Mais s'il se remet à écrire, ne sera-ce pas plutôt pour être le rival de ce Dieu ? D'où viennent ces mots qu'il ose placer dans des bouches humaines ? À qui se substitue-t-il, lui Jean Racine ? Et si Dieu se désintéressait des hommes ? À ses yeux valaient-ils plus qu'un scarabée ou un moucheron ? Alors il pense à la grande bonté de Monsieur Hamon envers le plus petit d'entre eux...

Il reste debout près du lit où elle repose. Puis, sans comprendre pourquoi, il se laisse à son tour tomber à genoux. Il ne prie pas, il la regarde, attendant qu'elle livre son secret. Page insultante, page inerte, page muette. Silence. Silence... Il ne pleure pas, il ne prie pas, il attend. La page dort à poings fermés. Lointaine. Étrangère.

Et si Dieu avait cessé d'écrire ?

Chapitre 17

Le chien qui mangeait les juges

> *On ne se faisait plus une affaire de battre un chien. On lui donnait fort indifféremment des coups de bâton et on se moquait de ceux qui plaignaient ces bêtes comme si elles eussent senti la douleur. On clouait des pauvres animaux sur des ais, par les quatre pattes, pour les ouvrir tout en vie et voir la circulation du sang qui était une grande matière d'entretien.*
>
> NICOLAS FONTAINE

Il frétillait des oreilles, passait sa langue sur ses babines, prêt à mordre quiconque l'approcherait de trop près ; puis il les quittait dédaigneusement pour aller dévorer quelques poulets. Il n'avait rien à faire avec ces étranges animaux, les humains. Il ne s'appelait plus Jean Racine, mais Citron, et Citron jubilait au fond de son âme ! Car Citron avait une âme heureuse, contrairement à Jean Racine.

Citron préférait aux chapons déplumés les robes ostentatoires des juges. De ses dents brillantes, il les mettait en pièces et il pissait joyeusement sur les plaideurs et leurs avocats. Le poète se disait qu'il n'avait jamais éprouvé pareille jubilation. Citron, son double, le soulageait de toutes les tracasseries, avanies, humiliations d'hier et de demain.

Par cette fin d'octobre où il sentait venir l'hiver mordant qu'il respirerait avec volupté – cette volupté que lui dispensait toujours le froid clair de ces matins-là –, il marchait, l'œil railleur, la parole moqueuse. Il se transformait en Citron, son chien des *Plaideurs*, il se voyait blond jaune, le poil semblable à de la paille, crotté, le regard vif captant le moindre détail, le plus petit ridicule des âmes humaines, prêt à déchirer tous les faux-semblants et à arracher les robes trompeuses de la Justice pour mieux mettre à nu l'indigence du cœur.

Boileau lui avait confié comme il redoutait qu'il allât trop loin. Pouvait-on se moquer à ce point des pouvoirs ? Ne craignait-il pas de mécontenter Sa Majesté ? N'avait-il pas déjà assez d'ennemis ? Qu'importait ! Quoi qu'il fît, il serait toujours jugé flatteur, ingrat, sans honneur, calculateur, répondait-il. Nul ne voulait jamais croire à sa tendresse ! Depuis son enfance, il lui fallait rendre des comptes à tous comme s'il leur avait dérobé quelque chose. Il était à jamais le coupable. Il avait trahi et sa grand-mère, et sa tante Agnès de Saint-Thècle avec son odeur de lys trop blancs, et Molière qui l'avait pourtant accueilli, et Corneille qu'il avait osé défier, et ses maîtres jansénistes !

Au lieu de fuir pour se cacher, il s'était soudain retourné et mis à mordre. À mordre à en mourir, à mordre pour ne pas se laisser abattre et écarteler, comme les chiens de jadis ! Il était bien devenu le sale cabot de Port-Royal et, du même coup, comme on dit, il avait repris du poil de la bête. Citron le suivait telle une ombre, gambadant à sa guise, transformant ses pages en ballons légers, réveillant son esprit de ses jappements furieux, frétillant de la queue.

Jean Racine pour une fois s'amusait. C'était à son tour de rire. Il avait écrit *les Plaideurs*.

Certains pensaient : il veut rivaliser avec Molière. Peut-être, mais ce n'était pas le plus important. En réalité, oui, il s'amusait vraiment tout en se vengeant, comme on jette des pelletées d'eau pour arroser les badauds. Il jubilait comme un enfant, tirait sur le bas des robes, et les magistrats s'enfuyaient, affolés. Il avait découvert le plaisir sans vergogne de la raillerie.

Pas de regrets, pas de remords. Ni l'ombre d'un bonheur oublié, comme dans une tragédie. Il fallait avancer, marcher jusque sur les cadavres. La comédie dévore père, mère et enfants comme dans les procès de Pimbêche. Avec la même voracité que Citron croque les chapons.

Racine ne voulait plus pleurer, mais parfois, calé contre le dossier du fauteuil, dans le halo indécis d'une bougie, il regardait tout en bas s'agiter les petits humains sur sa feuille dangereuse : la convulsive comtesse de Pimbêche, la grosse tête carrée de Chicanneau environnée du foin de son ânon et de sa poule récalcitrante, Léandre, le long fiancé à la crème, et ce grand fou de Dandin, le juge ! Dérisoires personnages !

Dieu n'était plus tragique, mais sarcastique, et Sa parole meurtrière. Aucun humain n'en réchappait. Peut-être Isabelle ? Non, même elle, voici qu'elle devenait stupide d'amour ; elle méritait bien que le juge Dandin la troussât, comme toutes les filles. Ainsi contemplait-il la misérable chaîne des mortels se tenant par la main et descendant d'abîme en abîme vers le Grand Jugement final.

Seul peut-être Citron esquivait l'ultime procès. Citron, innocent comme un enfant qui a fait des bêtises. Un enfant ? Un orphelin ! Père de futurs orphelins, si jamais il était condamné.

Racine n'est plus un enfant, car lui-même a trop écarté les rideaux du grand théâtre, mais quel père fautif cherche-t-il à sauver ?

Le rire des Plaideurs : tous sont prêts à s'entre-tuer pour un rien, un champ ou un ruban de plus ou de moins ! Les enfants, les baisers d'amour comptent pour si peu ! À moins qu'ils ne deviennent monnaie d'échange ?

Citron le regarde de ses yeux mélancoliques. Il n'a plus envie de jouer. Vont-ils tous le condamner ? Un chien aux galères... Que deviendront Marie-Anne, Catherine, Jean-Baptiste, les pauvres enfants abandonnés si Racine est déclaré coupable ! Il songe surtout à celle, fragile, qui, depuis quelques mois, est née à sa ressemblance : sa fille à lui et à Marquise qui retient de ses doigts enfantins ses propres traits. Combien de fois Marquise ne s'est-elle pas moquée de lui avec gentillesse :

– Ainsi, Monsieur le calculateur, celui que tous appellent cynique, méchant, reste des heures à contempler un nouveau-né qui s'agite dans ses langes !

Jeanne ! Jeanne... La petite Jeanne-Thérèse ! Les prénoms de sa propre mère et de Marquise. Sa mère ? Il l'imagine tandis qu'il regarde le fin visage, les yeux ardoise, légèrement bleutés. Jeanne qui ne l'a tenu dans ses bras que quelques mois. Lorsqu'il reste assis dans la nuit, immobile à contempler l'enfant dormir ou sourire, il se laisse envoûter peu à peu à l'intérieur du cercle tremblé que dessine la flamme de la bougie. Il s'imagine à la place de l'enfant, veillé par Jeanne là-bas à La Ferté, aux yeux bleu ardoise. Il sent à quel point elle a aimé ce fils qu'elle a vu grandir jusqu'à ses quatre ans ; comme elle l'a respiré follement, le nez enfoui dans sa nuque veloutée de petit garçon. Il le sait. Lorsqu'il est vraiment sous le charme, il devine des traces de son parfum qui lui donne des vertiges semblables à ceux de l'écriture lorsqu'elle requiert toutes ses forces et que de la feuille sépulcrale s'élève l'arôme mortel des lys resplendissants. La contemplation infinie de la minuscule Jeanne-Thérèse, l'enfant de Marquise et de Racine, née avant cette horrible histoire, insuffle au poète le sentiment de pouvoir faire face à la dissolution, à l'oubli. Ainsi en est-il de l'écriture, et les vers d'Andromaque reviennent à son cœur :

« Si d'un heureux hymen la mémoire t'est chère
Montre au fils à quel point tu chérissais le père »

L'enfant de l'amour ! Cette petite Jeanne-Thérèse, née après Andromaque, incarnation d'un instant de connaissance au plus intime entre eux deux. Il regarde l'enfant dormir ou sourire, et pleure parfois en secret.

Elle a comme lui des yeux de nuage, la même déchirure dans le regard. Lui enfin qui a oublié le visage de son père est devenu le Père. Pourtant, il n'est qu'un père caché qui doit dissimuler sa mystérieuse enfant. Faire semblant, au triste exemple de tous ces humains qui font la révérence à ses côtés. Toute la famille est au courant : la belle-mère de Marquise, cette veuve de Gorle qui l'a sûrement répété à ses amies ! À la Voisin, par exemple.

Racine s'arrête. Citron s'est enfui...

– Qu'avez-vous ? Vous semblez souffrant ?

Il pense : toute la troupe de Molière le sait forcément ou bien s'en doute. La seule loi est de n'en point faire état.

– Monsieur Racine !

– Je pensais à mon sale chien des *Plaideurs* que tous poursuivent, à son procès...

– Et cela vous fait trembler à ce point ? Un pauvre mâtin, alors que tant d'autres sont jugés ou non jugés sans raison !

Racine ne souhaite pas évoquer la Voisin avec son compagnon. Plusieurs fois il l'a vue rôder autour du théâtre ; il sait qu'elle est à la recherche de Marquise, mais, depuis l'horrible nuit, celle-ci semble avoir pris ses distances.

– Ce n'est rien ! De quoi parlions-nous ?

– Je vous signale que vous ne dites plus rien depuis un grand moment.

L'homme qui marche à ses côtés, ce matin-là, légèrement plus petit, montre dans toute sa personne un curieux mélange de distinction et d'allégresse. Son corps sautillant et son visage entouré de cheveux mi-longs, déjà blancs mais frisottés, révèlent quelqu'un de facétieux. Antoine Furetière ne peut s'empêcher de railler ses compères, les Académiciens, qui n'arriveront jamais, dit-il, au bout de leur dictionnaire, mais sa méchanceté reste légère. Il se moque à cet instant d'Olivier Patru, ce vieux-jeune avocat, ainsi qu'il l'appelle, sans doute l'un des meilleurs hommes du monde mais qui, à soixante-cinq ans, les met en retard avec ses remarques vétilleuses.

– Quant aux autres, ou ils dorment ou ils lisent, ou bien ne viennent pas.

Racine apprécie la lucidité rieuse de Furetière, de presque vingt ans son aîné, quand il lui relate avec force détails ce qui se passe à l'Académie. Il défend cependant le vieux Patru, que Boileau apprécie aussi, rappelant qu'il est le seul à réciter et connaître encore François Villon :

« Frères humains qui après nous vivez
N'ayez les cœurs contre nous endurcis »

Furetière lui remontre qu'il n'est pas non plus un cœur tendre, comme Villon. *Les Plaideurs*, justement, égratignent la justice, sans parler de Corneille, de Molière, de ses maîtres jansénistes et de bien d'autres encore...

– Seul peut-être Citron le chien en réchappe !

– Et Petit-Jean, pourquoi pas ? renchérit Racine. Je me revois à dix, onze ans, peut-être douze : j'étais Petit-Jean, alors.

Antoine Furetière l'observe. Son compagnon a un autre visage. Ses traits se sont adoucis ; l'émotion agrandit l'œil, la bouche a perdu son arrogance habituelle. Il remarque même qu'elle tremble imperceptiblement. Se serait-il trompé sur Monsieur Racine ? Serait-il un homme de compassion ? Il l'écoute avec une attention nouvelle.

– Nous étions des enfants qui, à l'aide du théâtre, nous essayions à de dures plaidoiries. Nous devions tenir deux discours contradictoires sur le même sujet, et Antoine Le Maître appréciait au plus haut point cette virtuosité qui nous a apporté une discipline de la réflexion. Je l'entends encore nous expliquer le pourquoi de cette formation : « C'est une chose assez rare et très agréable, disait-il, de voir une cause traitée des deux côtés par un même auteur et d'opposer l'une à l'autre, dans le même fait, les lumières du raisonnement et du discours. Pour moi, j'avoue que cette opposition m'a fort plu, et ceux qui commencent à plaider ne trouveront pas peu de profit à s'exercer de la même sorte, et ils reconnaîtront que le propre d'un orateur étant de savoir traiter toutes sortes de sujets, rien ne peut guère servir davantage pour acquérir cette suffisance que de travailler sur des points contraires et de s'efforcer de donner des armes également fortes et luisantes à la vérité et à la justice, dans un combat où elles apparaissent l'une contre l'autre et où on ne saurait les bien défendre sans savoir prendre un fait par toutes ses faces différentes. Ce qui demande quelque art... »

Furetière s'est arrêté de marcher imitant son compagnon. Il n'ose le relancer, car à l'évidence Racine est tout entier dans sa rêverie, retourné au Port-Royal de ses douze ou quatorze ans.

– Une pensée me vient, reprend le poète. Tous ces exercices m'apparaissent aujourd'hui à la fois grotesques et frivoles face à une femme hurlante dans l'horreur des guerres, lorsque les soldats sont sur le point de lui arracher son enfant. Seul le théâtre peut rendre compte de l'urgence. Le théâtre seul a cette faculté de reproduire l'émotion.

– Vous pensez à Andromaque ?

– D'une certaine façon. Peut-être est-ce l'art du théâtre qui nous sauvera loin de nos querelles d'esprit. L'émotion humaine, ainsi réinventée par le poète, s'insinue dans le texte et vient déranger la réflexion qui s'y est benoîtement nichée, à l'abri. Je sais gré aujourd'hui à mes maîtres de m'avoir enseigné Homère, Virgile et d'autres. Malheureusement, ils ne voulaient pas admettre que j'y laisserais ma vie.

– Comment cela ?

– Les exercices de plaidoiries que nous faisions m'ont servi pour analyser, railler et critiquer, mais m'ont-ils transformé ? Non ! C'est un monde qui tourne sur lui-même et se mange la queue, tandis que la plus petite lecture sensible pénétrait jusqu'à mon âme et me donnait le désir d'entrer à l'intérieur même du texte – comme au théâtre, de l'incarner en quelque sorte. Ainsi ces sibylles de jadis qui énonçaient des paroles prophétiques sans bien comprendre pourquoi elles se mettaient à parler... Les poètes sont des sphinx qui nous proposent des énigmes, et malheur à qui les déchiffre mal ou avec insuffisance ! Je comprenais autrement ce qu'ils m'analysaient et je me révoltais de les voir avec componction éplucher tel ou tel passage. J'avais horreur de la capacité paisible des professeurs de comprendre.

– Mais ils vous en ont donné le goût ?

– Certes, mais cela ne les a jamais empêchés de dormir bien à plat, les mains croisées sur leur cœur engourdi, tandis que je restais haletant, dans mes nuits fiévreuses, me récitant tel ou tel passage, brûlant de relire des pages, mais il fallait dormir... Comment aurais-je pu accepter, alors que les poètes m'avaient révélé un autre monde qui me tenait en éveil ?

– Vous supporteriez assez mal la lenteur académique. Nos immortels n'arrivent pas à dépasser le « A » de âne, et ce n'est pas pour s'être trop arrêtés sur l'âme !

– Là gît le malentendu. Le théâtre permet d'accéder immédiatement à la connaissance. L'enfant de sept ans, l'homme sans culture, qui ne sait pas écrire, le savant se trouvent exactement semblables devant l'émotion du théâtre. Ils ont les mêmes chances. Marquise m'a révélé cette alchimie inexpliquée du comédien avec le poète, qui traverse le spectateur. Il ne s'agit plus de compréhension, mais de possession. J'ai observé Marquise apprenant ses rôles, puis les jouant. Il y a une transmission directe, secrète, obscure, dirais-je, des dieux aux comédiens.

– Quels dieux ?

– Les poètes, morts ou vivants. Les comédiens sont des croyants, même s'ils le dissimulent. Sinon ils ne jouent pas, ou ils jouent mal.

– La dialectique ne vous a donc rien enseigné ?

– Bien sûr ! Elle m'a aidé à maîtriser mieux mes dialogues, à opposer deux personnages avec plus de facilité, mais l'inspiration est ailleurs, malheureusement. Lorsque vous analysez, vous mettez en pièces, vous détruisez. C'est le contraire qui est ardu. Ecrire ! Redevenir innocent ! Accepter d'obéir !

– Vous subissez ! ?

– Qu'est-ce que subir, sinon le commencement de l'amour ? Peut-être est-ce cela que je me propose comme un nouveau théâtre. À cause d'elles, ces créatures, j'ai commencé à saisir une parcelle de liberté. J'ai souvent observé Marquise, Armandc, Madeleine, les autres femmes. C'est cela, la différence : une certaine légèreté dans le sacrifice, comme si la notion d'héroïsme leur était inconnue. Elles ont une façon de résoudre au plus rapide les choix, la procédure du cœur. Les exercices du pour et du contre deviennent inutiles pour elles, puisqu'elles sont toujours dans l'urgence : dans l'amour, dans la guerre, dans la vie simple. Ainsi, le pouvoir passe tout à fait au second plan. Lorsque Marquise protège ses enfants d'un danger qui les menace, lorsque Madeleine Béjart se dresse, inquiète de la santé de Molière, prête à embrasser qui le guérira ou à déchiqueter celui qui l'attaque, elles ne perdent de temps ni au chantage ni aux palabres. Elles vont à l'essentiel. Nous sommes, nous, des hommes conditionnels qui vivons dans l'illusion de maîtriser et de dominer le monde... Homère et Virgile l'avaient admirablement compris. Rappelez-vous cette scène extraordinaire, lorsque Andromaque apprend que Hector est en train de livrer bataille au valeureux Achille :

> *« À ses femmes alors, servantes bien bouclées,*
> *elle ordonne de mettre un grand trépied au feu,*
> *car elle veut que Hector, au retour du combat,*
> *trouve prêt un bain chaud... »*

Cette scène me fait toujours pleurer. Il y a en ces quelques lignes toute l'humanité en équilibre. Andromaque a compris la folie des hommes. Il ne reste qu'à préparer un bain chaud pour l'homme qui, peut-être, ne reviendra plus jamais ! Quel acte d'amour ! Quelle leçon ! Elle a tenté l'impossible...

« Époux infortuné Ta fougue te perdra »

Mais eux, ils sont déjà partis vers des choses importantes : la guerre, par exemple.

– Votre Andromaque a néanmoins effrayé bien des âmes.

– Elle n'est pourtant guère différente de celle d'Homère. Vous me parliez de subir, tout à l'heure ; mais, justement, les amants renversent l'ordre établi ou bien ils meurent, comme les poètes : il faut oser perdre connaissance et cela s'accorde mal avec les calculs de la gloire ! C'est le problème que posent nos Andromaques. Celle d'Homère, de Virgile, la mienne. Contrairement à ce que disent mes détracteurs, Pyrrhus n'est ni un héros médiocre, ni un doucereux. Il rencontre une passion qui le grandit. Il devient un homme blessé, donc juste.

– Comment cela ?

– Il ne sait plus. Il est perdu, comme doit être tout spectateur. Prêt à être aimé ou à aimer. Je ne suis pas mécontent de ce qu'a provoqué mon Andromaque. Elle a dérangé certains codes. Malgré les stupides réflexions de certaines gens, j'en suis assez fier. Ne parlons même pas de *la Folle Querelle*, cette charge aussi malveillante qu'inique !

– Vous n'êtes pas tendre non plus...

– Quoi que je fasse, je suis accusé d'être un traître, un cynique, un cœur dur. J'admirais Corneille, je suis allé le voir, lui demander conseil, lui porter, comme un fils à son père, mon *Alexandre*. Il ne pouvait en prendre ombrage, bien au contraire. Quelques mots dédaigneux et amers sont tombés de ses lèvres : « Vous avez un grand talent pour la poésie, me dit-il, mais aucun pour la tragédie ! » Que devais-je faire ? M'agenouiller et renoncer à ma passion ?... Molière m'accueille et me loue, mais, dès la deuxième pièce, ce ne sont que querelles, jalousies au milieu de la troupe qui place au-dessus de tout les comédies de son maître. C'est tout juste s'ils ne bâillent pas en répétant *Alexandre* ! Dois-je m'incliner, renoncer, ou bien aller vers ceux qui aiment ce que je propose, les tragédiens de l'Hôtel de Bourgogne ? Je dois écrire, quitte à trahir, quitte à brûler de passions coupables !

– Marquise ?

– Marquise seule a osé. Inconsciemment ou non, elle a mis au jour mes folies, elle a insufflé à mon théâtre ce que je cherchais.

Furetière observe son compagnon. Il parle avec animation et paraît avoir oublié la présence de son interlocuteur. Il projette ses paroles, ne fait qu'un avec elles. Comme il est éloigné du portrait qu'en brossent ses ennemis ! Où est le cynique ? Mais ne dit-on pas aussi que Monsieur Racine est tout entier dans l'amour, qu'il aime comme personne, du moins si l'on se fie à ce que murmurent certaines femmes ?

– Avec Marquise, j'ai découvert ma vraie ligne de rupture avec Corneille. Je fais de l'amour le ressort essentiel de mes tragédies et remplace la conscience héroïque par le grand débat de la Passion. Et je dis l'amour dans toute l'amplitude du mot, c'est-à-dire le saisissement de l'âme, le corps qui brûle, l'esprit qui perd connaissance. Par là, je suis à cent lieues de ce qui intéresse Monsieur Corneille et le siècle qui m'a précédé. La force du désir, cette relation effrayante, surgie d'on ne sait où, entre deux êtres, faite d'esclavage et d'obéissance, et qui transforme toute une vie, toute une morale en une fraction de temps, est le sujet le plus fascinant qui soit. Je veux le sonder. C'est un abîme que je parcours pour le comprendre jusqu'aux plis les plus cachés de l'âme, quitte à en perdre la raison, comme Oreste. Corneille avait raison de se méfier de moi. Je viens le détruire, lui et son époque. Plus de code de l'honneur, plus de père à venger. Une seule loi : celle que dicte la Passion !

– Ne craignez-vous pas le désordre, la fin d'un monde ? Certaines personnes ont apprécié votre poésie, mais ont été outrées de la trahison de Pyrrhus et de l'attitude d'Andromaque, pour ne parler que de ces deux personnages. Il faudrait évoquer les meurtres accomplis par la jeune Hermione. Son suicide !

– La Passion s'oppose au pouvoir ou à la vieille morale. Elle relève tous les défis, remet toute règle en question. Le secret travail de l'amour est sans limite. Je parlerais ici presque d'*intelligence*. À cause de l'amour, Pyrrhus prend conscience de la vanité du triomphe grec et s'intéresse à Troie, à cette civilisation qu'il a contribué à détruire. À cause de l'amour, Hermione, jeune fille de grande naissance, dévoile à Pyrrhus ses crimes de guerre qui portaient jusque-là le nom d'héroïsme. À cause de l'amour, Oreste ose reconnaître le suicide de toute une jeunesse élevée dans les vieilles rancœurs inutiles. À cause de l'amour, Andromaque doit aller jusqu'à l'accomplissement de son désir pour Pyrrhus et oublier Hector, c'est-à-dire le monde ancien... Les codes établis ne m'intéressent pas. Le monde se tient en équilibre comme un homme et une femme prêts à faire l'amour. L'un, forcément, devra devenir la victime consentante de l'autre, et l'autre accomplir le crime. Mais, contrairement à ce qu'il en est dans la guerre, subir dans l'amour revient à être vainqueur. Les amants doivent aller jusqu'à être victimes, comme les poètes. C'est la seule connaissance qui vaille.

– La souffrance ?

– Pourquoi pas ? Ovide exilé chez les Scythes, Socrate buvant la ciguë, Didon se faisant brûler, Homère chassé de sa ville natale...

– Vous mélangez les personnages fictifs et ceux qui ont vécu !

– Ils font partie du même théâtre !

– Et vous avez appris tout cela de Marquise ?

– Je l'ai souvent observée, mais comme, petit, je regardais ma tante Agnès, et d'autres aussi...

– Vous n'avez pas une réputation d'austérité, malgré le désir de devenir prêtre qui fut un moment le vôtre.

Un tressaillement de fureur et de dégoût dérange un instant les traits du jeune poète, mais il reprend aussitôt la conversation :

– Vous me parliez de l'Académie... Vous-même reconnaissez qu'il faudrait une déflagration pour réveiller ces Messieurs, mais nous sommes tous pareils : des hommes encastrés, comme des bouteilles couchées. Mais voici que, sans prévenir, une femme dérange la belle ordonnance et nous débouche avec ses petites dents. Seul le désir peut nous réveiller, parce qu'il contient en soi le pouvoir absolu. À la seconde même, il procure aux hommes ce sentiment de possession, au sens le plus bestial comme le plus abouti de l'intelligence... C'est ce que j'ai voulu décrire dans *Andromaque*. Vous pouvez gagner toutes les guerres ; si une femme ou un enfant décide de vous dire non, vous devenez l'être le plus délaissé de la Terre, et vous aurez beau tuer et torturer, vous êtes vaincu. C'est une grave question politique. Et Andromaque murmure :

« Non je ne serai pas complice de ses crimes
Qu'il nous prenne s'il veut pour dernières victimes »

– Oui, mais si j'en crois votre pièce, elle cède tout de même à Pyrrhus !

– Elle ne cède pas, et là gît l'énigme du désir. Je vous l'ai dit tout à l'heure : tout est hypothétique, à la seconde d'une rencontre. Je traite non pas des roucoulades, mais du désir brutal, immédiat entre deux êtres quels qu'ils soient, hommes ou femmes. Il s'agit ici non pas de la Carte du Tendre, mais de celle de la Cruauté. L'amour passe toujours par un meurtre immédiat. Après, il s'agit plus ou moins d'atténuer la souffrance et d'enterrer le cadavre.

– Quelle espérance vous nous laissez !

– Le plus meurtrier des deux n'est pas Pyrrhus. C'est qu'elles s'y entendent à vous plonger la lame dans le cœur et à vous l'y retourner avec délices !

Parfois, je désespère de me faire entendre : la tendresse de Pyrrhus est sans limite ; il est prêt à tout pour Andromaque : trahir son pays, abandonner Hermione, adopter l'enfant d'Hector... Jamais le Cid n'aurait envisagé de tromper son roi. C'est une chose de mourir, c'en est une autre de vivre rejeté de tous, comme un chien !

Racine marche sans mot dire. Il a jeté ces trois mots, « comme un chien », avec une violence dans laquelle Furetière pourtant a décelé un sanglot :

– Vous venez de m'éclairez sur ces vers à la fin de vos *Plaideurs* :

« Ouf je me sens déjà pris de compassion
Ce que c'est qu'à propos toucher la passion »

Maintenant, Racine va à grands pas et son compagnon a du mal à le suivre, d'autant qu'il ne sait plus très bien comment réengager le dialogue.

Au bout de quelques minutes de silence, le poète se tourne vers lui avec force :

– Écoutez ! Ils n'arrêtent pas de me juger ! d'analyser mon comportement ! de le déformer ! *Les Plaideurs* ne sont que la suite de mes *Lettres* précédentes, lorsque j'ai déchaîné cette grande querelle avec mes anciens maîtres jansénistes !

– Vous n'avez pas été tendre non plus, cette fois-là !

– Ils avaient commencé !

– Pourtant, on dit que lorsque Nicole s'est attaqué aux poètes de théâtre, ce n'est pas vous qu'il poursuivait, mais Desmarets de Saint-Sorlin.

– Vous n'y croyez pas vous-même !

– Vous ne pouvez vous comparer à ce mauvais auteur d'un *Clovis* archipesant et qui, empêtré dans son Apocalypse, se prend pour le sauveur de l'humanité !

– C'est bien pour cela que ce n'est pas lui que fustigeait Nicole ! Il ne se serait pas donné cette peine.

– Pourquoi écrire ces *Lettres* qui, vous le saviez, provoqueraient chez vos anciens maîtres la haine, le dégoût, et une irrémédiable rupture ?

– Ma tendresse se retourne vite en menace si elle vient à être blessée. Je leur avais plusieurs fois ouvert mon cœur ; *Alexandre* était écrit dans un sens de réconciliation. J'offrais la paix, comme mon héros ! Or, à peine les représentations commencées, malgré les espoirs que m'avaient donnés les lectures de cette pièce à l'Hôtel de Nevers, Port-Royal m'attaque avec la plus basse calomnie. Cela dure depuis deux ans... Marquise et moi, personne ne nous laisse en repos. On joue presque en même temps *la Veuve à la mode*, où l'on me fait passer pour un sot qui cède aux manigances d'une rouée, et *la Folle Querelle* où ma pièce *Andromaque* est ridiculisée et dans laquelle j'apparais sous les traits bouffons d'un Éraste violent, incivil et déloyal. Écoutez, Furetière, certains jours de juin, la troupe de Molière a même présenté simultanément ces deux pièces ! Et je devrais sourire et me calmer ? Lorsque j'ai écrit ma première *Lettre* à l'auteur des *Hérésies imaginaires* et des *Deux visionnaires*, j'ai essayé d'éviter de me défendre, pour défendre plutôt le théâtre que salissaient ces hypocrites.

– Votre plume, personne n'en réchappe... Mais, cette fois, vous l'avez utilisée pour assassiner vos propres professeurs, lesquels vous ont élevé, ne l'oubliez pas ! Chacun se souvient de la férocité de votre première *Lettre*. Puis il y en a eu une seconde, pire encore, que vous n'avez pas publiée...

– Je n'ai jamais dit officiellement que j'en étais l'auteur. Tout aurait pu s'arranger... Encore maintenant...

– Vous n'avez trompé personne ; nous avons tous reconnu votre style. Vos flèches n'étaient pas celles de Cupidon, cette fois-là ! Peut-être même aviez-vous déjà collaboré aux *Provinciales* ?

– Sûrement ! (Racine éclate de rire, provocateur.) J'avais dix-huit ans à peine !

– Vous avez quelque chose de proche de lui...

– C'était un grand esprit, l'un des plus grands ! Son visage m'attirait, à Port-Royal, mais il avait de surcroît un talent que je ne possède pas : l'esprit de géométrie. Il est mort dans d'atroces souffrances.

– N'avez-vous pas vous aussi ce penchant à la mortification, une ceinture hérissée de clous passée en permanence autour du corps ou de l'âme ?

– J'ai mon écriture. C'est déjà suffisant !

– Votre plume est une arme terrible. Quand vous ne parlez pas d'amour, vous devenez meurtrier.

– Souvenez-vous des termes de Nicole : « Un faiseur de romans ou un poète de théâtre est un empoisonneur public. » À les entendre, lui et ses pareils, nous sommes les corrupteurs d'âmes innocentes. Or il s'agit de la liberté de l'esprit humain. Qui commence par brûler des livres peut aller plus loin. Les grands bûchers ne datent que d'hier. Même le Roi n'a pu préserver *Dom Juan* ni *Tartuffe* de leur vindicte.

– Cette fois, ce n'étaient pas les jansénistes, mais la cabale des Dévôts !

– Raison de plus pour que je me montre terrible avec mes propres maîtres. Je dois trop à Port-Royal pour leur permettre une telle intolérance !

– De là à utiliser ce qu'ils vous ont appris pour le retourner contre eux... C'est tout juste si vous n'avez pas employé le terme de « jésuitisme janséniste » !

– C'est ce qu'ils ont fait.

– Vous les avez ridiculisés !

– J'ai bien agi. Un ami m'a écrit : « Il est bon que vous sachiez la consternation dans laquelle vous avez mis les jansénistes qui, s'étant toujours fait un sujet de gloire et de triomphe de tous les écrits qui ont paru contre eux, demeurent muets à la vue de celui-ci qui égale au moins l'éloquence de leur parti, comme il en découvre la politique et le faux zèle. »

– Oui, mais, à cause de vous, leur fils chéri, leurs faiblesses ont été étalées au grand jour, leurs petites affaires, leurs déguisements... Quand avez-vous dit que vous étiez l'auteur de cette « cabale artificieuse » ?

– J'ai essayé, grâce à mon cousin Vitart, de négocier avec eux, de gagner du temps. Ils lui confiaient que j'étais « la plume qu'on a plus sujet de redouter ». Moi, je voulais la paix. Malgré tout, ils ont commencé à insinuer que je ne mourrais pas en chrétien et que je ne vivrais pas, après cela, en homme d'honneur. Ils ont même osé dire que je faisais cela pour faire fortune à leurs dépens, et que je ne pouvais servir Dieu et le théâtre en même temps.

– Votre seconde *Lettre* est encore plus terrible...

– Ils s'obstinaient. Souvenez-vous : « Le misérable honneur que vous cherchez parmi les hommes vous est plus précieux que votre salut [...]. Vous craignez moins d'offenser Dieu que de ne pas plaire aux hommes. Vous raillez ce qu'il y a de plus inviolable parmi les hommes : la justice, l'innocence et la pitié ! » Me dire cela à moi ! À moi ! Il fallait qu'ils demandent grâce à genoux, après cela !

– Pourtant, vous n'avez pas publié cette nouvelle *Lettre*.

– Une fois de plus, c'est moi qui ai eu pitié le premier. Et j'ai eu tort. Des garanties m'avaient été données. Ils m'avaient promis un silence que je n'avais même pas songé à leur demander. Or, dès juin 1666, Nicole préparait une édition de ses *Lettres* accrues de deux répliques adressées à moi. Heureusement, l'année d'après, mon cousin obtint que mon nom ne fût pas cité. Or, lors de leur parution récente, voici que ces écrits contiennent une allusion à un jeune poète prétentieux que, naturellement, tous reconnaissent : moi ! Ainsi, ils ont trahi tous nos accords, et c'est moi qui passe pour déloyal et violent ! Nicole a ajouté en outre un texte qui flétrit derechef le théâtre et les comédiens. J'allais donc entrer à nouveau en guerre, mais je me suis tu...

– Pourquoi ?

– À cause d'elle : Marquise ! La du Parc m'avait rejoint. J'étais en guerre avec Molière, Corneille, je préparais *Andromaque*. Le scandale de ma vie privée pouvait prêter à des attaques gênantes. Je me suis calmé pour elle – pour nous ! Et puis, Port-Royal, cette fois-ci par lettre, avait promis à mon cousin de faire désormais silence : « C'est une affaire faite, dont apparemment on ne parlera plus qu'autant qu'il en donnera sujet. »

– Vous en avez donc fini avec Port-Royal.

– Comment en finir avec ce Dieu-là ?

– Mais, maintenant, vous vous attaquez à la Justice du Roi !

– Le Roi a donné son accord.

– En êtes-vous bien sûr ? Sinon, vous serez très vite arrêté, ou la pièce sera interrompue. Cela m'étonnerait que l'on puisse se moquer impunément de Sa Justice.

– Louis XIV et Colbert souhaitent améliorer l'appareil judiciaire. Rappelez-vous l'ordonnance civile touchant la réforme de la Justice, au printemps dernier. Boileau a dépeint avant moi l'insondable sottise des procès. Mais *les Plaideurs* sont plus que cela ; ils sont une réponse à la préface de Subligny, parue le mois dernier, qui illustre une fois de plus *la Folle Querelle*, manifeste des antiraciniens qui, derrière de faux compliments, se résume à une phrase : que Monsieur Racine retourne à ses cahiers d'école et commence par étudier le grand Corneille ! La guerre a donc repris...

– Vous devriez imiter davantage Sa Majesté. Après les campagnes de Flandres et de Franche-Comté, voici que la paix est enfin signée à Aix-la-Chapelle. Agissez à Son image. Écrivez-nous une pièce sur l'amour, où vous excellez, et laissez les procès aux Chicanneau. Ne dit-on pas que le Roi ne cache plus Sa nouvelle liaison ?

– Madame de Montespan est bien belle.

– Si Marquise n'avait été actrice, vous aviez peu de chances de la garder ! Sa Majesté et elle, lorsqu'ils dansaient ensemble aux *Plaisirs de l'île enchantée*, formaient l'un des couples les plus superbes ! Cela dit, vous ressemblez au Roi et, au moment d'*Andromaque*, il y a déjà un an, vous étiez tous deux très jalousés.

Mais enfin, ce n'est qu'une comédienne ! Le Roi a d'autres exigences...

Après cette remarque de Furetière, Racine ne profère plus un mot. Qui comprendrait cet appel continuel qui lui tord l'âme, le cœur ou le corps, qu'importe ! Seul le désir comble par instants cet abîme comme on apaise une plaie. Lorsque aucun être n'excite plus son imagination, il devient aussitôt un pauvre malade, un corps en peine, une âme errante et vaine ; il ne peut vivre que s'il est continuellement amoureux. Et voici qu'il s'ennuie, là, avec ce Furetière ; il est fatigué de soutenir une discussion qui ne l'intéresse pas vraiment avec un homme avec lequel il n'a pas de réelle affinité.

Il se prend à repenser à Marquise. Elle s'est donnée à lui, la nuit précédente, enceinte, le ventre alourdi par cette maternité qu'elle essaie de dissimuler. Est-ce son enfant ? Celui de Rohan ? D'un autre ? Cette femme le rend fou. Elle échappe, changeante. Depuis qu'il l'a enlevée à la troupe de Molière, elle, la fidèle épouse de Gros-René, la « Veuve à la mode », il sent qu'elle ne sera jamais plus fidèle, d'une certaine façon. Il ne peut certes l'emprisonner, mais, en se donnant à lui, elle a conquis une effarante liberté. En use-t-elle ? C'est impossible ! Il y a cette promesse entre eux qui les a engagés devant Dieu même. Il y a eu ce mariage secret ! Ce mariage de conscience ! Aurait-elle compromis son âme même ?

Ils se tiennent comme deux grands animaux métaphysiques se pressant l'un contre l'autre sous les yeux d'un Dieu voyeur. Et il n'est plus question d'espérance entre eux, mais d'une effroyable condamnation qui, à chaque baiser, les brûle sans qu'ils en disent mot. Elle est capable de tout. De revenir une nuit près de son ancien maître, Molière, et de se donner à lui, comme ça, non pour quitter Racine, mais, au contraire, pour recréer un lien entre eux deux. Elle peut administrer ses caresses à un jeune homme pour la simple liberté d'apprendre à un être nouveau la volupté qu'elle a acquise de lui, Racine. Elle aime tant transmettre, et l'amour plus que tout ! Heureusement, les hommes ne soupçonnent pas combien ils pourraient avoir leur chance auprès d'elle !

Elle peut aussi rester intouchable, secrète, renfermée sur elle-même. Cette nuit, pourtant, elle est venue le provoquer comme si elle se donnait pour la première fois, l'affolant, lui offrant tous ses rêves d'hommes, de tous ces hommes qu'elle n'embrasserait pas. À lui, le poète devant lequel elle s'était mise à genoux, le visage levé en adoration, offrant toute une humanité à combler.

Qu'allaient-ils devenir ensemble ?

Depuis cette nuit, il y a de la violence entre eux, un goût de mort. La paix ne revient plus. Jamais il ne sera Ulysse entre ses bras. Il est trop jeune ; il commence à aimer trop souvent la dominer, la violenter. Il la déteste en ces instants : ses yeux sont pleins de trop de douceur ; il s'englue dans cette eau de sang fané.

Non, la du Parc ne lui suffit plus. Sa Majesté a émis le vœu de le voir bientôt ; il ne veut pas être un couple en face de Lui. Seul Louis XIV réclame de lui cette totale soumission. Un lien existe entre eux deux invisible aux autres. Racine l'a déjà senti, jadis, dans la cour du Louvre. Il se prépare maintenant à leur face-à-face. Le Roi l'observe parfois et il croit lire un ordre secret dans ses yeux. Sa Majesté va exiger quelque chose de lui et, pour cela, il tient à être seul à seul avec lui.

Rien à voir avec le métier de courtisan. Certes, le Roi lui a encore octroyé une pension pour ses *Plaideurs*. Il figure d'ailleurs toujours en queue de liste : huit cents livres. Il est vrai que Pierre Corneille, nommé premier poète dramatique, n'en reçoit que deux mille. L'auteur du *Cid* ! Chapelain, qui fixe le montant des pensions, s'en est par contre octroyé trois mille... Il s'est arrogé la plus forte pension avec cette justification : « Au sieur Chapelain, le plus grand poète français qui ait jamais été et du plus solide jugement. »

Ils avaient beaucoup ri. Non ! ce n'est pas pour une pension de plus ou de moins qu'il attend cet appel du Roi ! Pourtant, il a toujours très peu d'argent ; cela devient même chaque jour un problème, d'autant plus qu'il faut s'habiller pour se présenter au Roi et le moindre habit un peu digne de la Cour coûte au moins dans les trois cents livres. Bon, la dot d'une fille de bon marchand s'élève à environ dix mille livres, mais non ! il n'épousera pas la fille d'un gros marchand. La du Parc le préserve de cette bourgeoisie qu'il décrit si méchamment dans *les Plaideurs*. Il échappe à ce fatras : la famille, les dettes, la fidélité... Face à son souverain, il veut être un prince. Courtisan ? Il ne sera jamais courtisan pour en obtenir quoi que ce soit. Il aime le Roi en roi.

On ne saurait désobéir aux ordres de Sa Majesté ; mais on peut la flatter. Cela, il ne fera pas. Ce ne serait digne ni d'Elle, ni de lui, le poète. Il aime le Roi et se prépare à nouer cette promesse indissoluble, ce pacte entre hommes, plus profond que tout amour de femme.

Un soleil froid, dédaigneux, comme il les aime, vient frapper de face son visage. Sa vie va changer. Il n'y a plus que lui et ce soleil d'hiver. *Les Plaideurs* ont ouvert l'ère de la méchanceté, de la politique. Il va devenir redoutable.

– Écoutez. Ce ne sont pas seulement les juges que *les Plaideurs* vilipendent. Tous vont enfin comprendre quel méchant homme je suis. Je crie comme Oreste : *« Mon innocence enfin commence à me peser ! »* Les dieux veulent des crimes ? Ils en auront ! Mais attention, comme dit Boileau parlant de moi : « Dès qu'il n'est plus tragique, il devient satirique, et quand il quitte son style, il me dérobe le mien... » Molière est un enfant à côté de la férocité de mon jugement sur les hommes. Je déchire jusqu'au sang, et personne n'est épargné dans *les Plaideurs*. Même votre ami Patru y est moqué. Ils envieront Antoine Le Maître, mon cher « papa », d'être mort avant et de n'avoir pas assisté à cette curée !

Il pense avec volupté à Citron pissant sur les genoux du juge.

– Vous savez, Furetière, je ne suis pire que méchant. Je suis comme Pyrrhus : capable de chercher au fond des cœurs que je tords un reste de sang encore...

Il éclate d'un rire sonore et sec :

– Regardez ce soleil. Il donne envie de déchiqueter, de saigner ! Regardez ce délice...

À quelques pas d'eux, un chien crevé, les boyaux éclatés sans doute par une roue de carrosse ou bien la maladie, débonde ses excréments et les mouches bourdonnantes s'accouplent sous le soleil d'un blanc éblouissant, irrespirable. C'est cela aussi, l'écriture : elle lui ploie la nuque à terre afin de lui faire humer l'odeur pestilentielle des âmes contaminées. Il se prend à aimer ce parfum d'horreur grouillant d'idées les plus détestables, sans qu'on s'en interdise aucune... Pourquoi Marquise n'accepte-t-elle jamais d'aller jusque-là avec lui ? Parfois, il aimerait plonger avec elle dans l'abjection, mais elle relève toujours sa belle tête avec une sorte de dignité offusquée et il recule, chaque fois un peu plus seul, avec ses démons cachés. Il se prend à penser à ses *Plaideurs* comme à ces noirs essaims qu'il contemple en cet instant.

– Vous m'avez bien aidé, pour ces *Plaideurs*.

– Je me demande qui a échappé à votre plume meurtrière...

– Voyons ! En tête vient mon ancien cher « papa » Antoine Le Maître et ses grandissimes *Plaidoyers*. Éloquence périmée, révolue ! Déjà, Monsieur Pascal s'en moquait, disant qu'une oraison de Cicéron valait mieux ! Mais non, il ne faut pas y toucher ! Monsieur Le Maître doit rester un illustre orateur... Absurdité !

– *« Avocat, ah ! passons au déluge... »*

Tous deux rient maintenant des plaidoiries interminables de Le Maître :

– Voulez-vous que je vous rebatte les oreilles avec les dits et contredits sur la Grâce et les cinq Propositions ? implore Furetière.

– Avocats ! Fils d'illustres avocats ! Le grand Arnauld, Antoine Le Maître, Nicolas Richer, Barbier d'Aucour... Port-Royal tout entier !

« Ah tu seras un jour l'honneur de ta famille
Tu défendras ton bien. Viens mon sang viens ma fille
Va, je t'achèterai le Patricien français ! »

Furetière s'amuse du jeu de son compagnon qui retrouve là sa jeunesse et les conseils de ses maîtres.

– Vous êtes sûr que la famille Chicanneau, amie de Port-Royal, ne va pas vous traîner en justice ?

– Je prendrai un avocat ! exulte Racine en ricanant. Vous ne pensez pas qu'ils enverront certains des leurs au spectacle pour espionner ?

– Sûrement, et vous courrez un grand risque ! Se moquer même de la *Logique de Port-Royal* !

– Ah ! cette *Logique de Monsieur Le Bon*, œuvre grandiose d'Arnauld et de Nicole, ce qu'elle a pu me fatiguer ! J'avoue qu'elle méritait bien d'être transformée en un petit bonhomme à qui je donne un soufflet et dont je jette le chapeau dans la boue. *Exit* la *Logique de Monsieur Le Bon* !

– Barbier d'Aucour ne vous pardonnera jamais d'avoir raconté comment il resta muet au barreau au bout de trois mots !

– Vous connaissez la raison pour laquelle il a quitté les jésuites pour les jansénistes ?

– C'est bien lui que l'on surnomme l'« avocat de mes fesses » ?

– Exactement. Lorsqu'il était répétiteur au Collège des Jésuites à Lisieux, il fit une remarque un peu leste, bien malgré lui, je crois, dans une église. Les spectateurs commentaient des tableaux exposés et l'un des Pères le rappela à l'ordre : *Locus est sacer*, le lieu est sacré, lui dit-il devant tous les élèves. Le pauvre Barbier d'Aucour reprit sans y prendre garde : « Si le lieu est sacré, pourquoi l'exposez-vous ? », mais ou sa langue fourcha, ou il commit malgré lui un barbarisme en latin et, au lieu de *Si locus est sacer*, il dit : *Si locus est sacrus, quare exponitis*...

Furetière pleure de rire. Il répète :

– Si le lieu est mes fesses, pourquoi l'exposez-vous ? Si le lieu... Voilà donc pourquoi tout le monde le nomme ainsi !

Ils ressemblent maintenant à deux garnements de douze ans. Furetière retrouve l'ami de cabaret, celui qui, avec Boileau, les entraînait dans de folles soirées d'hilarité, de bons et de mauvais jeux de mots.

– Et les « quand je vois » des plaidoyers de Gaultier ! Quand je vois ! Quand je vois ! Le Soleil ! La Lune...

Ils rient de plus belle. Racine se met à chantonner en latin, repris par Furetière, des formules dans un jargon indéchiffrable :

– *Si condemnatus* au paragraphe de *noxalibus*...

– ... est condamné *que vindicatum solvere*...

– ... les fautes de son fils que *pecunio tenus*...

– ... et la loi de *vulgari*...

– ... non, la loi *naturali de firmando*...

Furetière s'arrête pour reprendre haleine.

– Corneille, qui a eu vent de vos *Plaideurs*, est fort en colère pour cette bagatelle.

– Laquelle ?

– Vous faites là une parodie de ses vers !

– Pauvre vieux Caton de basse Normandie :

« Ses rides sur son front ont gravé ses exploits
La valeur de son père en son temps sans pareille
Tant qu'a duré sa force a passé pour merveille »

– « Quoi ! s'est-il exclamé hier soir devant une belle assemblée. Ne tient-il qu'à un jeune homme de venir tourner en ridicule les plus beaux vers des gens ? »

– Je l'ai admiré. Il n'a pas voulu de moi. Trop tard ! Comme dans *le Cid*, le temps des soufflets est venu pour ceux qui n'ont plus l'âge de se battre.

– La comtesse de Crissé est folle de rage. C'est une cornélienne convaincue ; non seulement elle a appris qu'elle avait inspiré le personnage de Pimbêche, mais vous avez conservé, paraît-il, à l'actrice qui la représente l'habit de rose sèche qui est le sien et un masque sur l'oreille. Méfiez-vous : elle appartient à la maison de la duchesse d'Orléans. La Grande Mademoiselle protège Segrais, Cotin, Ménage et Boyer. Vous êtes téméraire. Vous vous moquez aussi de Molière, de Quinault...

– Ils se sont tous ligués pour m'attaquer tandis que je leur léchais la main. Maintenant, l'heure est venue des morsures. Allez, buvons à la « Mort Sûre » ! Même les chiens ont besoin de consolation !

– À propos, La Roque est furieux. Vous insinuez à travers Petit-Jean qu'il s'est comporté en caissier indélicat et a volé ses camarades du Théâtre des Marais :

« On n'entrait pas chez nous sans graisser le marteau »

– J'ai un vieux compte à régler avec lui. Je n'aime pas qu'on détourne l'argent du théâtre et des comédiens.

– A-t-il passé une entente avec le chandelier qui s'occupait de l'éclairage de la salle ?

« Nous comptions quelquefois On me donnait le soin
De fournir la maison de chandelle et de foin »

Il s'est acquis ces dernières années une large fortune. Le portier de comédie est devenu riche propriétaire.

– Il n'y a pas une vieille querelle entre vous deux ?

– Disons plutôt un rendu pour un prêté ! Il y a huit ans à peu près que je lui ai porté mon *Amasie*, l'une de mes toutes premières pièces.

– Il ne l'a pas aimée ?

– Ç'aurait été son droit. Mais il me fit force compliments, il la trouvait toute admirable, il la demanda pour la considérer à loisir et puis, sans prévenir, il a changé du tout au tout... Je n'ai aucune raison de l'épargner.

– Dire qu'on parle de vous comme du plus aimant d'entre nous !

– Ils m'ont épuisé ! Pour un peu d'argent, j'ai dû me battre jusqu'au bout de mon cœur. Je suis orphelin, ne l'oubliez pas. Je ne suis *rien* ! Même le Prieuré de l'Épinay, ce bénéfice qui était censé me revenir, dû à l'évêque d'Uzès et à mon oncle Sconin, je l'ai obtenu, il y a seulement quelques mois après cinq ans de chicaneries.

– Grâce à elles, nous avons une nouvelle comédie !

– Mais aussi grâce à votre aide et à votre *Roman bourgeois*. Finalement, ce qui n'était au départ qu'une comédie à l'intention des comédiens italiens et surtout de Scaramouche, Tiberio Fiorilli, qui a malheureusement quitté la scène, s'est transformé en une réflexion acerbe sur la Justice.

– Méfiez-vous. Le rire peut être plus dangereux que les pleurs ! Souvenez-vous du « *tarte à la crème* » de Molière ! Vos ennemis ne vous lâcheront plus.

– Il y a le Roi !

– Cela n'a pas empêché Molière d'avoir le visage en sang.

– Comment cela ?

– Vous n'étiez pas avec nous. Il y a de cela cinq ans au moins, un marquis qui croyait s'être reconnu dans *la Critique de l'École des femmes*, celui qui ne cesse de s'exclamer « tarte à la crème ! » au deuxième acte, salua très civilement Monsieur Molière dans un des appartements du Louvre ; Molière, à son tour, baissa la tête afin de répondre ; aussitôt, le marquis le serra brutalement contre lui et frotta le beau visage contre ses boutons sertis de diamants, mettant ainsi en sang la face de celui qui, supposait-il, avait osé faire rire de lui.

– Et Molière n'en ressortit que plus grand !

– Peut-être, mais ils sont bien capables de vous écorcher tout vif !

– Comme un chien, n'est-ce pas ? Pour voir si la queue remue encore ! Cela prouve au moins la force de nos plumes. Vous avez bien fait de me raconter cette anecdote. Cela m'excite à être encore plus méchant et, comme le dit mon juge à la fin des *Plaideurs* :

« Allons nous délasser à voir d'autres procès »

– Tant que ce n'est pas le nôtre ! soupire Furetière.

Chapitre 18

L'anneau du Cygne

Confus, persécuté d'un mortel souvenir
De l'univers entier je voudrais me bannir
Tout semble s'élever contre mon injustice
L'éclat de mon nom même augmente mon supplice
Moins connu des mortels je me cacherais mieux
Je hais jusques aux soins dont m'honorent les Dieux.

Phèdre, acte V, scène dernière

Quelqu'un marche à ma rencontre. J'entends son pas lourd, menaçant. Le Dieu s'avance à nouveau vers moi. Je ne pourrai cette fois lui échapper. La neige étouffe mes cris depuis combien de nuits, de jours ? Je tiens entre mes bras un corps qui se débat dans des soubresauts d'amour. Est-ce moi qui suis en train de le tuer ? Je hurle, mais personne ne m'entend. Mes larmes sont pourpres et illuminent notre dernière nuit. Le monde, semblable à ce projet d'enfant qui gît sur le bas-côté du lit : personne ne pourra jamais plus le réveiller. Avorté. Il n'y aura plus de naissance, de projet, d'œuvre.

Je ne rêve pas : Marquise ! Marquise ! Sa tête est renversée, inanimée. Suis-je en train de l'étrangler ? Mes mains sont agrippées au beau cou de cygne blanc. Elle s'enfonce dans cette eau qui détrempe sa chemise, ses cheveux. Je la serre encore et encore. Ma chemise à moi est ruisselante. Cet enfant mort qui me regarde, immobile, est-ce mon fils ? ou moi-même que Marquise vient de revomir ?

Le Dieu se rapproche. Père, j'ai besoin de Vous ! Me punir ! Le sang coule abondamment entre nos deux corps, coule le long de mes bottes que je n'ai pas ôtées. Marquise est en train de mourir. Mon enfant ! ma mère ! Elle, ma compagne de toujours, et cet enfant mal fini qui me regarde, de quel abîme surgi ?

J'entends son pas. La neige rieuse dissimule tout repère. Est-il loin, ou près ? Le Dieu qui délivrera enfin sa sentence ne se hâte guère tandis que je me tords dans le silence des draps maculés, brouillon informe d'où nulle écriture ne peut s'élever. Et là, à côté de moi, cet enfant mort, dernier signe d'une humanité qui s'engloutit. Un garçon ! Cela aurait été un garçon ! Moi-même ou un autre ? Depuis combien de temps Marquise s'est-elle effondrée devant moi ?

La pièce est notre dernière chambre d'amour. Ses lèvres ont doucement remué. Je soutiens sa nuque, je scrute ces minces lignes jaunes toutes fanées.

« Ne me quitte pas... Ne me... », et les mots sont happés par quelque ange au-dessus de nous.

Il ne s'agit plus de sauver Marquise. Il faut ne plus jamais la quitter, et l'amour exige de veiller à la plus légère nuance. Elle peut mourir d'un mot dévoyé.

Les doigts de Racine effleurent à peine le visage diaphane où déjà la Mort répand sa transparence.

– Embrasse-moi. Je ne sens plus rien. Un froid inconnu me ...

Elle est brûlante tout en devenant peu à peu transie, emprise dans quelles eaux glacées qu'il n'a jamais visitées, lui, le poète ? Comment s'y embarquer avec elle ? Il lui lèche doucement la tempe, le nez, comme pour la réchauffer, et elle le regarde de ses yeux douloureux. Il se met alors à sangloter éperdument. Qu'a-t-il fait d'elle ? Il n'y a pourtant aucun reproche, aucune amertume dans ce regard. L'amour infini qui s'exhale vers lui n'est pas à la mesure humaine. Et toujours, telle une source inépuisable, son ventre pleure en silence, telle une douleur qui s'échappe sans discontinuer en gouttelettes marbrant de rosée la chemise.

– Écoute, murmure-t-elle. Les moments me sont chers.

Chaque mot devient irremplaçable. Les derniers. Il est avec elle, lèvres contre lèvres.

– Prends !

Il sent la main comme une aile contre sa joue. Il a saisi les doigts qui battent un instant, légers. Il a compris. Elle ne veut plus du diamant de Rohan. Elle veut s'en aller, légère, sans prix, vers ce royaume où l'ont précédée Didon et Andromaque.

Ma femme !

Il ôte le lourd bijou ; elle fait un léger signe. Elle veut qu'il le porte, désormais. Elle sourit avec langueur et sa bouche reprend un instant un pli enfantin que les larmes du poète couvrent de scintillements.

Le Dieu s'est arrêté, hésitant sous la neige. Il reprend haleine avant de venir retrouver et recueillir son enfant, sa petite fille qu'il a trop laissée aux mains des hommes indifférents.

– Tout est en ordre, dit-elle, apaisée. Le prêtre ?

Racine acquiesce : il l'a fait prévenir. L'enfant semble dormir. L'espace d'un moment, on pourrait croire le monde en sommeil, mais il agonise et personne n'est plus à même de le sauver.

La marche a repris, plus légère. Le Dieu laisse son manteau voleter derrière lui. Il ne se hâte pas, mais va, heureux, vers ces retrouvailles. Avec difficulté Marquise tourne la tête vers la fenêtre.

– Ouvre, articule-t-elle encore.

Il la repose délicatement sur l'oreiller à l'étoffe durcie par la sueur et se lève en titubant pour écarter les lourds rideaux. Il hésite à découvrir le ciel, mais elle l'exige d'un regard. Obéir ! tel est l'amour. N'a-t-il pas dit cela, récemment ? Les mots étaient quotidiens, mais la tragédie vient une fois encore de leur conférer leur exacte dimension. Alors il ouvre la fenêtre, et la nuit, à l'image du Dieu, déploie à loisir son ample costume. Un vent léger rabat quelques flocons de neige à l'intérieur de la chambre, dernières brassées de fleurs pour une comédienne qui se meurt. Il reste là, suspendu, dans l'attente du Grand Visiteur.

Depuis combien de temps ? Il a déjà vécu cette scène et la même panique lui engourdit les jambes. Il a quatre ans ? plus jeune ? Quelqu'un crie : « Jeanne ! Jeanne ! » Il y a du sang partout, il aperçoit deux jambes, et cette odeur fade qui monte en lui comme la vase lorsqu'il traversait le Rhône, vers Uzès. « Jeanne ! » Quelqu'un le tire. « La délivrance n'est pas venue », murmure, désemparé, l'apothicaire Raoul Régnier. Il ne veut plus se retourner. Jamais.

– Monsieur Racine, murmure une voix. Je suis le curé de Saint-Landry, votre église de l'île de la Cité. Monsieur Vitart m'a amené jusqu'ici. Je suis au courant.

Il ne veut pas se retourner, car tout va commencer sans rémission possible, mais elle appelle de très loin et il cède, il cède. Alors la Mort se réveille, détestablement elle lève ses paupières appesanties et commence à babiller. Il s'approche du lit, s'agenouille. Comme pour leur mariage secret, Nicolas Vitart et Boileau, un peu à l'écart, les préservent de l'agitation extérieure. Des bougies ont été allumées çà et là. Il n'a entendu personne venir. Il est là, et Troie brûle une dernière fois aux pieds d'Andromaque. Cette chambre s'illumine de tout un théâtre.

Qui a ressorti le costume d'Andromaque ? Il est là, dépouille jetée sur le lit, mais elle, Marquise, dans sa chemise claire, trop grande, semble une enfant qui s'est glissée dans le vêtement de nuit de son père. Elle a posé ses deux belles mains sur le costume. À son doigt il n'y a plus que l'anneau de fer, il le contemple, anéanti, l'anneau à triple ellipse, l'anneau nuptial, offert par Hector, pense-t-il. Il a bien cette simplicité antique des bijoux troyens.

Le vent se lève, faisant vaciller le paysage entier. Il lui semble entendre une voix lointaine qui chante. Troie fumante l'appelle et, tel un glas, il perçoit le balancement de l'encensoir qui heurte ses chaînes à chaque retour en arrière. Que fait-il à genoux au bas de cet autel où elle repose ? Il doit l'enlever, l'emporter loin de tous ces morts !

Là, à l'écart, un enfant minuscule, plein de sang et de boue, gît sur le sol. Tous le regardent à présent. Quel crime a-t-il commis ?

– Pardonne, murmure-t-il. Pardonne !

Il enfouit son visage dans le velours rouge du costume qui le dérobe comme un dernier baisser de rideau. L'odeur poivrée du théâtre fait naître une brassée d'images et de sons, il la revoit s'avancer, lumineuse, dans le halo des chandelles, amoureuse, délivrée, emportant ses mots à lui, les réinventant, les incarnant. Elle lui a tout donné pour qu'il grandisse.

Une main, sa main à elle, se pose alors sur sa tête. Il relève le visage vers elle. Ils ne seront plus jamais désunis. Pour l'éternité, ils se sont fait une promesse d'un côté et de l'autre de la scène.

– Il vous faut renoncer au théâtre, chuchote le prêtre à Marquise.

Pourquoi lui demander cela ? Qu'ont-ils fait de mal ? Non ! s'écrie-t-il, mais personne ne l'entend. Pour qui écrira-t-il, si elle abandonne le théâtre ? C'est pour elle, pour elle qu'il a écrit. À qui confiera-t-il désormais son amour, ses désirs, sa haine ?

Troie redevient silencieuse, grise, fumante. Voici qu'ils replient le costume, éteignent les bougies. Non ! s'écrie-t-il encore. Mais elle ne proteste pas. Mon pauvre amour, qu'ont-ils fait de toi ? Il perçoit toute chose et la réalité lui apparaît dans son affreuse précision. Il voit distinctement la vomissure au coin du drap, les cernes jaunes sous les yeux de la malade, le fœtus que Vitart enveloppe. Dans une autre pièce il entend les pleurs de Jeanne-Thérèse, les cris au loin dans la cuisine, le cliquetis des marmites et la bouche tremblotante de Boileau. Comme cela est laid, messieurs ! Ridicule et rétréci ! Il n'y a plus rien à désirer. Si ! Qu'elle meure, et vite ! Qu'elle disparaisse ! et cette odeur de cul-de-basse-fosse ! Que le monde reprenne souffle !

Heureusement, le vent se lève là-bas, sur la grande plaine de Troie dévastée, les cadavres crépusculaires roulent, emportés. Quelques gémissements encore. Une dernière fois, le grand galop sans frein des chevaux martèle la terre. Il se penche vers la trouée blafarde dans le ciel. Tout n'est donc que meurtres, enfants violés, femmes engrossées puis éventrées, chiens se dévorant entre eux, renards en rut à l'exemple de ces petits marquis de Cour ! Il a été trompé depuis le début ! Comédie ! Comédie !

Deux bras doucement l'enserrent. Avec un grand calme, Nicolas Vitart le ramène vers Marquise qui s'est légèrement soulevée, le visage tendu vers lui, Jean Racine. Boileau essuie avec minutie le visage de la mourante. Non, personne ne touchera à son enfant !

Le curé s'interpose entre eux deux.

– Il vous faut aussi renoncer à voir Monsieur Racine, maintenant.

Que dit-il, ce drôle d'oiseau, avec sa voix de crécelle ? Il va se jeter sur lui, mais son cousin le retient.

Alors la voix de Marquise s'élève dans le silence qui a suivi la demande du prêtre. Sa voix pleine, celle qu'elle utilisait pour dominer le public. La voix d'Andromaque qu'ils désespéraient tous de ne plus jamais entendre.

« Ah ! Monsieur, s'écrie-t-elle avec superbe, cela est bien fort ! » et elle tend ses deux mains vers Racine, vers son amant, vers son époux, celui qu'elle ne quittera plus en ce monde. Plus jamais !

Il n'a que le temps de s'élancer, de la happer avant qu'elle ne s'abatte, la tête renversée, les bras une dernière fois déchirant l'air, immense cygne blanc qui frappe de ses ailes la grande page inachevée. Ses yeux immenses révèlent pour lui seul l'indicible beauté d'un lac violet sur lequel désormais elle l'entraîne, l'entraîne vers un infini enfin possible. L'enfant devient légère, légère, et la plume lui échappe, impalpable, et le rire grave du Dieu résonne, qui l'emporte joyeusement sur ses épaules, dressée tandis qu'à sa demande il galope.

Les carrosses arrivent à grand fracas. Les trois voitures qui reviennent de chez le Roi. Il est fort tard dans la nuit. Les comédiens des *Plaideurs* accourent : Sa Majesté vient d'applaudir et a beaucoup ri. On crie depuis la rue, les voisins s'attroupent. La rue de Richelieu grouille de monde.

Marquise le regarde de ses yeux agrandis par une tendresse surnaturelle et laisse aller sa belle tête contre le bras du poète.

Le curé murmure :

– *Redde animam Deo*.

Dans les larmes qui maintenant inondent son visage, il parvient à murmurer :

– Et vous, Monsieur, *redde dominam*, mon épouse, mon épouse ! Rendez-moi mon épouse !

Il la serre contre lui ; le corps abandonné est encore chaud. Elle a comme un léger tressaillement, puis s'abandonne à lui comme elle ne l'a jamais fait dans l'amour.

Alors il la saisit dans ses bras et Troie resplendit une dernière fois. Les portes du palais s'ouvrent. Il l'emporte dans la demeure ancestrale où l'attendent ses hôtes, Homère, Virgile, Pascal et tant d'autres. Il marche fièrement, portant son Andromaque, et les chants s'élèvent, les cloches carillonnent. Une promesse a eu lieu. Le mariage secret les emporte, indissolublement liés ! Peu importe la loi des hommes, qui n'est que fragmentaire et éphémère. Lui aussi n'est-il pas sur le point de mourir ? Tout n'est qu'une question de patience dans l'amour comme dans la mort, clé unique de notre délivrance de captifs.

Alors il la dépose précieusement sur le Livre du Dieu, attendant humblement qu'on dicte la page suivante. Il s'agenouille et baise la main énigmatique de la Mort au triple anneau de fer. Ainsi le Cygne était bagué, remarque-t-il. Par qui ? Pour quel vol précieux ? En prévision de quel retour ?

Avec gratitude il clôt les beaux yeux violets où l'ancienne vie n'a plus rien à raconter, et il se met à prier, envahi d'un sentiment de plénitude, de bonheur thésaurisé.

Silence. Ils l'ont laissé seul. Près d'elle. Mais tous, dans l'escalier, les couloirs, la rue, se sont agenouillés. Le théâtre entier, acteurs et spectateurs, salue une dernière fois Marquise du Parc.

« Non je ne serai pas complice de ses crimes »

Combien sont-ils, ce soir, à entendre la voix sublime crier au fond de nos prisons la liberté ?

– Monsieur Racine ! Monsieur Racine !

Le duc de Saint-Aignan se tient à la porte de la chambre.

– Le Roi désire vous voir.

Au loin, au-dessus de Paris et des trois théâtres, les cloches sonnent lugubrement dans la nuit blanche.

Chapitre 19
Narcisse

Tout Racine. Des histoires d'enfants.

ANTOINE VITEZ, *Le Théâtre des idées*

Les amis s'inquiètent. Monsieur Racine n'est plus jamais à souper. Monsieur Racine reviendra-t-il parmi les vivants ? Le théâtre est comme une femme délaissée. Monsieur Corneille est lui aussi devenu silencieux. Seul Monsieur Molière a pu reprendre son *Tartuffe*, autorisé par le Roi, mais l'amour s'est tu sur les scènes, enseveli par un hiver claustral.

Qu'est devenu l'amant du théâtre ? Les actrices n'inspirent-elles plus les poètes ? Le printemps avec indifférence a laissé l'été le remplacer. Déjà l'automne s'annonce au pas des soleils rouges des derniers soirs de chaleur.

Monsieur Racine a refermé ses fenêtres et ses rideaux. Monsieur Racine ne laisse presque personne venir jusqu'à sa chambre. Monsieur Racine écrit. Derrière son ouverture grillagée, l'étroite pièce ressemble à un confessionnal.

Une petite fille a déjà parcouru les couloirs et les pièces de l'hôtel du duc de Luynes. Elle a échappé à la surveillance de sa grande sœur, de sa belle-mère. Elle sait où retrouver le poète. Elle veut le voir. Elle a profité de leur venue ici. Elle sait que les autres vont discuter âprement avec Nicolas Vitart. Elle-même ne souhaite que revoir ce grand jeune homme aux yeux tendres qui éveillait le rire de sa mère et qui faisait que le ciel se renversait dans ses bras. Elle se dépêche, gravit les escaliers n'importe comment, pointe doucement le nez par la fente que laisse la porte entrouverte. Il est là, à demi plongé dans l'obscurité. Pourquoi travaille-t-il à la bougie alors que, dehors, le soleil blesse les yeux et picote les narines ? Elle lui a apporté un cadeau ; quelque chose qu'elle a dérobé – enfin, pas tout à fait. L'image de sa mère s'y reflète – enfin, pas exactement, le miroir est à elle, maintenant. Sa belle-mère le lui a laissé à la demande de cette grande dame qu'elle n'aime pas, mais pas du tout ; elle porte un nom qui siffle comme un serpent : Soissons. Elle est duchesse ou elle ne sait plus quoi au juste. Elle, elle l'a surnommée Serpoison ! Elle déteste son parfum, ses yeux mauvais. Et puis, cette vipère n'arrête pas de proférer des horreurs sur lui, Racine, qu'elles ont toutes deux chassé, sa belle-mère et Serpoison. Lui, Racine, qu'elle aime en secret. Plus tard elle l'épousera, elle en est sûre, et elle le consolera. Elle s'est recroquevillée dans l'embrasure, et le contemple. Elle aimait tant le regarder écrire, lorsqu'ils vivaient tous ensemble. Elle s'endormait et, derrière ses yeux, son image grandissait, et elle, sans qu'il résistât jamais, l'emportait dans ses rêves. Parfois, il avait des larmes qui s'échappaient cependant que coulaient de petites gouttelettes sombres du bout de sa plume. Parfois, au contraire, elle le surprenait, le visage rayonnant ; un sourire entrouvrait ses lèvres, il reposait la plume et regardait au loin, si loin qu'elle n'arrivait jamais à apercevoir ce qu'il contemplait. Mais c'est ce regard d'amour qu'elle voulait entièrement à elle – seulement pour elle ; un regard qui vous mangeait tout : le nez, les oreilles, la bouche... Elle n'avait pas peur. Il pouvait tout lui demander. Elle était la seule à l'aimer. Les autres n'arrêtaient pas de le menacer, de le moquer, de le chasser.

La porte poussée par la petite menotte se met à grincer et le fait se retourner. Il ne voit personne. Elle a envie de disparaître, mais il se lève avec lenteur.

– Catherine ! Que fais-tu là à te cacher ?

Il va vers elle, elle n'a plus assez de forces pour s'enfuir.

– Viens ! murmure-t-il.

Il est à son tour accroupi près d'elle et l'attire contre lui. Alors elle passe ses bras autour de son cou et le serre, le serre très fort jusqu'à ce que des sanglots la soulèvent toute. Elle a retrouvé son père, son prince, son poète, comme disait sa maman. Et lui, voici qu'il pleure à son tour et l'étouffe à grandes saccades de ses larmes.

– Qu'est-ce que tu as apporté là ?

Il aperçoit à terre le miroir.

– C'est mon cadeau. On y voit Maman.

Il reconnaît le miroir finement sculpté et les souvenirs s'envolent par nuées dès que la petite Catherine s'en saisit : Marquise se repoudrant, Marquise arrangeant une mèche de ses cheveux, le rire de Marquise !

– Tiens, c'est pour toi !

La petite Catherine lui tend fièrement l'objet.

– C'est à toi de le garder, réussit-il à murmurer à peu près normalement.

– Non ! Ils vont salir l'image. Avec toi, Maman sera toujours belle comme elle était. Eux, ils l'abîment. Ils y touchent ! Je ne peux pas le cacher, car Maman alors ne pourrait plus respirer. Avec toi, elle pourra continuer à se regarder.

– Assieds-toi près de moi ! dit-il à l'enfant tout en l'emmenant vers le grand fauteuil bleu nuit.

– Qu'est-ce que tu écris ?

– C'est l'histoire d'un prince qui voudrait être bon, mais tous l'en empêchent, aussi bien par leurs mauvais que par leurs bons conseils. Au lieu de le laisser gouverner seul, chacun s'en mêle.

– Le pauvre ! Il n'a qu'à tous les tuer.

– C'est un peu ce qu'il fait... Pour se libérer de leurs égoïsmes et de leurs sermons perfides.

– Récite-moi comme tu faisais à Maman. Là, il dit quoi ?

La petite vient de pointer son doigt sur la page.

– « *La cour de Claudius en esclaves fertile*
Pour deux que l'on cherchait en eût présenté mille
Qui tous auraient brigué l'honneur de l'avilir
Dans une longue enfance ils l'auraient fait vieillir »

– J'aime quand tu récites. Je comprends tout. Tu mets toujours des mots qui ne vont pas ensemble...

– Comment cela ?

– Enfance et vieillir : c'est le contraire. Amour et barbarie...

– D'où tu sais cela ?

– C'est Maman. Parfois elle redisait ça tout en se coiffant.

Catherine s'applique à imiter Marquise :

– « *L'amour peut-il si loin pousser sa barbarie* »

J'aimais tes mots et je répétais des heures toute seule. Tu écriras aussi des pièces pour moi ?

– Un jour, peut-être...

– Et ton prince, il s'appelle comment ?

– Néron.

Catherine part d'un grand éclat de rire qui le surprend. Elle fait des grimaces en appuyant son doigt sur le bout de son petit nez et répète au milieu des rires : « Nez rond ! Nez rond ! » Il ne peut résister à l'enfant et se met lui aussi de la partie comme il ne l'a pas fait depuis longtemps. Le fou rire la renverse à terre et, tout à coup, ils attaquent ensemble une grande partie de chatouilles comme ils en faisaient jadis.

– Catherine ! Catherine !

La voix de la sœur aînée se rapproche. Marie-Anne apparaît à la porte. Son visage est glacial.

– Tout le monde te cherche. Dépêche-toi ! Nous n'avons pas de temps à perdre.

Racine a encore un genou à terre. D'un mouvement adroit, la petite glisse le miroir sous les feuillets, tout en se relevant. Elle est livide. Racine la retient un instant par sa jupe ; elle se retourne, affolée. Il lui glisse :

– « *Néron n'est plus enfant. N'est-il pas temps qu'il règne ?* »

Il lui touche avec gentillesse le bout du nez.

Elle lui sourit tristement. Déjà, Marie-Anne s'avance et empoigne sa sœur.

– Vous allez la tuer aussi, comme notre mère ?

Puis elle part à grands pas.

Le poète, un genou à terre, est blessé. Il aurait dû la gifler ou bien la retenir, mais il comprend tellement de choses, surtout chez les âmes féminines : elle ressemble tant à Hermione, à cette adolescente abandonnée qui frappe à l'aveugle. Elle est trop âgée, déjà ! Presque prête à l'amour, donc à la haine, pense-t-il tout en se redressant.

Il doit se remettre à écrire, se libérer, à travers Néron, de la menace qui se répand à son propos. Non, ne plus penser à cette horrible rumeur que répètent le clan Soissons, Bouillon, les sœurs Mancini, tous et toutes clients de la Voisin. Qu'ont-ils fait à Marquise ? Il devine entre eux tous un lourd secret. À propos de certaines morts, on raconte d'étranges choses. Il y a tant de façons d'empoisonner et il y a tant d'onguents et de potions... De l'ergot de seigle bien administré, lui a dit l'apothicaire. La Voisin savait trop bien que Marquise attendait un autre enfant. Ont-ils cru une liaison possible avec Rohan ? Cru au mariage ? La jalousie les a-t-elle donc conduits à commettre l'irréparable : empoisonner Marquise ? Est-ce pour cela qu'ils font tout pour le charger du crime ? Le prendre ainsi de vitesse ? D'où vient cet intérêt subit pour les deux filles de Marquise ? L'hospitalité offerte à Marie-Anne et à Catherine, ainsi qu'à la belle-mère ?

Heureusement, Nicolas Vitart le défend. Il lui faut préserver la petite Jeanne-Thérèse. Il a peur de ne jamais retrouver sa propre fille, emmenée avec les autres filles de la du Parc. Ils ont aussitôt dépêché auprès de la petite une bonne nourrice de La Ferté qui leur est dévouée.

Écrire ! Il ne peut plus rien résoudre d'autre.

Il se rassied, mais, sous sa main, quelque chose de dur tord légèrement les feuillets. Le miroir ! Son visage à lui ! Il l'étudie avec patience. La bouche qui embrassait Marquise, sa bouche à elle. Il se crispe, rouvre les yeux. Se regarde, la regarde. Quel visage voyait-elle à travers lui ? Comment le regardait-elle ?

Il existe peu d'êtres qui vous regardent vraiment, pense-t-il. Regarder comme cette enfant, tout à l'heure. À travers la page opaque, oser traverser le néant, se résignant à ne point savoir ce qui vous attend de l'autre côté, accepter de disparaître à la réalité palpable et s'en aller sans bagages au royaume des ombres.

Première expérience de la mort : l'Écriture. C'était cela, le plus ardu. Il a lu tout ce qu'il faut à propos de Néron, d'Agrippine ; il a retravaillé les Anciens, en particulier Tacite et Suétone. Qu'importe ! Tant qu'il ne rejoint pas l'instant énigmatique où tout – sa vie, ses lectures, ses souvenirs, la réalité – ne fait plus qu'un pour se couler dans une écriture homogène, il n'y a pas de pièce.

Il a repris sa plume, le nœud se défait, libérant les images, les sons ; il se sent léger et l'encre n'a qu'à peine le temps d'effleurer le papier.

Agrippine se dresse, aimante, tyrannique – Port-Royal tout entier la costume ; elle *est* Port-Royal. Terriblement attentive à son fils, menaçante, mais son visage fronce le sourcil comme la Reine mère devant Louis XIV et elle prend la voix profonde de la grande Angélique.

Il lui faut leur échapper, ne plus se laisser séduire. Car il y a aussi ce sourire aimant, exigeant, enjôleur, qui fait resurgir celle qui, séductrice, déploya à ses pieds le royaume du théâtre : Marquise !

Mères exigeantes, mères injustes, mères égoïstes, il les salue peut-être pour la dernière fois. Le moment est venu de régner à son tour.

À sa grande surprise, alors qu'il se recroquevillait dans la douleur, une maîtresse est venue le réconforter ; comment faut-il la nommer : l'ambition, la gloire, la force d'échapper au néant ? Il l'a découverte par un fade après-midi de printemps. Il s'était assoupi un instant à sa table, épuisé de veilles et de tristesse, alourdi de vaines solitudes. Dès son réveil, elle se tenait en face de lui, lui redressant l'échine, se moquant : dépendait-il à ce point des femmes ? Néron ne s'est que trop longtemps soumis ! Les mots lui parvenaient : Rome veut un maître, et non une maîtresse. Le temps était venu de s'avancer seul vers le pouvoir... Il y avait eu Agnès, Angélique la grande, puis Marquise... Était-il ce monstre en train de naître, en qui chacune tentait avec ses pauvres moyens de retenir l'homme qu'elles avaient fait grandir et qui maintenant se refusait à leur obéir ?

Il saisit le miroir et revoit le visage meurtri de Catherine. De quel droit vient-on lui enlever cette enfant qui l'aime ? Va-t-il tolérer longtemps d'être traité d'empoisonneur sans confondre ses accusateurs ?

Il a honte de sa résignation ! Sa seule arme : écrire. Néron s'avance vers lui, douloureux, inquiet, rebelle et sans amour. Puisque personne ne veut de sa tendresse, il va l'arracher de lui-même. À partir de maintenant, la considération, le respect, les tartufferies vont s'étaler devant ses pas de vainqueur. Il scrute son propre visage : c'est lui maintenant qui enlèvera, possédera, dictera sa loi. Qui sont-ils pour vouloir lui donner des leçons ?

Là-bas, très loin, il revoit Catherine emmenée tandis que les accusations bourdonnent autour de lui. Il y a de cela si longtemps... Mais non, ce n'est pas Catherine ! Quel âge avait-il alors ? Quatorze, quinze ans, il ne sait plus. Ces hommes d'armes envahissent Port-Royal, ou bien était-ce au château des Troux ? Les jeunes novices arrêtées, apeurées, et elle, presque une enfant encore, elle qui avait partagé ses jeux comme une sœur : ses premières amours ! Elle qu'il entrevoyait parfois à la prière, aux fêtes... Ils avaient aussi brisé cette première attirance. Qu'était-elle devenue ? Religieuse, sans doute. Disparue.

Alors il prendra pour modèle, dans Sophocle, cette Junia Calvina, jeune et belle, amoureuse de son frère. Pour la dernière fois, il regardera dans ce miroir le Jean Racine de quinze ans, mais il le tuera comme Néron fait de Britannicus. Ainsi, plus personne ne pourra parler du tendre Racine, du doucereux Racine... Cette fois, personne ne viendra lui reprocher son manque de dureté ! L'amour ne sera pas le sujet de sa pièce, mais la passion de la gloire, et le mal en lui resplendira tel que Port-Royal l'avait pressenti, tel qu'il triomphait dans le monde. *On le connaît !* disait-on de lui là-bas.

« Des fiers Domitius l'humeur triste et sauvage... »

Il reprend le miroir : il ressemble bien aux Sconin, à cette race de jaloux et d'envieux !

À ce moment, un rayon de soleil se faufile entre les rideaux et vient frapper le miroir. Découragé quelques secondes auparavant, son visage s'illumine et il caresse la moustache qui ombre ses lèvres. La bouche du Roi, la force du Roi, voilà ce à quoi il aspire. La sensualité du Roi ! Sa gloire ! Plus personne n'osera alors médire de lui. Le désir le reprend tout entier : désir d'embrasser, désir d'écrire, désir de vivre et de dominer !

Il scrute le miroir : au loin, Catherine s'éloigne, intacte. Elle n'est pas pour lui. Il songe à la Junie de Néron. Au couvent, les amours de jeunesse ! Les enfermer au plus vite dans la mystérieuse chambre des Dieux ! Agnès, sa tante, avait raison. Là-bas, à Port-Royal, elle priait pour un enfant qui s'appelait Jean Racine mais qui était mort. Junie ira chez les Vestales. Elle n'est ni pour Britannicus, ni pour Néron. Il fallait avoir plus de six ans mais moins de dix pour entrer chez les Vierges ? Qu'importe ! Junie sera un exemple pour toutes ces jeunes filles. N'est-ce pas l'âge de nos premières et seules authentiques amours ? Tout le reste relève de la sensualité, des exigences du corps, de leur assouvissement, du monde des adultes. Il ne sera jamais plus amoureux, si ce n'est de cette plume rebelle et provocante qui, tour à tour dominatrice ou esclave, se plie aux circonstances ou les régit.

L'eau du miroir... Le Roi ! Il va falloir qu'il Le revoie. La première rencontre a eu lieu, fugitive, un soir après-dîner. Il L'a rejoint un moment dans le grand cabinet : entretien préparé par le duc de Saint-Aignan, par Colbert et combien d'autres intermédiaires ? Le Roi avait prononcé quelques mots à propos de Marquise, de sa disparition, mais Sa Majesté désirait que Monsieur Racine lui écrivît désormais d'autres grandes pièces. Racine n'avait eu le loisir d'observer aucun détail. Il y avait eu le regard du Roi, la bouche du Roi, et Ses mains mouvantes, expressives, et la voix de Sa Majesté, une voix qui entrait en lui, l'habitait tout entier, une voix ample et chaude qui semblait vous demander à vous seul une réponse peu ordinaire. Tous deux étaient à peu près de même taille et rarement deux hommes ne s'étaient autant reconnus dans le secret de leurs âmes racées. Ils chevauchaient de compagnie dans la nuit des humains, à la recherche d'un même destin exceptionnel et, sans le savoir, le Roi inventait pour le Poète une époque à sa mesure, tandis que le Roi se préparait à épouser les grands rêves que le Poète était en train de lui inventer.

Au cours de conversations apparemment sans conséquence, le ministre lui avait confié la volonté de Louis XIV de se libérer de toute tutelle, surtout après celle de Sa Mère qui jusqu'à sa mort avait tant pesé. Affranchi, le jeune Roi se devait maintenant de régner en maître absolu.

Le poète a aussi connaissance des rumeurs entretenues par « certains partis » sur le double adultère de Sa Majesté. La Vallière est devenue à son tour importune – une trop fidèle Octavie – et le règne voluptueux de la Montespan s'annonce.

Racine se penche un peu plus vers l'onde resplendissante de son image. Quelle luxurieuse maîtresse attend son tour pour le séduire ?

Son corps engourdi depuis de trop longs mois dans la douleur se réveille. Sa plume se dresse, orgueilleuse, dans la lumière qui vient répandre sur le papier la semence des conquêtes à venir et le soleil se teinte déjà de rougeurs amoureuses.

Nouveau Narcisse, il se met au service d'une jeune royauté, et *Britannicus* deviendra une affaire d'État. Ses longues conversations avec Colbert, dont son ami le duc de Chevreuse vient d'épouser la fille, l'ont secrètement guidé.

Il ne s'agit en aucun cas de laisser les spectateurs confondre Néron avec Sa Majesté : « Nous serions heureux, a confié Colbert au cours d'un entretien plus sérieux, d'autoriser un Néron dont nous entendrions bien qu'il ne fût que Néron. » Rien ne doit donc céder à une inspiration hasardeuse ; il sent au contraire, en s'observant dans la lumière dorée, que toutes ses allusions seront analysées, discutées. Et si le Soleil se colore plus ou moins de sang, quelle importance ? Il est grand temps de faire face, de se libérer, de s'élever aux côtés de son Roi et de laisser les envieux s'échanger leurs leçons de morale hypocrites. Le Roi lui réclame ce *Britannicus* ? Il obéit :

« Commandez qu'on vous aime et vous serez aimé »

Le temps des prières, des supplications à la Pyrrhus est révolu. Ils vont régner.

C'est avec l'approbation de Sa Majesté elle-même que Molière a écrit *Amphitryon*, afin de saluer les nouvelles amours royales, mais la grande tragédie du pouvoir doit lui échoir, à lui, le poète d'Alexandre. Le temps des conquérants se lève.

Les voici. Pauvre Marquise, avec cette belle-mère rapace comme une sangsue ! Elle a recommencé avec le diamant, les costumes, l'héritage de Marie-Anne et de Catherine.

« Je donnerai le diamant à Marie-Anne lorsqu'elle sera en âge de le porter » a-t-il confié à Nicolas Vitart.

Marie-Anne, si semblable à Marquise en colère, le visage déjà hautain, son ennemie jurée. Marie-Anne qui fut à ses côtés pour le baptême de la petite Jeanne-Thérèse. Curieusement, c'est Marie-Anne qui lui a tout de suite manqué. Il aurait aimé l'emmener, ce soir, assister au coucher du soleil, loin de toute cette laideur, cette envie. Il est moins inquiet pour Catherine qui possède déjà son monde bien à elle, mais Marie-Anne ? Elle aussi ferait un beau modèle pour sa Junie.

– Il faut que je vous raconte ce que je viens d'apprendre, reprend Vitart. Vos ennemis ne désarment pas. Robinet, qui tient *la Gazette* et prend chaque fois un malin plaisir à venir aussitôt assister à vos pièces pour mieux vous ensevelir, Monsieur Robinet est en train, paraît-il, de composer un *Britannicus*. Il n'a jamais affronté la scène, même avec des piécettes, mais qu'importe ! J'espère que vous êtes préparé à affronter la cabale qui, une fois de plus, s'est reformée !

– Je ne suis plus innocent. *Britannicus* dénoncera la tartufferie de certains de mes juges. Grâce à moi, l'inflexibilité janséniste et le jésuitisme le plus haïssable vont faire alliance. Seul le Roi désormais sera mon maître. Vous connaissez bien nos amis de Port-Royal : leur céder ? Pourquoi ? Pour rallumer d'autres feux ? Vous m'avez jusque-là préservé de leur remue-ménage... Presque un an de travail acharné ! Je ne les laisserai pas nous accabler de leurs sarcasmes ni de leurs leçons !

Il se dirige vers les lourds rideaux, les tire, ouvre la fenêtre et murmure une courte prière que Vitart n'entend point. Il se tient très droit dans le soleil couchant ; ses cheveux retombent sur ses épaules. Nicolas Vitart s'approche un peu plus de son cousin, mais, cette fois, n'ose le toucher : quelque chose retient son geste.

– L'âme de Néron... Est-il bon ? Est-il par avance damné ? Atroce conclusion ! Comment suis-je supposé en être arrivé là : traître à Port-Royal, ingrat, empoisonneur, criminel, père illégitime ? ! Non, Vitart, je ne solliciterai pas leur pardon. Redites-le à ma tante, à Monsieur Arnauld. Celui-ci se vanterait aussitôt de m'avoir reconquis, et tout reprendrait. Ils justifieraient alors tous mes crimes, trop heureux de m'avoir à leurs côtés ! Leur sainteté n'est qu'hypocrisie. Depuis que j'ai recommencé à écrire, je me suis mis à éclairer tant de choses obscures... Tenez : j'ai tracé les lignes suivantes sans penser à Port-Royal, mais maintenant, à les relire, c'est d'eux que je pourrais fort bien avoir parlé :

« Ces vengeurs trouveront de nouveaux défenseurs
Qui même après leur mort auront des successeurs
Vous allumez un feu qui ne pourra s'éteindre »

Le Roi a raison de se méfier de cette secte, de cette coterie politique. La Fronde n'est pas si lointaine et vous savez aussi bien que moi que l'on peut loger au moins deux cents hommes à Port-Royal. Sous prétexte de dévotion, ils soutiennent maintenant le marquis de Montespan dans ses jérémiades de cocu. Où est le Dieu de Port-Royal ? Je le trouve davantage dans les inquiétudes du cœur de Sa Majesté. Cette haute conscience chrétienne pourrait facilement en remontrer à tous ces tartuffes !

Racine rejette avec colère le feuillet tout juste écrit de sa main sur la table vers laquelle Nicolas s'approche. Un livre est ouvert que celui-ci consulte tandis que son cousin se recoiffe en tenant un miroir qui, au grand étonnement de Vitart, ressemble fort à celui d'une femme. À qui appartient-il ? Depuis des mois, personne n'a plus aperçu nulle part Monsieur Racine.

– Et pourtant, vous lisez encore Antoine Le Maître ?

– J'ai souhaité reprendre ce texte avant de m'en aller vers les plaisirs ! Comme ils les redoutent !

Vitart connaît bien ce rictus qui donne au visage de son cousin l'arrogance des grands seigneurs ! Reposant délicatement le miroir, il ordonne à Nicolas de s'asseoir et se met à lire de sa voix admirablement modulée le texte composé il y a des années par celui qui l'a élevé :

– « *Toute cette pesanteur du péché, pareille à celle d'un talent de plomb, selon les prophéties et les Pères ; cette honte d'une action noire, infâme, exécrable ; ces troubles et ces remords de la conscience ; ces douleurs et ces regrets qui dévorent l'âme et qui se renouvellent toujours ; ces premiers exécuteurs de la Justice divine et humaine ; ce vautour véritable, figuré par celui des anciens poètes, qui incessamment déchire le cœur ; ces furies spirituelles qui le brûlent avec leurs flambeaux ardents ; ces tortures et ces roues intérieures qui tourmentent l'esprit des méchants et des sanguinaires...* » Vous voulez que je continue, Nicolas ? J'étais un enfant, un adolescent. Ils n'ont cessé de m'enseigner le mal, finalement. Et il y en a ainsi des pages ! « *Un monstre de la nature, un fils de la mort, une proie de l'enfer [...] enfin, c'est un bonheur à un homme de mourir avant que d'avoir rien fait digne de la mort...* »

Jean repose le livre et le referme. Vitart n'avait encore jamais prêté attention à la violence de ces pages. Est-ce la façon dont son cousin a lu, de cette voix tantôt formidable, tantôt d'une douceur exquise ? une émotion l'a pénétré jusqu'au cœur. À travers sa lecture, Vitart a perçu le désespoir de son cousin : il semble avoir renoncé à jamais au bonheur. C'est une âme qui crie du fond de l'abîme. Il a eu des accents si poignants que Nicolas, qui juge le texte assez redondant, en a été malgré lui troublé. Quand donc Port-Royal renoncera-t-il à son enfant chéri ? se demande-t-il, fatigué lui aussi de servir d'intermédiaire entre le poète rebelle et ses anciens maîtres.

À ce moment, Racine désigne quelque chose que son cousin n'a pas remarqué : un costume commence à émerger de l'ombre sous la caresse cramoisie du soleil qui exhale déjà un parfum de nuit. Vitart reconnaît l'une des plus belles robes de Marquise.

– L'une des premières fois peut-être où j'ai vraiment regardé Marquise en scène : *les Plaisirs de l'Île enchantée.*

– Vous rappelez-vous les feux d'artifice de Vigarabi ? Les dizaines de jardiniers, vendangeurs, moissonneurs accompagnant chaque saison, et Molière transfiguré en dieu Pan ? Lorsque je regarde ce costume, c'est comme s'il chantait ! J'entends les violons de Monsieur Lulli attaquer tous ensemble, la scène étincelle de mille lumières, l'eau dédouble chaque image, les trompettes sonnent. Armande a encore l'air d'une enfant avec ses boucles dorées : elle est le Siècle d'or ; Catherine de Brie, l'airain. Mon cœur bat à grandes saccades. Mon rêve d'enfant est devant mes yeux ! Je pourrais mourir à cette seconde même ; je suis au comble du bonheur, il n'y a plus ni enfer ni paradis. L'âme tout entière m'explose dans la gorge. Les tambours résonnent, montent jusqu'aux cieux étoilés. Je vois le pur-sang, resplendissant d'or, d'argent et de pierreries, et, dressé sur les étriers, l'enserrant de ses jambes puissantes, le Roi. Sa cuirasse à lames d'argent, recouvertes de broderies d'or et de diamants, fait sortir de leur sommeil les héros d'Homère : le Grand Théâtre surgi de quel tremblement d'éternité se déploie à ses pieds. Aucune maîtresse ne me contentera comme le théâtre ce soir-là. Dans la nuit enflammée, il y eut comme un bruissement de forêt et j'entendis d'abord sa voix, vous rappelez-vous ? La voix de Marquise, telle une grande louve, ce feulement d'animal sauvage qui quête la caresse... Je me souviens exactement des vers qu'elle disait :

« Entre toutes les fleurs nouvellement écloses
Dont mes jardins sont embellis
Méprisant les jasmins les œillets et les roses
Pour payer mon tribut j'ai fait choix de ces lys »

Racine vient de vaciller, il porte brusquement la main à sa tête. Vitart se précipite :

– Que se passe-t-il ?

Racine le repousse avec calme :

– Ce n'est rien. Je viens seulement de me rendre compte... Les lys ?... Je n'avais pas compris à quel point – il continue en se dirigeant vers le costume – elle était recouverte de lys...

« ... J'ai fait choix de ces lys
Que dès vos premiers ans vous avez tant chéris
Louis les fait briller du couchant à l'aurore
Tout l'univers charmé... »

Le poète s'agenouille et enfouit son visage dans le velours vert rehaussé de broderies d'argent. Vitart ne dit plus un seul mot. Tant de souvenirs se lèvent en cette fin d'après-midi ! Puis son cousin tend la main au poète, l'aide à se relever. Dans la lumière qui jette son dernier éclat, le vert de la robe aux reflets de lune fait songer à ces lacs au pied d'épaisses forêts. Racine le caresse légèrement, puis ajoute :

– La couleur de Molière ! L'écume de la mer...

– La Mothe Le Vayer disait que le vert se mettait aussi sur le blason des fous, l'interrompt Nicolas, espérant le détendre quelque peu.

– Je crois qu'elle nous a tous aimés plus que de raison. Tous !

Racine se tourne légèrement vers son cousin et lui confie :

– Mes maîtres jansénistes n'aiment pas la beauté. Leurs hardes, leur façon de vivre, leur aigreur, leur odeur me sont étrangères. Je revois Monsieur Hamon mangeant son pain trempé que les chiens même avaient recraché... Regardez plutôt ce costume ! Elle était aussi la beauté... Je suis finalement le fils de Platon davantage que celui d'Antoine Le Maître. L'esthétique platonicienne n'est pas seulement une idée flottant dans mon cœur. Avez-vous lu Baldassare Castiglione, l'évêque d'Avila, et son manuel à l'usage de la jeunesse ? *Le Parfait Courtisan*, Vitart ! Et si la recherche de la Beauté devait atteindre au Bien ? Je ne puis me faire à l'idée d'un Dieu laid, d'un monde repoussant, d'une écriture malhabile... C'est à tel point que je ne pourrais aimer quelqu'un qui n'a pas une belle écriture !

Il s'arrête, ne livrant pas la suite de ses pensées à son cousin. Il songe au Roi, à sa prestance, à l'exigence qu'il montre vis-à-vis de tous les artistes qui l'entourent. Pour une fois, les taxes et impôts ne passeront pas au premier plan. L'esprit humain est requis, comme aux hautes époques spirituelles, et les grands rêves tournoient au-dessus du pouvoir. Le pouvoir ! La gloire ! L'heure est venue de ne plus fuir. Peut-être ce Roi réconciliera-t-il enfin le monde avec les poètes ?

Dans un dernier soubresaut, le jour éclaire la chambre. Le soleil, qui se fond à cet instant avec l'eau dormante, pose sur le visage de Racine un reflet surnaturel.

Celui-ci fait brusquement face à Nicolas et lui lance presque en colère :

– « *Le jour n'est pas plus pur que le fond de mon cœur* »... mais vous êtes seul à le savoir et les femmes sont mortes.

Sur ce, il disparaît. Vitart regarde tout autour de lui. Il règne un silence peu ordinaire comme après le passage de quelque dieu, et tout entre bientôt dans l'obscurité.

Chapitre 20

La reine vagabonde

À quel excès d'amour m'avez-vous amenée ?

Bérénice, acte IV, scène V

Elle, la première, a commencé par glisser ses jambes entre celles de Racine et, sous la table, il l'enserre fort, car c'est ce qu'elle veut. Marie ! Il l'appelle rarement ainsi, mais plutôt Champmeslé-e, faisant entendre exprès le *e* qu'il rajoute, parce que, sitôt qu'elle y pénètre, les lits deviennent ces champs de fleurs brassées, mélangées, odoriférantes.

Elle le provoque, lui sourit par-dessus les plats épicés, les verres où le liquide sombre ressemble à ces nuits lourdes qui ne laissent aucun rêve flotter en surface. Il n'aime pas cette femme. Peu importe ! Elle est l'amour libre, impudique, et prend des amants comme on cueille sans remords ce qui est à portée de main. Par sa joie, elle a soulagé son âme douloureuse et n'a exigé ni promesse ni lien. Elle est tout entière dans l'instant et ne connaît pas le péché. Auprès d'elle, il a souvent échappé au regard du Dieu jaloux, et pour cela y est souvent revenu. Ainsi, il a recouvré son désir intact, et l'écriture se roule de plaisir entre ses mains, se gonfle, semblable à des lèvres.

Ils sont une dizaine autour de la table. Une dizaine d'hommes. Elle est souveraine. Son mari est à ses côtés. Racine observe un moment Charles, légèrement plus jeune qu'elle, ainsi qu'il le répète avec un rire à qui veut l'entendre. Racine songe à Marquise ou plutôt à Gros-René. Qu'ont-elles à prendre des maris à l'embonpoint si généreux ? Curieuse femme : elle n'appartient en vérité à personne, pas plus à lui, qui écrit cette *Bérénice* qu'elle va jouer en novembre prochain, qu'à celui qu'elle a invité déjà l'autre soir et dont le poète ne sait même pas le nom exact – le marquis de La Fare, lui semble-t-il.

La Champmeslé lui jette un regard : il a saisi le message : ce soir, elle viendra le rejoindre. Déjà elle le provoque, lui sourit comme une enfant à qui on vient de dire oui. Quelle que soit l'heure à laquelle le souper se terminera, elle le retrouvera avec entrain comme si elle entamait une nouvelle journée. Elle n'est jamais fatiguée. Elle déploiera pour lui toute sa sensualité, l'amenant aux plus voluptueuses caresses. Il obéira sans aucun souci d'avenir à sa langue, à ses paroles, à ses baisers les plus osés. Quel bonheur de ne pas avoir à séduire !

Puis elle se fera esclave, prête à toutes ses imaginations. Rien ne semble jamais prévu avec elle, jamais ! Plusieurs fois il l'a observée dans ses rôles. Elle se tapit à la seconde même sur les textes comme un animal respire une trace. Elle sait d'emblée avec tout son corps la légèreté ou la pesanteur du mot, le souffle, le geste. Parfois, elle reste en arrêt, regarde le poète ; quelque chose la gêne ; quelqu'un a brouillé la piste. Alors elle attend, déroutée. Il suffit d'une image, du mot entendu différemment, et la voix recrée les vers mieux encore que lorsque le poète les a fait naître dans sa solitude. Elle lui fait penser à la petite du Parc, sa Catherine qui jouait avec le langage comme un chiot avec une balle. L'enfance mordille les écritures, les renverse cul par-dessus tête, les traverse de part en part sans vergogne. Ainsi étaient Champmeslé-e, dite Marie, et Catherine. Il se rappelle leur fou rire, naguère, avec Nez-rond ! L'autre nuit, tandis qu'il s'amusait à l'embrasser au creux de ses reins, Champmeslé-e s'est retournée et lui a lancé de guingois une bouffonnerie avec « mort » et « sûre », se mettant à son tour de la partie, l'affolant de ses dents dures.

Ainsi, l'amour et l'écriture se jouent de lui tour à tour et ils lui apparaissent joyeux, légers, presque insouciants. Enfin il oublie presque Port-Royal et les souffrances du cœur. Il fait relâche, et son écriture s'éclaircit d'un charme nouveau. Sa Bérénice a des grâces enfantines. Le pouvoir l'effleure à peine, elle ne désire qu'être aimée et encore aimée. Aucune mort ne plane au-dessus de la pièce, mais l'amant, la femme et l'amoureux se séparent sans question d'épousailles. Ainsi l'amour reste-t-il à jamais suspendu au-dessus de leurs trois têtes, loin de la réalité, comme s'il avait voulu, cette fois-ci, ne tisser aucun fil que le trépas pût venir rompre :

« Adieu servons tous trois d'exemple à l'univers
De l'amour la plus tendre et la plus malheureuse
Dont il puisse garder l'histoire douloureuse »

Il a terminé durant la nuit dernière sa sixième tragédie :

« Tout est prêt On m'attend Ne suivez point mes pas »

Il a reposé sa plume, retenant encore quelques secondes désespérément sa Bérénice par le bout des doigts. Elle est là, plus énigmatique qu'aux premiers vers de la tragédie. Peut-être est-ce la mort elle-même qui s'est laissé charmer par lui durant ces mille cinq cent cinq vers. Le dernier alexandrin marque l'absence définitive. La fin d'une œuvre, plus réelle maintenant que la mort d'un être vivant, l'étreinte d'une nouvelle souffrance. Il songe à sa mère qu'il n'a jamais contemplée en ce bas monde. Elle aussi avait rejoint sa Bérénice. Toutes ont ainsi disparu : Jeanne, la maman mystérieuse, Marie, sa grand-mère, Marquise et ces autres femmes qui ont apporté à l'Inconnue leur visage, leurs gestes, leur ton de voix. Cette nuit est la dernière où sa pièce lui appartient avant qu'il n'aille la déposer aux pieds de celui pour qui elle a été créée et, dans cette nuit sucrée de septembre, cette femme, pour quelques instants encore dans la pénombre, dont il entrevoit seulement le sourire, ange rédempteur qui pose avec une étrange douceur sa main sur la sienne, fait défaillir son cœur d'un amour dont il n'arrivera jamais à transcrire la quête sans fin. C'est lui, maintenant, qui voudrait mourir sous cette ineffable caresse. Il regarde sa plume : tenue par quels doigts ? Qu'importe ! Il se laissera faire jusqu'au bout, il l'accepte avec joie. Une légère brise soulève le dernier feuillet. Bientôt, c'est la main souveraine qui se saisira de la liasse. Durant des jours il n'a cessé de songer au Roi, de se fondre en Lui, d'écrire pour Lui, de devenir pour Lui cette Bérénice elle-même. Jamais il n'a écrit à ce point pour quelqu'un :

« Un soupir un regard un mot de votre bouche
Voilà l'ambition d'un cœur comme le mien
Voyez-moi plus souvent et ne me donnez rien »

Lui, le poète, déposera aux augustes pieds cette Bérénice qui meurt d'amour, en exil, au pays de Césarée. Par instants, il aurait lui-même désiré devenir La Vallière, ou bien la Montespan, pour séduire le désir du Roi. Il aime Sa Majesté. Parfois, la nuit, il laisse courir vers Louis sa Bérénice qui va, échappant à toute surveillance, rejoindre son royal amant.

« Il faut que je le voie Ah Seigneur ! Vous voici »

Il est Bérénice. Il est aussi le Roi. Il est elle et Lui, face à face dans leur impossible amour.

« Au plaisir de vous voir mon âme accoutumée
Ne vit plus que pour vous Ignoriez-vous vos lois
Quand je vous l'avouai pour la première fois
À quel excès d'amour m'avez-vous amenée »

Le corps du Roi avec les femmes... Il ne connaîtra jamais le corps du Roi. Seule l'écriture peut le transformer, lui, en Bérénice. Délectable métamorphose ! Ou effroyable infanticide ? Aucun acte ne sera jamais à la hauteur de ses fantasmes, de ses folies ! Heureusement qu'il peut se venger, comme ce soir, avec des créatures de chair et de sang.

Cette nuit même, il fera l'amour avec Champmeslé-e, sans poésie ni rêves. C'est à cause de cela qu'il aime Marie. Elle ne s'embarrasse ni de discours, ni de promesses, ni de littérature. Elle veut l'acte, le sexe, les fessées, les baisers, le plaisir bien visible de l'homme. Ce soir, il la possédera sans ménagement.

– À quoi pense notre poète ?

Charles, le mari, inquiet de son silence, le ramène brusquement à la réalité. Il insiste :

– À Bérénice ?

– J'ai presque terminé.

– Marie a hâte de découvrir cette nouvelle amante. Une fois de plus, nous allons tous être à ses pieds.

Charles l'émeut. Curieux mari que sa plume a lui aussi convoqué dans la pièce. Est-ce là le réel amour ? Sans jalousie ni égoïsme, Charles, aux côtés de sa femme, se montre fidèle, prévenant, réconfortant. Elle en aime d'autres ? Et alors ? Il est au-dessus de ces mesquineries. Il est le mari, celui qui la protège toujours ! Comme une maman pardonne tout à son enfant, il a une fois pour toutes fait don de son âme à cette femme qui l'a épousé et qui l'aime aussi à sa manière. On se moquera d'Antiochus, songe Racine en pensant à Charles. On parlera du modèle, même si Antiochus, lui, n'était qu'amour : le plus désintéressé, le plus désespéré, le plus rare. Mais les femmes n'apprécient pas outre mesure qu'on soit leur esclave. Combien de fois ne l'a-t-il pas constaté avec amertume : elles ne goûtent pas qu'un homme renonce à soi pour elles. Il leur faut des vainqueurs à croquer ! Même lui, Racine, n'est aimé qu'auréolé de succès. Déjà elles délaissent Corneille, non parce qu'il est vieux, mais parce qu'il joue les victimes et se plaint auprès des belles. À l'image de Titus glorieux, Racine lui aussi est devenu ce conquérant.

« Oui Madame et je dois moins encore vous dire
Que je suis prêt pour vous d'abandonner l'Empire
De vous suivre et d'aller trop content de mes fers
Soupirer avec vous au bout de l'univers »

Racine resserre avec brutalité ses jambes autour de celles de Champmeslé-e. Il lui fait mal exprès. Cette nuit, il lui imposera sa loi d'homme, à elle qui aime plus que tout se sentir un maître. Comme elle est différente de Marquise qui gardait toujours une distance de jeune fille timide ! Elle, Champmeslé-e, se plaît à se plier à la volonté du mâle, elle trouve sa liberté au sein de leurs exigences, elle devance même l'abjection en la provoquant sans vergogne. Elle appartient, légère, à ceux qu'elle a choisis et ils en viennent tous, ces amants de passage, à jalouser ce mari qu'ils ne trompent même pas, puisque Charles sourit à tous sans jamais laisser paraître la moindre inquiétude et en méprisant les allusions des âmes viles. Lui, il est là lorsqu'elle a envie de dormir en paix, lorsqu'elle redevient une enfant qui cherche deux bras solides pour l'apaiser, la mettre en sécurité. Pour les lui dispenser si jamais elle a envie de ses caresses à lui. Fidèle, présent, attentif à tout sans jamais lui reprocher quoi que ce soit, maman prévenante mais dotée aussi d'un lourd corps d'homme dès qu'elle en a besoin.

Racine ne cesse de l'observer. Affable avec tout un chacun, il sert à boire. Empereur sans royaume, qui a tout quitté, qui pour elle seule a renoncé à tout, gloire, renommée, respect, afin qu'elle grandisse dans les feux du théâtre... Car, bientôt, c'est Bérénice qui s'incarnera dans ce corps de la Champmeslé. Cette nuit, Racine va profiter de Marie, il va se venger de Bérénice en assouvissant son plaisir avec cette femme bien réelle, prête à toutes les servitudes, avant que l'autre ne vienne l'habiter de ses mots à lui.

Il la contemple à présent avec presque du mépris. Cette femme volage, cette petite comédienne, voici qu'il va lui confier l'une de ses plus belles déclarations d'amour. Il s'en amuse. Il contemple les deux seins ronds et pleins que la robe largement échancrée révèle aux regards de tous ces hommes. La chair dorée luit à la lueur des bougies. Les perles autour de son cou lui rappellent d'autres images plus luxurieuses. Il revoit le ventre parfait, sous la lumière lunaire, tandis que son plaisir moirait cette douce chair domestiquée. Elle s'était caressée du bout de ses doigts délicats, ajoutant que, plus que tout autre bijou, elle préférait l'hommage des hommes, trouble ornement semblable à l'eau et au lait, vie et mort mêlées, disait-elle. Elle lui avait aussitôt confié comme une chose de peu d'importance qu'elle n'aurait jamais d'enfants, qu'il n'avait aucun souci de ce genre à se faire avec elle. La voix avait émis un léger battement, ou bien était-ce lui qui l'avait imaginé ? Était-ce à cause de cela qu'elle ressemblait parfois elle-même à une fillette impubère ?

Était-elle seulement belle ? Tout le monde s'accordait à dire le contraire, mais elle dégageait une exquise féminité, un charme auquel nul homme ne résistait. Elle leur consacrait toute son attention ; elle n'avait pas vraiment d'amies femmes. Elle était née pour aimer les hommes, les caresser, et ne cherchait aucune autre sorte de pouvoir. C'était pour cela qu'elle faisait du théâtre, les attirant de cette voix mélodieuse et suave qui les émouvait, les subjuguait.

À la différence de Marquise, il a observé que les autres femmes ne la jalousent pas, la flattant même comme on le fait de quelque animal décoratif.

Pourtant, il va lui donner à jouer l'un des plus beaux rôles qu'il ait écrits. Sa plume même l'a obligé aux aveux les plus déchirants qu'aucune amante n'a jamais provoqués, elle moins que toute autre. Secret de l'écriture qui sculpte autrement les modèles, puis les avale pour mieux les rejeter, épars, sur la rive lumineuse de la page. C'était elle, le Minotaure ! Autrement dit, lui, ce soir !

Combien de jeunes filles et de jeunes gens va-t-il dévorer dans le cours de sa vie pour le besoin de ses tragédies ? Mais qu'importent les morts ! Ce soir, il n'en a cure. Il regarde la bouche de Marie et son désir brutal de la posséder l'envahit à l'instant même. Il est vivant, lui, et retrouve la même colère qu'à Port-Royal lors du trépas du petit Jules de Villeneuve ou de Pierre-Thomas du Fossé. La chair est faite pour être vivante, croquante comme un beau fruit à dévorer sans autre forme de procès !

Le traverse une pensée qui l'emplit d'une joie sacrilège : Dieu n'a pas de chair, ni d'os, ni d'yeux, ni de bouche, ni de mains, ni de sexe. Pour la première fois, il n'en a plus peur. Ah ! comme Molière a eu raison d'écrire son *Dom Juan* ! Dieu n'existe pas, car Il ne sent rien ! Ils sont donc libres.

Il boit d'un trait son verre de vin nocturne. Champmeslé lui jette un coup d'œil et passe sa langue sur ses lèvres en se penchant vers lui par-dessus la table, entre les bougies.

– Attention, Marie va se brûler ! lance Boileau avec ironie.

Des rires joyeux répondent et Racine tend à nouveau son verre. S'il continue à boire trop, lui aussi pourra bientôt jouer de ses rondeurs ! Il a déjà légèrement épaissi, comme Sa Majesté. Tous deux ont à présent dépassé la trentaine, mais les femmes ne les en désirent que davantage. Les années confèrent à leurs traits légèrement altérés encore plus de séduction. Surtout, ils savent faire l'amour mieux que les petits jeunes gens, a diagnostiqué Marie. Comme les dieux – ou les démons, a-t-elle corrigé, incorrigible provocatrice. Il ne peut penser à la plénitude de ses reins sans avoir hâte d'y retourner cette nuit même.

Que va faire Champmeslé de sa Bérénice ? Il faut à ses vers cette flamboyance de peau. Il est heureux qu'elle soit jeune, épanouie. Elle vient juste d'avoir vingt-huit ans et abordera le rôle avec toute son intuitive sensualité. C'est exactement ce qu'il désire. Il lui apprendra le rôle vers après vers, et les mots seront entre eux deux comme autant de caresses. Il est heureux à la perspective de ce long travail avec la comédienne. Voilà qui prolongera son écriture et leur passion la réinventera. Il verra ce corps se plier à ses mots, à ses indications ; le désir tendu entre l'un et l'autre durant les répétitions l'excitera davantage encore que l'acte d'amour, le précédant et le préparant jusqu'à ce qu'il tienne enfin entre ses mains sa Bérénice même, son invention.

– Avez-vous eu connaissance d'extraits du *Tite et Bérénice* de Monsieur Corneille ? demande Champmeslé le mari.

– Il paraît qu'il y travaille depuis de longs mois, et Molière veut que les représentations précèdent les nôtres, indique Boileau.

– C'est ce que nous verrons ! s'insurge la comédienne. Quoi qu'ils fassent, ils n'ont pas de tragédiens dans leur troupe. Quant à Corneille, il appartient au siècle dernier. Il devrait se résigner !

– Ils ne vous ont pas ménagé, la dernière fois, reprend Charles à l'adresse de Racine. J'ai même entendu dire, après *Britannicus*, que vous étiez sans avenir ! Le Roi n'avait pas apprécié votre Néron, disait-on.

– Est-il vrai que Sa Majesté avait renoncé à paraître sur le théâtre à la suite des vers malheureux de Narcisse à Néron ? s'enquiert à son tour Marie. Attendez, comment aviez-vous écrit cela ?

D'un geste, Marie dénoue ses cheveux qui retombent sur ses épaules, elle prélève un peu de suie à la mèche d'une bougie et s'en fait une moustache à la semblance du Roi, puis déclame de sa voix claire :

« Pour toute ambition pour vertu singulière
Il excelle à conduire un char dans la carrière
À disputer des prix indignes de ses mains
À se donner lui-même en spectacle aux Romains
À venir prodiguer sa voix sur un théâtre
À réciter des chants qu'il veut qu'on idolâtre »

Racine avait à l'évidence pensé au Roi. Mais la manière dont Champmeslé récite change la portée du texte. Cela devient une déclaration d'amour à un Roi qui apprécie les arts au plus haut degré. En réalité, le monarque avait déjà cessé de danser bien avant ces vers de Narcisse, car il tenait à s'occuper davantage des affaires de l'État. Quoi qu'il en soit, Titus va rehausser encore davantage la grande figure du souverain. Racine n'a aucune crainte à avoir de Corneille. Sa Majesté elle-même s'intéresse à cette Bérénice que lui a suggérée Henriette d'Angleterre, sa douce amie. Tant pis si son vieux rival s'acharne encore à l'imiter ! Tite ne peut l'emporter sur Titus !

Marie se rassied et lève son verre à l'intention de Racine :

– À Titus, mon empereur ! Je ne pourrais aimer un homme qui s'appellerait Tite !

Elle se goberge de l'empereur cornélien :

– Rien que « Tite » déplaiera à Sa Majesté. C'est un héros de pièce comique !

Elle fait signe aux violonistes pour qu'ils jouent afin de relancer la fête.

– Aux poètes de théâtre et au Roi qui heureusement les protège !

Certains la trouvent idiote, mais elle n'est ni stupide ni pédante, songe Racine. Elle est, tout simplement. En harmonie avec l'instant, elle devient la vie même, insaisissable et surprenante avec ses dons mêlés pour le comique et le tragique. Elle s'est levée et danse autour de la table, effleurant de sa hanche les hommes assis autour. Elle s'attarde près de Boileau, le taquine de ses longs cheveux. Elle est la seule à oser asticoter le poète satirique ! Elle ne s'approche point de Racine, puisqu'elle le rejoindra cette nuit même. Elle préfère agacer ceux dont elle ne profitera pas au terme de la soirée.

Le troisième service arrive : perdrix, faisans, lapins servis avec des oranges et des citrons. Ils attaquent de plus belle la suite des plats. Elle mord à pleine bouche dans la viande, se pourlèche les doigts. À côté d'elle, magnifiquement vivante, il a appris à exécrer les malades, les agonisants, les inquiets, les cafardeux. Marie vous donne enfin envie d'être heureux, comme Athénaïs de Montespan. Il comprend le Roi qui s'est peu à peu lassé de La Vallière ! Quel bonheur de s'emparer d'une femme dont éclatent ainsi la joie, la santé, l'appétit ! La Montespan est à peu près du même âge que la Champmeslé.

– Vous n'avez guère ménagé Monsieur Corneille, dans votre préface à *Britannicus*, confie l'un des invités.

– Attention à Monsieur Boileau ! lance Marie. Il préfère Corneille à Racine. Il n'a d'ailleurs pas aimé *Britannicus*. Monsieur Despréaux dit qu'il n'est pas content du dénouement. Il prétend que tout cela est trop puéril et que Britannicus ne fait pas le poids face à Néron...

Charles essaie d'imposer silence à Marie, mais Racine lui fait signe qu'il est au courant des avis de son ami. S'il apprécie toujours les remarques de Boileau, il ne souffre pas, en revanche, les commentaires dénigrants de l'infâme Boursault dans son roman *Artémise et Poliante*.

– Il s'en est pris à Molière. Vous rappelez-vous *le Portrait du peintre*, et sa préface indigne ? Molière lui a répondu avec *l'Impromptu de Versailles*. Ensuite, il y a eu *la Critique des « Satires » de M. Boileau*, que notre ami a fait interdire. Et maintenant il va s'en prendre à moi...

– Oublions ces tristes personnages, coupe Charles qui déteste les querelles. Profitons plutôt de la présence du plus grand poète de l'amour !

Racine lève son verre et déclare :

– De quel front oserais-je me montrer aux yeux de ces grands hommes de l'Antiquité que j'ai choisis pour modèles ? Car, pour me servir de la pensée d'un Ancien, « voilà les véritables spectateurs que nous devons nous proposer ; et il nous faut sans cesse nous demander : que diraient Homère et Virgile s'ils lisaient ces vers ? que dirait Sophocle s'il voyait représenter cette scène ? »

– Et que va dire Sa Majesté ? Je ne jouerai que pour elle, ajoute Marie.

– Merci bien ! Et moi, je vais jouer Titus tout seul, peut-être ? ! lance Floridor avec humour.

– Jamais aucun rôle n'aura été aussi inspiré par Sa Majesté en personne, murmure Racine à l'illustre comédien qui leur a fait l'honneur de souper avec eux.

Floridor a toujours grande attitude et se mêle rarement aux « diableries » de la Champmeslé, comme dit Madame de Sévigné. Pourtant, il apprécie cette petite comédienne qui a rejoint la troupe voilà quelques mois.

Charles se lève et se lance dans un hommage à Josias de Soulas, dit Floridor. Il a tout joué : Horace, Cinna, Alexandre, Pyrrhus, Néron. Il sera ce Titus majestueux. À chacune de ses créations, le public accourt. Corneille n'a plus aucune chance : grâce à Floridor et à Marie, *Bérénice* sera le triomphe du siècle !

Racine remercie Charles d'un geste. Il aime ces soirées passées dans la compagnie de comédiens. Chez eux, il y a toujours une connaissance innée du bonheur, un refus de s'habituer à la médiocrité, une façon de tout miser sur le lendemain. Finalement, ces âmes lisses sont les dépositaires et les passeurs des grandes joies comme des grandes douleurs du monde.

Comme il a hâte maintenant de faire répéter son texte, de voir Titus s'avancer vers sa Bérénice !

Les violons résonnent, les portes s'ouvrent toutes grandes. La nuit déploie sa splendeur. Le théâtre du monde attend son Roi et Sa Majesté marche à la rencontre de son poète...

« Je ne prends point pour juge une cour idolâtre
Paulin je me propose un plus noble théâtre
Et sans prêter l'oreille à la voix des flatteurs
Je veux par votre bouche entendre tous les cœurs »

Il n'a pas encore apposé le dernier vers.

Cette nuit, il emportera dans son lit sa « reine vagabonde », comme il l'appelle secrètement, pour cette ultime page.

Bientôt, Bérénice ne sera plus qu'une exilée en guenilles à Césarée, qui ne cessera de conter aux passants qu'elle a été aimée par le plus grand des rois.

Il voit la place déserte, et ce pauvre visage aimant, désespérément aimant, parler d'amour et encore d'amour au vent, au ciel, aux nuages volages. Une comédienne abandonnée dans un théâtre trop vide...

Racine relève la tête et dévisage Marie. Comme elle est désirable, ce soir ! Tentatrice, comme l'écriture. Du même geste que la Mort, il refermera tout à l'heure le livre.

Chapitre 21

Les Ors de Port-Royal

> *Et néanmoins, s'il arrive que nous tombions malgré nous dans un de ces égarements, il faut du moins, pour en diminuer la conséquence, observer deux précautions que j'ai toujours pratiquées et dont je me suis fort bien trouvé.*
> *La première est que le temps que nous donnons à notre amour ne soit jamais pris au préjudice de notre gloire et de notre autorité...*
>
> LOUIS XIV, *Mémoires pour son fils*

« Je désire qu'après ma mort mon corps soit porté à Port-Royal... »

Que lui arrive-t-il ? Il a abandonné le souper tard dans la nuit, il n'a pas daigné rester auprès de Marie, comme il aurait dû ; il a prétexté qu'il devait se lever tôt, le lendemain, pour se rendre à une convocation de Colbert et que l'écriture de *Bérénice* l'avait laissé plus fatigué qu'il ne le pensait, même si les répétitions vont pouvoir commencer dans quelques jours, comme prévu. Et voici qu'à plus de quatre heures, dans la nuit qui commence à se dissiper, il trace malgré lui les premières lignes d'un testament. Est-ce la légère douleur qu'il éprouve au flanc droit, est-ce sa prochaine séparation d'avec sa *Bérénice*, il a eu le désir de se retrouver seul pour prier, méditer, retrouver les feuilles claires, y tracer les vers jusqu'au dernier, puis les relire – avant qu'ils ne soient jetés en pâture aux Robinet, aux Saint-Évremond, voire pire –, ces suprêmes mots d'amour qu'un Dieu aura tracés par sa main !

Il a été pressé de revenir dans cette chambre comme si quelqu'un obscurément l'y attendait et maintenant, il prie comme dans son enfance. Il questionne.

Habitude ? Voilà qu'il s'est mis à genoux, comme happé par une urgence, puis il s'est assis à sa table et sa main a inscrit cette phrase : *« Je désire qu'après ma mort mon corps soit porté à Port-Royal. »* Il la relit et une joie grave vient lui étreindre le cœur. Sa mort ? Quelle sera-t-elle ? Elle est sa plus ancienne compagne et là, dans l'aube qui approche, il respire son indicible présence.

Il écoute le divin appel comme une promesse de bonheur ; il n'a aucunement peur, bien au contraire. C'est elle, sans doute, qui a tracé ces mots d'or, il s'en aperçoit maintenant. Chacun attise de son éclat les feux de son voisin, comme font les joyaux : « mort » et « corps », « porté » et « Port-Royal »... Tous ces ors sonnent pour saluer celle qui, un jour de grand soleil ou par une nuit secrète, écrira le dernier mot de sa vie.

Port-Royal ! Y retournera-t-il quelque jour, honoré, aimé enfin ? Port-Royal le hèle dans son exil. Comme sur le flux et le reflux de la mer, il a envie de s'embarquer pour ne plus jamais revenir. Devra-t-il attendre que seule sa dépouille franchisse le rivage sacré ?

Cela fait peut-être bientôt cinq siècles que Port-Royal l'attend depuis le jour où Mathilde de Garlande fonda ce monastère à l'intention du salut et du retour tant attendu de son époux parti en Croisade, Matthieu Ier de Montmorenci Marli. Port-Royal se dressant sur l'eau surgit à ses yeux telle une cité mythique. L'étang qu'il a tant contemplé, enfant, se transforme en une sorte de lagune et il voit peu à peu s'y élever des dômes étincelants comme sur les dessins de Venise qu'il a examinés récemment chez Colbert.

À ce propos, il faut qu'il songe à sa prochaine tragédie sur les Turcs. Le ministre lui a parlé de la situation difficile en Orient ; tombée en décadence, la cité des Doges ne contrôle plus les marchés, malgré le prêt d'une flotte consenti par Mazarin aux Vénitiens en 1660. Il repense aussi aux conversations, chez les Champmeslé, du petit Charles de Sévigné qui a suivi en 1668 l'expédition commandée par le comte de Saint-Paul. Pauvre petit Charles, amoureux fou de Marie ! Racine a bien fait de s'éloigner d'eux tous pour cette nuit...

« Je désire qu'après ma mort... » Il plisse les yeux vers l'étendue blafarde où ces mots scintillent. Les embarcations se suivent afin de gagner Port-Royal et, sur l'une d'elles, sa dépouille recouverte de poudre d'or s'en va retrouver le royaume de ses enfances, tandis que les oiseaux s'envolent, délivrés de la terre.

Port-Royal ! Pourquoi ne pas aller se jeter aux pieds d'Arnauld ? Tout paraît s'apaiser depuis que le Roi a reçu en audience l'illustre docteur, lequel a promis de ne plus rien dire ni écrire qui puisse troubler la paix du pays. L'année d'après, le Maître de Sacy a été libéré de la Bastille. Tillemont, Monsieur Hamon sont eux aussi revenus en toute tranquillité. Lancelot est devenu précepteur des princes de Conti. Port-Royal a donc recouvré une partie de sa superbe et l'illustre « désert » se remplit de carrosses, de « pèlerins grands et petits » – gens d'épée, magistrats, prêtres, dames de qualité, princesses. Qu'attend-il ?

Il va quérir la bougie sur la cheminée. Il est trop resté dans la pénombre. À l'instant où il pose la flamme sur la table, *Bérénice* s'illumine de tous ses feux.

Non ! il ne peut retourner à Port-Royal ! Il ne saurait se mettre à genoux ni renoncer à écrire ! Il préfère être damné aux côtés de Sophocle, Homère ou Virgile. Pour lui, renoncer à la Poésie serait aussi insensé que, pour le Roi, refuser la Gloire. C'est la vie même cette *Bérénice* que vont lâcher dans quelques heures ses mains de poète. Son âme entière y est mise en gage, et le monarque lui-même attend ce royal cadeau qu'Il a en grande partie inspiré de sa propre Majesté.

« Plaignez ma grandeur importune
Maître de l'univers je règle sa fortune
Je puis faire les rois je puis les déposer
Cependant de mon cœur je ne puis disposer »

La pluie se met à tomber, rafraîchissant la chambre. Il reprend en main la pièce entière. Il a ouvert sa chemise et s'est légèrement déshabillé avant de reparcourir pas à pas le chemin de sa Bérénice :

« Je sens bien que sans vous je ne saurais plus vivre
Que mon cœur de moi-même est prêt à s'éloigner
Mais il ne s'agit plus de vivre il faut régner »

La pluie tombe de plus en plus fort. Il a maintenant repris le quatrième acte et des larmes coulent sur ses traits fatigués.

Tant de visages qui l'ont quitté. Dans le lointain, des rires de femmes lui parviennent. Cela vient-il du dehors ou bien est-ce le vent de la mémoire qui lui ramène ces quelques bouffées du royaume des ombres ?

Madame ! Comme elle savait rire espièglement ! Elle aussi s'est glissée subrepticement dans sa Bérénice. Joyeuse, charmeuse, elle a apporté sa légèreté à la reine de Césarée. Un souvenir lui revient, qui le trouble : pourquoi l'avait-elle appelé précisément un jour qu'elle recevait chez elle le comte de Guiche ? Pour le rendre jaloux ? Mais il ne pouvait se permettre d'être jaloux d'un comte de Guiche ! Il n'était qu'un poète, un « faiseur de théâtre », comme disait Nicole. Seules des comédiennes coucheraient avec lui. De Guiche, Rohan ? Non, il était plus grand que ceux-là ! Tout-puissant, il convoquait le Roi Lui-même par son écriture ! Quelle importance ? Aurait-il supporté, lui, d'aller visiter Madame déguisé en vieille diseuse de bonne aventure, comme de Guiche qui s'était plié à ce jeu ? Madame riait joliment, allongée sur son lit, enceinte de Monsieur, menaçant d'accoucher si de Guiche s'obstinait... Mademoiselle de Montalais, une des filles d'honneur, était secouée de rires gras...

Dégoût ! Distance incommensurable avec tout cela, même s'il avait ce jour-là partagé leur amusement ! Il avait regardé de Guiche relever ses jupes, de Guiche qui avait été le favori et l'amant de Monsieur, qui avait courtisé La Vallière avant que le Roi n'eût posé Sa main royale sur elle.

« Je désire qu'après ma mort... » L'heure approche peut-être de quitter ce monde déshonoré. Mais qu'a-t-il fait à ce jour ?

« Sont-ce là ces projets de grandeur et de gloire
Qui devaient dans les cœurs consacrer ma mémoire »

Qu'a-t-il fait pour accroître l'esprit humain ?

« Qu'ai-je fait pour l'honneur J'ai tout fait pour l'amour
D'un temps si précieux quel compte puis-je rendre
Où sont ces heureux jours que je faisais attendre
L'univers a-t-il vu changer ses destinées
Sais-je combien le Ciel m'a compté de journées »

Le jour va bientôt réveiller la chambre ; il contemple ses feuillets.

« Et de ce peu de jours si longtemps attendus
Ah ! malheureux combien j'en ai déjà perdu »

Il frissonne dans le trop grand silence de la pièce tandis que tous, à commencer par le Roi, abandonnent au poète le soin de résoudre cette terrible énigme : qui est coupable ? qui est responsable ? Henriette d'Angleterre est morte en quelques heures par une belle journée de juin, comme Marquise à l'apogée de sa tendresse. Empoisonnées ? Mortes sans raison ? Les hommes laissent faire. Ils pleurent, ils souffrent, mais ils laissent faire et se contentent d'invoquer la destinée.

Il songe à la Champmeslé dans l'éclat de sa chair : elle sera idéale pour interpréter cette Bérénice. Il faut qu'elle soit jeune, belle, amoureuse afin que l'abandon soit consommé dans toute sa cruauté. Il n'y a là ni fatigue, ni vieillesse, ni autre préférence. Titus laisse derrière lui l'amour parce qu'il le juge inutile, sans intérêt pour son pouvoir. Il se débarrasse d'elle par lâcheté, comme eux tous. Tout amour est d'une manière ou d'une autre inacceptable, parce qu'il n'y a aucun moyen de s'arranger avec lui. Parce qu'il est l'impossible accord de l'ordre et du désordre, de l'inconnu et du savoir.

Il éteint la bougie et reprend l'écriture de la scène dans la lumière blafarde qui découpe peu à peu les objets de la chambre comme pour rendre son cadre plus sordide.

« Vous ne comptez pour rien les pleurs de Bérénice
Je les compte pour rien Ah ciel quelle injustice »

La main majestueuse lui tient le poignet. Il réentend les terribles mots d'adieu qui l'amènent à plus de cruauté. La présence du Roi vient redonner vie à ce Titus trop prompt à se laisser fléchir et à aimer de nouveau. Ce corps puissant dont il aurait pu sentir sur lui le souffle, ce corps violent de chasseur plein d'appétits, réveille sa plume. Pauvre Bérénice ! Son temps est mesuré, comme celui d'Hermione, de Marquise, de Henriette, de Louise de La Vallière, de la Reine même, et de toutes les Maries que les Antiochus ne réussiront pas à soustraire à leur détestable amour. Mieux vaut pour elles que les petites Catherines, trop à la ressemblance de Marquise, s'enfuient au plus vite, des larmes d'enfant plein les yeux !

Il chevauche avec le Roi, et l'écriture traque la pauvre créature affolée. Bérénice supplie, il lui essuie les larmes, car il les aime jusqu'à se délecter de leurs déchirures, les consolant à l'instant même de les mettre à mort. Tel est le plaisir des hommes.

« Le lendemain, qui fut le 22 juin, Mademoiselle de Mancini partit, accompagnée de Mademoiselle Hortense et de la petite Marie-Anne, ses sœurs. Les larmes furent grandes de part et d'autre. Le Roi l'accompagna jusqu'à son carrosse, montrant publiquement sa douleur... »

« Sire, vous êtes roi, vous pleurez, et je pars... », murmurait-elle.

Mais le carrosse au grand galop de ses chevaux emportait déjà les larmes des jeunes gens.

« Vous êtes empereur Seigneur et vous pleurez »

« Cependant, le Roi était auprès de Madame. Elle lui dit qu'il perdait la plus véritable servante qu'il aurait jamais. Il lui dit qu'elle n'était pas en si grand péril... »

Le carrosse sombre de la Mort va emporter Madame...

« Vous seul vous lui pouvez arracher cette envie
On vous nomme et ce nom la rappelle à la vie »

Madame se meurt.

« Le Roi, voyant qu'il n'y avait rien à espérer, lui dit adieu en pleurant. »

Et dans la nuit agonisante, chacun s'agenouille et prie pour Sa Majesté le Roi dont on redoute le désespoir.

Louise de la Vallière s'est retirée à la Visitation de Chaillot. Le Roi s'est élancé à corps perdu sur son cheval gris pour ramener l'amante trahie. Les pleurs du Roi dessinent un masque de givre sur le beau visage ravagé par le chagrin qui traverse, hagard, des brouillards opaques.

« Vous ne sortirez point je n'y puis consentir »

Bérénice se cogne aux quatre coins de la chambre. L'hallali a sonné. Bientôt, elle aussi va reposer auprès de ses sœurs Marquise, Henriette et d'autres à venir. Je suivai sa dépouille, moi, comme les autres hommes, ainsi que le raconte *la Gazette* de Robinet :

« Elle y fut mercredi conduite
Avec une nombreuse suite
Dont étoyent les comédiens
Tant les Français qu'Italiens
Item les poètes de théâtre

Dont l'un, le plus intéressé
Était à demi trépassé. »

Andromaque au pas lent de l'attelage luisant d'écume part rejoindre Homère et Virgile.

Et comme les autres je tue et je pleure.

Marquise ne m'a pas plus tôt quitté que déjà, dans son sillage, un autre attelage se prépare. Bérénice espère en vain. Le Roi s'est relevé, mais elle, voici qu'elle est prête à tout, jusqu'à l'attendre, oubliée, rejetée dans une chambre obscure du Palais, quelque part parmi les servantes.

« Je ne vous parle point d'un heureux hyménée
Rome à ne vous plus voir m'a-t-elle condamnée »

Elle écarte les bras ; elle accepte d'être crucifiée. Pourvu qu'elle ait encore le droit de l'attendre, de souffrir par et pour lui !

La plume commence lentement à s'enfoncer. Il faut aller jusqu'au bout. Tuer l'amour même !

« Pourquoi m'enviez-vous l'air que vous respirez »

La douleur de la voix. Le regard des enfants. Le baiser des amantes...

« Rome me fit jurer de maintenir ses droits
Il les faut maintenir Déjà plus d'une fois
Rome a de mes pareils exercé la constance »

Elle recule, protège ses yeux, mais l'écriture affûte sa pointe qui grandit, menaçante.

« D'un fils victorieux l'autre proscrit la tête
L'autre avec des yeux secs et presque indifférents
Voit mourir ses deux fils par son ordre expirants
Malheureux mais toujours la patrie et la gloire
Ont parmi les Romains remporté la victoire »

Ne plus entendre les trompettes, les fifres, ne plus voir les décorations, les drapeaux, les aigles... Sauver à tout prix son amour !

La chambre est glacée. Bérénice contemple la fenêtre ouverte. Il suffirait de peu pour s'élancer, fuir, mais elle se relève. Elle aimera le bourreau, elle se sacrifiera pour lui. Elle s'avance, s'allonge, victime expiatoire. Ainsi crèverons-nous les yeux de nos désirs. Je me suis déjà séparé de toi, Marie, et le sang te revêt de l'incarnat tragique de mon théâtre.

La Champmeslé vacille avec légèreté, s'affaisse sur les genoux :

« Non je crois tout facile à votre barbarie
Je vous crois digne ingrat de m'arracher la vie »

La main chaude du Roi sur mon épaule. Déjà les affaires ont repris. Demain, ils auront tous oublié la reine de Césarée. Que fait-elle ? Elle murmure. J'écoute : elle prie.

Elle ne profère pas d'injures, elle prie pour moi. Pour le Roi :

« Non si le Ciel encor est touché de mes pleurs
Je le prie en mourant d'oublier mes douleurs »

Mes jambes sont lourdes. Assis sur le fauteuil, je n'ai plus envie de cette gloire impatiente. Mon cœur s'ouvre telle une blessure ; de l'encre s'en échappe.

« Je sais que tant d'amour n'en peut être effacé
Que ma douleur présente et ma bonté passée
Mon sang qu'en ce palais je veux même verser »

Les mots déchirent ma mémoire ternie. Je ne suis ni le Roi, ni l'amante. Je suis le poète écartelé entre eux deux, le témoin irréductible ; je dois rendre compte jusqu'au dernier vers du suprême face-à-face. Quelqu'un exige de moi plus que le Roi. Peut-être est-ce là ma destinée : écrire la tragédie de l'amour mis à mort par les empereurs, les rois, les grands ?

La pluie redouble de violence, les feuillets couverts de notes s'envolent. Tout ce qu'il a transcrit sur les conseils de Saint-Aignan, de Toussaint-Rose, de Colbert lui-même se mélange dans un bruissement de plaintes. L'orage grommelle d'obscures menaces. Les feuilles au sol forment comme un drap. Quelle sera la prochaine victime ?

« Seigneur tous les tribuns les consuls le Sénat
Viennent vous demander au nom de tout l'État »

Il les reconnaît les uns après les autres : les marquis, les ducs, les princes. Saint-Aignan, à qui il a dédié *la Thébaïde*, le conseille : qu'il prenne garde à ce qu'il écrit ! qu'il lui fasse confiance ! Cela fait soixante-trois ans qu'il est né pour servir les rois !

« Qu'on cherche Antiochus qu'on le fasse venir »

La grande règle du jeu royal se met en place ; il devra assister à la mise à mort de l'amour.

François de Beauvilliers, duc de Saint-Aignan, premier gentilhomme de la Chambre, surintendant des divertissements, lui fait signe. Sa Majesté ne tardera plus. Le Roi, par son entremise, lui a confié les manuscrits des Mémoires que Sa Majesté est en train de rédiger. « Nous sommes contents de Monsieur Racine », lui a-t-on répété. Il aperçoit le visage légèrement poudré du vieux Toussaint-Rose, ancien secrétaire de Mazarin, qui l'a pris lui aussi en amitié. Grâce à lui, il s'est retrouvé souvent dans le cabinet privé du Roi tandis que le grand secrétaire rédigeait des lettres royales imitant l'écriture et la signature de Sa Majesté, irremplaçable privilège dont il n'use qu'avec grandeur, capable qu'il est de transcrire ce que dit Louis dans l'instant même. Sur ordre, naturellement, le secrétaire lui a transmis tant de détails sur l'idylle avec la petite Mancini ; lui-même les a vus ensemble. Par ces longues conversations avec Toussaint-Rose, homme gai et raffiné, le poète est entré peu à peu dans le secret de la Grandeur royale. Aucun lieu maintenant ne le trouble autant que ce cabinet silencieux où Sa Majesté elle-même s'est assise quelques instants, de retour de la chasse par une fin d'après-midi orageuse. Jamais il n'oubliera le cabinet envahi par cette présence poivrée, poussière et cuir mêlés, tandis qu'insouciant le Roi essuyait de sa manche son front trempé où l'étalon trop fougueux avait laissé une trace d'écume. D'un geste Il avait congédié Toussaint-Rose :

– Laissez-nous ! Nous voulons nous entretenir avec Monsieur Racine.

Le poète, à l'invite du Roi, avait dû se rasseoir simplement. Était-ce la chasse laissée en suspens ? l'orage ? L'odeur de la forêt emplissait le cabinet. Le corps royal, fiévreux, n'arrivait plus à s'apaiser. Le Roi avait marché de long en large, livrant des souvenirs, des confidences, jusqu'au moment où, adossé à la cheminée, il avait longuement observé Monsieur Racine et l'avait questionné mieux qu'une maîtresse jalouse :

– Vous pouvez dédicacer *Bérénice* à Monsieur Colbert. Vous avez tout compris. Hélas !

« Pourquoi suis-je empereur Pourquoi suis-je amoureux »

La pièce déserte résonnait encore de cet « hélas ! » douloureux qui signifiait qu'aucun commentaire n'aurait pu y être ajouté.

La chambre est déchirée d'éclairs, mais Racine, désormais, ne se laisse plus distraire. Il retravaille les tout derniers alexandrins. Bérénice est à genoux ; Antiochus également. Décapitation des cœurs :

« En quelque extrémité que vous m'ayez réduit
Ma gloire inexorable à toute heure me suit »

La voix traverse par grandes zébrures la foule des courtisans assemblés.

« Vous verriez à regret marcher à votre suite
Un indigne empereur sans empire sans cour »

Tous baissent la tête, les paroles tombent comme les lanières d'un fouet :

« Vil spectacle aux humains des faiblesses d'amour »

La plume chancelle, ne résiste plus à la brûlure ; sous elle les feuilles se tordent. Racine hume l'orage, ruisselant comme le Roi ce jour-là. Et voici que de très loin, très bas, une voix s'élève. Quelqu'un s'offre ! La tragédie cherche sa victime. Antiochus livre son poids de cœur :

« Jamais je ne me suis senti plus amoureux
Il faut d'autres efforts pour rompre tant de nœuds »

Racine regarde la Champmeslé rassurer Marie, Gros-René éclaboussé par les rires des spectateurs, et le visage du Christ qui se couvre du crachat des soldats. Faiblesses d'amour !

Une seule page reste. Lumineuse. Il n'y a presque rien à reprendre.

« Mon cœur vous est connu Seigneur et je puis dire
Qu'on ne l'a jamais vu soupirer pour l'Empire »

Le poète laisse s'envoler sa plume délivrée :

« J'aimais Seigneur j'aimais je voulais être aimée »

L'orage s'apaise. Même le carrosse qui est venu emporter sa Bérénice ne fait aucun bruit.

« Adieu Seigneur régnez je ne vous verrai plus »

Il relit la fin. Il voudrait ne pas la laisser ainsi s'échapper de ses mains. La page se soulève légèrement :

« Pour la dernière fois adieu Seigneur
Hélas »

Il lui laisse l'éternité à vivre, tandis que le poète ne peut murmurer qu'un pauvre « hélas ! » impuissant, trop semblable à celui des Rois.

Le jour vient illuminer la poussière des meubles. La chambre est saccagée comme après l'amour – ou comme après une mort violente.

Chapitre 22

Le sérail spirituel

> *Un faiseur de romans et un poète de théâtre est un empoisonneur public, non des corps, mais des âmes des fidèles, qui se doit regarder comme coupable d'une infinité d'homicides spirituels, ou qu'il a causés en effet, ou qu'il a pu causer par ses écrits pernicieux.*
>
> NICOLE, *Visionnaires*

Il essaie en vain d'échapper. Les couloirs du sérail se multiplient sans que se révèle aucune issue vers l'extérieur. Il est emprisonné dans ce palais « aux quatre mille détours » ; jamais il n'aurait dû en franchir les portes. Il a voulu revoir les lieux de son enfance et ils se sont maintenant refermés sur lui. Il traverse des bâtiments, des jardins, des cours, des cuisines, le logement des gardes, portiers ou domestiques, la mosquée des eunuques noirs, le hammam des eunuques noirs, l'école des princes, la cour des kadines, les couloirs des bains, la maison des oiseaux, la Voie d'Or. Il entend une musique qu'il reconnaît : des religieux chantent le *Libera me*. Délivrez-moi, Seigneur, de la mort éternelle... Il appelle à l'aide, mais personne ne lui répond. Port-Royal n'est plus qu'un palais de théâtre ; derrière des portes murées, des femmes amoureuses sont en train d'agoniser sans bruit. Le *Libera me* reprend sans relâche, se réverbère et se meurtrit le long de ce labyrinthe de l'Amour mis à mort.

Quelqu'un maintenant le précède. Une femme, une enfant encore. Elle vient de se retourner. Ce visage lui rappelle quelqu'un, c'était il y a bien longtemps, à Port-Royal, une petite fille... Ce visage ? Elle a rajusté et noué le voile qui ne laisse plus voir que deux yeux sombres.

« Ne vous informez point ce que je deviendrai »

Il l'arrête :

« Quoi cet amour si tendre et né dans notre enfance
Dont les feux avec nous ont crû dans le silence
Vos larmes que ma main pouvait seule arrêter
Mes serments redoublés de ne vous point quitter »

La petite sœur de Nicolas Vitart lui prend la main. Que fait cette jeune Agnès aux yeux sombres à ses côtés ? A-t-elle été à Port-Royal ? Elle avait cinq ans de moins que lui. Agnès trop sage, trop triste, qui l'attend toujours avant d'aller au réfectoire... Il est seul. Une main le pousse à l'intérieur d'une chapelle. Agnès est à nouveau là. Elle épouse le Grand Sultan Amurat IV qui arbore le visage de l'époux d'Agnès, Pierre Sellyer, bailli de Chevreuse, qu'il n'a jamais pu aimer. Il monte à l'autel. Colbert lui présente le *Livre* dont il déchiffre les lettres rouges :

« Le prince Bajazet, que la Sultane aimait chèrement, bien que fils d'une autre femme, devint amoureux d'une belle fille favorite de ladite Sultane. »

Il ne peut plus lire ; les larmes l'aveuglent. L'assistance le chasse. Il murmure :

« N'exigez rien de plus ni la mort ni vous-même
Ne me ferez jamais prononcer que je l'aime
Puisque jamais je n'aimerai que vous »

Ses bras sont attachés. Il est traîné dans une salle. Devant lui se dresse Roxane, l'épouse du Sultan. Elle a le visage de mère Angélique. La voix s'élève, terrible. À ses côtés Arnauld, Nicole et son cousin Vitart attendent ses réponses. S'il se trompe, ils voteront sa mort. D'avance il l'accepte, il souhaite en finir avec toute cette comédie. Il se redresse, provoquant la vieille dame qui le supplie.

« Le chemin est encore ouvert au repentir »

dit-elle. Elle lui tend les bras, mais sa peau est vieille, flétrie. Elle a trop de fards, de parfums violents. Il recule épouvanté et répond :

« Je me plains de mon sort moins que vous ne pensez
La mort n'est pas pour moi le comble des disgrâces
Elle finit le cours d'une vie agitée »

Alors la vieille dame hurle : *« Sortez ! »* Il a à peine franchi la porte que le coup s'abat, terrible, sur sa nuque.

Il se réveille. Il s'est endormi sur sa table, parmi les notes, les alexandrins, les plans et esquisses. *Bajazet,* sa dernière pièce, est à la veille d'être jouée. La migraine ne le lâche plus depuis quelques jours. Dans le brouillard que scrutent ses yeux, il distingue l'un de ses derniers vers :

« Ah n'ai-je eu de l'amour que pour t'assassiner »

Il pense à Marquise. Trois ans déjà ! Il se lève, regarde par la fenêtre sans oser l'ouvrir. Comme cette nuit-là... La neige recouvre sa page éternellement vierge. Que faudrait-il donc écrire pour la marquer à jamais ?

Il se retourne. Sa table est couverte d'un désordre de livres, d'impressions de voyages, de feuillets griffonnés. Quel est le sens de tout cela ? L'histoire des hommes emportée à la semelle du Dieu ? De cet émiettement qui se disperse au vent de la Terre, que restera-t-il ?

Heureusement, il y a cette mort sombre, inestimable, surprenante : la page noire couverte en hâte de signes au milieu desquels l'être humain se déchiffre n'importe comment, à la dernière minute. Le signe que tous essaient désespérément une dernière fois de laisser, qu'ils soient paysans, marchands, artistes ou rois. Mais aussi le signe de Marquise, ce baiser au creux de la nuit des sens ! Marquise qui m'a indélébilement marqué de son sceau nocturne, ma femme...

Il contemple la table alourdie de tant de documents qu'il a lus et annotés. Que cherchent-ils donc tous dans l'Histoire, sinon la réponse à l'énigme, le sens donné une fois pour toutes aux pas qui, ministres ou anonymes, les conduisent du berceau au tombeau ? Pourquoi vouloir mener le monde si ce n'est pour y imprimer une écriture nouvelle mais au bas de laquelle seule la mort apposera son ample paraphe ?

Il a maintenant trente-trois ans et porte la perruque avec grande allure. Tous s'accordent à dire que sa septième tragédie s'annonce comme un triomphe sans précédent. Le Roi donnera son assentiment si on le nomme à l'Académie.

Lui-même a enfin la clé du mystérieux sérail qui vient l'emprisonner dans ses cauchemars. Quel est l'architecte secret des dédales que son esprit parcourt alors sans relâche ? Quelle main sublime ou diabolique en a dessiné les plans ? Existe-t-il une chambre d'amour où l'attend quelque rendez-vous mystérieux ? Ou bien finira-t-il recroquevillé, mendiant anonyme, au détour d'un escalier de passage ?

Il repasse en revue tous ces noms plus ou moins oubliés : Orcan, Bajazet, Ibrahim... Il a transcrit les récits de Monsieur de Cisy, ambassadeur de France à Constantinople. Le chevalier de Nantouillet en personne lui a raconté les détails de la mort de Bajazet, de même que Monsieur de La Haye-Ventelet. *L'Histoire des Turcs* de Mizeray gît là, à ses pieds, à côté de *l'Abrégé de l'histoire des Turcs* de Du Verdier. Sur la table, *l'Inventaire de l'Histoire générale des Turcs* est ouvert à la bonne page : l'étranglement de Bajazet et d'Orcan. Colbert lui a confié copie de nombre de dépêches du comte de Cisy. Il a passé des heures à se figurer les harems. Il a connu la mère d'Amurat IV, Kiosem, estimée « la plus habile des femmes du sérail ». Il a observé la précédente Sultane, Validé, mère de Mustapha. Il a fait la connaissance d'Atalide, la rivale de la Validé, et de la vieille gouvernante, la Chadun, et de la belle Sejabas, et parfois Rachima est venue l'enserrer, la nuit, de ses bras cerclés d'or, rallumant ses feux à l'instar de ceux du Sultan Amurat.

Il jette un regard circulaire sur cette chambre peuplée de cauchemars, de reines ou étranglées ou meurtrières. Il lui faut échapper au sérail qui ne cesse de se construire dans sa tête. Port-Royal se confond avec Constantinople, Marquise rejoint Atalide. Il a beau ne pas aimer la Champmeslé, elle lui manque comme jamais peut-être aucune femme ne lui a manqué. Elle le tient dans ses rets et il a hâte de s'allonger dans le large lit, de s'abandonner à ses caresses.

Il contemple les feuillets au repos et sourit. Aucune autre de ses pièces n'a été aussi parfumée de sensualité. Il respire la peau de Champmeslé-e sans cesse à travers chaque page : leur passion est inscrite dans leur filigrane ! Il aime d'ailleurs la partager avec d'autres hommes : avec le mari aussi bien qu'avec Charles de Sévigné et le marquis de la Fare qui a donc trompé Madame de la Sablière devenue la tendre amie de Jean de La Fontaine, ou avec... Peu importe ! C'est lui, le royal amant. Il ne l'aime pas, il ne l'épousera jamais. Il lui donne ses ordres, la dirige, l'amène aux plus vils plaisirs qu'elle a elle-même provoqués. Champmeslé-e ! Ce soir même, il va rejoindre sa compagnie à quelque joyeux souper. Il a maintenant envie de boire un vin sombre et de goûter à sa peau d'ambre. Elle a appris à le soulager de toute rêverie, de tous les détours de l'âme.

Il marche à présent sous la neige. Il songe à cette passion plus astreignante que toute figure de style. Il se moque bien de l'amour, il n'en aime que les folies. Lui, le « poète de l'amour », comme ils disent, se moque éperdument de lui-même ! Il pense aux pudeurs de Marquise, mais c'est pour mieux se ruer sur les cuisses de Marie. Il n'en peut plus de la poésie, des mots, des promesses ! Tant pis s'il trahit Marquise, il se hâte vers la bouche facile de Marie. Il se damnerait pour être déjà entre ses bras ! La chair est plus puissante que l'esprit !

Quelle est donc cette passion qui efface le monde ? Il ne l'aime certes pas d'amour, mais, à cette seconde même, il ne peut penser à rien d'autre qu'à cette main féminine posée sur son sexe. Les livres n'y peuvent rien changer. Qu'ils se couvrent de poussière sur sa table abandonnée comme une vieille maîtresse ! Lui, il s'en va !

La neige l'entoure d'une poudre éphémère. Il se hâte vers eux, les comédiens, ses amis. Ils l'attendent, joyeux, parés, libres. Et elle ! Elle ? Il lui écrira les plus beaux rôles, qu'elle dira de sa petite bouche de courtisane. Elle dira ses mots, et chacun rêvera d'être Racine.

Il pense à l'*Avent*, au froid de l'église, là-bas, à Port-Royal. Pauvres humains qui prient !

Seul le mal, les délices du vice impriment leur trace sur la clarté du jour.

Pourquoi se précipitent-ils tous à ses pièces, si ce n'est pour respirer, hypocrites, cette sensualité qu'ils n'osent vivre par eux-mêmes dans sa plénitude ? Empoisonneur public ! Nicole avait peut-être raison lorsqu'il condamnait dans ses écrits les « faiseurs de théâtre » !

Il rit tout seul, s'enfonçant dans la neige qu'il marque de ses pas d'homme.

Un jeu cruel et dangereux a commencé entre eux deux. Jusqu'où le poussera-t-elle ?

Boileau lui a confié l'autre jour que Molière le compare à Dom Juan ! Ainsi, il brûlera dans les flammes ? C'est d'un comique !

Quelque chose s'agite sur la neige. Il se penche, ramasse un oisillon qui bouge légèrement dans le gant sombre. Le pépiement est faible, presque inaudible. Il songe à sa fille, sa petite Jeanne-Thérèse, élevée par sa bonne nourrice de La Ferté et qui habite non loin, près de l'église Saint-Roch, elle a maintenant quatre ans à peine. Il songe aussi au petit garçon de La Ferté-Milon, bousculé derrière un cercueil, sans mère, sans père, et qui courait dans la neige glacée.

L'enfant d'Andromaque l'attend.

Il change de chemin. L'oiseau dans sa main n'émet aucune plainte. Pourtant, il a l'impression que, du creux de son gant, montent vers lui des milliers de soupirs, de gémissements, de pleurs. La plaine de Troie se réveille sous les petites mains tâtonnantes d'enfants éperdus. Andromaque n'est plus. Les façades fermées des maisons dessinent dans la nuit des pans du grand sérail de son rêve. Derrière les fenêtres closes, des enfants pubères attendent d'être vendus aux plus offrants. Charles de Sévigné a-t-il inventé ce marché aux esclaves où se mêlaient Circassiennes et Abkhaziennes ? Non loin, la Voisin ne rôde-t-elle pas, aux aguets, en compagnie de ses amis dépravés, cherchant dit-on des mioches pour ses messes noires ?

L'oiseau est mort dans sa main de cuir. Il ne l'entendra jamais plus. Mais, depuis combien de temps ne lui prête-t-il plus l'oreille ? L'oiseau de Port-Royal s'est envolé et il n'a même pas levé les yeux vers le ciel étoilé. Vers quelle contrée son enfance s'en est-elle partie ?

Il gravit l'escalier, frappe. Il voit à peine la nourrice. L'enfant ne dort pas encore ; elle est si petite, si fragile. Elle s'avance, incertaine, et tend deux menottes au grand homme tout blanc. Il l'élève vers lui ; il n'aime qu'elle, sa fille si ressemblante, sa petite Jeanne aux yeux de nuage. Elle seule le tire hors du monde aveugle, le guide plus sûrement qu'aucun maître. Il la prend sur ses genoux, l'enveloppe de ses deux bras solides. Personne ne lui fera de mal. Elle, le détaille avec sérieux. À cause de ce regard, il prend honte de ce qu'il écrit, de ces morts, de ces passions, de ces luxures. En cet instant il répudie la Champmeslé, le théâtre, les lits froissés. Pourquoi est-elle si réservée, si grave ? Une enfant de quatre ans est en général plus agitée. Catherine et Jean-Baptiste, ceux de Marquise, étaient bien différents. La nourrice de La Ferté rit de bon cœur. Elle raconte que Monsieur était pareil, petit. La famille lui a conté l'histoire : « Toujours secret, toujours distant et solitaire... » Heureusement qu'ils l'ont emmené à Port-Royal ! Mais la petite a un don : celui de la musique ; elle chante comme un oiseau.

Jeanne descend des genoux de son père, va à la porte, regarde la grosse nourrice avec colère, elle qui bavarde, bavasse et bave sur tout. Il est sûr, maintenant, que la petite ne voudra rien lui fredonner ! « Si c'étions pas pitié ! sermonne la nourrice. Pour son papa qui la voye si rarement, elle pourrions bien lui pousser queuque chose ! »

Racine fait signe que cela ne fait rien. Il a du mal à comprendre le patois de La Ferté. Il ne retourne presque jamais là-bas. Heureusement que Port-Royal lui a épargné cet incroyable charabia ! Pourquoi ne pas leur confier la petite Jeanne ? Sauver, alors qu'il en est encore temps, cette intelligence d'enfant ? Saint-Cyran n'avait pas tort..., songe-t-il. Port-Royal lui manque, depuis quelques instants. Oui, revenir au jardin abrité près de la chapelle... Il tend la main à Jeanne :

– Viens, murmure-t-il. Je vais t'écrire quelque chose. Un secret pour toi toute seule.

« Bon ! J'avions du travail. Je vous laisse », lance la nourrice dont il n'arrive plus à se rappeler le nom. Est-ce Nanette ou Catheau ? Il panique : elle est déjà sortie.

Il se dirige alors vers l'écritoire. Celui de Marquise. La petite le suit ; elle se colle contre le fauteuil. Il sent son petit menton contre son bras ; il est devenu un Dieu pour l'enfant éblouie. Il prend la plume, lui effleure le visage avec, puis commence à tracer les mots qu'elle ne peut encore déchiffrer mais qu'elle lui inspire :

« En vain je parlerai le langage des anges
En vain mon Dieu de tes louanges
Je remplirai tout l'univers »

Les paroles de saint Paul qu'il retraduit reviennent, la plume se plie aux inflexions du poète :

« Sans amour ma gloire n'égale
Que la gloire de la cymbale
Qui d'un vain bruit frappe les airs »

La petite pose sa main sur la sienne. Elle veut qu'il continue.

« Que sert à mon esprit de percer les abîmes
Des mystères les plus sublimes
Et de lire dans l'avenir »

La petite voix alors s'élève. Jeanne, tandis qu'il écrit, se met à chanter une comptine et la pièce s'éclaire de cette voix cristalline. Il y a une telle pureté dans ce chant que Racine frissonne comme si quelque ange était venu le visiter. Il se force à continuer. Jamais l'écriture ne lui a demandé une pareille confession. Pour la première fois, peut-être, il réfléchit à la nudité des mots. Il doit entamer cette ascèse, rechercher le dépouillement. Il continue cependant, à son tour fragile :

« Sans amour ma science est vaine
Comme le songe dont à peine
Il reste un léger souvenir
Que me sert que ma foi transporte les montagnes
Que dans les arides campagnes
Les torrents naissent sous mes pas
Ou que rarement la poussière... »

Le chant décroît. Il s'apaise tandis que la plume trace l'aveu plein de douceur :

« ... rende aux morts la lumière
Si l'amour ne l'anime pas »

Elle s'est tue. Il repose la plume, se tourne vers l'enfant faite à son image.

Son enfant.

Il plie soigneusement la feuille et la lui tend.

La nourrice apporte un verre d'un alcool de campagne. La petite a caché sa feuille. La nourrice s'inquiète.

– Laissez-la-lui. C'est mon cadeau !

Ces quelques lignes, pense-t-il, ont plus de valeur que toutes mes pièces. Au jour du Jugement, elles seules feront peut-être pencher la balance du bon côté. Grâce à la petite Jeanne, à l'oiseau qu'il sent là dans sa poche, il commence à déchiffrer son rêve. Cette chambre où l'attend l'oiseau qui chante, seule l'écriture en est la clé.

Le voici qui marche à nouveau dehors. Il sera en retard chez Marie, mais il doit encore absolument accomplir quelque chose.

Il a repéré un endroit désert. Il ne veut pas qu'un passant puisse l'observer. Il se sent légèrement ridicule. Tandis que le silence règne tout à l'entour, il s'agenouille, creuse en hâte la neige assez profond, et y dépose l'oiseau mort, léger, comme il faisait jadis des feuilles de La Ferté.

Maintenant, il sait que le chant s'élèvera de nouveau. La prochaine fois, il offrira un luth à sa fille. Sa fille, son Eurydice...

Chapitre 23
Le vieux roi

> *Sitôt qu'on s'aperçoit qu'on ne plaît plus, il faut que le poète fasse judicieusement sa retraite, qu'il se résolve de bonne foi à quitter une place qu'il ne peut tenir...*
>
> L'ABBÉ DE PURE,
> *Spectacles anciens et modernes*

De la rue montent jusqu'à ses narines des odeurs putrides. Décidément, il n'aime pas l'été caniculaire de cette année 1672. *Bajazet* triomphe, mais il est accablé, assis à regarder le fruit qui pourrit lentement dans l'assiette, et il songe à sa propre mort. Non, pas même à sa mort : ses pensées sont plus dérisoires. Tout simplement à la vieillesse, à sa vieillesse. Il est fatigué, sensation qui lui était jusqu'alors inconnue.

Hier soir, Marie s'est moquée de lui ; elle a coutume de le faire avec chacun d'entre eux, mais, curieusement, il en a été blessé. Il prend peur, depuis quelque temps : sa vie lui échappe, et la Champmeslé plus que le reste. Peut-être le rôle de Roxane l'a-t-il pervertie ? Elle devient de jour en jour plus dominatrice, mais aussi plus troublante. Il a toujours été l'amant en titre, le roi de ces « diableries », comme on appelle les soirées qu'elle anime. Mais il commence à se lasser – à moins que ce ne soit elle ?

Il réentend son rire clair et sa voix citer les mots de Madame de Sévigné qu'elle appelait, en levant les yeux au ciel pour se moquer, sa « belle-mère » :

« Charles m'a confié que souvent, dans ses lettres, elle me désigne comme sa belle-fille ! Usons-en donc ! »

Elle rejetait ses belles épaules dorées et ses seins en paraissaient ce soir-là plus gonflés. Cela faisait longtemps qu'elle ne glissait plus ses jambes entre les siennes et, sans qu'il s'en souciât, leurs rendez-vous s'étaient espacés. Il laissait faire, l'observant, s'inspirant d'elle pour cette jeune Monime qui se plie contre son gré à la volonté du vieux Mithridate.

Un doute depuis quelque temps l'assaille : a-t-elle encore du désir pour lui ? Peut-être même n'accepte-t-elle de le rejoindre que par peur de perdre ses rôles à venir ?

Il est devenu célèbre, recherché comme jamais auparavant ; le Roi lui verse une pension de quinze cents livres. Bientôt, lui a confié Colbert, il sera de l'Académie. Il a en outre reçu des gratifications extraordinaires sur la cassette royale. Grâce à tout cela, il a acquis de Pierre Chandelier, avocat au Parlement, et de Marguerite Haulin, sa femme, un transfert de deux cents livres de rentes pour un capital de trois mille six cents livres. Il a aussi conclu un accord avec son oncle Nicolas : cinquante livres de rente pour un capital de neuf cents livres. Il est enfin devenu prieur de Saint-Jacques de La Ferté, qui lui rapporte des revenus bien supérieurs au prieuré de L'Épinay.

Le voici terrassé par la chaleur et le dégoût. Il ne peut détacher ses yeux de la pêche de Montreuil qu'il a prise, par soif, à la cuisine. Elle aussi est en train de se flétrir. Prostré sur son fauteuil, les paroles de Marie ne cessent de bourdonner dans sa tête comme la mouche noire autour du fruit, l'empêchant d'écrire, d'imaginer, de s'arracher à cette chambre qui l'agrippe aux quatre coins.

Il revoit Marie se lever de table, se diriger vers une sorte de coffret, en retirer une lettre de Charles et se mettre à lire de cette voix légère, chantante, ce qu'avait écrit la mère de Charles à sa fille à propos de *Bajazet*, et dont il avait ainsi l'écho :

– « Il y a des endroits froids et faibles, et jamais il n'ira plus loin qu'*Alexandre* et qu'*Andromaque*... »

Marie imitait la vieille dame et faisait rire les convives. Mais que faisait-il, lui, assis à écouter ces stupidités ? Il observe la jeune femme ; elle n'est pas belle, se dit-il. Il songe à Marquise, à l'allure de Marquise. Il déteste Marie, en fin de compte. Elle est petite et laide, avec cette peau trop brune. Il s'apprête à l'abandonner à tous ces freluquets. Il regarde autour de lui. Qu'ils ont tous l'air jeunes ! Même Champmeslé, le mari, a trois ans de moins que lui. Boileau est absent, il est le plus âgé et c'est lui, Racine, qui régale à présent les rieurs. Même les yeux marron de Marie sont trop rapprochés. Il pense aux pupilles violettes de Marquise et va pour quitter la table, mais, charmeuse, la jeune femme s'avance vers lui et poursuit l'atroce lecture :

– « *Bajazet* est au-dessous, au sentiment de bien des gens et au mien, si j'ose me citer... »

Marie se moque de la vieille épistolière, mais, d'un geste, interrompt les commentaires en priant qu'on attende la suite, encore plus drôle :

– Il faut que vous écoutiez bien le reste : « Racine fait des comédies pour la Champmeslé ; ce n'est pas pour les siècles à venir. Si jamais il n'est plus jeune et qu'il cesse d'être amoureux, ce ne sera plus la même chose. Vive donc notre vieil ami Corneille ! Pardonnons-lui de méchants vers en faveur des divines et sublimes beautés qui nous transportent... »

Elle se dirige vers la table, attrape d'une main une flûte de champagne tout en tenant toujours la lettre de sa « belle-mère », et poursuit :

– « Despréaux en dit encore plus long que moi : "Et, en un mot, c'est le bon goût : tenez-vous-y !" »

Ainsi, même Boileau le trahit ? Mais non : son ami ne lui avait jamais celé sa préférence pour le style de Corneille. Mais qui perçoit vraiment son écriture ?

Il contemple cette table couverte de victuailles, les verres qui se remplissent et se vident, le visage rougi des convives. Il sent brusquement les pleurs lui nouer la gorge. Que fait-il ici à perdre son temps ? Dès qu'il le pourra, il abandonnera sans regret cette soirée pour s'en aller dormir seul et mal...

Il stagne à présent dans cet après-midi étouffant à contempler une pêche qui dégorge sa chair fétide. Pour qui écrit-il ? Le soleil réchauffe le fruit qui a changé de couleur. Pour qui vit-il ? S'il disparaît, qui le pleurera au profond de son cœur ? Il n'a plus de désir, et sa plume repose sur la table, nue, humiliée. Elle n'a rien à dire. Le feuillet chauffé à blanc lui brûle les yeux et il se laisse gagner peu à peu par l'hébétude.

« Ses bons amis osent le placer entre Sophocle et Euripide, les plus grands », se moque *le Mercure Galant* de Monsieur Donneau de Visé. Quels amis, Monsieur le Railleur ? Il est seul par cet après-midi vide sous le blanc soleil.

Il songe à ce vers d'Eschyle dans *les Choéphores* :

> *« Être heureux c'est être Dieu et quelque chose*
> *de plus parmi les hommes »*

Dans le rectangle lumineux, la grande ombre se dessine, le dominant de toute sa hauteur. Il distingue mal le visage couvert de poussière, hâve, harassé, qui se dresse devant lui, incapable lui-même de se lever, effondré dans son fauteuil de velours bleu nuit. Un sentiment de honte l'envahit ; il balbutie quelque chose, mais l'ombre a déjà disparu tandis que le vent ramène à l'intérieur de la poussière qui lui obscurcit les yeux. Il n'est plus digne de la visite d'Eschyle.

Il se redresse d'un seul mouvement. Voici donc qu'il s'affaissait comme un vieillard ! Il a dormi une heure à peine, tassé sur son siège, et le feuillet avait perdu tout son éclat : il a soif. Un vers lui martèle les tempes :

> *« Allez Le temps est cher Il le faut employer »*

Est-ce le vieux poète qui le lui a soufflé avant de disparaître ? Il doit retravailler le troisième acte de *Mithridate* au lieu de se laisser troubler par les écrits de Madame de Sévigné !

Il rapproche son fauteuil de la table et reprend le monologue du personnage. De nouveau la plume épouse aussitôt sa main aimante, et le console de la vieillesse de Mithridate :

« Je ne le croirai point Vain espoir qui me flatte
Tu ne le crois que trop malheureux Mithridate »

Seul avec elle, il peut tout lui dévoiler des humiliations et des désirs de son cœur :

« Quoi ? De quelque côté que je tourne la vue
La foi de tous les cœurs est pour moi disparue
Tout m'abandonne ailleurs Tout me trahit ici »

Il songe quelques instants au jeu de Marie, la veille. Elle ne voulait peut-être pas le blesser, peut-être a-t-il réagi trop vivement ?

« L'amour avidement croit tout ce qui le flatte »

Sa plume se moque de lui, telle une adolescente maintenant !

Il s'adosse au fauteuil. Le désir le prend de revoir Catherine et surtout Marie-Anne. Marie-Anne ! Elle a eu treize ans au mois de mai dernier. Il paraît qu'elle ressemble de plus en plus à Marquise...

Sa plume le tire en avant. Il lui faut avancer coûte que coûte sur le chemin rocailleux. Ne pas s'arrêter pour rêvasser à des amours impossibles ! Travailler !

« C'est faire à vos beautés un triste sacrifice
Que de vous présenter Madame avec ma foi
Tout l'âge et le malheur que je traîne avec moi
Jusqu'ici la fortune et la victoire mêmes
Cachaient mes cheveux blancs sous trente diadèmes »

Il s'arrête brusquement, obligeant sa plume à faire de même. La femme de Nicolas se tient dans l'embrasure de la porte, tenant dans sa main un grand verre d'eau fraîche. Il la trouve toujours aussi émouvante avec son regard d'étang frissonnant. Il veut se lever à son entrée ; elle lui fait signe de ne pas bouger. Elle demeure le plus souvent silencieuse lorsqu'ils se trouvent seuls dans une pièce. Parfois il l'aperçoit en compagnie de ses trois enfants, Marie-Charlotte, Anne-Charlotte, Claude-Auguste, onze, dix et neuf ans ; il envie son cousin Nicolas, mais sans méchanceté. Parfois, elle vient le visiter, s'asseoir à ses côtés, l'écouter un moment. Il n'arrive pas à deviner ce qu'elle cherche auprès de lui.

Cet après-midi brûlant lui rappelle un fugace souvenir en sa compagnie. C'était il y a déjà si longtemps ; tout est devenu on ne peut plus vague. Elle était sur le lit, bondissant souplement comme une enfant pour se hisser à sa hauteur, puis elle a ramené ses jambes sous elle. Il n'a pu s'empêcher de penser à Nicolas et elle ensemble. Peut-être lui-même devrait-il songer à se marier ?

– Racontez-moi !

Elle s'inquiète pour lui : qu'est-ce qu'il écrit *de beau* ? Elle le trouve fatigué.

Il se lève avec lenteur de son fauteuil et se met à lui parler d'Eschyle, de son rêve, des cheveux blancs de Mithridate. Peu à peu il s'anime, s'échauffe à ses propres récits, revenant boire vers la table, lui lisant quelques vers. Elle le regarde de ses grands yeux et il se remémore l'étang de Port-Royal, ses rêves d'adolescent, ses désirs d'alors.

Elle vient de se renverser doucement sur le lit, riante à l'évocation des cheveux blancs de Mithridate.

– Vous ne vous prenez pas pour exemple, j'espère ? Vous n'avez aucun cheveu blanc !

Comme tout est léger avec les femmes ! Elle lui a tendu ses deux belles mains pour qu'il vienne auprès d'elle, et a ajouté :

– J'ai trouvé ! Votre modèle, c'est ce vieil aigri de Corneille qui ne vous laisse jamais de repos ! Ils sont tous jaloux de vous parce que vous êtes l'Amant, celui que nous voulons toutes séduire, mais moi j'ai été la première à vous émouvoir !

Elle lui parle de ses vers qui font courir des frissons sur la peau des belles comme des laides. Elle évoque Nicolas qui, l'autre soir, l'a défendu auprès de quelques ennemis, mettant en valeur la sobre luminosité de ses vers. Elle se penche un peu plus et lui déclare que ce qu'il écrit a la transparence candide des paroles de ses propres enfants :

– N'importe qui pourrait dire les paroles de Bérénice :

« Pour jamais ! Ah ! Seigneur songez-vous en vous-même
Combien ce mot cruel est affreux quand on aime
Dans un mois dans un an comment souffrirons-nous
Seigneur que tant de mers me séparent de vous
Que le jour recommence et que le jour finisse »

Il l'observe réciter ses mots comme, sans doute, dans les salons, à la Cour, d'autres femmes se rechantent intérieurement les plaintes de Bérénice ou de Roxane, comme elles feront bientôt de celles de Monime, tout en rêvant à des Pyrrhus ou à des Titus...

Il est devenu aussi fameux que Corneille au moment du *Cid*, même si bientôt un autre poète viendra troubler à son tour les belles âmes d'une façon nouvelle. Mais pour qui écrit-il ? Pour la Champmeslé, comme le clame cette vieille clabaudeuse de Sévigné ? Pauvre marquise qui n'a que deux lustres de plus que lui, finalement !

Il détaille l'épouse de Nicolas. Femme énigmatique : il lit en elle comme une demande à son égard, ou bien est-ce l'écriture qui auréole de ses propres fantasmes les êtres qu'il rencontre ? L'amour comme seule forme de connaissance... Et s'il l'embrassait, là, sur ce lit ? Pourquoi ne dit-elle plus rien ? Il se penche un peu plus vers elle qui vient de lui réciter les vers de *Bérénice* et rêvasse, sans le regarder, au poète qui les a écrits, lui qui se trouve pourtant si près, si près... Étranges créatures qui semblent toujours se promener dans un autre monde, mais, sans prévenir, vous sautent parfois au cou, et toujours à pieds joints dans la réalité la plus crue : aux premiers postes à vous soigner, à vous torcher un enfant, à vous embrasser !

Il prononce avec douceur :

– Merci pour le verre d'eau.

Elle rouvre les yeux comme si elle se réveillait, bouge légèrement, se rapproche de lui, et il découvre avec stupeur ses pieds nus. La blancheur de ces pieds sur ce lit d'eau sombre lui étreint le ventre.

À cette seconde, il tombe amoureux. Les pieds de la femme de Nicolas l'attirent, le bouleversent. Leur peau semble si douce à caresser, à baiser. Il devine les jambes libres sous la robe, pareillement dénudées. Alors il se redresse, quitte le lit et se met à disserter sur la vieillesse, Eschyle et même Corneille...

Elle n'écoute pas vraiment. Elle relance la conversation sur un mode plus badin. Ah ! tout ce qu'on dit de lui ! La Cour s'esclaffe : Monsieur Racine passe pour être l'amant par excellence, mais on répète avec sérieux que le duc de Rohan est « la plus belle jambe ». Ah ! non, ne plus penser à Rohan, jamais !

Mademoiselle Vitart le flatte. Heureusement, son mari Nicolas a un jugement plus sain !

Il songe qu'il s'est d'ailleurs lui-même plus abstenu au long de sa vie qu'il n'a cédé à des maîtresses de passage. Tel est peut-être le secret de l'amour : mystère et ascèse. Comme la poésie !

– Ma plume ressemble de plus en plus à une fille jalouse qui remet son père dans le droit chemin, plaisante-t-il. Cet après-midi, je me suis pris, l'espace d'un moment, pour le vieil Œdipe aveugle mené par la jeune Antigone. Il ne sait plus où il est, les pierres roulent sous ses pieds, mais elle le tire, le hisse toujours plus haut.

Elle l'écoute, les yeux écarquillés, et peu à peu elle revêt le visage de ses amantes : offert, légèrement renversé. Il aperçoit la courbure du cou qui bat discrètement, tandis que tous deux, au milieu de cet après-midi fiévreux, ruissellent de mots qu'ils n'osent pas dire.

Il lui semble, lui dit-elle en repliant ses pieds de l'autre côté du lit, que son roi est bien âgé, cette fois-ci.

– Bien plus que Nicolas ? interroge-t-elle en plissant son joli nez.

– Bien que j'aie quinze ans de moins, je songe depuis quelque temps à la vieillesse. C'est un mal qui s'accroît et s'aggrave avec l'intelligence...

– Comment cela ?

Il apprécie de discuter avec elle. Les femmes vous écoutent, même si elles ne vous entendent pas. Leur attention lui permet souvent d'inventer, de se raconter, de trouver, sans qu'elles y prennent garde, une scène ou une image impromptue.

– Bientôt je serai ce qu'on appelle un barbon !

Elle hausse ses sourcils blond-blanc.

– C'est un mot qui ne vous conviendra jamais, ni à vous ni à Nicolas.

– Tout en écrivant *Mithridate*, je prends conscience que le monde est encore plus beau que je ne le voyais à vingt ans. Tenez, regardez cette pêche : parce qu'elle a vieilli, elle s'ouvre davantage, devient plus fragile et vulnérable à l'extérieur.

– Votre pêche, elle est en train de pourrir, tout simplement !

– D'une certaine manière...

– Non, tout à fait !

– Peut-être est-ce justement cela qui est en cause... Comme dans le cas de la pêche ! Jeune, vous ne cherchez guère la lucidité. Vous êtes sûr de la posséder, mais elle est floue. Peu à peu, la vue s'affine, elle se fait aussi plus implacable avec les accidents de la vie, les morts, les désillusions. On se met à découvrir la réalité du mal, les flétrissures, la pourriture apparaît comme sur cette pêche... C'est alors seulement que vous prenez le temps de contempler le fruit pour songer à sa beauté ancienne, désormais cachée, et ce qui est beau et bien vous apparaît alors extraordinaire. Vous devenez semblable à Mithridate qui reçoit l'aveu de Monime avec une joie où la souffrance décante et purifie le bonheur.

Il ramasse les feuillets qu'il s'apprêtait à corriger :

« Enfin ce Xipharès que vous voulez que j'aime
Vous l'aimez
Si le sort ne m'eût donnée à vous
Mon bonheur dépendait de l'avoir pour époux
Avant que votre amour m'eût envoyé ce gage
Nous nous aimions Seigneur vous changez de visage

Non Madame Il suffit Je vais vous l'envoyer
Allez Le temps est cher Il le faut employer
Je vois qu'à m'obéir vous êtes disposée
Je suis content »

Racine ne dit plus rien. Marguerite, la femme de Nicolas, descend souplement du lit. Elle vient d'assister à la naissance de la fin d'une scène. Dès la première réplique, il a reposé le feuillet sur la table, inventant peu à peu la suite non écrite, l'adieu sublime de Mithridate à l'amour de Monime.

Avec qui dialogue-t-il en ce moment, debout dans la chambre, indifférent à elle ? Elle va se retirer sans qu'il remarque son départ.

– Restez ! lui murmure-t-il alors.

Elle hésite, puis, revenant vers lui, elle dit à voix basse :

– Je vous connais depuis si longtemps, si longtemps... Vous n'êtes qu'un enfant !

Elle l'effleure d'un baiser léger qui a juste le temps de se poser sur ses lèvres avant de disparaître sans faire de bruit. Il songe à présent aux pieds nus qui s'en vont loin de lui.

Elle avait entr'aperçu les premiers cheveux blancs de son poète. Le Petit Jean allait donc devenir un vieil homme, comme son Nicolas.

Alors elle se met à pleurer tout en descendant l'escalier. Il était de plus en plus troublant et il ne l'avait pas embrassée.

Chapitre 24

Au clair de la lune

Je suis vieux, belle Iris, c'est un mal incurable
De jour en jour il croît, d'heure en heure il accable...
Mais ne me rangez point alors que j'en soupire
Parmi les soupirants dont il vous plaît de rire...

PIERRE CORNEILLE

Personne ne le saura jamais. Les voici l'un et l'autre dans le même carrosse. Ainsi se joue le destin.

Le vieux poète n'a pas prononcé un seul mot. Racine regarde à la dérobée Corneille qui a exactement le double de son âge. Il a envie de dire son admiration à cet homme de soixante-six ans qui a donné, il y a peu, une pièce au théâtre.

Tous deux viennent de supporter le spectacle assourdissant de Monsieur Lulli, cette espèce de singe noiraud qui secoue en tout sens sa canne dorée et avec qui Racine a toujours eu du mal à converser, le musicien employant encore, à quarante ans, un mélange d'italien et de français qui confère à sa voix des accents criards. Le silence qui s'est instauré dans le carrosse est pour l'heure le bienvenu.

Le Roi les attend au Louvre pour fêter Monsieur Giovanni Battista Lulli, le « Grand Baladin », comme d'aucuns l'appellent. Surintendant de la Musique du Roi que Sa Majesté vient de nommer à la tête de l'Académie de Musique. Racine n'aime guère ce Florentin qui cherche à s'imposer de plus en plus, sans retenue aucune, réclamant des sommes sans cesse plus considérables sous prétexte que ses spectacles nécessitent beaucoup de frais. Le spectacle auquel ils ont assisté au Jeu de Paume a laissé à l'auteur d'*Andromaque* une profonde impression d'ennui, d'inutilité. Aucun texte à écouter. Aucune réflexion. Des mots plaqués sur de la musique, et non pas la musique intérieure aux mots. Il aimerait parler de cela avec celui qui, face à lui, semble sommeiller. Il faut qu'il ose ! À chaque cahot du carrosse, le temps s'engloutit entre eux deux, happé par les sabots des chevaux. Bientôt ils seront au Louvre. Il ne peut rester ainsi face au père du *Cid* sans mot dire, alors que les dieux eux-mêmes semblent avoir voulu ce dialogue.

Il observe la main vieillie caresser lentement la fine moustache. Monsieur Corneille a sûrement fermé les yeux pour échapper à toute conversation avec son rival. Les carrosses se suivent, s'arrêtent parfois. Racine contemple par la vitre l'obscurité blanche qui recouvre Paris, lorsqu'il entend son compagnon murmurer :

– Vous et moi venons d'être les témoins, ainsi que les poètes présents, de notre disparition.

– Comment cela ?

Il a balbutié en se demandant s'il a réellement entendu la voix fatiguée de l'auguste auteur. Son compagnon poursuit tout en gardant les yeux clos :

– Nous serons comme Paris ce soir, engloutis dans un brouillard gris. Je déteste cette neige qui assourdit le monde... Je n'ai jamais défendu vos pièces, Monsieur Racine, bien au contraire, mais, ce soir, je suis à vos côtés, même si je me sens toujours plus proche de l'ancienne époque. Nous venons de recevoir tous deux nos lettres d'adieu ! Avez-vous apprécié ce à quoi nous avons dû assister ?

– Si vous me pardonnez cette critique, et bien que Monsieur Lulli ait collaboré à votre *Psyché*, je me suis parfaitement ennuyé. Sans doute manquait-il à ce spectacle votre main ou celle de Molière. Les divertissements du *Bourgeois Gentilhomme* ou des *Amants magnifiques*, sans la pièce entière qui d'ordinaire les soutient, m'ont paru bien longs, en dépit de la beauté des costumes, des machineries, du luxe des décors.

– Boileau n'a pas tort quand il dit de ce gâte-sauce qu'il aurait dû rester petit cuisinier chez Mademoiselle de Montpensier !

– Oui, mais il brûlait les rôtis ! C'est même à cause de cela, raconte-t-on, que le comte de Nogent, attiré par l'odeur, découvrit dans un coin le marmiton qui jouait du violon au lieu de surveiller les plats.

– Il a fait son chemin ! Ce danseur accompli est en train de tourner la tête à Sa Majesté. Malheureusement, la poésie est la dernière chose dont cet Italien se soucie en vérité, et si les opéras de Monsieur Lulli triomphent, nous n'aurons plus qu'à lui commander nos *Requiem* ! Ces spectacles à grands effets ne laissent aucune chance à la réflexion. Quel intérêt peuvent d'ailleurs présenter pour cet artificier les questions de prosodie ? Il devrait rendre hommage à Molière, à qui il doit tout ! Bel hommage, en vérité, que celui auquel nous avons assisté ce soir : il y a quelques mois à peine, il le trahissait en obtenant du Roi les lettres patentes pour lesquelles l'illustre comédien avait demandé audience et, ce soir, voici qu'il supprime tous les textes que sa musique ne faisait jusque-là qu'illustrer. Molière lui-même m'a rapporté la fourberie de cet amuseur : « Plus éveillé que moi, Lulli partit deux jours plus tôt que celui dont nous étions convenus. Il alla au Roi demander le privilège pour lui seul, à la faveur des belles couleurs qu'il sut donner à sa requête et à des conditions rigoureuses qui faillirent nous obliger à la ruine... »

Racine se rappelle qu'il y eut en effet un décret, rapporté depuis lors, qui défendait *« à toute personne de faire chanter aucune pièce entière, soit en vers français soit en d'autres langues, comme de faire aucune représentation accompagnée de plus de deux airs et de deux instruments ! »*

– Pauvre Molière trahi ! conclut Corneille en regardant droit dans les yeux son compagnon.

Va-t-il aussi évoquer la trahison de Racine au moment d'*Alexandre* ? Racine ne se laisserait pas injurier de la sorte. Aussi prit-il les devants alors même que le carrosse accentuait son allure. Non sans douceur, il posa une question qui le hantait et obligeait Corneille à ne pas l'attaquer lui-même :

– Pourquoi Molière vient-il de renoncer à votre *Pulchérie*, après l'avoir annoncée ?

Son compagnon eut un triste sourire et se cita avec ironie :

« J'aimais quand j'étais jeune et ne déplaisais guère
Quelquefois de soi-même on cherchait à me plaire
Je pouvais aspirer au cœur le mieux placé
Mais hélas j'étais jeune et ce temps est passé »

Un silence suivit cette discrète confession. Corneille avait-il lui aussi succombé au charme d'Armande Béjart pour qui il avait écrit sa *Psyché* ? Le comique jaloux en avait-il pris ombrage ? À moins que Molière, de plus en plus épuisé, ne se sentît plus capable d'assumer d'autres risques avec Corneille, *Attila, Tite et Bérénice* ayant été autant d'échecs et l'auteur demandant des droits considérables. Toujours est-il que Monsieur Molière a renoncé à la nouvelle création de Monsieur Corneille qui la donne donc au Théâtre du Marais. Que se passe-t-il exactement dans la vie et l'âme du grand écrivain, peu à peu délaissé par les spectateurs ? Sa *Pulchérie* va être jouée dans quatre jours et il n'a ni l'air très enthousiaste ni très confiant.

– Vous connaissez le Théâtre du Marais ? C'est un lieu où bientôt on ne voudra plus se souvenir qu'il y ait eu un théâtre !

Le carrosse vient de s'arrêter brusquement, projetant légèrement en avant le vieil homme que Racine retient. Ils restent quelques secondes agrippés l'un à l'autre. Corneille en profite pour murmurer douloureusement le nom de Marquise, ou bien est-ce Racine qui perçoit ce nom entre eux deux ?

– Marquise !

« Quel supplice d'aimer un objet adorable
Et de tant de rivaux se voir le moins aimable »

Marquise vous a préféré à tous ! Je vous ai vu pleurer, ce soir, lorsque la musique des *Plaisirs de l'Île enchantée* a éclaté, jouée par tous les violons du Roi. À moi aussi, cela rappelait les belles années...

– J'ai eu de la peine pour Molière, assis sur scène, obligé d'écouter sans sourciller et retenant à grand-peine sa toux.

Racine ne souhaite pas évoquer Marquise en compagnie de Corneille. Cela ne le concerne pas et l'on a si vite fait de verser dans de vulgaires confessions.

– Monsieur Lulli étant nommé à la tête de l'Académie de Musique, il n'y aura plus de Marquise, de Montdory, de Montfleury ou de Champmeslé ! J'envie la des Œillets de ne pas avoir assisté à cela ! Le Florentin nous fera tous chanter. Plus d'acteurs, plus de poésie, plus de texte ! De la cuisine si bien gâtée, dit Boileau, que les spectateurs ne savent plus ce qu'ils dégustent. Où est l'alexandrin, où est la règle ? Où est l'écriture ? Du bruit, de l'agitation, de l'argent ! Voilà tout ce qu'on verra se déverser sur nos scènes grosses et petites dans les siècles à venir. Ne vous inquiétez pas : nos échauffourées littéraires n'auront plus d'intérêt pour personne et vous regretterez le temps de nos soufflets !

Son vieil adversaire a décidément le sens de l'humour et sait rappeler avec élégance à Racine l'époque où il osa se moquer dans *les Plaideurs* du soufflet du *Cid*...

– Qui se souciera demain de la vérité historique ? Et dire que nous nous disputions à propos des Huns ou des Romains ! L'Italien nous a endormis avec ses couleurs chatoyantes. Il n'y aura plus de querelles d'idées ! Quel repos pour Sa Majesté ! Les violons du Roi couvriront nos comédies comme nos tragédies !

Le carrosse est reparti au trot de son attelage. Ils ne disent plus rien ni l'un ni l'autre. Racine ne peut avouer à son compagnon et rival que, plus d'une fois, écrivant *Mithridate*, il a songé à lui, le vieux roi du théâtre ! Ce soir, il aimerait être consacré fils spirituel de cet homme âgé, assis en face de lui, mais personne, que ce soit Corneille ou ses anciens maîtres, ne le laisse être le Xipharès aimant. Tous voient en lui un traître ! Un Pharnace prêt à voler l'amante de son père et à trahir les siens ! Il songe non sans ironie qu'il y a une manière d'inceste entre eux deux : il a possédé Marquise que le grand tragique a courtisée des années durant.

Finalement, leur duel a eu de la hauteur. Avec qui d'autre eût-il pu évoquer la question de la tragédie à venir ? Corneille connaît mieux que personne les centaines d'heures de travail et d'étude solitaires qui se cachent derrière la sobre luminosité d'une pièce. Lui aussi a été la proie des rédacteurs de gazettes superficielles, tels Robinet qui le défend maintenant ou Donneau de Visé, papillonnant à n'importe quel souffle de la renommée ! Mais ni l'un ni l'autre des deux voyageurs ne peut se confier davantage. Le carrosse pénètre maintenant dans lc Louvre. La neige a tout juste le temps de les effleurer qu'ils se séparent déjà sans avoir échangé un mot de plus.

Racine est aussitôt entouré. Sa Majesté le réclame et les femmes le dévisagent avec insistance tandis qu'il s'avance vers Toussaint-Rose, venu à sa rencontre. Le vieux secrétaire lui confie que la marquise de Montespan a déclaré que son costume gris perle lui fait une belle mine, mais, alors qu'ils se fraient un chemin parmi la foule qui envahit les couloirs, les salons, les escaliers, il entend distinctement une voix sarcastique lancer comme si elle parlait d'une femme à des amis :

« Elle empruntait l'éclat d'une assez belle Rose
Qui la comblant de ses faveurs
La fit passer souvent pour une bonne chose
Il est vrai »

Bousculé, Racine ne discerne pas la suite, mais le secrétaire complète le vers en souriant :

– *la Rose piqua la Racine...* La jalousie n'est pas l'apanage de l'amour ; c'est aussi et surtout de la politique. Quelques vers commencent à circuler ainsi, maniant la Rose et la Racine avec grande bassesse et dont nous sommes contre notre gré les héros. Laissez les gens vous envier ! Je crois que l'auteur en est ce pauvre Barbier d'Aucour qui envisage de publier toute une série de pamphlets à votre propos. Quelle importance ? Souvenez-vous des immondes libelles contre Madame : *l'Histoire de l'amour feinte du Roi pour Madame, la France Galante, les Amours de Madame et du Comte de Guiche...* Même Sa Majesté n'a rien pu opposer à ces publications qui s'imprimaient en Hollande ! Je redoute davantage le jour où ces écrits laisseront la foule indifférente...

Ils parviennent non sans difficulté jusqu'à Leurs Majestés. Le Roi l'accueille avec un léger sourire qui fait tourner toutes les têtes dans sa direction et le console de ce qu'il vient d'entendre.

Qu'importent en effet les jaloux à côté de ce regard doré qui vient de l'envelopper ! Il écrit pour Lui ! Monsieur Corneille a tort : le Roi peut écouter les violons de Lulli et s'intéresser à l'élaboration d'une tragédie, demandant à son secrétaire de fournir à Racine tous les renseignements relatifs à tel aspect de la politique étrangère qu'Il souhaite lui voir évoquer dans son œuvre. Il se penche aussi bien sur les machineries de l'Italien que sur les grands équilibres du monde. Et combien de fois Racine n'a-t-il pas discuté avec Toussaint-Rose des intérêts de la France en Europe ? Telle est la question qu'il s'essaie à traiter indirectement à travers son *Mithridate.*

Il observe Louis. Le Roi l'impressionne et l'émeut au plus intime de son être. Il y a entre eux une parenté secrète, inexplicable aux autres. Il songe qu'aucune femme jamais ne lui a provoqué un tel sentiment d'appartenance, ne lui a inspiré une telle complicité immédiate.

– Sa Majesté veut vous entretenir seul dès demain.

Le Roi vient à nouveau de l'effleurer de son regard solaire. Il a revêtu un habit d'une seule couleur qui contraste avec le luxe chamarré de cette Cour qui virevolte autour de lui. Son costume feu réchauffe l'immense pièce dont il a fait ouvrir les fenêtres, ayant toujours trop chaud. Le Roi est ce soir la flamme même. Il est à Lui seul le public que Racine aurait voulu en permanence conquérir. Voluptueux, sans céder aveuglément à ses désirs, maître de lui-même, pesant chaque décision, dédaigneux des flatteries, observant sans complaisance chaque courtisan ; c'est l'histoire du monde qu'il écrit d'une main lucide.

Racine songe à l'enfance qu'ils ont tous deux connue. Le Roi dressé comme lui-même dès son jeune âge à se bien tenir, à ne pas céder à ses propres caprices, à se vouloir le représentant sur Terre d'un Dieu ultime, juge du reste de cette humanité qui, à leur différence, ne sait que se laisser aller à ses penchants. Peut-être est-ce cela qui les rapproche ? Une certaine façon de se préserver, de ne pas user l'instant présent.

Il aime le Roi et peu lui chaut ce qu'en disent les pamphlétaires. Sans Lui, aurait-il eu le désir d'imaginer Alexandre, Pyrrhus, Titus ? Il songe soudain à Eschyle : pour qui écrivait-il, lui ? Pour quel amour secret ? Quels dieux avaient poussé le garçon d'Éleusis à faire naître dans la nuit étoilée d'Athènes la tragédie ? Il avait défié la colère des prêtres qui l'accusaient d'impiété. Racine l'imaginait, galopant vers l'autel de Bacchus, fuyant la foule qui cherchait à le lapider, emportant à l'abri de son manteau qui claquait au vent de sa course, son trésor, la Tragédie, tel le feu de Prométhée ! Au milieu de cette Cour de flatteurs, il rêve à la témérité du Grec et à sa manière d'être fou, comme déclarait le neveu de Corneille : il se rappelle la voix nasillarde de ce jeune mondain de Bernard Le Bovier de Fontenelle déclarant l'autre jour, en compagnie de Donneau de Visé, tout en jaugeant Racine de ses petits yeux rapprochés, comme pour le désigner : « Eschyle ? une manière de fou qui avait l'imagination très vive et pas trop réglée... »

– À quoi songez-vous donc, Monsieur Racine ?

Le ministre l'a surpris au beau milieu de sa rêverie. Peut-il sans danger se confier à Colbert ? D'une certaine façon seulement...

– Je me disais qu'Eschyle n'avait pas eu la chance de travailler sous le règne d'un roi tel que Sa Majesté. L'Aréopage a bien failli le condamner pour ses écrits !

– La tragédie réveille les consciences et nous met parfois à l'égal des dieux ! À ce propos, j'espère que nous serons contents de votre *Mithridate*. Et comment Eschyle a-t-il échappé à ses juges ? s'enquiert le ministre avec une pointe d'humour.

– Il allait être condamné comme impie lorsque son frère Amynias, qui avait pris sa défense, retroussa sa manche afin de montrer à tous son bras mutilé au service de la République. Il rappela aussi les actes de bravoure qu'avait accomplis le poète lui-même lors des trois dernières guerres de Marathon, Salamine et Platées.

Le ministre sourit et, avant de rejoindre Sa Majesté, rappelle au poète qu'il doit s'entretenir avec Elle dès le lendemain :

– Sa Majesté désire être satisfaite de votre tragédie. Après la chute de Candie, le monde chrétien se demande avec inquiétude où le grand Turc portera son effort. Depuis un quart de siècle, chrétiens et infidèles s'affrontent dans cette région. Nous redoutons une offensive en Méditerranée centrale et, comme vous ne l'ignorez pas, la guerre en Hollande nous affaiblit au nord. Venise et Gênes sont en pleine agonie, les papes se préoccupent plus de leurs parures et de leurs ornements que de la Chrétienté, la Sicile et la Sardaigne sont menacées... Heureusement, les Mahométans ont déclaré la guerre à la Pologne ; ils convoitent la Podolie. Il faut que la France maintienne l'équilibre en Occident malgré la coalition probable de Léopold, de l'Espagne et du Danemark. Nous avons besoin pour l'heure de nous entendre avec les Turcs. N'oubliez pas dans *Mithridate*. Ménageons-les ! Et souvenez-vous : Eschyle n'a pas été sauvé par ses écrits, mais parce qu'il avait été soldat !

Il se retourne et fait signe à Toussaint-Rose, resté au côté de Racine, de l'accompagner avant de répondre à Sa Majesté.

Le bruit est assourdissant. Le voici entouré de courtisans des deux sexes qui le flattent sans dignité. Le ministre vient à peine de le quitter : nul ne peut ignorer que Monsieur Racine est toujours à la mode. Où est passé Corneille ?

Pressé de toutes parts, sollicité, adulé, Racine ne se sent pas moins abandonné de tous. Rien ne pourra jamais le guérir de cet exil de l'âme. Par-dessus des têtes qui croassent autour de lui, il contemple sa vieille complice, la neige, si délicieusement silencieuse quand elle assiège le Louvre, le Roi et toute cette foule.

Un jour, le monde entier sera recouvert de cette cendre transfigurée et l'Esprit viendra se réfléchir aux dix mille facettes du cœur humain. La tragédie resplendira elle aussi, transfigurée, et chaque homme travaillera à être un dieu éloigné de toute jouissance vulgaire.

Une vieille peinturlurée l'agrippe. Elle ressemble à Pimbêche. Ils sont tous après lui comme des hyènes se disputant les restes d'un cadavre.

Le Roi l'a vu. Il peut désormais quitter cette foule tressautante, rentrer chez lui.

Bienheureuse fraîcheur ! Il marche en solitaire, songeant à *Mithridate*. Il lui faut à la fois intégrer les allusions contemporaines, les citations anciennes, respecter la vérité historique, allier tendresse et science du politique, faire resplendir avant tout la grande langue de France, être en tout le digne élève de Port-Royal... Car partout les jansénistes triomphent : les écrits de Nicole, ses *Essais de Morale*, son *Renversement de la morale de Jésus-Christ par les calvinistes*... La *Logique*, les *Instructions chrétiennes* de Saint-Cyran, *le Mépris du monde* de Saint-Eucher, tout est édité, réédité...

Racine s'enfonce dans la neige glacée. Il a lu et relu. Que fait-il en plein novembre à errer comme un loup au cœur de Paris alors que Monsieur Lulli fait danser toute la Cour de belle manière ? Il n'a même pas aperçu Molière et a perdu de vue Corneille. Où ont disparu les poètes ?

Il s'arrête. Il voit la mort de Mithridate. Sa voix s'élève dans la nuit sur laquelle ses mots s'inscrivent. Cette fin qu'il n'avait pas encore parfaite se moule à présent dans la blanche écriture de novembre. Il entend la Champmeslé prononcer les derniers vers de Monime :

« Vivez Seigneur vivez pour le bonheur du monde
Et pour sa liberté qui sur vous seul se fonde
Vivez pour triompher d'un ennemi vaincu
Pour venger... »

Qui se penchera ainsi sur ses paupières alourdies par la mort ?

« ... C'en est fait Madame et j'ai vécu »

Il frissonne, s'interroge à nouveau : qui lui fermera les yeux ? Quels doigts féminins seront assez doux pour le porter jusqu'au royaume des ombres ? Épuisé, abandonné, orphelin de toute tendresse, aucune femme, aucun homme ne pourra plus le réconforter. Il a envie de terminer là sa pauvre vie d'insecte. La politique ? L'amour ? La religion ? Tout fond comme cette neige entre ses doigts gourds. Il pourrait s'allonger là, dans cette ruelle, et se laisser recouvrir, loin du vain bruit. Qui a encore besoin de lui ?

« Du palais à ces mots il fait ouvrir les portes »

Comme pour Mithridate, l'heure est venue pour lui de faire ouvrir toutes grandes les portes de son palais et de s'en aller mourir.

« Enfin las et couvert de sang et de poussière »,

il marche, de plus en plus faible ; la neige le drape de la tête aux pieds d'un large manteau lumineux.

– Monsieur ! Monsieur !

Qui l'appelle ainsi ? Est-ce Monime ? Est-ce Marie ? Mais non, la Champmeslé doit être à ripailler avec ses amis. Quelle est cette voix dont il perçoit seul, de temps à autre, l'appel étouffé ? Il lève les yeux vers le ciel. La neige s'est arrêtée de tomber. La lune inonde de toute sa clarté la terre qu'il foule de ses bottes de cuir mordoré. Il a ôté sa perruque de Cour, se laissant caresser par les flocons humides, et son ample cape d'épais drap clair le rend semblable à quelque chevalier d'un ordre ancien. Encore mouillés, ses cheveux rejetés en arrière, couleur ardoise, se confondent avec cette cape au grand col que le duc de Luynes lui a offert. Il ressemble de plus en plus à ces loups qui se prennent à lécher la lune dans leurs rêves d'amour. Il s'arrête, respire l'air glacé avec délectation. À l'intérieur d'une maison s'élève le chant d'une femme qui déverrouille les dernières serrures de son âme. Une très ancienne berceuse se mêle au vent mordant, réveillant sa mémoire, l'enveloppant d'une tiède tendresse. Il reconnaît le chant de la maman à son bébé. Il n'est plus seul. Le grand pétale céleste a la douceur et l'arôme du lys. Marche à sa rencontre la grande cohorte des poètes...

Il lui suffit de s'élancer vers cette lumière. Que demande-t-il de plus à cette terre pesante, sinon la permission de reprendre un peu haleine avant le grand voyage ? Il a été élu ! Il peut se réciter des passages entiers de l'*Iliade* ou de l'*Énéide* ; Eschyle ou Sophocle accourent dès qu'il ressent le besoin de leur compagnie. Très rares sont ceux qui peuvent marcher ainsi dans la nuit en réinventant l'humanité par la poésie. Son écriture lui permet de jouer infiniment au dieu. Au-dessus de tout pouvoir, quelle que soit l'époque, les poètes créent un monde. À cet instant précis, se dit-il, quelque part sous les étoiles, un poète trace une parole indéfectible, et l'humanité, grâce à lui, est tirée hors des ténèbres indéchiffrables.

Pour la première fois, Racine ressent le besoin d'enseigner à un être tendre tout ce qu'il a appris. À un enfant, à une femme, ou plutôt à un adolescent sans reproche qui peu à peu se formerait à ses côtés. Non pas un fils acquis à sa ressemblance, mais un jeune compagnon que le destin lui amènerait, pareil à lui jadis, se cherchant un maître, ils chevaucheraient de conserve, comme Achille et Patrocle. À lui seul il confierait le secret de son âme : sans aucune retenue, prêt à se laisser fouailler et lacérer par les mains vierges de son ami.

Semblable en cela à Saint-Cyran, il a le désir d'élever un orphelin, de lui donner une âme et un nom. Il songe à Marquise. Ah ! s'il avait eu ce fils d'elle ! Marquise... Malgré ses propres enfants, elle avait toujours su garder son allure d'Amazone belliqueuse. Il la revoit dans le rôle d'Ascagne, déguisée en homme au temps où elle jouait avec Molière. Il y a si longtemps... Molière sous le bonnet rayé de Mascarille et elle, si jeune, dans le rôle d'Hippolyte, la fille du bonhomme Anselme. Hippolyte ! ainsi appellerait-il ce compagnon, Hippolyte, le fils de l'Amazone, réplique du fier adolescent qu'il a été. Mais cet enfant futur, il faudra le préserver du monde et de ce qu'il est lui-même devenu : un amant parmi d'autres d'une comédienne mariée – Hippolyte ! Ah ! qu'il a hâte de le voir surgir devant lui, rebelle et intact !

Il contemple une fois encore le ciel démesuré, transpercé par la lune. Tout en imaginant l'enfant pâle qui marchera à ses côtés et qui n'aura encore jamais fléchi sous le joug amoureux, il reconnaît la musique qui l'accompagne depuis tout à l'heure : *« Au clair de la lune, ouvre-moi ta porte... »*

Monsieur Lulli colporte que c'est lui qui l'a composée. Racine en doute fort. La pureté de la mélodie va mal à cet homme agité. Seul un musicien au cœur d'enfant a pu imaginer une mélodie aussi transparente.

Lui aussi doit retrouver son innocence – et la limpidité de l'écriture. Il se met, sans l'avoir désiré, à prier, comme à Port-Royal il y a bien longtemps.

Chapitre 25

La Pluie d'or

Je me tins, celé, dans l'oubli
Le visage penché sur l'Aimé
Tout cessa tandis que je demeurai là
Abandonnant mon souci
Parmi les fleurs des lys, oublié.

SAINT JEAN DE LA CROIX

Le charme de la voix ! La pénombre de la pièce la rend encore plus troublante. Depuis le couloir, elle l'a ensorcelé, l'empoignant, le forçant à ralentir le pas puis à s'adosser au mur pour en jouir davantage. Madame de Sévigné a en partie raison : il écrivait pour cette voix unique qui avait une façon de lui débonder l'âme, le tirant tantôt vers le désir le plus pervers, tantôt vers la pensée la plus haute.

Elle répète, seule dans la pièce, une scène d'*Iphigénie* qu'il a retravaillée depuis la représentation de l'été dernier devant Leurs Majestés, à Versailles.

Jamais aucune voix ne l'a à ce point inspiré. À l'écouter, il lui semble même faillir, comme s'il perdait son sang. Il est prêt à déposer son âme aux pieds de la Champmeslé. Il songe que, depuis quelque temps, c'est d'ailleurs un peu ce qu'il fait, succombant à toutes les exigences de la comédienne, obéissant au moindre de ses appels, humilié parfois de se voir préférer d'autres amants. Leurs scènes se reproduisent de plus en plus fréquentes, mais ils ne peuvent ni l'un ni l'autre rompre un lien que chaque création d'une nouvelle pièce resserre encore. En outre, dès qu'ils s'essaient à ne plus se voir, ils se retrouvent davantage, jaloux l'un de l'autre, et la férocité de leurs étreintes le laisse alors anxieux, hagard. Jusqu'où iront-ils ensemble ? À quel nouveau vertige se sentira-t-il convié ? Quelle œuvre en surgira ?

À cause d'elle, son visage montre d'étranges cernes bleuâtres que scrute Nicolas ; ses nuits deviennent de plus en plus inquiètes ; il va sur ses trente-cinq ans et son cousin s'efforce de le ramener à un peu plus de sagesse. À plusieurs reprises, il a évoqué devant lui le rayonnement de Port-Royal qui ne cesse d'attirer tous les grands esprits de l'époque. Il n'est pas rare, lui dit-il, que des carrosses s'y pressent. Peut-être devrait-il songer à se réconcilier avec ses anciens maîtres et à calmer quelque peu cette vie déréglée qui menace de ruiner sa santé, pour ne pas parler de son âme !

Il s'est emporté contre son cousin, tout en sachant combien il a raison. Lui-même s'allonge, harassé d'écriture et d'amour, mais il a horreur qu'on s'occupe de sa vie quotidienne ou que l'on se mêle de lui prescrire une règle. Quand cela arrive, il court retrouver Marie et se plonge insolemment avec elle dans des ébats fiévreux. Ainsi échappe-t-il à cette autre voix très lointaine qui l'appelle depuis quelque temps – car il n'est pas prêt à combattre avec l'Ange. Pas encore.

Sûrement pas en cet instant où la voix de la comédienne s'est glissée avec malignité tout contre sa poitrine.

« Ah cruel cet amour dont vous voulez douter
Ai-je attendu si tard pour le faire éclater »

Il ne respire plus, happant les mots qui l'enveloppent et le soumettent petit à petit jusqu'aux pieds de Marie :

« Ah que vous auriez vu sans que je vous le die
De combien votre amour m'est plus cher que la vie »

Elle reprend, corrige :

Elle travaille sans relâche le texte et c'est ce qui par-dessus tout l'attache à elle. Aucune actrice, même Marquise, n'a à tel point suivi ses mots.

Une image troublante vient occuper son esprit. Il l'imagine, encerclant l'alexandrin comme lui-même, le léchant, le recouvrant tout entier, s'encastrant en lui comme elle fait si bien. Elle seule possède l'art d'alterner la douceur et les coups, de se plier à ses rythmes ; cela ressemble à une danse tantôt religieuse, tantôt obscène, au gré de ses indications. Elle perçoit chaque écho, chaque assonance ; aucune autre voix n'a, comme la sienne, su faire danser rimes masculines et féminines, avec cet instinct très sûr.

Jamais elle ne lui a demandé quel rôle il était en train de lui écrire. Cela ne l'intéresse pas vraiment. Elle a raison : elle attend le texte sans rien vouloir en connaître. Certains la pensent stupide, mais elle a coutume de dire que les mots des poètes sont les pierres taillées sur lesquelles elle pose la pointe de ses pieds pour traverser les scènes. Toute autre indication la distrairait inutilement. Des comédiennes ou des comédiens s'empressent parfois d'interroger Racine : comment est mon personnage ? Grand, colérique, tendre, coquette, douce ? Il ne sait que répondre. Les personnages n'existent qu'avec, dans et par les acteurs. Lui n'a fait qu'écrire leurs mots. À eux de leur donner chair, leur chair ; de leur donner voix, leur voix.

Il venait de se faufiler à l'intérieur de la pièce, sans la déranger. Madame de Sévigné, la « belle-mère », comme tous la surnomment à présent, le lui a redit, l'autre jour : « Marie n'est pas vraiment belle. Piquante, certes, la taille avantageuse, bien prise, et noble, mais elle est laide de près. Malheureusement, dès qu'elle dit des vers, elle est adorable et mon fils comme moi-même n'avons aucune chance de lui résister. Souhaitez qu'elle ne déclame jamais du Corneille. Nous en serions tous amoureux ! » Cette vieille marquise ! Rien n'égalera jamais pour elle son dieu : Corneille. Racine en a souri : une telle adoration est plutôt attendrissante.

La silhouette de Marie se dessine dans la pénombre. Elle tourne à demi la tête vers lui sans interrompre son travail :

« Hélas il me semblait qu'une flamme si belle
M'élevait au-dessus du sort d'une mortelle »

Elle reprend entièrement la scène tout en lui tendant le texte afin qu'il joue Achille :

« Ah demeurez Seigneur et daignez m'écouter »

Il lui donne la réplique. C'est elle qui a demandé de venir la rejoindre dans cette pièce et il l'écoute, lèvres à lèvres :

« Hélas si vous m'aimez si pour grâce dernière
Vous daignez d'une amante écouter la prière »

Il songe à ce qu'elle avait répondu en se moquant de ses partenaires :

– Ils veulent savoir comment sont les personnages qu'ils vont interpréter. Mais est-ce que nous détaillons un homme que nous désirons ? A-t-il des yeux noisette ou bleus ? est-il grand ou petit ? doux ou brutal ? Moi, j'attends simplement qu'il me pénètre, et je fais de même avec les textes de Racine ! Les caractères, quel ennui !

Ils avaient beaucoup ri et elle était venue glisser à son oreille : « Demain, venez me rejoindre à Vêpres au théâtre. » Elle semblait ne croire en rien, sinon à la scène, et rien ne l'excitait davantage que lorsqu'il faisait son visage de mauvais prêtre.

Il écoute la voix qui peu à peu le déshabille et finit par lui arracher l'aveu d'amour. Il lui donne la dernière réplique d'Achille :

« Ah si je vous suis cher ma Princesse vivez »

Elle renverse la tête en arrière et passe lentement sa main sur son cou. Il s'approche :

– Quel est ce superbe costume ? Je ne vous l'ai jamais vu !

– Si je vous le dis, vous allez devenir jaloux, violent, crier et me quitter en donnant un grand coup de pied dans le mur. Au lieu de nous embrasser...

– Non !

Il fait un pas vers elle.

– Promettez-le !

L'orage gronde au-dehors, mais la pluie apaisante qu'il entend rebondir sur les toits, tout près, les isole du reste du monde. Elle lui donne ainsi des rendez-vous étranges, leur assurant une intimité jamais violée. Il se dit qu'il ne doit pas être le seul à la rejoindre en des endroits insolites qu'elle invente sans cesse, jamais les mêmes, pour les autres amants. Mais quelle importance ! Son infidélité le préserve de toute chaîne. Il peut d'un jour à l'autre la quitter aussi, s'en aller vers d'autres bras. Elle n'a pas trop l'air de s'en soucier, même s'il l'a surprise, l'œil attentif à toute jeune femme venant rôder autour de lui, et ne témoignant aucune bienveillance aux nouvelles comédiennes qui tentent de s'imposer à l'Hôtel de Bourgogne. Il n'est donc pas dupe de sa prétendue indifférence, mais elle redoute plus qu'il choisisse une nouvelle interprète qu'une nouvelle amante, car ce qu'elle préfère en lui, dit-elle, ce n'est ni son charme ni son esprit, mais son théâtre. C'est pour cela qu'ils se retrouvent toujours dans une même passion : parce qu'elle le juge plus grand que tout autre poète, et parce qu'il l'aime plus que toute autre interprète.

La pluie entre eux semble envahir le grenier mansardé où elle lui a donné rendez-vous. Le costume qu'elle porte a quelque chose d'austère qui la rend encore plus désirable. En se fondant dans la pénombre, le velours noir préserve tout l'attrait de cette voix qui semble ainsi appeler du fond des eaux qu'il entend ruisseler autour de lui. Il n'a plus qu'un désir : s'enfoncer dans ce lac sombre, s'y noyer, se laisser glisser dans ce murmure.

– Récitez-moi encore et encore...

– « Le devoir vient à bout des cœurs les plus fermes
Les grands cœurs ont vers lui des retours éclatants
Et quand on veut se vaincre il y faut peu de temps »

Il ne reconnaît pas ses vers, mais ceux-là lui rappellent quelque chose. Marie continue. Il devine avant même qu'elle ne lui en fasse l'aveu :

– Ainsi, le vieux tragique est de retour ! J'avais oublié : vous allez jouer Eurydice le mois prochain dans *Suréna*, que je viens de lire ?

– Vous savez ce qu'on dit : Corneille avec *Suréna* a fait du Racine, et Racine avec *Iphigénie* a fait du Corneille...

Ils rient, complices. Elle seule a la faculté de l'amuser aux pires moments. Il apprécie ce charme exquis qu'elle déploie pour alléger ses angoisses ou tourner en dérision ses jalousies.

– Votre « belle-mère » a raison : vous avez une manière bien à vous de *réchauffer* les pièces, et je suis bien heureux que vous soyez notre Eurydice à tous deux !

Ainsi, c'est elle qui va dire ces vers sublimes qu'il n'a pas écrits, ceux de son vieil ennemi intime, qu'il a lus quelques semaines auparavant. Il a déserté pour un temps l'atmosphère tendue de l'Hôtel de Bourgogne où son rival va faire un retour triomphal, ce qui retardera d'autant les représentations d'*Iphigénie*, puisqu'il faut bien laisser priorité à son aîné. Depuis plusieurs semaines, le théâtre ne l'a donc guère vu. Sans doute est-ce la vraie raison pour laquelle Marie lui a adressé cette impudique invite à venir la rejoindre, en cette fin d'après-midi, sous les toits de l'Hôtel de Bourgogne, tout en lui assurant que personne ne viendrait troubler leur dialogue.

Il fuit aussi la présence de quatre nouveaux comédiens, tous issus de la troupe de Molière, qui fait naître de douloureux souvenirs autour de l'illustre comique disparu.

Car Molière est mort.

La pluie redouble au-dessus et autour d'eux, emportant tant de noms dans son tourbillon... Il regarde Marie comme si l'un et l'autre n'étaient que d'éphémères rescapés attendant la prochaine vague qui va les engloutir.

Molière mort...

Au milieu de cette pièce si vide qu'elle semble n'avoir jamais connu d'occupant, au bout de ce labyrinthe qu'il a dû traverser en suivant pas à pas les indications fournies par Marie dans sa lettre, avant de découvrir ce lieu oublié de tous, il lui semble qu'à travers la jeune femme c'est l'histoire entière du théâtre qui lui a donné rendez-vous.

Ainsi, elle va jouer Eurydice...

– Et qui interprétera Suréna ?

– Baron !

L'enfant que Molière a fait débuter et qui vient lui aussi de rejoindre la troupe de Bourgogne. Armande s'en était dangereusement amourachée à une certaine époque. Baron, de presque quinze ans son cadet, que Marquise avait invité à dîner en tête à tête alors qu'il était à peine sorti de l'adolescence...

Eurydice, Baron... Tout était en train de se conclure.

– J'en étais sûre : vous voici inquiet ! À part La Thorillière qui vous exècre depuis les calomnies que vous avez répandues sur son beau-père dans *les Plaideurs*, les acteurs de Molière n'ont qu'un désir : interpréter vos personnages, surtout le grand Baron !

– Ce n'étaient pas des calomnies : La Roque volait ses camarades.

– Nous n'allons pas nous disputer... Molière est mort.

Elle a raison. Molière n'est plus. Il n'embrassera jamais plus les comédiennes. Marquise a elle aussi disparu, engloutie dans l'eau oublieuse du temps, et il va à son tour s'embarquer bientôt sur le dernier vaisseau en partance.

Il écoute la pluie gifler avec force la façade du théâtre et s'avance vers celle qu'il va enfin posséder après avoir écarté Molière, Corneille et autres Orphées... Eurydice lui a donné ce rendez-vous et il ne se retournera pas pour les voir mourir.

C'est qu'il n'est pas dupe. Il a lu attentivement la dernière pièce de Corneille et les allusions y sont claires : la réponse à son *Mithridate* est venue, cinglante. Jamais le vieux roi ne cédera ! Comme Suréna il préfère se faire tuer !

– Je vais vous raconter une bien vieille histoire. Il y avait deux poètes qui aimaient tous deux la même princesse, laquelle se nommait Tragédie. L'un était fier, rebelle à toute compromission, généreux, aimé de la princesse. L'autre, vindicatif, arrogant, plein de violence, disait-on. Dans l'assurance de son génie, sûr de son droit, le premier avait choisi la mort ; le second, roi reconnu de tous, devait épouser la princesse dont il n'était pas vraiment aimé, car toute l'âme de la jeune femme allait vers celui qui se sacrifiait pour le bonheur de tous :

« J'ai vécu pour ma gloire autant qu'il fallait vivre
Je laisse un grand exemple à qui pourra me suivre »

– Vous citez *Suréna* ?

– Oui. Corneille annonce par là au monde qu'il se retire à jamais.

– Et Orode le fait tuer pour que son fils règne...

– Chaque vers recèle une allusion à *Mithridate* ou à moi. Avec le départ de Corneille, suggère-t-il d'un bout à l'autre, la tragédie s'effondrera. Écoutez sa prophétie :

« Généreux Suréna reçois toute mon âme »

Elle a prononcé les derniers mots d'Eurydice... Elle s'arrête alors brusquement et récite avec la même voix :

« Dans cet embrassement dont la douceur me flatte
Venez et recevez l'âme de Mithridate »

Elle éclate d'un rire frais qui la rajeunit encore et dit comme si elle gourmandait le vieux poète :

– Pourvu que je ne me trompe pas de pièce tout en jouant et que je n'aille enchaîner sur *Mithridate* !

L'orage se rapproche, la pluie crépite comme un feu dévorant. Renversant son visage, elle paraît s'offrir à la colère du Ciel.

– Je n'ai jamais eu peur ni des hommes ni des dieux. Je ne déteste pas les assassins, mais je méprise les lâches qui se retirent.

Il la regarde. Elle arbore son visage d'Hermione. L'une des premières fois qu'il l'a vue jouer, reprenant le rôle que laissait la pauvre des Œillets, malade, elle l'a séduit par sa violence de sauvage. Il avait eu envie qu'elle le frappe et s'était jeté à ses genoux à la fin d'*Andromaque.*

– Écoute ! Je me rappelle qu'il a changé un alexandrin, l'autre jour, sans en préciser la raison à Baron qui l'interrogeait à ce sujet.

– Lequel ?

– Attends ! J'en ai justement parlé avec Baron. Il avait écrit :

« Et laissez-moi partir dans cette fermeté
Qui fait de tels jaloux et qui m'a tant coûté »

Il a corrigé : *« Qui fait* tant de *jaloux. »* Il a eu peur que tu ne l'assassines pour de bon. On murmure tant de choses sur ton compte. Tout le monde connaît ta fameuse jalousie !

Elle le provoque manifestement, cherchant à déchaîner en lui cette violence qui l'excite. Elle aime le pousser à bout. Corneille a raison : elle est la tragédie même. Dressée telle une Érinye, une chienne prête à mordre qu'il faudrait dompter. Elle dévore les rôles comme les âmes ? Il lui écrira un personnage qu'elle devra jouer à quatre pattes, s'il le faut !

– Comme ceci, lui dit-il. Tu joueras comme ceci !

Puisque chacun refuse de lire la douceur dans ses yeux, puisque Corneille fait de lui un assassin, il va se déployer tel quel, lumineux dans l'horreur, resplendissant jusqu'aux Enfers. Il ira rechercher Eurydice dans la fange, au plus bas de la souillure et de l'infamie. Corneille a composé l'une des plus belles tragédies de l'âme ? Lui, Jean Racine, l'enfant de Port-Royal, mettra au jour la créature déchue afin que l'amour le plus dégradant devienne la clé du salut. Son théâtre fera reculer d'horreur les hypocrites et les tièdes que haïssait tout autant le Christ. Son théâtre, il le martèlera au feu, comme monte en lui le désir de le faire avec elle, de la marquer pour l'éternité. Pour la première fois, il voit enfin les yeux de Marie se lever, remplis d'épouvante. Que vient-il de promettre ? De la marquer dans sa chair afin que la résurrection des corps dévoile son nom à ce Dieu qu'il exècre ? Le « Grand Empoisonneur », ainsi le nomme-t-il ! La tragédie plonge ses mains dans le sang, et eux se pavanent tous à disserter de ses enseignements dans leurs dentelles immaculées ! Lui, il ira jusqu'au bout de la Connaissance ; comme Pyrrhus, il plongera avec délectation ses avant-bras dans le boyau pour faire naître l'enfant royal de la poésie.

La Champmeslé tente d'échapper à son emprise. Il sait qu'il lui fait mal, mais pas de tragédie sans ces soubresauts d'horreur, sans ces nausées. Il ne lui épargnera rien !

Les larmes de Marie se mêlent à la pluie et l'apaisent. Qu'elle pleure encore et encore ! Il la harcèle, ne lui laisse aucune paix. Tel sera maintenant son genre d'écriture. Il en a assez de la belle langue virginale, de tous ces poètes impeccables et préservés ! Il lui réclame la servitude et elle acquiesce. Il veut qu'entre eux deux, tout soit sans retour possible. Telle Eurydice, elle restera dans les Enfers afin que le poète puisse exhaler sa plainte. La tragédie aussi doit épouser le cloaque. Il songe, l'espace d'un éclair, aux discussions élevées de ses anciens maîtres et, d'un coup, avec sa semence, laisse violemment la pluie d'or se répandre aussi dans les gouffres sombres.

Mais les lys gorgés de blancheur renaissent derrière son regard voilé.

Chapitre 26

L'Enfant au luth

> *Je n'ai appris qu'une chose. J'ai appris à aimer et je ne vous souhaite rien d'autre.*
>
> LOUIS ARAGON

Les mots ne sont que des mots, cendre échappée de nos mains, poussière des corps, et la tragédie une misérable farce jouée à pleurer par les vivants. Tout autre est la mort. La vraie. Celle-ci : celle de son enfant. La petite Jeanne-Thérèse. Elle ne touchera plus jamais à son luth. Le luth ! ils l'ont couché à côté de l'enfant, dans le cercueil.

Il n'écrira jamais plus. *Andromaque, Iphigénie ?* de dérisoires trompe-la-mort ! Il y a plus d'honneur et de vérité à faire rire. C'est une invention de l'homme. Lui n'a fait que voler aux autres leur souffrance, leurs passions, leurs cris. Il hait son théâtre. Il a voulu jouer au dieu, et Dieu l'a exaucé ; il a écrit le sacrifice de l'enfant sans nom, et elle est morte.

Ah ! comme il sait bien faire pleurer les spectateurs lorsqu'on traîne Iphigénie au supplice ! Et quelle merveilleuse invention que cette petite Ériphile ! Qu'il ose enfin l'avouer : il a dérobé à sa fille ses mots et ses accès de tendresse, son âme. Les vers maudits lacèrent sa peau comme le froid qui depuis quelques jours ne le quitte plus :

« Et moi toujours en butte à de nouveaux dangers
Remise dès l'enfance en des bras étrangers
Je reçus et je vois le jour où je respire

Sans que père ni mère aient daigné me sourire
J'ignore qui je suis »

Non, ne plus entendre ! Ne plus écrire ! Il est damné. L'enfant repose là, dans cette boîte semblable à d'autres, et ne reviendra plus jamais saluer.

Au fur et à mesure qu'il écrivait *Iphigénie*, elle s'est consumée, de plus en plus diaphane, comme si elle lui faisait don de son chant. Le dernier chant d'Orphée ! Dès qu'il apparaissait, elle prenait le luth qu'il lui avait offert et chantait de sa voix fraîche et limpide. Cette fois, l'oiseau de Port-Royal s'est à jamais envolé. Jeanne ! Il ne pleure même pas. Il ne se sent plus un être humain. Le démon a commencé son travail, tissant autour de son âme une insensible carapace. Il s'aperçoit qu'il n'entend pour ainsi dire plus les paroles qu'on lui adresse. Seuls ces vers effroyables résonnent pour lui du fond de l'abîme :

« Un autre sang d'Hélène une autre Iphigénie
Sur ce bord immolée y doit laisser sa vie
Thésée avec Hélène uni secrètement
Fit succéder l'hymen à son enlèvement
Une fille en sortit que sa mère a celée »

Comment faire taire le Dieu ? L'orgue laisse éclater ses basses et rouler son tonnerre, la terre s'ouvre aux accents du *Miserere*. Les parvis de l'église Saint-Roch se crevassent et les archanges fondent sur lui à grands claquements d'ailes immaculées. Il ne peut pas prier. Le théâtre mensonger ricane de lui : plus rien n'est de la vie. Il sent planer autour de lui l'odeur des pestiférés.

Assis, il bascule et roule à l'infini dans le vide. Elle entrait dans sa huitième année. Les dates s'emmêlent, les chiffres. Brécourt, le comédien, est venu ce matin – ou n'était-ce pas hier ? – lui porter huit cents louis pour *Iphigénie*. Il a pensé : le prix du sang ! Il a sacrifié son enfant aux dieux tragiques, mais Yahvé n'a pas retenu sa main, comme pour Abraham. Il ne peut plus remuer. Il est devenu de pierre. C'est ce qu'il a murmuré à Brécourt, ce matin – non, hier ! : « Le Roi assure que vous êtes capable de faire rire les pierres ! » et, prenant l'argent, il a éclaté d'un rire grotesque qui s'est mué pour finir en hurlement. Brécourt a pris peur, plus encore que lorsqu'il interprétait Bajazet ! Ils jouent d'ailleurs tous mal, depuis hier, et le monde entier coasse comme une mare aux crapauds. Où est parti son oiseau ?

Il vient d'être précipité dans le royaume des ombres en compagnie de Pirithoüs, Alcide, Thésée.

> *« Nous laisserons l'énorme chien de garde dans son antre épouvanter de son éternel aboiement les ombres exsangues... »*

Il reconnaît bien là la prêtresse de Virgile ! Quant au chien, il se nomme Rabotin – il gardait déjà la cour de Port-Royal. Il a même composé jadis son élégie :

> *« Semper, honor, Rabotine, tuus... »*

Tiens ! Quelqu'un essaie de l'entraîner. Ils n'y arrivent pas. Il est devenu Thésée lui-même, aux Enfers condamné à ne plus voyager :

> *« L'infortuné Thésée est cloué à son siège et y demeurera éternellement cloué. Phlégyas le plus malheureux les avait avertis : "Apprenez par mon exemple à ne pas mépriser les dieux." »*

Un froid inconnu gagne son corps. Il est damné.

Les premiers accords du luth le réveillent. Il sent l'encens lui caresser le front. Deux yeux le surveillent ; ils recèlent une indicible tendresse. Il reconnaît l'eau mauve de ces prunelles. Cela fait si longtemps ! Il vient de retrouver Marquise. Au royaume des ombres, les voici de nouveau unis. Son épouse devant Dieu l'a rejoint. Et leur enfant ? Où est la petite Jeanne ? La lumière tremblotante des cierges le réveille tout à fait, il gît sur les dalles de Saint-Roch, et de jeunes bras féminins le soutiennent. Il soulève un peu sa tête et découvre Marie-Anne. Pourquoi l'entoure-t-elle ainsi ?

Une onde de souffrance se propage d'un seul coup et lui tord le corps. Marie-Anne cherche à l'apaiser ; Nicolas lui indique qu'on va le ramener chez lui. Là-bas, l'office des morts continue. Il réclame alors qu'on le laisse.

Il prend appui sur Marie-Anne pour se redresser lentement. Le visage de la mince jeune fille évoque quelque adolescent de la Renaissance italienne. Racine pense qu'elle doit avoir à peu près dix-sept ans. On dirait le jeune frère de Marquise.

Les volutes d'encens montent au-dessus de l'autel, nimbant d'or la petite boîte de mauvais bois.

« Le soldat étonné dit que dans une nue
Jusque sur le bûcher Diane est descendue
Et croit que s'élevant au travers de ses feux
Elle portait au ciel notre encens et nos vœux »

Jeanne-Thérèse, leur enfant, l'effleure de ses doigts légers pour un ultime baiser. Il songe à la Communion des saints ; une âme monte au Ciel, préservée de tout péché, morte trop jeune pour que le monde l'ait pervertie. Ce chant lui en rappelle d'autres. Quand retrouvera-t-il les lentes processions de Port-Royal, l'assemblée de toutes ces voix unies, la paix de l'âme ?

Il tourne légèrement la tête. Ils sont tous là : Nicolas Vitart et Boileau ; les enfants de Marquise ; Catherine, qui a bien grossi, elle aime trop les gâteaux. Des souvenirs lui reviennent, vivants, et le tirent hors du moment présent. Il y a aussi le petit Jean-Baptiste, le filleul de Molière ; Racine observe avec tendresse qu'il porte ses dix ans avec grand sérieux.

Une fillette s'avance. C'est la jeune cadette de Nicolas, sa nièce. Du haut de ses treize ans, elle entonne un cantique d'une voix légèrement tremblante.

Il ferme les yeux d'où des larmes s'échappent. Jeanne resurgit ! Elle marche sur la pointe de ses pieds nus, dans sa grossière chemise. Elle le quitte en lui souriant avec douceur. Son visage irradie de bonheur. Elle ne fait plus qu'effleurer la terre et il se sent soulevé à son tour par cet impalpable battement d'ailes. L'enfant à sa ressemblance emporte une partie de son âme afin de la sauver. Il se sent apaisé.

Il perçoit le luth du poète. Désormais, il n'écrira plus que pour les anges, sa parole montera comme une prière. C'est le théâtre entier qu'il va tirer hors de lui-même vers le silence de ces espaces infinis qui ne supportent ni ne permettent aucune rature.

Il s'agenouille et se met à prier. Les mots viennent sans difficulté. Il ne renie aucune de ses erreurs. Son théâtre est pareil à ce Christ janséniste qui ne quitte plus le mur, face à sa table de travail : les pieds cloués à la terre grossière, incapables de se séparer de la boue, le corps tendu et comme arraché vers le haut où les deux bras enlacés, liés ensemble, s'élèvent comme une prière. Combien de fois n'a-t-il pas contemplé ces traits décharnés sous la couronne d'épines, ce ventre hâve, ces os saillants aux hanches et aux épaules, révélant le jeûne et la souffrance, mais la poitrine arborant une douceur que le sculpteur a su aussi retrouver dans le sourire des lèvres. Le visage aux yeux clos délivre une connaissance intime de la Révélation. Lui aussi saura. Il ne renoncera pas à cette ultime Parole de vérité.

Il songe à Pascal. Agenouillé au milieu de la nef de Saint-Roch, lui-même vient, happé par le doigt divin, mais il ne fait aucun Pari. Son écriture ne le lui permet pas ; sinon, elle ne sera jamais aussi lumineuse qu'il le désire. Transfigurée ! Comment parier au demeurant sur l'existence de Dieu sans en même temps reconnaître le doute ? Il lève la tête vers la boîte énigmatique. Mais comment Dieu pourrait-Il aimer Sa créature si celle-ci commence par douter de Lui ?

Il revoit la petite Jeanne courir dans sa direction et tendre ses bras vers lui dans un grand rire joyeux. Elle ne doutait pas de lui, son père, ni de la vérité de son amour. À quoi servirait-il de douter lorsque l'on possède l'amour ? Un désir de plénitude le submerge. Il veut croire à ce Dieu aimant, à l'écriture radieuse de la Vérité céleste. *« Que votre oui soit un oui, et votre non un non [...]. De sa bouche sortait un glaive acéré à deux tranchants... »* Le Christ de l'Apocalypse lui ouvre le Grand Livre.

Dans ce siècle tâtonnant, il ne peut emboîter le pas ni aux jésuites, prêts à s'accommoder du monde tel qu'il est, ni aux jansénistes désespérés, condamnant l'Homme à la chute. Il ne peut davantage se suffire de la raison pascalienne et de l'équation mathématique du doute. Il croit en Dieu comme en la figure souveraine du Désir, et préfère se laisser surprendre, tel le Lys de l'Évangile.

L'enfant au cœur pur lui adresse un dernier adieu :

« Quel charme vainqueur du monde
Vers Dieu m'élève aujourd'hui
Malheureux l'homme qui fonde
Sur les hommes son appui
Leur gloire fuit et s'efface
En moins de temps que la trace
Du vaisseau qui fend les mers
Ou de la flèche rapide
Qui loin de l'œil qui la guide
Cherche l'oiseau dans les airs »

– Votre prière est très belle !

Il lève les yeux. Marie-Anne vient de poser sa main sur la sienne.

Il trouve en effet qu'elle ressemblait au jeune compagnon qu'il attendait depuis toujours dans le secret de son cœur.

Chapitre 27

La carpe

Plutarque a déjà pu vous apprendre que Caton l'Ancien préférait la gloire d'être un bon mari à celle d'être un grand sénateur, et qu'il quittait les affaires les plus importantes pour aller voir sa femme remuer et emmailloter son enfant. Trouvons-nous honteux d'avoir un cœur ?

LOUIS RACINE,
Mémoires sur la vie de Jean Racine

La table est sûrement dressée comme il l'aime. Les enfants ont cueilli des fleurs simples et il se réjouit déjà de la carpe qu'il va manger avec eux. Catherine son épouse a dû acheter un beau poisson d'un écu au moins ! Il leur a promis ce dîner depuis si longtemps ! Il a dû bien malgré lui rester une semaine entière à Versailles auprès du Roi qui l'a retenu plusieurs fois après souper pour qu'il lui fasse la lecture. Sa Majesté lui a octroyé un logement au grand château et il partage ainsi sa vie entre Louis, qui peut l'appeler à tout moment, et sa femme et les sept enfants qui, seuls, l'apaisent, car il n'a malheureusement pas tout à fait oublié les secrets démons qui, comme ce matin, l'ont agrippé à l'improviste.

Dans le carrosse qui le ramène au galop nerveux de quatre alezans de la Maison du Roi, les souvenirs ont assailli le voyageur solitaire. Il a tiré les rideaux pour soulager ses yeux fatigués et se reposer de l'agitation brouillonne d'une Cour écervelée.

À peine sa tête s'est-elle abandonnée sur la soie fraîche du siège que les yeux violets de Marie-Anne ont interrompu le sommeil qui venait.

Tout s'est mis à recommencer : la jeune Marie-Anne du Parc le cherchant à travers le théâtre ; les chambres plongées dans la nuit ; Marie-Anne le veillant lorsqu'il a été malade, après la mort de Jeanne, sa seule fille ; les lèvres inexpérimentées de Marie-Anne ; le désordre de l'adolescente, ses supplications, elle à genoux, lui à genoux, tous deux se fuyant, se retrouvant ; les prières adressées par elle à l'homme de presque vingt ans son aîné, qui avait été son père adoptif et le secret époux de sa mère... Marie-Anne si semblable à Marquise, mais si jeune ! Dernière et terrible tentation à avoir illuminé son chemin, jadis, à la veille de ses trente-sept ans...

Il a hâte de retrouver les rires des enfants et le léger haussement d'épaules de sa bienveillante épouse, Catherine. Il ouvre les yeux, se représente la carpe qu'ils vont déguster en famille. Le petit Louis grimpera comme à l'accoutumée sur ses genoux. Trois ans à peine !... Racine repousse les rideaux. Il désire regarder la route, la forêt, la vie. Aura-t-il le temps de voir son dernier enfant atteindre sa dixième année ? Lui-même en aura bientôt cinquante-six. Que deviendront ses sept enfants s'il vient à disparaître ? Il n'a pas amassé assez d'argent. Il songe à ses folles dépenses avec la Champmeslé... Mais non, ne rien regretter !... Tout cela fait partie de sa vie, de même que ce mariage heureux, depuis dix-sept ans, avec Catherine de Romanet, la timide orpheline recueillie non loin de chez eux par un oncle de Mademoiselle Vitart. Il revoit leurs noces, ce 1er juin d'un été parfumé, six mois après le lugubre hiver de *Phèdre* où il avait bien cru perdre non la vie, mais la raison. Ne plus jamais penser à *Phèdre*... Un jour, lorsqu'il sera près de mourir, seul à seul avec Dieu, il relira ces vers foudroyants pour interroger l'Énigme avant le Jugement Dernier.

Quelle main l'amena ainsi à connaître la Passion parmi les crachats, les humiliations, les brûlures d'amour, les crimes, le pardon, peut-être la rédemption ? Le corps transfiguré de Marie-Anne !

Le carrosse ralentit, le distrayant heureusement de ses pensées. Un âne, non loin, est venu encombrer la mauvaise route, brayant désespérément. Mais qui appelle-t-il au secours ? se demande Racine. Mon ami La Fontaine l'aurait su. Il vient de les quitter à son tour, le mois dernier, le cilice ceignant ses flancs, a témoigné l'abbé d'Olivet. Son ami, Monsieur Maucroix, a recueilli l'objet sacré lorsqu'on l'a déshabillé pour le conduire à sa dernière demeure.

Le poète a légèrement entrebâillé la portière du carrosse arrêté afin de respirer l'air de mai. L'entêtement de l'âne le fait sourire. Du haut du Ciel, son ami lui adresse ce petit signe : ne rien prendre au tragique !... Il se remémore la fable *l'Âne et le petit Chien*, publiée dans le recueil édité l'année précédente et qu'il a lue à ses enfants : le pauvre baudet essayant en vain de se faire adopter au même titre que le chiot et se précipitant vers son maître pour le lécher et lui donner la patte.

« Voyant son maître en joie, il s'en vient,
Lève une corne tout usée,
La lui porte au menton fort amoureusement,
Non sans l'accompagner, pour plus grand ornement,
De son chant gracieux... »

Il entend encore les cascades de rires de sa petite Madelon lorsqu'il s'est rué, tel l'âne, en feignant de manger son visage tout plein de fossettes ! Sept ans... Et Catherine de se moquer de Monsieur Racine à quatre pattes :

– Quelle belle leçon vous donnez là à ces enfants !

Elle riait aussi et, ramassant le livre, elle le lui avait tendu en lui réclamant la morale de l'histoire.

– C'est le plus important, Monsieur mon époux ! Vous leur permettez de lire les *Fables* parce que cela est censé enseigner l'âme, mais vous paraissez l'oublier dès que vous lisez, et vous devenez l'âne vous-même !

Comme elle avait raison ! Il continuait, malgré lui, à s'échauffer à n'importe quelle lecture, et c'est la petite Anne qui avait repris la lecture en lui demandant la signification de la leçon :

« Ne forçons point notre talent,
Nous ne ferions rien avec grâce.
Jamais un lourdaud, quoi qu'il fasse,
Ne saurait passer pour galant. »

Il ne voulut pas expliquer le mot *galant* à sa fille de douze ans, et cela le mit mal à l'aise. Comment préserver ces jeunes âmes de toute souillure ? Il avait à dessein dévié sur la flatterie, transformant l'âne galant en courtisan flatteur, mais les yeux d'Anne le transperçaient. Les enfants devinent tout au moindre changement de ton, à la moindre hésitation, à un débit soudain accéléré... Pourquoi les adultes perdent-ils ce sens aigu de ce que dit par elle-même la voix ? Avaient-ils encore dans l'oreille l'écho céleste des anges ? Là-haut, forme et contenu coïncident si parfaitement sans doute que rien ne les différencie.

La musique céleste... Pour l'heure, ses oreilles sont plutôt emplies des braiments de l'âne, mêlés aux cris du paysan et des deux gamins qui tentent, aux côtés de leur père, de pousser et tirer l'animal hors du chemin. Ces enfants sont en guenilles et il songe aux siens propres. Injustice ! Les uns bénéficient de l'accès à la connaissance, les autres s'épuisent à pousser un âne hors de l'itinéraire d'un carrosse royal. Mais qui sera sauvé ? Et qui les sauvera ?

Il songe aux écrits de Saint-Cyran qui rejoignent par moments les inquiétudes de Monsieur Vauban, alors que tant d'autres choses les séparent ! L'un rappelle la naissance du Christ dans la pauvreté, l'autre ose adresser au Roi en personne des suppliques courageuses : *« Si Sa Majesté, pénétrée enfin de la souf-*

france de ses sujets, prenait une bonne fois la résolution d'y mettre fin et d'améliorer leur condition en rendant l'imposition de ses revenus égale et proportionnée aux forces de chacun... » Mais le Roi les a-t-il lus ?

Le carrosse vient de repartir. Après avoir décoché une ruade à son maître, l'âne a décidé d'obéir. Mais, avant de quitter le chemin, l'aîné des garçons a dévisagé le voyageur avec un regard chargé d'une telle hargne, d'une haine si virulente que Racine en ressent de la honte.

Les grandes famines commencent, la misère menace de toutes parts. Va-t-il sans rien dire ni rien faire assister du haut de la citadelle royale à l'anéantissement de tout un peuple ? Jamais il n'a été aussi proche de Louis dont, depuis un an, il est devenu plus que l'historiographe : l'un des cinquante conseillers secrétaires. Dès ce soir, il écrira à Vauban afin de lui demander des éclaircissements.

Par-delà les champs desséchés qui ont succédé à la forêt, il aperçoit encore l'âne qui s'obstine derechef à ne point avancer. Non, Louis XIV n'est pas Athalie ! Mais si lui-même, le Petit Jean, n'avait pas été l'enfant élu de Port-Royal, que serait-il devenu en ce siècle ? Un âne tiré à hue et à dia, à qui l'on flanque des coups de bâton !

Il se promet de parler au Roi, puis se rencogne sur son siège.

Comment va-t-on manger cette carpe ? Qu'a fait préparer Catherine comme légumes ? Versailles l'épuise. Il n'a plus le temps ni d'y manger, ni d'y dormir, ni d'y penser. Et, malgré cette frénésie, quel ennui ! Heureusement, il n'est atteint d'aucune des maladies du Roi. Il songe un instant au visage impassible de Louis et à cette mâchoire abîmée qu'il caresse par moments d'une main tachetée. Ils ont presque le même âge, mais lui, Racine, est toujours capable de faire l'âne avec ses enfants ! Peut-être est-ce l'innocence de Catherine qui le préserve ?

Les chevaux ont repris un trot joyeux. Il songe à Madame de Maintenon. Il est mal à l'aise avec elle. Pourtant, elle ne lui témoigne qu'amabilités. C'est elle qui l'a poussé à écrire *Esther*, puis *Athalie*. Peut-être lui en veut-il à cause de cela précisément. Elle a tenté de devenir elle-même le Roi. Et c'est sur son ordre qu'il a dû recommencer à toucher au théâtre. Il a eu l'impression qu'elle faisait irruption dans son lit en se mêlant de son art, qu'elle mettait ainsi la main sur lui. Mais comment désobéir à l'épouse de Sa Majesté ? Peut-être avait-il trop écrit sur les reines pour ne pas douter aussi du cœur de Madame Scarron ? Peut-être était-ce le jugement de Madame de Sévigné qui le troublait : « Cette vieille ordure », avait-elle murmuré un jour, près de lui, en regardant la reine faire ses oraisons. Depuis la fistule qui a définitivement endommagé la santé du Roi, il ne peut presque plus jamais le retrouver seul à seul et il a surpris plus d'une fois l'œil rond de Madame de Maintenon posé sur lui. Comme si elle jalousait son allure, sa santé, son charme. Parfois, il s'est surpris à penser qu'elle eût aimé le séduire et que règne ainsi une sorte de paix armée entre eux deux. Mais ce n'est là qu'une impression.

Par instants, le Roi, comme la veille au soir, tourne la tête vers lui, Racine, son poète, et se laisse aller à pleurer en silence, comme s'il voulait lui confier quelque chose mais s'en trouvait empêché du fait qu'ils ne sont plus jamais seuls. Il songe à la fierté de cet homme qu'il affectionne ; Louis n'apprécie pas qu'on s'agite sans cesse autour de lui pour le soigner, le couper de la vie, l'amoindrir face à la Cour, Lui, le Roi qui a toujours voulu dissimuler ou surmonter toute faiblesse.

Heureusement, Catherine n'a rien ni d'une infirmière ni d'une pénitente honteuse. Elle sait rire aux éclats autant sinon plus que les enfants. Comme il a hâte d'arriver ! Il imagine la joyeuse tablée. Peut-être Jean-Baptiste pourra-t-il être des leurs. C'est lui qui récite le *Benedicite* et à la pensée de son aîné, sa fierté, des larmes de bonheur échappent de ses yeux. La jeune Anne, comme à son habitude, omettant de manger, toute à sa prière, oubliera même la présence de la famille. Anne qui ne cesse de lui poser des questions sur Port-Royal, sur la grande Angélique qu'elle n'aura jamais connue, et qui aspire à rejoindre leur grand-tante Agnès de Saint-Thècle.

Il approche de Paris et remercie Dieu de lui avoir choisi une épouse comme Catherine, semblable à cette lumière naturelle qui traverse jusqu'au plus épais de la forêt. Lui-même commence à être un vieil arbre dont l'écorce se fragilise. Comme son pauvre vieux Roi entouré d'ombres. Même le mariage de Louis avec « Madame de Maintenant », comme on l'a surnommée, a eu lieu par une nuit glacée d'octobre, à peine quelques mois après le décès de la grande Reine... Quel contraste avec le sien ! Il revoit l'église Saint-Séverin tout illuminée, les Grands du royaume, le duc d'Albert, Colbert lui-même et Madame, Messire de Lamoignon, des hauts magistrats. Quelle joie de retrouver là son très ancien ami François Le Vasseur, et toutes les familles Vitart, Mazier, de Romanet, Poignant ! Enfin elle, Catherine, qu'il avait vue grandir non loin, puisqu'elle avait terminé son éducation à Paris, orpheline comme lui, révélant à cet homme de presque quinze ans son aîné le respect qu'elle avait toujours nourri à son endroit. Catherine qui l'aime comme au premier jour, sans caprices, sans éprouver ni susciter d'inquiétudes, si attentive à l'éducation des enfants.

Le carrosse entre enfin dans Paris.

Oui, Catherine qui a tout appris de lui. Et le plaisir de Catherine ! le ventre rond de Catherine ! les bébés qui s'agitaient en tout sens ! la vie qui éclatait de toute part comme en cette journée de mai ! tout cela qui avait la simplicité d'un fruit mûrissant au soleil !

Pourquoi Madame de Maintenon n'a-t-elle recherché au bout du compte que des hommes malades ou infirmes ? Il sent comme les relents d'un vice étrange chez cette femme, et il se trompe rarement sur l'âme féminine. C'est un peu comme si elle se vengeait par là de la gent masculine et des plaisirs de la chair. Au demeurant, n'a-t-elle pas toujours froid ? Comment peut-on avoir froid si près du Soleil ?

Il revoit Louis dansant, tout couvert de pierreries, entouré, admiré, recherché, tournoyant, s'élançant, étincelant, accompagné par le chœur tonitruant des applaudissements qui jaillissaient de partout.

À son arrivée, tout le monde se met à crier en même temps. Quelle merveille ! Son ami Boileau est là, lui aussi, pour savourer la fameuse carpe. C'est un joyeux charivari. Son visage est mangé de baisers. Il a le petit Lionval dans les bras ; Madelon, six ans, lui a entouré les jambes de ses petits bras potelés ; Fanchon, plus âgée de deux ans, le tire par la manche pour lui montrer un écrit qu'elle a rédigé ; Babet est blottie contre sa poitrine ; Marie-Catherine, plus raisonnable dans ses quinze ans, lui ôte sa légère cape ; Jean-Baptiste, près de Boileau, attend pour l'embrasser que la marmaille ait libéré son père ; Anne se tient sur la réserve, mais le visage illuminé, au bord des larmes de le revoir. Il essaie d'aller vers elle, mais ce qui devait arriver se produit alors : déséquilibré par chacun, il n'a pas le temps de se rétablir et tout le monde s'effondre par terre au milieu des rires, tandis que Catherine, surgissant, tente de mettre un peu d'ordre dans cette cohue. Il aime cette vie foisonnante qui va dans toutes les directions, ces embrassades, ces pleurs, ces espoirs irraisonnés, ces couleurs ! Oui, comme un théâtre sans cesse improvisé et recommencé.

Il entoure Catherine par les épaules et rentre chez lui, suivi par tous, attendu par les domestiques. La table est telle qu'il l'espérait. Il monte d'abord au second étage pour se rafraîchir, entre un moment dans son cabinet. Catherine a pris soin d'entr'ouvrir la fenêtre afin de laisser l'air de la terrasse fleurie embaumer sa pièce. Comme il aime retrouver sa table solitaire, ses livres ! Il apprécie la discrétion de son épouse : même au bout de huit jours d'absence, elle le laisse reprendre souffle, sans le déranger, le protégeant de cette maisonnée de quatorze personnes. Il aime cette demeure de la rue des Marais-Saint-Germain où il est venu s'installer depuis trois ans.

Une main se pose sur son épaule. Il a demandé à Boileau de monter un instant le rejoindre avant le dîner.

– J'étais en train de respirer le calme de cette fin de matinée. J'ai cru ne jamais rentrer de Versailles.

– Comment va le Roi ?

– Tristement. Il m'a demandé de vos nouvelles. Versailles est comme une scène dont tous les acteurs auraient peu à peu disparu. Je passe mon temps à me remémorer les pièces, le rire des demoiselles, le bruissement des robes de la Reine et de ses dames d'honneur, les exclamations de la Montespan... Enfin, vous savez tout cela. J'en viens même à regretter les violons de Lulli !

– Le Roi aimait tant l'humour, la vivacité des reparties. Il s'intéressait à tout. Vous vous rappelez cette époque où, dans Paris, le mot *gros* tendait, par mode, à se substituer à *grand*. Chacun disait « gros chagrin » et non plus « grand chagrin ». Le Roi me demanda ce que je pensais de cet usage...

– Oui, j'entends encore le rire de Sa Majesté à votre réponse : « Je le condamne, répondîtes-vous, parce qu'il y a bien de la différence entre Louis le Gros et Louis le Grand ! » Pour une fois, vous vous conduisîtes en courtisan...

– Ce ne fut pas la seule ! Lorsqu'il me demanda mon âge, je répondis, souvenez-vous-en : « Je suis venu au monde un an avant Votre Majesté pour annoncer les merveilles de Son règne... »

– Malheureusement, ce ne fut pas toujours aussi maîtrisé. Rappelez-vous encore lorsque, évoquant la mort du comédien Poisson, au Roi qui le regrettait, disant avec gentillesse qu'il le trouvait « bon comédien », vous répondîtes : « Il ne brillait que dans les misérables pièces de Scarron. »

Boileau part à rire de plus belle au souvenir de cette bévue, et enchaîne :

– Comment va la Veuve noire, cette vieille embaumeuse, l'épouse secrète ?

– Vous recommencez ! Un jour, un mot de trop vous échappera devant elle...

– Prenez plutôt soin de vous. Elle n'aime pas les hommes qui se portent bien.

– Tant pis : allons goûter cette carpe ! Juste le temps de me rafraîchir, et je suis à vous.

Il ôte sa perruque. Les cris des enfants montent jusqu'à lui. Comme ces bruits de la vie contrastent avec les murmures recueillis et inquiétants de Versailles ! Ils lui rappellent le public dont il percevait l'agitation, les soirs d'hiver, lorsqu'ils restaient tous autour du foyer pour se réchauffer le corps et le cœur avant que la pièce ne commence.

Le théâtre... Peut-être est-ce cela qui l'a éloigné de la Champmeslé : il n'y aurait jamais d'enfants entre eux deux. En vieillissant, elle devait ressembler à la veuve Scarron. Il revoit encore sa stupeur lorsqu'elle découvrit les vers de *Phèdre* :

« Pour mes tristes enfants quel affreux héritage »

Il réentend leur âpre discussion à propos de ceux-ci :

« Je tremble qu'un discours hélas trop véritable
Un jour ne leur reproche une mère coupable
Je tremble qu'oppressée de ce poids odieux
L'un ni l'autre jamais n'ose lever les yeux »

Quelle importance ? avait-elle ajouté. Pourtant, elle faisait sangloter des centaines de spectateurs en déclamant ces vers ! Peut-être avait-elle compris davantage qu'elle n'aurait voulu le laisser paraître ? Insondable intelligence des acteurs... Il lui avait expliqué que ces quelques vers faisaient écho à la suprême déclaration d'amour du deuxième acte, Phèdre expliquant au fils de Thésée l'amour qu'elle avait porté à ce père trop tôt disparu et transformant à cause de cela le jeune Hippolyte en amant.

Il se regarde dans le miroir. Il veut être charmant pour ses enfants. Surtout pour sa fille Anne, pour son aîné, ce fils à sa ressemblance, et bien sûr pour Catherine, son épouse. Il va pour reposer le miroir. C'est celui de Marquise ! Il le reprend et s'y mire à nouveau.

Phèdre ! Hippolyte !... Cette fin de journée brûlante du mois d'août, à se précipiter en enfer de désespoir et d'angoisse !... Elle était venue alors qu'il ne parvenait plus à se lever de son fauteuil, reprenant encore et encore sa nouvelle tragédie, *Alceste.* Alceste qui accepte de mourir à la place de son époux, lui faisant don de sa propre vie. Il avait repris le texte d'Euripide, les adieux d'Alceste, la femme chérie des dieux :

> *« C'est par respect pour toi, cher époux, pour te permettre de voir la lumière, que je meurs. La grâce que je te demande n'en saurait payer le prix, puisque rien n'est plus précieux que la vie, mais elle est légitime. Ces enfants, à moins d'être fou, tu les aimes autant que moi. Accepte qu'ils aient la première place dans la maison... »*

Il pleurait, le livre à la main, mais sa plume reposait, sèche à se rompre.

– Pourquoi pleurez-vous ?

La voix de Marie-Anne, si douce pour la première fois. Si douce... Ses pleurs avaient redoublé. Il avait perdu Marquise, il avait vu mourir la petite Jeanne-Thérèse, et ses trois beaux enfants s'étaient éloignés.

– Je suis revenue, avait-elle dit. Pour vous voir.

Marie-Anne l'attendait de l'autre côté de la table. Ses yeux violets avaient perdu toute violence, son regard ployait, semblable aux hautes bruyères sous le vent.

– Quel âge as-tu maintenant ? Je ne sais plus grand-chose de toi...

Il était livré tout entier à cette jeune fille. Il se sentait sans défense, fatigué à s'en laisser mourir.

– Dix-sept ans. Cela fera huit ans que Maman...

Elle n'avait pas réussi à finir sa phrase. Elle s'était agenouillée de l'autre côté de la table et, posant son menton sur les papiers épars, avait murmuré :

– Parlez-moi d'elle !

Il avait renversé sa tête contre le dossier, fermé les yeux, puis demandé :

– Pourquoi me détestiez-vous tant ?

– C'était tout le contraire ! Parlez-moi d'elle, maintenant. Je n'avais que dix ans...

– Je l'aimais.

Pour la première fois, il s'était mis à évoquer pour elle Marquise, livrant ses meilleurs souvenirs, évoquant la force de leur tendresse. Sa droiture, l'amour qu'elle vouait à ses enfants, les cœurs qu'elle charmait. Puis il s'était mis à arpenter la chambre en racontant *Andromaque*, *Dom Juan*, *Alexandre*, son apparition dans *les Plaisirs de l'Île enchantée*, *Attila*, Corneille, Molière, lui-même, le Roi dansant à ses côtés... Il l'avait décrite à la veille d'*Andromaque*, jouant pour la première fois à l'Hôtel de Bourgogne, avec la permission personnelle de Sa Majesté, *Héro et Léandre*, de Gilbert.

– C'était le mois d'août. Il faisait presque aussi chaud qu'aujourd'hui. Elle venait de quitter la troupe de Molière. Toi et moi, nous étions près d'elle tandis qu'elle revêtait son costume. Tu avais refusé de la quitter et je te tenais serrée contre moi, car c'était moi qui avais peur...

– Elle jouait la prêtresse d'Artémis qui, chaque nuit, allume une lumière au haut du temple pour que son amant Léandre la retrouve. Mais, une nuit, tandis que Léandre traverse l'Hellespont à la nage pour la rejoindre, un orage éclate et le vent souffle la flamme. Alors il perd sa route et se noie tandis que, désespérée, elle s'élance du haut du rocher...

– Comment connais-tu si bien cette pièce ?

– J'ai relu toutes les pièces que Maman a interprétées. Ses rôles, je les sais tous par cœur, malgré la défense que m'en a faite notre belle-mère, qui vous hait.

Il s'était retourné vers elle. Elle s'était levée pour déclamer :

« Veille auprès de Pyrrhus fais-lui garder sa foi
S'il le faut je consens qu'on lui parle de moi
Fais-lui valoir l'hymen où je me suis rangée
Dis-lui qu'avant ma mort je lui fus engagée »

Elle s'arrête, le regarde, se trouble.

« Parle-lui tous les jours des vertus de son père
Et quelquefois aussi parle-lui de sa mère »

C'était elle. C'était Marquise qui se tenait là dans cette chambre, fiévreuse. Les mêmes gestes, le même regard, quoique un peu plus bleu, un peu plus insolent. Andromaque ressuscitée l'attirait. Il était de nouveau le jeune poète. Il reparcourait en sens inverse le labyrinthe des âges. Grâce à elle, tout allait pouvoir recommencer. Il était à nouveau innocent, capable de tomber amoureux pour la première fois. Il s'était approché, elle avait reculé insensiblement vers le mur, vacillant légèrement comme Marquise, jadis.

– Père, père !...

La voix perce les oreilles. C'est la petite Madelon qui fait irruption, malgré la défense de sa mère, et qui crie :

– Si vous ne venez pas, Mère dit qu'elle rejettera la carpe à l'eau !

Il repose le miroir, soulève sa petite fille dans ses bras.

– Je vais te dire un secret : nous irons la repêcher tous les deux...

Puis, hélant son ami :

– Venez, Boileau !

– À quoi pensiez-vous, en vous faisant beau ? À la vieille « XIV » ?

– Non ! Au fait que je n'ai finalement pas écrit *Alceste*.

À peine sont-ils parvenus au premier étage que Catherine vient l'aviser qu'un écuyer de Monseigneur le Duc l'attend dans l'antichambre.

– Faites-le entrer !

Il dépose la petite à terre, mais la garde près de lui.

– Je suis chargé de vous dire, annonce l'écuyer, qu'on vous attend pour dîner à l'Hôtel de Condé.

– Tout à l'heure ?

L'homme acquiesce.

Les enfants se sont rapprochés autour de leur père. Fanchon pousse un grand « Oh ! » de désappointement.

– Je n'aurai point l'honneur d'y aller, répond placidement Racine en adressant un léger clin d'œil à Anne qui se tient à l'écart. Il y a plus de huit jours que je n'ai vu ni ma femme ni mes enfants. Ils se font une fête de manger aujourd'hui avec moi une très belle carpe. Je ne puis me dispenser de dîner avec eux.

– Le prince sera mortifié. Il se réjouissait de vous avoir. Une compagnie nombreuse vous attendait.

– Accordez-moi un instant.

Les enfants font une mine déconfite. Leur père va donc repartir... Mais que chuchote-t-il à l'oreille de Marie-Catherine ? Celle-ci part promptement. Qu'est-elle allée chercher ? Ils attendent tous son retour. Ah ! la revoici... avec la Carpe !

– La Carpe, lance Racine d'une voix triomphale, en la présentant à l'écuyer. Jugez vous-même si je puis me dispenser de dîner avec ces pauvres enfants qui ont voulu me régaler aujourd'hui et n'auraient plus de plaisir s'ils mangeaient ce plat sans moi. Je vous prie de faire valoir cette raison à son Altesse sérénissime.

L'écuyer s'incline.

– Je ferai l'éloge de la carpe, dit-il en souriant. Et celui de votre bonté.

Bientôt le *Benedicite* s'élève autour de la table. Anne, selon son habitude, met du temps à s'extraire de sa prière. Les conversations reprennent joyeusement. Devant le plat vide, Boileau conclut en scandant :

« Petit poisson deviendra grand
Pourvu que Dieu lui prête vie ! »

La petite Élisabeth tient à son tour à réciter quelque chose, au terme du repas, à l'intention de son père. Elle annonce d'un air grave : « Tiré de *la Sagesse* » de Monsieur Jean Racine, et se lance :

« Heureux qui de la sagesse
Attendant tout son secours
N'a point mis en la richesse
L'espoir de ses derniers jours
La mort n'a rien qui l'étonne
Et dès que son Dieu l'ordonne
Son âme prenant l'essor
S'élève d'un vol rapide
Vers la demeure où réside
Son véritable trésor »

Anne se lève et enchaîne :

« De quelle douleur profonde
Seront un jour pénétrés
Les insensés qui du monde
Seigneur vivent enivrés
Quand par une fin soudaine
Détrompés d'une ombre vaine
Qui passe et ne retient plus
Leurs yeux du fond de l'abîme
Près de ton trône sublime
Verront briller tes élus »

Elles se rassoient en silence tout en scrutant anxieusement leur père. Il n'y a que lui pour les écouter avec autant de fervente attention, surtout récitant ses propres textes.

– Saint-Cyran avait raison, dit-il. Le cœur est la vraie source de la mémoire.

Puis, se tournant vers son fils aîné, il reste quelques instants songeur avant de lui dire :

– Jean-Baptiste, vous ne connaissez pas encore le monde, vous ne pouvez qu'y paraître quelquefois et vous n'y avez jamais paru sans vous entendre répéter que vous portez le nom d'un poète fameux qui avait été fort aimé de la Cour. Qui donc peut mieux que cet homme vous instruire des dangers de la poésie et de la Cour ? Je vous demanderai compte de vos lectures, surtout de l'histoire de France. N'oubliez point vos études et cultivez continuellement votre mémoire qui, comme vous le savez, a grand besoin d'être exercée. Vous savez ce que j'ai dit des opéras et des comédies que l'on doit jouer à Marly. Il est très important pour vous et pour moi-même qu'on ne vous y voie point. Le Roi et toute la Cour savent le scrupule que je me fais d'y aller, et auraient très méchante opinion de vous si, à l'âge que vous avez, vous montriez si peu d'égards pour moi et pour mes sentiments. Je dois avant toute chose vous recommander de songer toujours à votre salut et de ne perdre point l'amour que je vous ai vu pour la religion.

Jean-Baptiste : comme il lui ressemble au même âge ! De même qu'à ses autres enfants, il faut lui épargner les souffrances qu'il a lui-même traversées à l'instar des autres poètes. À commencer par Molière dont il porte le prénom : relégué, balayé, humilié par une postérité de mauvais comiques. Il se tourne vers Boileau :

– Vous rappelez-vous cet horrible divertissement, au lendemain de la mort de Molière ? Je me demande si ce n'est pas ce jour-là que j'ai décrété vouloir quitter à tout jamais le théâtre.

La voix de la petite Madelon s'élève :

– C'est une personne, Mon Lierre ?

Drôle, les joues barbouillées de fruits rouges, les cheveux trop frisottés, elle ressemble, pense Racine, au vieux maître. Voilà ce qu'on ne lui avait pas pardonné : cette enfance indestructible !

Mais qu'ont-ils tous à rire en regardant Boileau ? La tarte aux cerises a décrit une curieuse pirouette entre ses mains et lui a atterri sur le nez. Racine montre son ami à Madelon :

– Ça, c'était Molière ! Oui, et tu lui ressembles ! Un enfant.

Tous s'esbaudissent, et Boileau plus que les autres. Catherine lui lance entre deux hoquets :

– Voilà des cerises précoces pour la saison !

Reprenant son souffle, Boileau répond à la petite :

– Lorsque le Roi m'a demandé un jour quel était, selon moi, le plus rare des grands écrivains qui avaient honoré la France sous son règne, je lui ai nommé Molière.

– Et qu'a-t-il répondu ? demande Jean-Baptiste.

– « Je ne le croyais pas, mais vous vous y connaissez mieux que moi... » L'erreur qu'a commise votre petite Madelon en entendant Mon Lierre au lieu de Molière m'éclaire peut-être sur ce nom qu'il a pris. Vous souvenez-vous Bellerose, Champmeslé, Montfleury, pourquoi pas Mon Lierre devenu Molière ? Le lierre est un des attributs de Bacchus.

– Ou le signe d'un attachement indéfectible ? murmure Racine.

Jean-Baptiste réinterroge avec sérieux :

– Et pourquoi portez-vous tous des noms ayant plus ou moins rapport aux plantes, aux jardins, à la nature ? J'ai entendu parler de Bellerose, Champmeslé, Montfleury, Beauchâteau. J'ai aussi appris par ouï-dire à la Cour qu'il y avait eu une comédienne du nom de du Parc ?

Il y a un très bref et profond silence que heureusement Catherine, survenant avec un plein compotier de fruits, brise :

– Cela ne m'intéresse pas du tout, le théâtre ! Mais oui, au fait, pourquoi ces noms ?

Se tournant vers son fils aîné, Racine lui répond avec un sourire attendri :

– La mode... Il fut un temps où c'était la mode, chez les comédiens, de prendre des noms de fleurs.

– Peut-être parce qu'il n'en pousse jamais dans les théâtres ? Il paraît que la lumière du jour n'y pénètre jamais, dit Anne. Notre nom vient-il lui aussi de cette mode ?

– Non, mon enfant, répond le poète en caressant la joue de sa fille assise à côté de lui. Ce nom est mon vrai nom ; le blason, celui de mes ancêtres. *« D'azur au cygne d'argent, becqué et membré de sable. »*

– Et quel était cet horrible divertissement dont vous parliez tout à l'heure ? s'enquiert Jean-Baptiste.

– Cela s'appelait *l'Ombre de Molière*, de Brécourt, mon cher fils. Que cela te soit aussi une leçon ! À un moment donné, Charon, le dieu des Morts, y écarte le poète importun et déclare : *« Adieu, va te promener... Promène-toi sur l'égout, et si la faim te prend, on te permet de manger quelques chardons pour te rafraîchir la bouche... »*

– Et comme le poète s'en va, enchaîne Boileau, le passeur d'âmes s'écrie : *« Ah ! tu ne sortiras pas ! Allons, balayeurs, faites votre charge ! »* Tel a été, Jean-Baptiste, le destin du génial Molière : à la fosse commune, de nuit, avec les détritus !

La petite voix de Madelon rompt le silence tandis qu'elle fait en trottinant le tour de la table :

– Vous dites des bêtises ! C'est mon Papa qui est le plus grand !

Elle court appuyer son frais visage contre la joue piquante de son père.

Chapitre 28

Les roseaux d'argent

La poésie est l'histoire véritable et l'histoire de la poésie est la véritable histoire du monde.

LOUIS ARAGON

Tandis que son nom finit de sécher au bas du testament qu'il a fini de rédiger, il songe aux patriarches de Constantinople qui se servaient, pour leurs signatures, de roseaux d'argent. Il songe aussi aux petites plumes de son enfance, les plumes de Port-Royal.

C'est là qu'il a appris la poésie. Bientôt, il s'en retournera auprès de ses maîtres, près des « roseaux inaltérables » de son enfance... Il a fait à Dieu le sacrifice de sa « Tragédie ». Ainsi, tout rentrera dans la Règle, loin du monde, de même que sa main s'astreignait jadis à recopier au plus près les modèles d'écriture.

Assis, il repense à la légende que Monsieur Hamon lui avait racontée. Un jour, au commencement du monde, Dieu ordonne à la plume d'écrire l'Histoire de ces temps-là, mais la plume a des velléités d'indépendance, de liberté, voire de rébellion. Elle se permet des écarts. Elle désobéit. Alors, pour la punir, Dieu destitue la plume de ses fonctions et les confie au roseau. C'est ainsi que les Orientaux, soucieux du dogme, continuent d'appeler leur plume *kalam*, ou roseau, à l'instar de ce curé qui, trop gourmand, appelait, le temps du Carême, son jambon *poisson*, afin de manger l'âme en repos.

Ainsi en est-il ordinairement du monde, mais les jansénistes, eux, ne s'en accommodent pas, et leurs plumes doivent être aussi pures que des roseaux !

Mais les jésuites ont des accommodements avec le Ciel ! lui enseignait-on, en lui montrant la Constitution de l'Ordre :

> *« Il nous a paru dans le Seigneur qu'aucunes constitutions ne peuvent induire obligation au péché mortel ou véniel, à moins que le Supérieur, au nom de Jésus-Christ ou en vertu d'obéissance, ne l'ordonne. »*

Ainsi, la fin justifiait les moyens ! Comme tout l'ordre du monde s'éloignait de la poésie... Certes, les jésuites avaient un plan d'une malignité redoutable, « puisqu'il est évident que la grande tentative du christianisme primitif pour changer la nature humaine a échoué sans retour, puisque le monde ne vient pas à Dieu, Dieu ira au monde. Ainsi on portera l'Église dans le monde. On atténuera le plus possible l'opposition entre Jésus et le siècle, et on gagnera le siècle en donnant la consécration religieuse aux pompes et aux œuvres du monde ».

Mauvais plaidoyer de leurs ennemis ? Racine retourne à Port-Royal, loin des jésuites, pour de tout autres raisons. Il a toujours recherché l'absolu de la beauté, la règle dernière de l'écriture, le mot juste.

Chacun de nous trace dans le monde invisible ses propres signes, et le poète doit simplement essayer de mieux en maîtriser le dessein, jusqu'à se conformer au sens suprême de Dieu. Voilà ce qu'on confiait à l'enfant de Port-Royal.

La poésie l'y a donc ramené afin de réapprendre à écrire. Il se rappelle ce que disait le compagnon de son adolescence, ce Pascal brûlé d'espaces infinis :

> *« Nous ne nous contentons pas de la vie que nous avons en nous et en notre propre être : nous voulons vivre dans l'idée des autres d'une vie imaginaire, et nous nous efforçons, pour cela, de*

paraître. La douceur de la gloire est si grande qu'en quelqu'objet qu'on l'attache, même à la mort, on l'aime ! Nous travaillons incessamment à embellir et à conserver notre être imaginaire, et négligeons le véritable. »

Pour cela, il avait renoncé au théâtre.

Il déposa son testament au fond d'un tiroir de son cabinet d'ébène, sa dernière lettre d'amour dans laquelle le soleil du monde jetait encore sa lumière trompeuse.

Chapitre 29

L'Esprit vainqueur

Quel astre à nos yeux vient de luire ?
Quel sera quelque jour cet enfant merveilleux ?
Il brave le faste orgueilleux
Et ne se laisse point séduire
À tous ses attraits périlleux
Tel en un secret vallon
Sur le bord d'une onde pure
Croît à l'abri de l'aquilon
Un jeune lys, l'amour de la nature.

Athalie, acte II, scène IX

Dieu, le premier des poètes, peut être content de moi. Je ne bougerai plus de ce lit étroit ; tous devront eux-mêmes venir jusqu'à cette dernière chambre, les vivants, les morts, les grandes et les petites ombres.

Il ne me reste que quelques heures pour mourir et dire un dernier adieu à ceux que j'aime, que j'aurais pu aimer encore davantage. Les autres, peu leur chaut que je m'en aille de cette Terre éphémère. Ainsi les trois unités sont-elles une fois encore respectées : même action, même temps, même lieu. Ma Tragédie est prête.

Ma famille, mes amis se sont penchés sur moi. Des médecins m'ont examiné. Cela a commencé par un violent mal de tête qui m'a accablé un matin dans ce cabinet que j'affectionne et qui donne sur une petite terrasse que mon épouse a su faire fleurir comme elle le fait de nos âmes depuis vingt ans. J'essayais de lire, mais je dus me résoudre à descendre dans ma chambre pour me mettre au lit, rassurant les miens : « Mes enfants, leur ai-je dit, je crois que j'ai un peu de fièvre ; mais ce n'est rien, je vais pour quelque temps me mettre au lit. » J'ai su aussitôt que j'écrivais là mes dernières pages.

Chacun s'est interrogé : abcès au foie ? grande douve des marais qui me mangeait de l'intérieur ? abandon de mon Roi ? Un jour, Il n'avait plus daigné me recevoir. Du moins l'ai-je cru. Aurais-je dû insister ? Mais il suffisait que je doute une seule fois de Son amour pour vouloir disparaître de Sa vue.

Finalement, je crois que c'est venu de mon propre cœur trop exigeant. Madame de Sévigné, la vieille « belle-mère », disait de moi, vers la fin, que je m'étais mis à aimer Dieu comme j'aimais mes maîtresses. De fait, je ne connais qu'un seul amour : la passion sans réserve. Ainsi ai-je aimé le Roi jusqu'à cet après-midi pluvieux où je me suis retrouvé le nez presque dans le bosquet de Versailles, évitant de justesse le regard de Sa Majesté. Précipité là tel un chien galeux par Madame de Maintenon qui prétendit me préserver ainsi de la disgrâce définitive de Sa Majesté, j'aperçus la carriole à fleurs de lys du royal impotent. Jamais je n'aurais dû accepter de le fuir. J'avais déjà jeté mon cœur sous les roues majestueuses, je n'avais plus qu'à me laisser succomber à la gloire humaine. Ainsi suis-je rentré chez moi, absent au monde, et ma main s'est involontairement portée à ma tête où commençait à flamboyer et se consumer l'esprit. Le Roi ne pouvait m'appartenir et je me refusais à être un parmi d'autres. Je n'étais plus Racine, j'étais un poète qui L'avait mécontenté, comme d'autres de ses sujets. « Parce qu'il sait faire maintenant des vers, croit-il tout savoir ? Et parce qu'il est grand poète, veut-il être ministre ? » Ces paroles de Louis me furent rapportées et, telle Bérénice, je laissai aussitôt mon sang se répandre en moi-même. Je compris au même instant le sens de ce vers sublime de mon rival disparu, oublié de tous, désormais :

« Non je ne pleure point Madame mais je meurs »

Heureux Corneille, d'avoir laissé ce siècle pour retrouver son Eurydice ! Mon tour était donc venu de quitter le faux soleil de cette obscure caverne et de m'envoler vers la flamme de l'Esprit. Dorénavant, je ne pleurerai plus.

Je n'ai pas à me faire pardonner mes écrits. J'avais voulu m'éclairer sur la misère des peuples ; j'avais écrit à Vauban, bien qu'il m'eût mis en garde, me demandant de brûler ses propres lettres. Le Roi avait écouté avec bienveillance son « preneur de villes », comme il l'appelait, esquissant un sourire de contentement. Vauban désirait aboutir à une paix honorable. Sa Majesté également ! Hypocrisie de la politique... À la Cour, les flatteurs n'avaient comme à l'accoutumée aucun bon conseil à prodiguer au Roi, et le dernier qui parlait plus haut que les autres et dont l'avis pénétrait la royale oreille engourdie était écouté. Madame de Maintenon, elle, lui répétait tout un ton au-dessus.

> *« Que dira-t-on de nous présentement ? Quelle réputation aurons-nous dans les pays étrangers, et à quel mépris n'allons-nous pas être exposés ? Est-on assez peu instruit dans le Conseil du Roi pour ne pas savoir que les États se maintiennent plus par la réputation que par la force ? »*

Lorsque je reçus cette lettre de Vauban, je lui demandai, au lieu de la brûler, de m'instruire plus avant de ses réflexions, me promettant de parler moi-même au Roi, puisque je demeurais l'un des seuls qu'il entendît...

... Quelqu'un vient d'entrer dans ma chambre à pas doux. Non, ils sont deux ! Je commence à avoir du mal à percevoir le visible. Je sens une petite main. Quelle fraîcheur dispensent à mon front ces légers doigts !

– Ne le réveille pas, Lionval ! Il faut qu'il se repose.

J'ai reconnu la voix de ma dernière, Madeleine. Mon petit amour ! Oh ! si, réveille-moi une fois encore de tes onze années ! Tu es venue distraire la Mort de son patient travail, mais j'ai tout le temps encore... Le cinquième acte vient tout juste de commencer, celui où tout embaume davantage. Comme cette fin d'après-midi parfume mon oreiller... C'est de cela que je meurs, messieurs les médecins : de cette formidable aptitude à respirer chaque syllabe de la vie, jusqu'à en défaillir, pour mieux la restituer dans sa virginité. Je meurs de ma jeunesse retrouvée.

« Mon mal vient de plus loin »

Phèdre !

J'attendrai qu'elle soit là pour mourir. Elle, toute jeune. Elle viendra prendre mon âme dans sa grande robe de velours grenat bruissant comme un cœur autour de ce mot qui tâtonne encore avant de rompre ses chaînes.

Mes enfants sont repartis ; les fantômes se remettent aussitôt à chuchoter autour de moi :

« Monsieur Racine a eu ordre de ne plus se présenter chez Madame de Maintenon sans y être mandé... »

« Monsieur Racine a été averti de ne plus se présenter si souvent à la Cour sans ordre. On dit qu'il voulait se mêler de politique... »

« Il faut qu'on ait rapporté à cette dame que Monsieur Racine a dit quelque chose d'assez mal à propos, pour lui avoir fait une telle réponse... »

La chambre s'est assombrie. Mon soleil est rentré dans la nuit ; je ne le verrai jamais plus. Il doit être six heures et le jour décline.

Pour la troisième fois, j'ai déplu à Sa Majesté et rien ne peut plus me protéger. De mon côté, je ne renierai pas ma pensée. « Un peu moins de gloire lui ai-je dit et plus de compassion. » Madame de Maintenon m'a-t-elle trahi, après que j'eus parlé avec elle de la misère des peuples, m'échauffant comme à mon habitude ? Elle-même, intéressée par mes réflexions, m'a demandé de mettre par écrit ce que j'en disais.

Elle-même ?

« Non Je ne serai pas complice de ses crimes »

Comment avait-elle pu laisser le Roi révoquer l'édit de Nantes chassant les protestants de France, et même l'encourager, par complaisance peut-être, envers les jésuites redevenus puissants ? Elle, la petite-fille du poète Agrippa d'Aubigné, le calviniste qui ne céda jamais sa foi, même au prix de l'amitié de Henri IV ! Elle était l'épouse de Louis XIV et n'avait rien fait pour sauver aucune famille huguenote. Depuis quand avait-elle ainsi préparé sa prise de pouvoir ? Non, il ne la supplierait pas.

Jamais.

Il était devenu pareil à cet épagneul, jadis aimé de Henri de Navarre, puisqu'il couchait aux pieds du Roi, et qui revenait, affamé, chercher au Louvre son ancien maître qui l'avait abandonné. C'est alors qu'Agrippa d'Aubigné l'avait recueilli et, sur le collier qu'il lui avait acheté, il avait fait inscrire ces vers terribles en souvenir des promesses du Vert-Galant, devenu le roi Henri IV envers les protestants :

« Courtisans qui jetez vos dédaigneuses vues
Sur ce chien délaissé mort de faim dans les rues
Attendez ce loyer de la fidélité »

Ainsi avait-il déserté la Cour, mais Esther, à sa place, avait crié son amour au Roi et pris la défense du peuple religieux menacé :

« On peut des plus grands rois surprendre la justice
Incapables de tromper
Ils ont peine à s'échapper
Des pièges de l'artifice
Un cœur noble ne peut soupçonner en autrui
La bassesse et la malice
Qu'il ne sent point en lui »

Ah ! Madame de Maintenon, vous avez voulu jouer avec moi et vous m'avez commandé vous-même *Esther* pour vos chères filles – ces filles que vous surveillez d'un œil jaloux lorsqu'elles regardent trop les poètes...

Les lèvres du mourant ébauchent un sourire. Il repense à cette jeune interprète qui avait eu un trou de mémoire en interprétant le rôle d'Élise. Elle était si frêle, serrée dans son uniforme. Elle avait levé sur lui de grands yeux pâles et s'était mise à balbutier. Il entendait les vers :

« Que vous semble mes sœurs de l'état où nous sommes
D'Esther d'Aman qui le doit emporter
Est-ce Dieu sont-ce les hommes
Dont les œuvres vont éclater
Vous avez vu quelle ardente colère
Allumait de ce roi le... »

Elle était restée muette, le regard fixe, attaché à Racine, de plus en plus rougissante.

– Ah ! Mademoiselle, quel tort vous faites à ma pièce !

Il s'en était aussitôt voulu de ce mouvement d'humeur. Elle avait éclaté en sanglots. Il avait couru à elle, saisissant son mouchoir, lui tamponnant les yeux et, pour finir, c'était lui qui s'était mis à pleurer, la tenant serrée contre lui. Le regard de Madame de Maintenon ! Il aurait dû s'inquiéter davantage de cette femme qui ne pleurait jamais.

Sa main tire le drap. Où a-t-il mis ce mouchoir ?

Dans la soirée, loin des yeux secs de Madame de Maintenon, la petite était venue en hâte lui redonner son mouchoir.

Élise !

Tous ces visages féminins qui se penchent à présent au-dessus de lui... La plus belle de ses nuits va pouvoir commencer ; cette dernière chambre sera une chambre d'amour.

Son sourire s'élargit. Comme cela est simple, de mourir. Il n'a jamais su résister à une caresse féminine. Celle qu'il attend par-dessus toutes, la plus tendre des femmes, celle qui dès sa naissance a tissé sa tapisserie de douce patience, sa Pénélope est en train de se parer. Quel visage arborera sa mort ? Seul l'amour lui a jamais fait perdre connaissance et il attend avec volupté cet ultime évanouissement qu'elle provoquera de ses doigts diaphanes, de ses baisers impalpables.

Il distingue des flambeaux. Quelle procession monte jusqu'à lui ? Quels tambours roulent à travers ciel ? Quelqu'un murmure à son chevet :

– Sa Majesté envoie très souvent chercher de vos nouvelles et témoigne du déplaisir de vous savoir malade.

Le Roi ! Sentir une dernière fois son regard d'or posé sur lui, sa voix chaude l'interroger, s'ouvrir de ses angoisses de croyant. Il a su écouter son théâtre comme nul autre, débusquant la moindre allusion personnelle, politique ou religieuse. Aurait-il fait son œuvre sans ce cheminement parallèle constant de leurs deux âmes ? Tout le reste, après tout, a été de peu d'importance. Louis devait jouer au Roi ; lui, au Poète. Les autres ?

« Détestables flatteurs présent le plus funeste
Que puisse faire aux rois la colère céleste »

Pardonnez-leur parce qu'ils ne savent pas ce qu'ils font ? Moi, je dis qu'il n'y aura pas de miséricorde, car ils savent parfaitement ce qu'ils ont déjà fait et s'apprêtent à refaire ! Je vous ai entendus vous pourlécher de ma disgrâce, mais qu'y avez-vous gagné ? Le Roi ne vous aime pas davantage parce que je meurs, et moi, j'aime toujours Sa Majesté. Entre nous deux, il ne peut être question de trahison. Tout est déjà écrit. Bérénice m'a montré le chemin en se sacrifiant, et Louis, le soir tombé, supplie Louise de La Vallière, devenue Louise de la Miséricorde de prier pour Lui du plus profond de son Carmel.

« Non je crois tout possible à votre barbarie
Je vous crois digne ingrat de m'arracher la vie »

Louise s'est éloignée par un matin de printemps comme font toutes nos véritables amours, laissant derrière elles les fleurs se balancer au gré du désir des hommes, fût-ce du Roi en personne.

> *« L'Écriture nous apprend que ce qui sauve les rois, ce n'est ni la force, ni la puissance, ni le nombre des conquêtes, ni la conduite des affaires, ni l'art de commander et de régner. Ce qui sauve les rois, c'est la vérité. Car rien, dit saint Augustin, n'est plus glorieux que de se laisser vaincre par la vérité. C'est, Sire, ce que j'appelle la grandeur de votre âme, et tout ensemble votre salut... »*

J'étais là à écouter à vos côtés les grands sermons de carême de Bourdaloue, rappelez-vous. Vous m'interrogiez sur mes anciens maîtres et j'osais vous parler de la divine solitude de Port-Royal, je vous lisais les *Pensées morales* de Saint-Cyran. Vous déclariez haut et fort qu'à l'âge de trente-quatre ans vous ne vouliez plus de galanteries. « Ce serait un grand miracle, écrivait Saint-Maurice dans ses échos, et il y a presque impossibilité. On se corrige rarement quand une fois on s'est envieilli dans de pareils engagements. » C'était l'époque où nos enfants agonisaient : ma Jeanne-Thérèse, votre petite Marie-Thérèse... Quel Dieu a entremêlé ainsi nos deux vies ? Quel Dieu ?

– Que devrai-je porter à Sa Majesté comme nouvelles ?

Il faut qu'il se lève, qu'il fasse à son Roi un ultime cadeau, ce *Cantique* dont Louis avait dit, la première fois qu'il en entendit les paroles : « Voilà deux hommes que je connais bien... » Il tente de parler. Heureusement, Jean-Baptiste, qui accompagne l'envoyé de Sa Majesté, intervient :

– Cela fait trois semaines que mon père est tourmenté d'une cruelle sècheresse de langue et de gosier, mais il supporte cela avec une très grande patience. Je vous remettrai le *Cantique* que Sa Majesté affectionnait, qu'il m'a chargé de lui donner.

À travers un brouillard, j'aperçois mon fils s'incliner vers l'envoyé du Roi qui ajoute :

– Les médecins de Sa Majesté sont à votre disposition, selon les ordres de Sa Majesté. Enfin, s'il devait arriver que Monsieur Racine nous quittât, le Roi accorde à Monsieur Racine la grâce de reposer dans la sépulture de Port-Royal.

Ils sont repartis. Le Roi lui a accordé la sépulture qu'il désirait, malgré le discrédit que de nouveau les jansénistes provoquent. Ainsi, il va pouvoir s'en retourner au Port-Royal de son enfance, portant fièrement le nom de janséniste. Il va pouvoir s'endormir apaisé. Bientôt, le carrosse aux sombres armoiries partira, emportant son corps vers l'illustre sanctuaire de ses enfances, et il se réveillera près de ses maîtres et de son vieil ami Hamon au cœur simple. Son âme se met à chanter.

– Vous semblez mieux, ce soir. J'ai remercié Sa Majesté de nous avoir envoyé ses deux médecins personnels, Dodart et Maréchal. Maréchal m'a redit ce matin qu'il était heureux de vous avoir opéré il y a trois jours. Cela pressait, mais votre état devrait maintenant s'améliorer, même s'il aurait préféré ouvrir cet abcès plus tôt.

Il tourne avec difficulté son visage vers l'épouse qui s'évertue à ne pas croire qu'il leur reste si peu de temps à être heureux ensemble. Pourtant, comme tout cela est facile. Mourir ! Si elle pouvait savoir ce qu'il éprouve, elle souffrirait moins. *Amourir...* Le mot joue avec lui. Le ciel remue à peine. La voile flotte, relâchée. À lui de jouer à présent, d'oser imiter ceux qui, toute sa vie, l'ont ébloui : les comédiens. *Mourir...* Le mot chante, solitaire, au milieu de la page qu'il sera le seul à déchiffrer. Il a tant répété cette dernière scène, cet ultime baisser de rideau, tenant par la main

Pyrrhus, Hermione, Ocnone, Antigone et même sa vieille Athalie...

Lui restait toujours en arrière à voir les barques s'éloigner dans la lumière des bougies. Attristé, sur le bord, il entendait au loin la Voix. Vers quel autre théâtre l'appelait-elle ? Ressentirait-il de l'effroi ? Comprendrait-il le texte ? Cette page-là allait se dévoiler dans le fracas de tonnerre d'un orage violacé.

Finalement, bien mourir demande beaucoup de patience, comme l'art. Il n'a peut-être pas encore assez travaillé pour être admis à pénétrer dans le labyrinthe céleste.

– Le feu de votre gorge s'est-il apaisé ?

Au prix d'un douloureux effort qui lui lacère le ventre de brûlants élancements, il parvient à répondre à sa femme :

– J'offre cette peine à Dieu ! Puisse-t-elle expier le plaisir que j'ai trop souvent trouvé aux tables des grands !

Elle s'est penchée sur lui pour mieux entendre sa voix rauque, à peine distincte. Il sent une mèche caresser sa joue – Catherine, sa femme qui a su si bien éloigner les sorcières de *Phèdre* : les Mancini ! les duchesses au cœur dur et leur âme damnée : la Voisin.

– À propos de grands, je dois chaque jour refuser l'entrée aux seigneurs qui se pressent pour venir vous voir ou être vus des médecins du Roi, soupire-t-elle. Les femmes sont les plus difficiles à éloigner de vous. À les entendre, elles vous ont toutes connu et ont toutes de bonnes raisons de vous approcher. Jusqu'à ce jour, je n'avais pas imaginé qu'il me faudrait me transformer à ce point en épouvantail pour éviter que tous ces volatiles ne viennent me picorer mon mari ! Comment pouviez-vous résister ?

Il esquisse un lever de paupières vers le ciel, ce qui la fait sourire.

– Je m'en vais m'occuper du souper. Nos enfants oublient un peu de manger...

Il esquisse un geste de la main pour la retenir. Il ne veut pas qu'elle s'éloigne. Heureusement, le petit Lionval fait irruption dans la chambre :

– J'espère que l'opération vous rendra la vie...

Sa petite voix m'aide à reprendre mes esprits. J'articule en forçant la mienne et en y attachant un petit rire :

– Voulez-vous faire comme les médecins et m'amuser ?

Je pense à mon vieux Molière qui doit s'impatienter de me retrouver. Comme il était jeune ! Pareil à un enfant boudeur, il m'attend pour m'asséner en douce des coups de bâton sur cette mauvaise tête qui me fait tant souffrir... Comme nous allons rire de la Mort, bientôt !

– Dieu est maître..., ajoutai-je.

Lionval n'a que sept ans et je ne tiens pas à l'attrister. Dire que je ne verrai pas ses dix ans...

– Dieu est maître de me rendre la vie..., ai-je repris plus fort.

Je vois son visage s'illuminer et je complète pour moi-même : « ... mais les frais de la Mort sont faits. »

Je ne sais pourquoi, voici que je songe aux querelles de domestiques qui avaient jadis tant occupé les couloirs de Versailles. Ces dames se récriaient : leurs domestiques engageaient à leur tour des gens à leur service. Plus personne ne connaissait personne. Pyramide sans fin du pouvoir... Bientôt il avait fallu mettre fin aux débordements de leurs toilettes, tout comme elles avaient demandé à Colbert de le faire par décret contre ces bourgeoises qui osaient s'habiller à leur ressemblance. « Du luxe comme affaire d'État... » De fait, c'était bien une question de haute politique comme l'avait souligné le rapport du Ministre : « les princes tirent des conséquences de la force ou de la faiblesse du royaume » – signé : Colbert. Et la querelle des anciens et des modernes ! qui les avait tous soulevés d'anathèmes, les dressant les uns contre les autres, Charles Perrault contre son ami Boileau, lui-même hors de lui, retrouvant les accents blessants qu'il affectionnait tant ! Quelle félicité que de pouvoir se délester aujourd'hui de ces vanités et de cette agitation !

Quelle âme se prépare à l'embraser ? L'amour en une seule fois, pour l'éternité... Il n'en peut plus d'attendre.

Combien de brouillons a-t-il dû rédiger avant d'oser entamer cette terrible dernière feuille où disputer au Dieu la Clarté ?

Il entend Catherine recommander à Lionval d'aller souper avec son frère et de laisser un peu en paix son Papa. Elle ne va donc pas se sauver, et son cœur se calme.

Elle s'agenouille d'un seul élan, enfouissant son visage contre sa poitrine. Il la tient serrée un long moment. Vers quelles guerres va-t-il devoir s'élancer bientôt ? Contre quelles légions de démons ? Il lui laisse leurs enfants pour gage de sa foi, et les paroles d'Hector montent jusqu'à lui :

« Si d'un heureux hymen la mémoire t'est chère
Montre au fils à quel point tu chérissais le père »

Seul l'amour, peut-être, lui avait dicté ses plus beaux vers !

Bientôt il ne sera plus que cendres au vent de leurs mémoires et aucune date, aucun texte ne ranimera l'élan de la caresse présente, le sourire des étreintes, l'accord spirituel et secret qui l'unissait à son Roi.

Qu'est-ce qu'être historien ? songe-t-il en effleurant les cheveux de Catherine. A-t-il su mettre en mots l'histoire de Louis XIV ? Il a bien essayé de « s'égarer dans les traces » de ce long règne qui s'achèvera sans lui. Mais il ne peut s'empêcher de penser qu'il y a plus de vérité dans le théâtre...

Il sursaute. Qui racontera l'« affaire des poisons » ? Qui pourra démêler l'écheveau des vraies et des fausses dépositions ? et l'invraisemblable réseau tissé dans le dos du Roi ? Il y a eu des interrogatoires, des contre-interrogatoires. Qui saura expliquer la fascination qu'exerçait la Voisin sur les femmes amoureuses ? Dans des centaines d'années, comment reconstituera-t-on l'affolement du cœur de la Montespan lorsque, pour la première fois, la main du Roi effleura sa joue ? Pour cette simple caresse, des enfants tout juste nés ont été égorgés, des jeunes femmes assassinées. Qui vérifiera les dires de l'empoisonneuse à son propos ? Car lui aussi a été sali par toute cette affaire, comme le Roi. Qui le justifiera ? Il a lu et relu les dépositions de la Voisin à son sujet et à celui de Marquise disparue. Un hoquet le secoue au souvenir des aveux extorqués à ses deux filles, Marie-Anne et Catherine du Parc, qui le dénoncèrent, lui, leur père adoptif ! La jalousie, chez Marie-Anne, avait succédé à la passion, et le désespoir l'avait poussée au crime contre lui-même. Qu'est-elle devenue ? Et ce boiteux, le frère de Madeleine Béjart, qui avait surgi d'un coup dans cette ténébreuse histoire ?

Il frissonne. Catherine relève son visage, sans brusquerie.

– Vous avez froid ?

– Cette aube atroce où j'ai failli être arrêté...

Elle fait un signe d'assentiment. Elle a entendu ses paroles inquiètes, mais elle s'est promis que plus jamais il ne souffrirait comme en cette matinée du 11 janvier 1680 où tous deux attendaient l'arrestation ordonnée par Louvois. Leur petit Jean-Baptiste avait un peu plus d'un an, elle était enceinte de Marie-Catherine, et ils étaient restés assis devant le feu, la nuit entière, à tenter d'envisager l'avenir... Oui, il faut l'empêcher d'y songer à nouveau, se dit-elle, car la fièvre risquerait de remonter.

– Tout cela est du passé ! Je vais allumer les bougies.

– Je ne vois plus rien, à cette heure. Qu'importe !

Elle lui caresse le front et s'écarte tout en lui murmurant avec une calme obstination :

– C'est l'heure d'allumer les bougies.

Il entend son pas rassurant aller et venir, l'odeur chaude se répandre dans cette dernière soirée d'avril. Puis de nouveau elle vient se blottir contre lui, apaisante.

– Je veux vous remercier. Vous n'avez jamais douté de moi, parvient-il à articuler.

– Je connais le fond de votre cœur, vous le savez. Il n'y avait pas à s'inquiéter, même devant les déclarations de la Voisin. Au contraire ! *« A dit que la de Gorle lui dit que ce Racine, ayant épousé secrètement la du Parc... »* Vous l'aviez épousée devant Dieu, ce n'était pas pour l'empoisonner !

– Pourquoi ?

Sa propre voix le fait souffrir, de seconde en seconde davantage. Sa voix ! Celle qui ravissait ses amis lorsqu'il leur interprétait Œdipe, le traduisant directement. Il est maintenant cet Œdipe sur la route...

– Vous ne pouviez l'empoisonner à cause de Port-Royal ! de votre enfance ! Et parce que vous aviez écrit *Andromaque* pour elle, qui est le plus beau chant d'amour qui soit entre la mère et l'orphelin. Parce qu'enfin vous êtes Jean Racine et que je ne douterai jamais de vous ; sinon, je ne vous aurais moi-même jamais épousé. C'est simple comme de choisir la bonne herbe à couper !

Il se penche davantage vers la chevelure qui l'effleure et le chatouille. Il lui fait un signe de façon à économiser ses paroles qui le font tant souffrir. Elle comprend et, s'approchant davantage, elle défait avec simplicité ses cheveux qui se répandent autour d'elle et dans lesquels il enfouit l'une de ses mains.

Elle ne laissera aucune mauvaise ombre troubler son dernier sommeil. Elle ne révélera ni à ses enfants ni à ses amis ce qu'elle connaît de lui. Qu'ils la prennent pour une femme de peu d'intelligence : elle préfère se taire plutôt que de ressembler à ces duchesses qui s'étaient liguées pour le détruire. Elle n'oubliera jamais les visages d'Hortense, de Marie-Anne, d'Olympe ! Si elle a allumé les bougies, tout à l'heure, c'est aussi pour se protéger de ces ombres qui parfois font mine de surgir autour du lit.

Chaque journée de cette année 1677 où elle a eu le bonheur d'épouser Monsieur Racine, le cousin de Nicolas Vitart, qu'elle entrevoyait parfois et à propos de qui elle entendait tant de récits contradictoires, restera gravée dans son cœur. Il la faisait rêver, dans sa solitude d'orpheline, bien avant que ce mariage ne fût conclu. Tel était son amour : secret, même pour lui qui recherchait, après les folies de *Phèdre*, une épouse égale d'humeur et sans errances de cœur. Sans que personne ne s'en rendît compte, elle l'avait protégé avec férocité. Même le Roi n'approchait plus sans prévenances cet homme qu'il avait failli briser et dont la tendre vulnérabilité ourlait sans cesse les beaux yeux gris de larmes. Ainsi était-ce elle, la mère de ses sept enfants, qui l'avait sauvé peu à peu de la désespérance où l'avait laissé *Phèdre*.

Nul ne saura comment elle a vécu cette année de *Phèdre*, depuis la première représentation de la pièce, le 1er janvier, autour de laquelle une cabale, comme il ne s'en était jamais produit auparavant, s'était déchaînée, jusqu'à, trois ans plus tard, cette « affaire des poisons » où il avait été cité. Les diablesses avaient été sur le point de réussir leur immonde complot. Jamais Catherine n'oublierait ce mur de haines et de menaces autour d'eux. Comment aurait-elle pu, elle qui avait épousé l'auteur de *Phèdre* six mois à peine après la première, ignorer ce qui se tramait autour de lui alors que tous s'en faisaient alors l'écho, soulevant même à l'étranger des interrogations ? Les amis s'assemblaient autour d'eux, les protégeant. Le Roi Lui-même ne cessait de déclarer l'intérêt qu'il portait à Monsieur Racine, espérant ainsi écarter la main qui, dans l'ombre, oserait fomenter le meurtre contre le poète lui-même.

Cette nuit encore, il faut éloigner les mauvais esprits qui viendront sûrement, d'un instant à l'autre, disputer cette âme qu'elle sent à nouveau inquiète. Non ! il ne mérite pas de mourir en leur compagnie !

Elle se met à prier, car elle sent dans ses cheveux la main sublime commencer à se débattre.

La flamme a vacillé, la nuit a posé sur mon cou ses doigts d'étrangleuse.

Ma femme... Où est-elle ? Il sent une chevelure, mais inerte. Elles l'ont tuée ? Marquise ne se réveillera jamais plus. Elles l'ont empoisonnée lentement, comme elles savent si bien faire. Hortense Mancini le défie de ses yeux sombres aux reflets sanglants. Hortense, la duchesse de Mazarin, est vraiment très belle, mais elle ne pardonnera jamais à Marquise de lui avoir ravi Rohan, son amant ! Elle s'avance vers lui. Son costume de soie écarlate crisse à chaque pas. Il s'arrête d'écrire. Rohan ! Il revoit le sublime visage. Rohan décapité un après-midi de novembre, place de la Bastille. Il avait fallu l'enchaîner, tellement il devenait fou furieux. Il avait osé trahir le Roi et la France. Il peut sauver Marquise ! Il se lève, laisse tomber sa plume. Hortense rit, s'avance encore, écrase sous ses pieds indifférents sa plume qui pousse un cri bref, puis elle caresse le visage du poète de sa main alourdie de bijoux.

– À mon tour, murmure-t-elle, de vous voler Marquise. Cela en vaut la peine : le Roi dit que vous êtes la figure la plus aimable de sa Cour...

Il a saisi le bras féminin. Jamais il n'a embrassé une femme, si belle soit-elle, sans amour. Il ne veut pas. Derrière son dos, deux rires fusent : Marie-Anne et Olympe, si semblables à Hortense, sont entrées dans la pièce. Il est cerné par ces flammes dangereuses, prêtes à tout dévorer, il le devine. Elles cachent dans leurs traînes qu'il entend serpenter tant d'amants prisonniers, de sortilèges funestes auxquels il n'échappera pas mieux que les autres. Les nièces de Mazarin ne connaissent ni scrupule, ni angoisse, ni morale. Ces femmes hardies aiment ou tuent avec la même aisance.

La duchesse de Bouillon et la duchesse de Soissons rivalisent d'imagination avec leur sœur Hortense. Elles disposent de tous les appuis possibles : parmi la haute aristocratie, dans les salons, chez les gazetiers, l'Académie, la Cour, les ministres et même, pourquoi pas, le Roi. « Il a été très amoureux de Marie, savez-vous, notre quatrième sœur », susurre maintenant Olympe.

Non ! Je ne renoncerai pas à *Phèdre* ! Il a saisi contre lui son manuscrit – jamais il ne sacrifiera une œuvre, dût-il le payer de sa vie.

Marie-Anne, la plus jeune des Mancini, devenue duchesse de Bouillon, se rue sur lui. Elle siffle des menaces. Qu'il ose la prendre pour modèle et elle le brisera !

Que lui importe qu'elle couche avec ses neveux ! Lui-même en a fait d'autres ! hurle-t-elle contre son visage.

Sa sœur, la duchesse de Soissons, a recueilli les filles de Marquise chez elle. Qu'il se méfie ! Elles iront jusqu'au bout !

Non seulement *Phèdre* sera désertée par le public – elles achèteront elles-mêmes toutes les places, elles sont riches, elles ! –, raillée par la critique, mais son âme même sera salie à tel point qu'il regrettera d'avoir vu le jour !

Il a blêmi. Olympe lui sourit. Elle tient par la main les deux filles de Marquise. Il comprend l'effroyable piège : ainsi, la vengeance est prête. Olympe fournit des détails.

– La belle-mère, cette de Gorle, a tout raconté : vous et votre belle-fille...

Il nie. Pas elle ! Pas cette autre petite Marie-Anne ! Il l'aime. Son joyau englué sous cette boue immonde. Que redoutent-elles pour vouloir l'anéantir de la sorte ?

Soudain il comprend tout : peut-être risque-t-il de soupçonner Hortense d'avoir empoisonné Marquise ?

– Nous avons un témoin avec nous, reprend Hortense.

La Voisin entre. Ah ! non, pas elle ! Elle est comme il l'a vue lors du procès. Un cauchemar : elle vient s'asseoir à sa table, touche à ses feuilles, rature à sa place, écrit avec son sang à lui ce qu'elle a su par la belle-mère, dit-elle en ricanant, la belle-mère de la du Parc, dénommée Mademoiselle de Gorle, et par les filles de la du Parc, hébergées à l'Hôtel de Soissons qui lui ont marqué que Racine était cause de leur malheur. Il suffit de consulter les interrogatoires du 21 novembre 1679 :

« – Si la de Gorle ne lui a point précisé de quelle manière l'empoisonnement avait été perpétré ni de quelle substance l'on s'était servi à cette fin... »

« – S'il ne lui a jamais fait de propositions de se défaire de la du Parc par poison... »

Elle lui montre sa déposition pour la Chambre Ardente.

Il n'en peut plus... Non, il ne se laissera pas faire !

Catherine lui éponge le front, elle n'entend rien, mais la fièvre parcourt le corps étendu de grands tremblements. Faut-il appeler les enfants ? Non, encore quelques instants ! Il est presque trois heures du matin. Elle refait vite son chignon, arrange les draps. Pour ses fils et filles, il faut qu'il recouvre les traits lumineux de son beau visage. Elle a confiance en lui, comme toujours. Alors elle appelle Jean-Baptiste, son aîné, pour qu'il retienne la dernière leçon de vie dispensée par son père : apprendre à mourir...

Les Érinyes ! Les femmes-chiennes ! Il les sent encore là, brûlant de désirs abjects, palpant ses feuillets empilés, arrachant, piétinant *Andromaque*, *Mithridate, Alexandre, Bérénice, Phèdre, Iphigénie,* ce sont elles qui emmènent Ériphile au sacrifice. Il se consume de fièvre tandis qu'elles s'affairent tantôt autour de son œuvre, tantôt autour de son corps. Il se débat. Il lui faut, pour les fuir, prendre de la hauteur. Il lui faut retrouver son Père qui l'appelle.

Deux larges paumes lui prennent le visage. Il crie :

– Vous pouvez déchirer mes pages ou ne rien transcrire, par lâcheté ou omission. Vous pouvez brûler mes vers comme je l'ai fait parfois... tout redeviendra lumière au dernier jour, lorsque l'Esprit tracera les mots en lettres de feu !

Comme son corps s'alourdit de seconde en seconde ! Le voici tout gluant, couvert de sang. Que lui ont-elles fait ? Père ! Père ! Quelque chose coule sur ma tête. Du sang, des ruisseaux de sang, mais son goût salé a la même ferveur que celui de l'amour...

Il s'exaspère de ne pouvoir tendre les bras vers ce Père qui murmure son nom, le même que le sien. La voix de mon Père ! Quel texte écrire pour une voix pareille ? Il crie à s'en faire éclater les poumons dans un monde devenu sourd et qui l'étouffe sous un oreiller de cris inaudibles. Il tombe à genoux, lève les mains vers son Père et clame à son intention :

« Le jour n'est pas plus pur que le fond de mon cœur »

Il entend alors une détonation. C'est son cœur qui a explosé dans sa poitrine. Son Père ne cesse pas de l'appeler. À présent, le voici libre de se mouvoir dans l'espace limpide, libre de s'avancer vers Lui. Il n'ose encore Le regarder en face. Ses yeux d'aveugle le font souffrir, mais il fait ses premiers pas vers la grande Ombre.

Une main a pris la sienne ; il tourne la tête avec difficulté ; une voix jeune et claire lui murmure : « Appuie-toi sur moi. » Il ne distingue que l'habit de blancheur, mais a peine à distinguer le visage. Est-ce la petite Ériphile ? Et là, à côté, cette enfant qui rit dans le soleil tout en jouant du luth ? Où se trouve-t-il ? Et pourquoi sa fille Anne, religieuse depuis quelques mois, est-elle revenue à la maison ? Sa Nanette ! Solitaire, comme lui. Ou est-ce sa tante Agnès ? Quel âge a-t-il ? Il essaie de rouvrir les yeux, mais ils sont collés. Quelqu'un se penche sur lui, tente de lui soulever les paupières comme on fait à un mourant, songe-t-il non sans amusement, pour vérifier s'il vit encore.

Il a compris : Je suis bien en train de mourir.

Quelqu'un ne cesse de l'appeler, là-bas, dans la lumière. Il commence à discerner sa voix, celle de son Père, et la route devant lui apparaît dans le lumineux brouillard qui se lève.

Elle est donc venue, comme il l'espérait, cette jeune sœur : Phèdre lui tient la main, il la voit à présent distinctement.

« Je t'ai ouvert les yeux ! » lui dit-elle en riant.

Grâce à elle, il a pu retrouver ses maîtres, Port-Royal, sa tante Agnès ! Grâce à elle, il a redécouvert son enfance.

« J'ai eu beaucoup de mal, avec ton vieil Arnauld... »

Il se rappelle mieux, maintenant, mais tout cela est si lointain, comme enseveli dans un autre monde...

« ... Il ne voulait rien savoir. J'ai dû lui parler des heures et des heures et, finalement, il t'a ouvert les bras... »

Une image floue lui revient, de quelle contrée ? Lui et un vieil homme à genoux, enlacés, pleurant de joie de se retrouver. Un fragment de temps, mais comme tout cela paraît aussi de peu d'importance, comparé à la joie qui l'envahit et l'entraîne à danser, danser avec sa sœur, sur la route.

« Attends ! murmure-t-elle. Tu dois leur dire au revoir, tout de même !

– À qui ?

– Regarde !

– Tu me fais mal !

– Il faut bien que je te ramène encore quelques instants à la maison. Arrête-toi donc une minute. Tu leur dois bien ça, non ?

Que font-ils tous autour de son corps ? Catherine, l'épouse, Jean-Baptiste, le fils aîné, le petit Lionval, Boileau l'ami fidèle, un prêtre qu'il reconnaît, de Saint-André-des-Arts. Comme il a eu raison de dire à son ami que c'était un bonheur de mourir avant lui ! Quel embarras ! Lui, il est amoureux comme jamais. Ils comprendront. Il faut qu'il s'élance au-devant de cette rencontre. Dans quelques instants, il aura retrouvé son Père.

Le petit Lionval s'avance et entonne le cantique qu'aimait son Roi :

« Mon Dieu, quelle guerre cruelle !
Je trouve deux hommes en moi
L'un veut que plein d'amour pour toi
Mon cœur te soit toujours fidèle
L'autre à tes volontés rebelle
Me révolte contre ta loi.

Hélas ! en guerre avec moi-même
Où pourrai-je trouver la paix ?
Je veux et n'accomplis jamais
Je veux mais ô misère extrême !
Je ne fais pas le bien que j'aime
Et je fais le mal que je hais. »

La voix emplit la pièce. Au loin, par la fenêtre, la zébrure d'un éclair traverse le ciel orageux ; des cloches sonnent à toute volée.

« Phèdre !... » murmure-t-il encore, et son appel est un cri d'amour.

Il sourit, il est de nouveau sur la route. Est-ce elle qui lui a effleuré les paupières ? Du coup, il voit tout distinctement. Elle murmure alors ce mot qu'il attendait, et les portes s'ébranlent de toutes parts autour de lui :

« Pardonne. »

Il s'avance, et c'est lui-même qu'il découvre. Son visage, mais transfiguré, tel qu'il rêvait de devenir.

Un jour, il avait voulu abandonner *Phèdre* pour se faire chartreux. Enseveli dans le silence d'une cellule dépouillée ! Plus de regrets : le voici libre. Pour toujours ! Il n'est plus qu'un regard qui brûle dans la pureté de ses traits dénudés, semblables à ceux d'un moine. Plus de cheveux, plus de perruque, plus de vains ornements : l'Esprit seul qui flamboie.

Quel est son nom : Jean ? Hippolyte ? Éliacin, l'enfant élu d'une pièce qui s'appelait *Athalie* ?

Il est devenu Jean qui s'avance, le Livre à la main, dans la Transfiguration du Théâtre de la Chair.

Au loin, le monde continue de s'éloigner.

Chapitre 30

Le Testament

269

Au nom du Pere et du Fils et du Saint Esprit.

Je desire qu'apres ma mort mon corps soit porté a Port Royal des Champs, et qu'il y soit inhumé dans le Cimetiere aux piez de la fosse de Mr Hamon. Je supplie tres humblement la Mere Abbesse et les Religieuses de vouloir bien m'accorder cet honneur, quoy que je m'en reconnoisse tres indigne et par les scandales de ma vie passée, et par le peu d'usage que j'ay fait de l'excellente education que j'ay receuë autrefois dans cette Maison et des grands exemples de pieté et de penitence que j'y ay veus et dont je n'ay eté qu'un sterile admirateur. Mais plus j'ay offensé Dieu plus j'ay besoin des prieres d'une si sainte Communauté pour attirer sa misericorde sur moy. Je prie aussi la Mere Abbesse et les Religieuses de vouloir accepter une somme de huit cens livres que j'ay ordonné qu'on leur donne apres ma mort. Fait a Paris dans mon cabinet le dixiéme Octobre mille six cens quatrevingt dix huit.

Racine

[illegible]

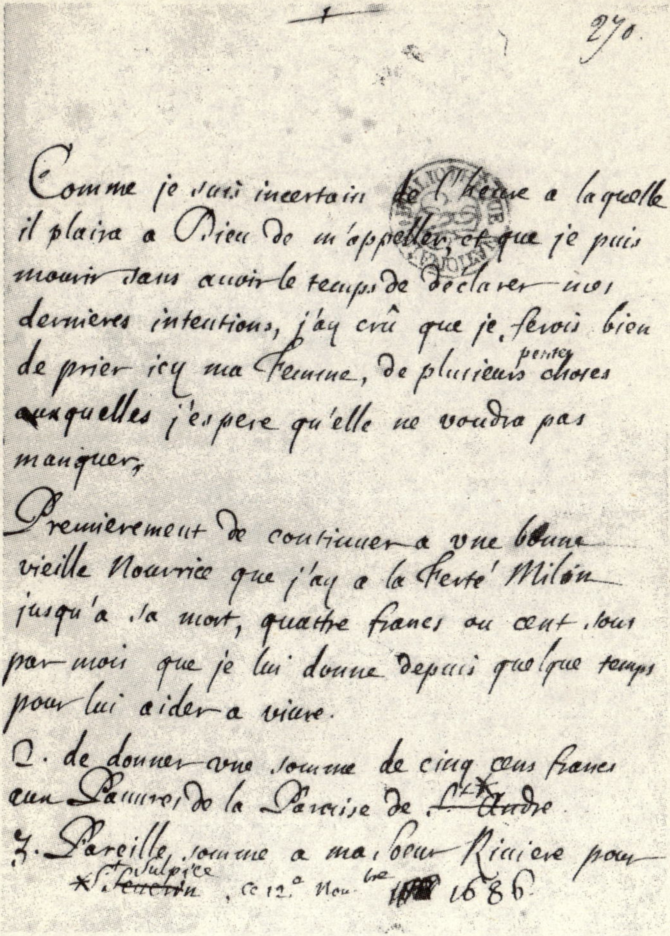

270.

Comme je suis incertain de l'heure a laquelle
il plaira a Dieu de m'appeller, et que je puis
mourir sans avoir le temps de declarer mes
dernieres intentions, j'ay crû que je ferois bien
de prier icy ma Femme, de plusieurs petites choses
auxquelles j'espere qu'elle ne voudra pas
manquer,

Premierement de continuer a une bonne
vieille Nourrice que j'ay a la Ferté Milon
jusqu'a sa mort, quattre francs ou cent sous
par mois que je lui donne depuis quelque temps
pour lui aider a vivre.

2. de donner une somme de cinq cens francs
aux Pauvres de la Paroisse de ~~S.t André~~*

3. Pareille somme a ma sœur Riviere pour

*S.t ~~Severin~~ Sulpice , ce 12.e Nov.bre ~~16..~~ 1686

Parmi les très nombreux ouvrages qui m'ont aidée, je tiens à citer plus particulièrement :

Paul Mesnard,
Collection des Grands Écrivains

René Jasinski,
Vers le vrai Racine,
Librairie Armand Colin

Sainte-Beuve,
Port-Royal,
La Pléiade

François Mauriac,
La Vie de Jean Racine,
Librairie Plon

Je tiens tout particulièrement à signaler la constante fidélité et l'attachement des comédiennes et des comédiens qui, depuis trois siècles, ne cessent de témoigner leur passion pour Jean Racine.

Plus que les autres, ils ont contribué à faire aimer le Poète à tous sans préjugés.

Que soient particulièrement associés à ce livre ceux qui furent à mes côtés sur le théâtre.

Table

1 - *La grande neige qui tombe* 7

2 - *La colline d'Agnès* 17

3 - *Les petites plumes de cuivre* 27

4 - *La hurlance des chiens* 37

5 - *Le casque d'Hector* 55

6 - *La blessure* 69

7 - *Les chevaux du désir* 79

8 - *Margot* 89

9 - *Le diable rouge* 109

10 - *Le professeur jaloux* 127

11 - *Le sanglot bleu de Molière* 147

12 - *La prison de cristal* 171

13 - *La lèvre d'Andromaque* 193

14 - *Poussières de guerre* 211

15 - *Le rire de Dieu* 239

16 - *La rosée du lys* 259

17 - *Le chien qui mangeait les juges* 265

18 - *L'anneau du Cygne* 293

19 - *Narcisse* 301

20 - *La reine vagabonde* 317

21 - *Les Ors de Port-Royal* 331
22 - *Le sérail spirituel* 343
23 - *Le vieux roi* 353
24 - *Au clair de la lune* 363
25 - *La Pluie d'or* 377
26 - *L'Enfant au luth* 389
27 - *La carpe* 395
28 - *Les roseaux d'argent* 413
29 - *L'Esprit vainqueur* 417
30 - *Testament* 439
Remerciements 443

Composition réalisée par P.P.C.

IMPRIMÉ EN FRANCE PAR BRODARD ET TAUPIN
La Flèche (Sarthe)
LIBRAIRIE GÉNÉRALE FRANÇAISE - 43, quai de Grenelle - 75015 Paris
ISBN 2-253-14589-0

31/4589/3